人民共和國文化與文學叢書

十 一 編

李 怡 主編

第 **7** 冊

《今天》與朦朧詩的發生（上）

張 志 國 著

花木蘭文化事業有限公司

國家圖書館出版品預行編目資料

《今天》與朦朧詩的發生（上）／張志國 著 -- 初版 -- 新北市：
花木蘭文化事業有限公司，2023〔民112〕
序 4+ 目 4+202 面；19×26 公分
（人民共和國文化與文學叢書 十一編；第 7 冊）
ISBN 978-626-344-374-7（精裝）
1.CST：中國詩 2.CST：當代詩歌 3.CST：詩評
820.8   112010206

特邀編委（以姓氏筆畫為序）：

吳義勤 孟繁華 張 檸
張志忠 張清華 陳思和
陳曉明 程光煒 劉福春
（臺灣）宋如珊
（日本）岩佐昌暲
（新西蘭）王一燕
（澳大利亞）鄭 怡

人民共和國文化與文學叢書
十一編 第七冊   ISBN：978-626-344-374-7

《今天》與朦朧詩的發生（上）

作　　者	張志國
主　　編	李 怡
企　　劃	四川大學中國詩歌研究院
總 編 輯	杜潔祥
副總編輯	楊嘉樂
編輯主任	許郁翎
編　　輯	張雅淋、潘玟靜　美術編輯　陳逸婷
出　　版	花木蘭文化事業有限公司
發 行 人	高小娟
聯絡地址	235 新北市中和區中安街七二號十一三樓
	電話：02-2923-1455／傳真：02-2923-1452
網　　址	http://www.huamulan.tw 信箱 service@huamulans.com
印　　刷	普羅文化出版廣告事業
初　　版	2023 年 9 月
定　　價	十一編 12 冊（精裝）台幣 30,000 元

《今天》與朦朧詩的發生(上)

張志國　著

作者簡介

張志國，山東青島人，文學博士，中美富布賴特學者。2002年獲青島大學漢語言文學教育學士學位，2005年獲南京大學中國現當代文學碩士學位，2008年獲中美富布賴特聯合培養博士生項目資助，赴美國加州大學聖地亞哥校區隨從著名比較文學專家、詩人葉維廉教授研修比較文學，2010年獲暨南大學文藝學博士學位，2011年完成澳門大學博士後科研工作後擔任訪問講師，2014年起任澳門城市大學助理教授，2021年起任佛山科學技術學院特聘青年研究員。曾在《文學評論》、《文藝理論研究》、《中國現代文學研究叢刊》、《中國比較文學》、臺北《創世紀》等刊物發表論文二十餘多篇，參與撰寫《漢語新文學通史》、《香港新詩發展史》等論著。主要研究領域為現代漢詩、比較詩學及城市美學。

提　　要

作為中國新詩發展方向的一座分水嶺、大陸當代詩壇最引人矚目的文化景觀、一代乃至幾代青年熱情追捧的詩歌經典，朦朧詩從出現迄今已近半個世紀。一九七八年底《今天》雜誌的創刊標誌著朦朧詩馳入漢語讀者的公共視野。

朦朧詩運動直接發端於《今天》雜誌，朦朧詩潮的主將來自《今天》及其周邊，朦朧詩論爭主要以《今天》詩人的詩歌為文本背景，上述事實表明，朦朧詩的發生研究應以考察《今天》為原點。本書上編立足於最新史料的挖掘、剖析與整合，以「詩歌家族」、「發表語境」為觀察視角，深入《今天》詩人的文化習性與生命體驗機制、詩歌的詩體語言機制、刊物的編選發表機制，集中追問《今天》詩歌美學體系生發、生變、生成這一根本問題，解秘「朦朧體詩」的誕生神話。

《今天》詩歌的迅速傳播引發了追新求異的朦朧詩潮與批評界長達五年的激烈論爭。「今天」詩歌怎樣傳播、官方詩壇如何迎拒、「朦朧詩」被怎樣接受又如何在爭論與重塑中確立詩壇地位、經典化並寫入文學史？其中運作的力量和邏輯來自何處？詩學的概念框架與評價標準、新詩的詩質格局與詩壇力量的構造最終發生了怎樣的變化？本書下編以文學經驗為考察視角，深入朦朧詩的傳播空間、讀者群體、詩學論爭、篩選結集、文學史書寫等外部環節，從外部場域塑造朦朧詩形象、詩壇權力重新分配、詩歌話語體系整體置換等問題出發重思「朦朧詩潮」。

當代歷史與「文學性」——《人民共和國文化與文學叢書·十一編》引言

2023 新年伊始，近年來活躍於批評界的《當代文壇》雜誌推出專欄，再度提出「文學性」的問題。《為何要重提「文學性研究」》一文中這樣開宗明義：「為什麼要重提『文學性研究』？這看起來像是一個假命題。什麼是文學性研究？世界上有一種純粹的、有明確界限的、專門意義上的、排他性的文學性研究麼？顯然沒有，如果有的話，至多也就是『文學研究的文學性』這樣一個問題；還有，如果換一個角度看，或許文學性研究又是一直存在的——假如它不是被理解得那麼絕對的話。從來沒有消失過，又何談『重提』？」〔註1〕這裡的表述小心而謹慎，尚沒有高調亮出新的理論宣言，就首先重述了二十年前那場「文學性」討論的許多重要議題：究竟有沒有純粹的文學性？舊話重提理由何在？能不能真正解決一些棘手的問題？這種小心翼翼的立論似乎在提醒我們，那場出現很早、持續時間不短的討論其實餘波未平，其中涉及的一系列關鍵性的命題——如文學性的含義、文學與非文學的邊界、突破文學性研究的學術價值等等都對學界有過重大的衝擊，並且至今依然具有廣泛的影響，因此新的討論就得小心謹慎、周密穩妥。在我看來，今天的文學性討論，的確應該也有可能接受多年來相關探索的實際成果，將各種方向的思考納入我們的最新建構，進一步深化我們對於文學與文學性的理解，特別是要揭示它們在中國現代文化語境中的歷史真相。

〔註1〕張清華：《為何要重提「文學性研究」》，《當代文壇》2023 年第 1 期。

一

　　中國當代文學批評界提出討論「文學性」的問題已經是二十年前的事情了。引發那一次討論的余虹和陶東風的論文最早都出現在 2002 年。余虹的《文學終結與文學性蔓延》刊登在《文藝研究》2002 年第 6 期（次年再有《白色的文學與文學性》刊發於《中外文化與文論》第 10 輯），陶東風的《日常生活的審美化與文化研究的興起——兼論文藝學的學科反思》出現在《浙江社會科學》2002 年第 1 期（數年後的 2006 年再有《文學的祛魅》刊登在《文藝爭鳴》2006 年第 1 期）。余虹提出，後現代的轉折從根本上改變了「文學」的狀況，它將狹義的「文學」——作為一種藝術門類和文化類別的語言現象推及邊緣，同時卻又將廣義的「文學性」置於中心，傳統屬於「文學」的修辭和想像方式開始全面滲透在了社會生活與文化行為之中，形成了獨特的悖反現象：文學的終結與文學性的蔓延。陶東風以「我們在新世紀所見證的文學景觀」為依據，揭示了「在嚴肅文學、精英文學、純文學衰落、邊緣化的同時，『文學性』在瘋狂擴散」〔註 2〕，並以此論及了「日常生活的審美化與文化研究的興起」，將這一歷史性的變化視作當代文藝學最重要的「學科反思」。這樣的判斷引起了中國學界的爭論，質疑之聲不斷。有人認為在後現代時代，「文學性」不是擴展而是消散了，或者說在這個時代，語言文學的獨特意義恰恰是疏淡了，輕言「文學性終結或者擴散」的人，其實缺乏對「文學性」的明確界定〔註 3〕。當然，也有學者對語言文字的審美的「文學」和日益擴張的「文學性」作出區分，重新定義「文學」性與文學「性」，從而為「後現代時代」的多元研究打開空間。〔註 4〕

　　從歷史語境看，中國學者在新世紀初年的這場討論源自 1990 年代市場經濟全面推進以後當代中國文學日益邊緣化、同時所謂的「圖像時代」降臨的客觀事實。當然，就如同當代中國文藝思想的總體發展一樣，所有這些中國內部的「思潮」、「論爭」也與西方文藝思想的運動有著密切的聯動關係。嚴格說來，中國關於「文學性」的論爭發生在新世紀之初，但對「文學性」問題的重視和強調還有過一次，那就是新時期文學蓬勃生長的年代。這內涵有別的兩次思潮都可以辨認出來自西方思想的啟發和推動。

〔註 2〕陶東風：《文學的祛魅》，《文藝爭鳴》2006 年第 1 期。
〔註 3〕參見王岳川：《「文學性」消解的後現代症候》（《浙江學刊》2004 年第 3 期）、
　　　　吳子林：《對於「文學性擴張」的質疑》（《文藝爭鳴》2005 年第 3 期）等。
〔註 4〕劉淮南：《「文學」性≠文學「性」》，《文藝理論研究》2006 年第 2 期。

　　事實上，西方文藝思想界的「文學性」議題也先後出現過兩次。

　　第一次是在 20 世紀初期到中葉，先後有 1915～1930 年間俄國形式主義的興起，他們反對實證主義與社會批評，主張將文學研究與社會思想其他領域的研究區分開來，突出文學的獨立自主性和自身規律；形成於 1920～1950 年間的英美新批評，他們劃分了「文學的內部研究」和「文學的外部研究」，把文學研究的真正對象確定為文學的內部研究；1960 年代形成於法國的結構主義，包括施特勞斯的文學人類學與神話模式研究、羅蘭・巴特的結構主義批評理論以及熱奈特和格雷馬斯的結構主義敘事學理論，他們都迷信一種獨立自足的語言結構，滿懷著對潛藏於語言、文本中的深層結構的信賴。這三種思潮雖然各有側重，但都傾向於將文學的本質認定為一種獨特的語言現象和符號系統。儘管這種對語言結構的偏執的探尋並不一定切合中國當代文學發展的歷史訴求，但是他們對「文學自足」的強調卻在很大程度上鼓勵了 1980 年代新時期文學擺脫政治干擾，謀求獨立發展的要求，所以 1980 年代中國文學的「自主」之路和中國文學研究的「純文學」理想都不難發現這三大思潮的身影，雖然我們對其充滿了誤讀和偏見。

　　第二次就是 20 世紀中後期，隨著解構主義的出現，西方思想界開始質疑和挑戰傳統思想中關於中心、本質的基本思維，雅克・德里達的理論就是致力於對整體結構的打破。同時，後現代社會中大量的「泛文學」現象的湧現也挑戰了傳統對「文學性」的迷戀。美國後現代理論家大衛・辛普森認為文學已經泛化於多個社會領域，實現了廣泛的「文學的統治」，另一位解構主義者卡勒也發現文學性在非文學中的普遍存在，以致「文學可能失去了其作為特殊研究對象的中心性，但文學模式已經獲得勝利」〔註5〕。這就是「文學性終結或者擴散」之說的明確來源。與 1980 年代的太多的誤讀不同，這一回中國社會的市場經濟的發展似乎帶來了中西文學命運的驚人的相似，於是辛普森和卡勒的這一見解引起了國內學術界的濃厚興趣。先有余虹等人的譯介，再有眾多學人的跟進立論，一時間，終結和擴散的問題便躍居文藝學界的中心，成為新世紀初年中國文藝理論領域最大的焦點。

　　當然，我們也看到，在當年的討論中，文藝理論界的學者和從事當代文學批評的學者都有參與——當代中國知識領域的生成發展在 1980 年代以後讓這

〔註5〕〔美〕喬納森・卡勒：《理論的文學性成分》，余虹等主編《問題》第 1 輯，第128 頁，中央編譯出版社 2003 年。

兩個領域的學者有了較多的知識分享，因而在涉及當代文學現象方面常常可以看到他們攜手前行的步伐——不過，因為關注焦點的差異，我們也發現，他們各自的側重和態度也並不相同。從事文藝理論研究的學人主要致力於方法論的檢討與更新，焦點是「文學」、「文學性」的基本觀念及其歷史過程；而從事當代文學批評的學人則最終將問題拉回到了對當前文學發展的評估之中：究竟我們應不應該繼續堅持對「文學性」的要求？或者說建立在「文學性」理想之上的當代文學批評還是不是有益的，也是有效的？這裡不乏來自當代文學批評界的憂慮之聲：

> 關於「文學性」之爭，實際反映了一個敏感而重大的問題：在政治與市場的雙重壓迫之下，還需不需要堅持文學創作的文學性？真正的文學性體現在哪裏？人類生活中既然有情感活動，有幻想，有堪稱越軌的心理衝動，那麼文學還要不要想像力？它應該只是「日常生活」原封不動的照搬嗎？除此之外是否還應該有生活的奧義、情感的傾訴、美感而神秘的藝術結構和展現的形式？〔註6〕

> 讀圖時代的到來，讓一些人開始討論「文學的終結」。百年中國文學還是很年輕的，但它怎麼就老了，到了終結的時候？當影視及新媒體出現，和傳統文學連在一起的時候，網絡文學又宣布「傳統文學的死亡」。但是新世紀的文學確實是多元格局，不只是 70 後、80 後，更年輕的更多五花八門的東西出現了……「新世紀文學」確實有著多樣的內容。我關注的依然是傳統文學、經典文學的脈絡，當然它不可能終結。〔註7〕

二

從新世紀之初以降，關於當代中國文學研究中的「文學性」理想問題，其實一直都在延續，不過，越往後走，人們面對的就不僅僅是大衛・辛普森和卡勒的原初結論了，而是文化研究、歷史研究之於文學審美研究的巨大衝擊。從思想脈絡來說，文化研究、歷史研究本來與文學研究有著明顯的差異，前者屬於社會科學，而後者屬於廣義的藝術，前者更依據於科學的理性，而後者更依

〔註 6〕程光煒：《拒斥文學性的年代》，《山花》2001 年第 4 期。
〔註 7〕陳曉明、李強：《「無法終結的」當代文學——陳曉明先生訪談錄》，《新文學評論》2018 年第 4 期。

賴藝術的感性。但是，就是在「文學性擴散」之後，科學的研究之中也滲透了文學的感性，反過來，則是文化研究、歷史研究的方法開始向文學滲透。兩者的學術界限變得模糊不清了。

　　對於「文化問題」的關注始於 1980 年代，但那個時候提出「文化」還是為了沖淡社會政治批評的一家獨大，「第一，不能將『政治學』庸俗化，變成庸俗社會學；第二，不能侷限於政治學的角度。一個作品的思想內容，不僅指它的政治傾向性，還有哲學的、倫理學的、心理學……的多種內涵，因此，在理論上用『文化』這個概念來概括，路子就會寬得多。」〔註8〕所以，文學審美依然是新時期文學研究的中心。「文化研究」源於英國學者雷蒙‧威廉姆斯（Raymond Williams）、霍加特（Richard Hoggart），它在 1990 年代以後進入中國，逐漸增強了自己的影響。這便開始了將文學研究拉出「文學文本」的強有力的進程。「當代文化研究討論的問題涉及的是整個的當代生活方式及其各種因素間的關係，遠遠超出了文本的範圍。」〔註9〕文化研究首先也是在文藝理論界得到了充分重視，甚至被當作審視文藝學自身問題的借鏡：「客觀地說，因意識到文藝學的自身缺陷而走向文化研究，或因文化研究而進一步看清了文藝學自身的缺陷，其思路具有很大程度的合理性。」〔註10〕緊接著，在 1990 年代中後期，文化研究的思路也為中國現當代文學研究所借鑒，形成了兩個重要的方向：對文學背後的社會歷史的闡發成為一時的潮流，「文學周邊」的問題引來了更多的關注，壓縮了文學文本的闡釋；對歷史文獻空前重視，史料的搜集、發掘和整理成為「顯學」，文學研究的主體常常就是文獻史料的辨析和考訂。

　　在這個過程之中，文化研究、歷史研究的理性和嚴整似乎剛好彌補了文學感性的飄忽不定，帶來了學術研究的獨特的魅力，在為社會生活的不確定性普遍擔憂的時候，這樣的彌補慢慢建立起了某種學術的「效力」，展示了特殊的「可信度」。當然，問題也來了：這個時候，除了不斷借用歷史學的文獻，不斷引入社會學的方法，我們的文學批評家還有沒有自己獨特的學術素質呢？顯然，這是一種新的學術危機，而危機則來自於文學研究基本自信和價值獨立

〔註 8〕陳平原語，見陳平原、錢理群、黃子平：《文化角度》，《讀書》1986 年第 1 期。

〔註 9〕汪暉：《九十年代中國大陸的文化研究與文化批評》，《電影藝術》1995 年第 1 期。

〔註 10〕趙勇：《關於文化研究的歷史考察及其反思》，《中國社會科學》2005 年第 2 期。

性的動搖。

現在，我們又一次提出了「文學性」的問題。與新世紀之初的那場討論大為不同的是，我們的討論已經不再是西方思潮輸入之後的興奮，不是對一種外來思想的擁抱和接納，而是基於我們自身學術現狀的反思和提問。簡單地說，我們必須回應來自文化研究和歷史研究的「覆蓋式」衝擊，必須在其他有價值的學術道路上尋找自我，為我們作為研究者的不可替代性「正名」。這就是當代文學學者張清華所承受的壓力：「問題是有前提的，相對的，歷史的。讓我們來說說看，問題緣於何處。從最現實的角度看，我以為是緣於這些年文學的社會學研究、文化研究、歷史研究的『熱』。這種熱度，已使得人們很少願意將文學文本當作文學看待，久而久之變得有些不習慣了，人們不再願意將文學當作文學，而是當作了『文化文本』，當作了『社會學現象』，當作了『歷史材料』，以此來維持文學研究的高水準的、高產量的局面，以至於很少有人從文學的諸要素去思考問題了。」「人們在談論文學或者文本的時候，要麼已經不顧及所談論文本的文學品質的低下，只要符合文化研究的需要，便可以拿來『再經典化』，眼下這樣的研究可謂比比皆是；要麼就是根本不願意討論其文學品質，將文化與歷史的考量，變成了文學研究的至高訴求，這也是我們如今所經常面對的一種情形。」〔註11〕

其實，對文化研究、歷史研究在中國現當代文學研究中的暢通無阻，學界早已經開始了質疑，我們也可以據此認為，「文學性」問題的再次提上議程並非始於 2023 年，它是中國現當代文學始終不斷追問不斷反思的重要結果。2004 年，還在上一次由文藝理論界開啟的「文學性終結與擴散」討論進行得如火如荼之際，就有現代文學學者提出了質疑：「到處只見某種讖緯式的政治暗示與政治想像的話語大流行，文學研究重新成為翻烙餅式的一個階段對另一個階段的簡單否定，其自身的根基與連續性蕩然無存。」〔註12〕這裡提出的「自身的根基」問題極為重要。

對於跨出文學文本剖析進入歷史、文化與思想領域的趨勢，也有學者一針見血地指出：「人家原來幹本行的可能並不認同外來的闖入者，在他們專業訓練標尺的檢驗下，文學出身的思想史寫作總是難於得到行家的喝彩。這已經是

〔註11〕張清華：《為何要重提「文學性研究」》，《當代文壇》2023 年第 1 期。
〔註12〕郜元寶：《「價值」的大小與「白心」的有無——也談現代文學研究新空間的開創》，《中國現代文學研究叢刊》2004 年第 1 期。

近年來學界的一種景觀。」〔註13〕在這裡，學者陳曉明的介入和反省特別值得我們注意。他原本是文藝理論專業出身，很早就廣泛閱讀了西方後現代論著，又是新世紀之初「文學性終結」討論的重要參與者。有意思的在於，他的學術領域卻在後來轉入了中國當代文學，從西方文藝理論的引進到中國文學現象的進入，會如何塑形我們自己的文學思想呢？我注意到，越到後來，對文學現象本身的看重越是成為了他的選擇：「文學史敘事，根本方法還是回到對文學作品文本的解釋，『歷史化』還是要還原到文學文本可理解的具體的美學層面。終歸我們要回到文本。」〔註14〕

在以上的案例中，我們似乎可以梳理出中國當代學術的一種可能：當我們的目光回到文學的現象本身，他者的理論流行不再是左右我們判斷的標尺，那麼「文學性」的問題就首先還是一個現象學的問題，是現當代中國文學發生發展的歷史現象要求我們提出匹配性的解釋和說明，而不是移用其他的理論範式當作我們思想操練的工具。

三

現象學的考察，就是通過「直接的認識」描述現象的研究方法，即通過回到原始的意識現象，描述和分析觀念（包括本質的觀念、範疇）的形成過程，獲得研究對象的實在性的明證，它反對的就是從現象之外的抽象的觀念出發來判定現象。中國文學的「文學性」有無、界限、範圍不能根據西方文學理論的觀念加以認定，它應該由中國文學發展的歷史現象來自我呈現。在回顧、總結「文學性」的討論之時，已經有文藝理論的學者提出了這樣的猜想：「可以肯定，解構主義所揭示的文學向非文學擴張的趨勢，並非文學恒常的、惟一的、不變的價值取向，毋寧說這只是一種權宜之計，而不是長久之計。這一取向的形成固然取決於文學自身性質的常數，同時也取決於文學外部意向的變數。解構主義提出的『文學性』問題乃是一個後現代神話，與特定的時代、環境、習俗和風尚對於文學的需要、看法和評價相連，這與另一種『文學性』在當年俄國形式主義手中的情況並無二致。因此解構主義所倡導的文學擴張並非普遍的常規、永恆的公理，指不定哪天外部對文學的需要、看法和評價變了，文學與非文學的關係又會呈現出另一種格局、另一種景象。」〔註15〕這種開放的文學

〔註13〕溫儒敏：《談談困擾現代文學研究的幾個問題》，《文學評論》2007 年第 2 期。
〔註14〕陳曉明：《中國當代文學主潮》，第 22 頁，北京大學出版社 2009 年。
〔註15〕姚文放：《「文學性」問題與文學本質再認識——以兩種「文學性」為例》，《中

性認知其實就是對文學現象的一種尊重，它提醒我們有必要將結論預留給歷史發展的無限的可能，文學性定義的可能性將以文學歷史的豐富現象為基礎。

沿著這樣的現象學考察方式，我認為「文學性」的問題起碼可以有這樣幾個破解之道。

其一，文學寫作者的情志和趣味始終流動不居，他們與讀者的互動持續不斷，因此事實上就一定會有各種各樣的「文學」誕生。我這裡並不是指文學在風格上的多姿多彩，這樣的現象當然無需贅述，我說的就是完全可能存在一種針鋒相對的「文學性」——在某些時代完全不能接受的形態也可能在另外的時代堂皇登上文學的殿堂。例如我們又俗又白的初期白話新詩在國學大師黃侃教授眼中不過就是「驢鳴狗吠」，豈能載入史冊，然而歷史的事實卻最後顛覆了黃侃教授的文學觀，淺白的新詩開闢了一個全新的時代，被以後一百年的中國讀者奉為經典。那麼，中國新詩是不是從此步上了一條淺白之路呢？也並非如此，胡適等人的嘗試很快就遭到象徵派詩人的痛斥，新一代的詩人決心視胡適為「中國新詩最大的罪人」，另走他途，完成中國新詩的藝術化建構，從新月派、象徵派到現代派，中西詩歌合璧，新詩的審美改弦更張，一直到二十世紀末，這條看似理所當然的藝術構建之路又一次遭遇挑戰，新的俗與白捲土重來，口語詩已經成為時代不可抗拒的存在，公然與高雅深邃的知識分子寫作分庭抗禮，其詩歌美學與藝術標準也日益成熟，在很大範圍內傳播、壯大，衝擊著我們業已習慣的文學定理。這就是文學的流動性。其實，所謂的「文學性」本身就一直在流動之中，等待我們——作者與讀者不斷賦予它嶄新的內容。

其二，既然歷史上「文學」現象層出不窮，千變萬化，作為文學的研究者，我們已經不可能再將「文學」限定於某一規範形態的樣板了。正如古代中國長期秉持「雜文學」的觀念，而與近代西方的「純文學」觀念判然有別，近代中國引入西方的「純文學」理想，實現了文學理念的自我更新，然而，歷史發展的需要卻又讓超出「純粹」的文學持續生長，例如魯迅雜文。晚清民初的魯迅，曾經是純文學理想積極的倡導者，力陳「由純文學上言之，則以一切美術之本質，皆在使觀聽之人，為之興感怡悅。文章為美術之一，質當亦然，與個人暨邦國之存，無所繫屬，實利離盡，究理弗存。」〔註16〕然而，人生體驗與現實

國社會科學》2006 年第 5 期。

〔註16〕魯迅：《墳‧摩羅詩力說》，《魯迅全集》第 1 卷，第 71 頁，人民文學出版社1981 年。

思想的發展卻讓魯迅越來越走到了「純文學」之外，在雜言雜感的形式中自由表達，道出的是自我否定的選擇：「我以為如果藝術之宮裏有這麼麻煩的禁令，倒不如不進去；還是站在沙漠上，看看飛沙走石，樂則大笑，悲則大叫，憤則大罵，即使被沙礫打得遍身粗糙，頭破血流，而時時撫摩自己的凝血，覺得若有花紋，也未必不及跟著中國的文士們去陪莎士比亞吃黃油麵包之有趣。」〔註17〕他越來越強調自己的雜文和那些所謂「藝術」、「文藝」、「文學」、「創作」等等毫不相干。面對這樣變化多端的文學現象，任何執於一端的文學定義都是狹隘無比的，我們只能如1918年的文學史家謝无量一樣，順勢而為，及時調整自己的「文學」概念，在「大文學」的視野上保持理論的容量。

其三，我們對「文學性」變量的如此強調並不是一種巧滑的託辭，而是可以具體定性和描述的存在。對於中國新文學而言，百年前的「新青年」羅家倫所作的界定依然具有寬泛的有效性。在他看來，文學就是「人生的表現和批評，從最好的思想裏寫下來的，有想像，有感情，有體裁，有合於藝術的組織」〔註18〕。這樣一種寬泛的描述其實就包含了一種開放的、流動的文學屬性，晚清魯迅理想中的純文學——「摩羅詩」具有文學性，民國魯迅固執己見的雜文學也具有文學性，因為它們都是「人生的表現和批評」；同樣，無論是典雅的知識分子寫作還是粗獷的民間口語寫作，都可以假借想像、情感和體裁建構「藝術的組織」。

其四，既然「文學性」可以在歷史的流動中賦予具體的內容和形式，那麼有力量的文學研究也就完全有信心取法別的學科，包括文化研究與歷史研究。何以能夠做到取法他者而又不被他人吞沒呢？我想，這裡的關鍵就在於我們不是因為取法文化研究而讓文學成了文化現象的注腳，也不是因為借鑒歷史研究而讓文學淪為了歷史運動的材料，我們必須借助豐富的文化考察接通文學精神再塑形的內涵，就是說在文學研究的方向上，社會文化的內涵並不是現實問題的說明而是文學精神的一種組成方式，不同的社會文化內涵其實形成了文學精神的深刻差異，挖掘這樣的精神才能真正抵達文學的深處，正如不能洞察佛家文化之於魯迅的存在就無從體味他蘊藏在尖刻銳利之中的悲天憫人，不能剖析現代金融文化之於茅盾的存在也無從感受他潛伏於心的對於現

〔註17〕魯迅：《華蓋集·題記》，《魯迅全集》第3卷，第4頁，人民文學出版社1981年。

〔註18〕羅家倫：《什麼是文學——文學的界說》，1919年2月《新潮》第1卷第2號。

代都市文明的由衷的激情。在另外一方面，所謂的「文學性」也的確不僅僅是詞語自身的組合與運動，甚至也不純然是個人話語方式的權力顯現，它也是綜合性的社會文化的結果，對於現代中國文學而言，尤其包括了國家─民族力量全面的作用。在這個意義上，也是在文化研究和歷史文獻的輔助下，我們才可以更加準確地把握和認定種種國家─民族之於文學話語的塑造功能，例如爭取國家獨立、民族解放的自由話語，受制於威權統治的話語定型和個人表達的騰挪、閃避、隱晦修辭等等，總之，文化研究與歷史研究可望繼續為文學語言的定性提供思路和啟示，在這裡，至關緊要的不是文學研究與文化研究、歷史研究爭奪空間，而是它們的聯手與結合，當然，這是在努力辨析文學的藝術個性方向上的對話與合作，最終抵達的是藝術表達的深度。

《今天》的詩性與學術性（代序）

朱壽桐

關於北島他們主編的《今天》的英文翻譯問題，曾有一個早已成為歷史的參差。著名翻譯家馮亦代建議將雜誌翻譯為「The Moment」，於是《今天》的創刊號使用了這樣的英譯。這顯然是一種非常有力度的翻譯策略，包含著那個時代特有的激烈與決絕，一如北島那一聲聲「我不相信」的叛逆性的宣示！的確，對於從當代的政治「中世紀」走出來的中國大陸詩人來說，一切都還來不及分辨：昨天的絲縷對於今天到底是標誌著捆綁、束縛，還是意味著歷史聯繫？一切都還來不及判斷：此刻的反思有沒有能力或者餘裕去覆蓋或鏈接明天的圖景？

過於強調的此刻是一種嚴酷的現實，是一種莊重的歷史，是一種忍耐著的凝視，是一種思想聚焦瞬息綻放的火花。它沉重，是因為拒絕了空間的排解與時間的舒緩；它肅穆，是因為割斷了彼往的糾結與未來的徵詢。因此，此刻是現實的拷問，是思想的爆發，是痛楚與歡快剎那間的交融，然而不適合情感的詩性交流，不適合彼此間呻吟的交響，更不適合在任何詩性和哲學性的意義上與悠久的歷史對話，與漫長的未來進行公開的宣示或者隱秘的私語。

於是，北島回憶，當時的美編等在設計第 2 期封面時沒有採納老翻譯家的意見，仍然選用了「Today」這個譯名。其實，在北島以及他的同仁們的潛意識裏，他們設計的「今天」或許恰恰並不是「此刻」（The Moment），而是需要聯繫悠久的歷史以及漫長的未來，也即需要觀照昨天與明天，儘管他們在詩裏詩外都曾那麼聲嘶力竭地叫喊過與歷史告別，與過去決裂。鑲嵌在昨天與明天之間的「今天」當然是 Today。今天是時間長河中的一段，而不是一個稍縱即逝的瞬間，它容留著一定的歷史厚度，數千年的文明歷史或血雨腥風都

可能以記憶的方式打開甚至重演，準備贈與未來的一切美好的祈願都可能在這一時段中提前醞釀與發酵，於是，「今天」包容著遠比「此刻」更加豐富更加厚實的時空內涵，「今天」比「此刻」更富有詩意的蘊含。

這當然不是北島這些《今天》雜誌的當事人直接表述出來的意思，也不是較長時間以來一直研究《今天》詩歌的年輕學者張志國釋繹出來的觀點，而是我自己的理解與發揮，帶著過渡闡釋的意味，將「今天」與「此刻」的意念導入了意義的僻靜之處。如果這樣的闡釋有一定的道理，則與張志國這部書的學術建樹及其學術啟發性有關。這部書正是在廣泛而厚重的歷史聯繫中闡解了《今天》及其所催生和黏結的詩人群體（用張志國在書中的論述，便是以《今天》為標識的「詩歌家族」），並將他們在「今天」的創獲引向詩性的明天。

是的，如果說文藝家可以憑藉著時代的激情，將「今天」粉碎為瞬間的「此刻」，以此拒絕歷史無休無止的糾結，以此割斷未來繾綣纏綿的纏繞，則研究者必須非常警覺地將「今天」置於昨天的歷史聯繫和明天的未來闡釋之間，因為他除了對研究對象負起責任來而外，還必須以厚重的歷史感對於學術內涵的未來釋義負起責任。張志國博士深知這一點，他的研究也隨之體現出這樣的學術素質。

相對厚重的歷史感是這部書最為醒目的學術特質。一個當代題材的學術課題，歷史感的找尋常常是難能可貴的。許多當代文學批評文章就是因為歷史感甚至歷史意識的缺乏而導致學術分量感的降低，這部書則由於從不缺少歷史審視意識而避免了這樣的情形。本書的歷史感首先體現在盡可能豐富的歷史聯繫中闡論研究對象，以歷史的長鏡頭穿越研究對象的相對空間，於是將朦朧詩的起源敘述置入更為豐茂的歷史腹地，追溯到 50 年代末至 60 年代初「時代之根」，當然也聯繫到 60 年代末至 70 年代初的「平民詩人郭路生」與「從白洋淀到北京的詩歌江湖」等詩歌史現象。其次，作者通過盡可能詳實而豐滿的歷史材料，甚至通過盡可能還原歷史現場感的論述方式，體現自己所樂於觀照的相對厚重的歷史感。他明白歷史的追問需要藉重於豐富的材料和富有現場感的學術描述，於是立足於最新史料的挖掘、剖析與整合，所有的論述都不以只停留在歷史脈絡的史實梳理上為滿足，而是在保持時代寬度和歷史厚度的旁徵博引中多方位地甚至是立體地呈現歷史情形和現場風貌。論者能在政治場、經濟場、民間、大學場、詩歌場之間的滲透、合謀、對抗以致

於引發詩歌場域的結構變化與權力重新分配的諸種關係探索中，歷史性地定位《今天》詩群的命運與價值。這樣的學術策略決定了這部書史料注引和闡述特別詳密，超越千字的注文時有出現。這不僅在外觀上給人以厚重、敦實的學術感觀，而且在學術內涵上保證了敘述、闡論的精準與可靠。學術論著之所以不同於一般的文學評論，就在於它並不僅僅是思想的成果，不僅僅是觀點的表述以及好惡的判斷，更重要的還是歷史的總結，學術的推證，言之鑿鑿的史料和真實可信的描述以及由之構成的學術厚重感顯得十分重要。

相對深湛的詩學追問構成了這部書另一番學術景觀，也是這部書能夠在解剖《今天》詩群的同時可以毫無愧色地面對詩性探索之未來的學術保證。論者非常潛心地研究類似於「詩質格局」之類的理論命題和現實範式，但並不以他所選定的《今天》詩群所提供的詩學模型為度，而是在更加開闊的學術視野中對「詩質格局」進行超越性的內涵探索，從而使他對《今天》詩歌的判斷同樣輕易地躍出了「今天」的理論閾限，坦然地面對詩學的未來。敏銳的問題意識不經意地嵌入全書的學術闡論之中，每一個理論問題和學術問題都不僅僅停留在對於《今天》詩歌的解讀，而是直接自信滿滿地面對漢語詩歌歷史的走向和詩性智慧發展的未來際遇。這樣的視野引領著任何一個專注的讀者都不時地將目光投向《今天》以外的詩歌世界，甚至於通向詩歌發展的未來，儘管它的理論力度距離這樣的未來還相當遙遠。

因而，這部書看起來是那麼專注於《今天》，似乎是《今天》的歷史不厭其煩的學術敘述，但它所探索的詩性問題，詩性的歷史與規律問題，都以一種更加豐富的學術含量超越了「今天」。這樣的學術含量無一不深深地包藏於《今天》及其詩歌家族的時代奉獻中，然而它們又可以自然地運用於別的研究對象的闡釋，別的詩歌現象及其發展路向的解讀，甚至可以相當自如地運用於《今天》以外其他種詩歌歷史的學術解析。這是這部書學術視閾理論視閾特別寬闊的體現，更是這部書學術品質理論品質的一種饒有魅力的體現。

目

次

引　言

　　作為中國新詩發展方向上的一座分水嶺、大陸當代詩壇最引人矚目的文化景觀、一代乃至幾代青年讀者熱情追捧的詩歌經典，朦朧詩從出現迄今已近半個世紀。1978 年底《今天》雜誌的創刊標誌著朦朧詩馳入中國讀者的公共視野。它努力契合時宜，在中國社會「求真求新」文化邏輯的主導下，以蘇醒的自我意識、未來的精神指向與純美的情思意象被青年讀者廣為傳誦；它又不合時宜，以懷疑迷惘的自我意識、玄奧抽象的冷酷思索與新奇隱晦的語言表達，從根本上違逆了長期以來主導中國詩壇的主流價值體系與審美規範，終於招致「朦朧晦澀」的非議甚至是政治立場的批判。

　　朦朧詩運動直接發端於《今天》雜誌〔註1〕，朦朧詩的主將來自《今天》及其周邊，朦朧詩論爭主要以《今天》詩人的詩歌為文本背景，事實越來越清

〔註 1〕　《今天》雜誌具備承上啟下的樞紐功能及開端意義，主要體現為它將一種「文革」期間潛在的、具有獨特美學風格的詩歌進行了主動集結與合理化地公開推廣，從而獲得了官方文壇的特別關注：一方面，邵燕祥將民刊《今天》的詩歌在官方權威刊物《詩刊》上首次轉載，引起廣大青年讀者的注意；另一方面，民刊《今天》的傳播，直接激發顧城將具有類似風格、塵封已久的詩集《無名的小花》公開。北京西城區文化館業餘詩歌組組長李明旭將它在區辦文藝小報《蒲公英》上選刊。見顧城：《少年時代的陽光》與《剪接的自傳（上）》，《青年詩人談詩》（教學參考資料），老木編，北京：北京大學五四文學社，1985 年版，第 40、51 頁。公劉看到顧城和北京其他青年詩人的詩作後，有感而發，於 1979 年 3 月 14 日寫出《新的課題——從顧城同志的幾首詩談起》一文。該文的發表，被公認為官方文壇上最早一篇深刻提出青年詩人群體性思想問題，進而引發詩壇爭論的標誌性文章。它奠定了從思想立場解讀朦朧詩的詮釋框架，拉開了朦朧詩論爭的「序幕」。見田志偉：《朦朧詩縱橫談》，瀋陽：遼寧大學出版社，1987 年版，第 3 頁。《今天》的詩歌風格與官方詩壇的既定風格既有銜接又相牴牾，二者共同激蕩起一波眾聲喧嘩的朦朧詩潮。

晰地表明，朦朧詩的發生研究應以考察《今天》為原點：《今天》詩歌為何產生、如何演化？它與中西詩歌傳統呈現出怎樣複雜的關聯？《今天》雜誌走向公共空間與匯入民主運動時，如何定位、塑造形象又為何做出調整？這一朦朧詩的起源問題，受制於歷史資料的匱乏、監察機制的壓力、研究視角的盲區被學界長久擱置，未能深入展開，這使得橫空出世的朦朧詩在過去半個世紀裏成為難解的歷史謎案。

20 世紀 80 年代中前期，參與朦朧詩論爭的學人已經注意到，朦朧詩的興起源於年輕一代特殊的文革體驗以及他們對於缺乏「自由」和「自我」的官方詩歌道路及「標語」「口號」虛假詩風的藝術反叛〔註2〕。它的出現曾受中外現代派文藝思潮的啟發，它的湧現又得益於「四五運動」以來社會大震盪所開啟的歷史契機。

然而饒有意味的是，此時的大陸學界只將研究視野圈定在公開詩壇，而對民間刊物《今天》不置一詞。朦朧詩的發生敘述繞過《今天》雜誌，與「四五」天安門詩歌運動銜接起來〔註3〕。這使得《今天》與朦朧詩運動二者之間

〔註2〕 謝冕認為中國新詩的發展道路從 30 年代的大眾化、40 年代的民族化到 50 年代向新民歌學習，就總的方面說，是在走向狹窄，即缺乏自由。「文革」結束後，人們由鄙棄幫腔幫調的偽善的詩，進而不滿足於內容平庸形式呆板的詩。在這種情形下，一批新詩人在崛起。見謝冕：《在新的崛起面前》，《光明日報》，1980 年 5 月 7 日。孫紹振認為《講話》發表後，事情走向了另一極端，詩人的真實感受被忽視了，甚至產生了「迴避自我」的傾向。在迴避自我的風氣統治之下，到了 50 年代末期，「即使很有才情的詩人也很難不在浮誇詩風的衝擊之下喪失自己的聲音，用假嗓唱著言不由衷的頌歌。這種用虛假的大話來粉飾自我和生活現實的流毒是至今還沒有肅清的，至少是在藝術上那種脫離生活的虛誇的想像程序是還沒有根本打破的。就在這個時候，出現了一批一反這些積弊的新人」。見孫紹振：《恢復新詩根本的藝術傳統——舒婷的創作給我們的啟示》，《福建文藝》，1980 年第 4 期。

〔註3〕 值得追問「四五」天安門詩歌運動在何種程度上參與了朦朧詩發生的歷史敘述。首先它與「新時期文學開端」的歷史敘述糾結在一起，同時又與確立新時期詩歌的社會主義方向和現實主義主流緊密關聯。1980 年 4 月廣西南寧召開首次大型「全國當代詩歌討論會」，謝冕認為中國新詩在「一九七六年『四五』以後，有了根本的改變。一九七九年，是一個劃時代的轉折」。「特別是一九七九的詩創作，由於打破了禁錮思想的重重枷鎖，中國新詩死而復生了。」見謝冕：《鳳凰，在烈火中再生——新詩的進步》，《長江》，1980 年第 2 期。張炯在大會總結發言《有益的探討，豐碩的收穫》中認為，「天安門革命詩歌的澎湃浪潮揭開了我國新時期社會主義文學的序幕。粉碎『四人幫』三年來，詩歌取得的成績有目共睹」。見《新詩的現狀與展望》，全國當代詩歌討論會編，南寧：廣西人民出版社，1981 年版，第 3 頁。在 1983 年以前，參與朦朧詩論爭的雙方並

不把「四五」詩歌運動作為朦朧詩乃至整個新詩潮的發端，而普遍以「1976 年 10 月粉碎四人幫」或者「1979 年青年詩人詩作的湧現與『新的課題』的提出」作為新詩潮發端的標誌性事件。見朱先樹：《實事求是地評價青年詩人的創作》，《新文學論叢》，1982 年第 2 期與鍾文：《三年來新詩論爭的省思》，《成都大學學報》，1982 年第 2 期。進入 1983 年後，蔡其矯在演講中，將朦朧詩的發生與天安門「四五」運動在精神上對接起來，認為天安門「四·五」事件是以詩歌為武器的鬥爭，意義非常重大，但藝術不成熟。1978 年底，「四·五」精神再現在西單民主牆上，產生了現在所謂的「朦朧詩」。見蔡其矯：《詩歌的傳統和現代化》，《詩的雙軌》，福州：海峽文藝出版社，2002 年版，第 15 頁。詩人顧城從詩歌審美意識的階段性和詩歌表現內容的角度，清晰地分辨「四五」詩歌與「朦朧詩」的關聯與差異：「從『四五』運動起，詩開始說真話，詩開始有了恢復和發展的可能。很快，在反映社會問題上，有了突破，詩有了某些獨立的社會價值」，但一切並未終止，「人，還有另外一些領域」需要重新開拓，「這些領域就是人的心理世界，偉大的自然界和人類還無法明確意識的未來世界」。見顧城：《「朦朧詩」問答》，《文學報》，1983 年 3 月 24 日。然而這種區別性特徵在 1985 年權威的文學斷代史著作《新時期文學六年》中未被採納，而是力圖將朦朧詩整合在社會主義現實主義主潮框架下：「天安門革命詩歌所體現的那種憂國憂民的深沉思考」是「支配新時期文學主導的思想傾向」，因此「無論從作為一次思想解放運動的標誌上，還是從詩歌與時代、與人民的重結密緣上，我們追溯新時期詩歌主潮的源頭，都不能不從『四五』運動中的詩創造開始」，因為它「有力地證明了歷史的變動對現實主義詩篇的必然要求及其內在的聯繫」。見《新時期文學六年 1976.10～1982.9》，中國社會科學院文學研究所、當代文學研究室編，北京：中國社會科學出版社，1985 年版，第 10、97 頁。1988 年另一部文學斷代史專著以「四五」詩歌為獨立專題，定性為「一次短暫勃發的現代古詩文運動」，「文學呈現出了由個體精神覺醒發展到整體的民族精神覺醒的特徵」。宋耀良列舉天安門詩歌運動中北島的詩歌《回答》，從傳統審美意識蘇醒的角度，闡發「四五」詩歌與朦朧詩的關聯：「四五」詩歌「促使一批富有才智的青年詩人把傳統詩詞中的精華與自由體詩更好地糅合起來，探索到了一條新的道路，逐漸完善了『朦朧詩』體」。儘管後來的研究表明，青年詩人結合傳統詩詞與自由體詩的探索遠早於「四五」詩歌，但他清醒地看到朦朧詩與「四五」詩歌存在的審美分歧，表現為朦朧詩的「雙重挑戰特性」：其一，「作品不僅凝聚與濃縮了巨大的心理能量、爆發心底的憤怒、體現出對黑暗勢力的勢不兩立的挑戰」；其二，「在詩歌情緒的傳達和表現形式方面，也有著驚世駭俗的曲變，呈現出堅硬銳利的古怪詩風」，「其奇特形式無言地存在，亦已構成對傳統審美和詩作的傲岸挑戰」。這意味著，朦朧詩並非僅是四五詩歌的延伸，其自覺的審美意識另有源頭。此外，他還注意到自發性的「四五」詩歌運動並未依託現代傳媒，而朦朧詩運動從開始就自覺與現代傳媒聯姻。見宋耀良：《十年文學主潮》，上海：上海文藝出版社，1988 年版，第 33～50 頁。1993 年較為權威的詩歌史著作將「四五」詩歌運動定性為詩是「鬥爭的武器」與政治工具觀念的延續：「僅從詩歌的範圍上看，對它的性質及其意義的認識，肯定應該主要從政治的方面著眼」。儘管「四五」詩歌「是對中國當代詩歌的一次『啟蒙』，詩第一次顯示出自己獨立的思想、文化價值」，催生了

緊密的歷史關聯，在最初十年間被大陸學界忽視，相反，海外學界給予了初步的論述〔註4〕。

延續上述研究思路，1980年代後期至1990年代末，在追溯當代詩潮源頭

新時期詩歌主體意識的覺醒和真實情感的表達，充當了「新時期詩歌的先導」，但是「這種價值的表現，還停留在政治判斷上，而未深入進藝術的層次」，「如果因為『天安門詩歌』在政治上產生的巨大影響，就以為它在藝術上也可以作為我們詩歌的楷模，則仍然是一種用政治替代藝術的值得討論的觀點」。研究者基於「純文學」藝術觀念，力圖揭示「四五」詩歌與朦朧詩運動之間客觀存在的藝術鴻溝。見洪子誠、劉登翰：《中國當代新詩史》，北京：人民文學出版社，1993年版，第232～234頁。與這種「純藝術」化歷史敘述不盡相同，1996年陳仲義在朦朧詩研究專著中，認為「文革時期北京的『沙龍』文學——70年代初上山下鄉時期的『白洋淀詩群』，以及1976年天安門詩歌運動」，這「三種自發的文學力量構成《今天》——朦朧詩潮潛在深層的背景土壤」。陳仲義：《中國朦朧詩人論》，南京：江蘇文藝出版社，1996年版，第1頁。2005年洪子誠、劉登翰在《中國當代新詩史》（修訂版）中，不再提及「四五」詩歌與朦朧詩運動的關聯，民刊《今天》成為朦朧詩運動的敘述起點。

〔註4〕 1985年前大陸的朦朧詩論爭、文學史著作和朦朧詩選本從未提及民刊《今天》。造成這種現象的原因，除了當時學界將精力過多投入朦朧詩的論爭外，更為重要的是，在政治監察機制下，《今天》等民刊資料及「文革」地下詩歌很難被大陸學者系統掌握。與此同時，大陸當代文學研究格局的不健全和盲區也使得學術界缺乏將「非官方」文學納入研究視野的自覺意識和學術勇氣。相反，在上述方面，海外學界具備相當的優勢。1982年5月底，在紐約聖‧約翰大學召開的當代中國文學會議上，正在印第安納大學讀研究生的 Pan Yuan 和 Pan Jie 發表了《非官方雜誌〈今天〉與年輕一代的新文學觀》一文，首次向海外學界系統介紹《今天》雜誌的構成和文學史意義。文章指出《今天》詩歌使中國讀者震驚並引發了爭論。《今天》雜誌在追求文學獨立與新的藝術技巧過程中，受到了社會環境的種種限制。然而《今天》倡導的新文學，提供了多元文學類型並存的可能性，即政治主導型文學與獨立於政治的純文學、強調中國文化傳統的文學與汲取外國文化傳統的文學。見 *After Mao: Chinese Literature and Society 1978~1981*, edited by Jeffrey C. Kinkley, the Council on East Asian Studies, Harvard University Press, Cambridge and London, 1985, P.216。1983年香港中文大學翻譯研究中心的《譯叢》（*RENDITIONS*, Nos. 19 & 20, Spring & Autumn）以中英文形式編發了《朦朧詩選》（*MISTS: New Poets from China*），John Minford 在導言中指出，這是首次大規模以英文翻譯七位朦朧詩人的作品，七位詩人都在「種子」雜誌《今天》上發表過詩作。1985年《譯叢》（*RENDITIONS*, Spring）上發表了葉維廉的《危機詩歌：楊煉、江河與朦朧詩》（Crisis Poetry: An Introduction to Yang Lian, Jiang He and Misty Poetry），文中說：「這些詩人的詩歌最早通過油印形式私下交流，例如《今天》雜誌，隨後在幾個官方雜誌上公開發表，立刻引起了狂熱的爭論，1979年後被嚴厲地批評為不負責任的『朦朧』和不必要的『古怪』。隨後，這群詩人被指認為朦朧詩人。」

與還原歷史細節的倡議下，一批「文革」地下詩歌資料陸續出土〔註5〕。藉此詩界與學界將朦朧詩的起源敘述置入更為豐茂的歷史腹地，構造出 50 年代後期至 60 年代初期「時代之根」、60 年代後期至 70 年代初期「平民詩人郭路生」與「從白洋淀到北京的詩歌江湖」、70 年代末至 80 年代初期「《今天》的創刊及黃金時期」如此一條歷史序列。其中，《今天》雜誌的地位備受矚目，成為詩歌史敘述中銜接「地下詩歌」與「朦朧詩運動」的交匯點〔註6〕。然

〔註5〕 「1988 年 5 月 15 日夜，在雪迪家，我和芒克、多多、根子、郭也諸君聚首一趟。酒酣耳熱之後，由對當前詩界諸種怪現象的抨擊，轉而追溯起當代詩潮的源頭。芒克和多多兩君你一句我一句地回憶起七十年代末到《今天》創刊前的北京地下詩歌群體的興衰史，我感到這段史料和先驅者的血不能任其淹沒，於是約多多寫了這篇長文」。該文即《1970～1978 被埋沒的中國詩人》，責任編輯老愚發表在《開拓》雜誌 1988 年第三期上。文中指出食指是「70 年代以來為新詩歌運動趴在地上的第一人」，由此拉開了挖掘白洋淀詩歌群落與北京地下沙龍詩歌的序幕。20 世紀 90 年代後，經過《今天》1990 年在海外復刊發表的回憶文章、1993 年楊健的專著《文化大革命中的地下文學》、1994 年 5 月 6 日～9 日《詩探索》編輯部召開的「白洋淀詩歌群落尋訪」活動、1998 年《詩探索詩歌金庫——食指卷》的出版，到了世紀之交的 1999 年，廖亦武在拒絕遺忘和精神尋根的衝動下，主編出版了採訪資料集《沉淪的聖殿——中國 20 世紀 70 年代地下詩歌遺照》，較為系統地梳理出朦朧詩起源的歷史脈路。他在前言中銳利地指出：「『朦朧詩』概念的出現意味著整個六、七十年代的地下文學的『集體自殺』」。

〔註6〕 日本學界對朦朧詩與《今天》雜誌的關聯較為關注。岩佐昌暲在 1986 年 10 月《文學論輯》第 32 期上發表《朦朧詩的源流——關於雜誌〈今天〉》，1987 年日本的《中國年鑑》又收錄了他撰寫的《朦朧詩的出現——〈今天〉詩抄》。1997 年 10 月，日本的中國文學研究會以精裝合訂本形式影印出版了全套民刊《今天》（1978～80）。在大陸的文學史著作中，宋耀良的《十年文學主潮》最早將朦朧詩的起源與《今天》雜誌聯繫起來敘述。他將 1970～1979 年劃為朦朧詩的醞釀期，「這一時期的重要特點是他們由分散，走向集合；由各自的探索，趨向於風格的一致；由藝術上的幼稚逐漸達到創作上的成熟。朦朧詩派的詩歌創作上的高峰，就形成於這一時期。」其間「圍繞著《今天》，這批年輕詩人以文會友，形成了第一次的集合，這個意義很大，因為在緩慢和孤立的狀態中發展到這個程度，他們需要交流和切磋」，面對當時的「審美阻力」，「他們也極須凝聚成一股力量。《今天》詩刊的出現，意味著他們已經作為一個完整的流派而存在了，儘管當時社會還沒有承認他們」。見宋耀良：《十年文學主潮》，上海：上海文藝出版社，1988 年版，第 52 頁。隨後，在臺灣學界第一部朦朧詩研究專著中，莊柔玉延續了宋耀良的論斷，在分析比較了《今天》雜誌之於自辦刊物的重要地位後，明確指出：「《今天》在朦朧詩派的發展上扮演著一個很重要的角色：既匯聚了一群有時代使命、具探索精神的詩人，讓他們有發表作品、交流意見、探索創作路向的基地，又把一些跟解放以來傳統藝術手法迥異的詩歌內容和風格，推廣開去，帶動一種新的詩歌潮流」。見莊柔玉：《中國當代朦朧詩研究：

而，在有著清晰脈絡的連貫敘述中存在著簡單化的危險：首先，歷史的時間秩序並不等同於詩學的生長秩序。因此不能毫無異議地依憑時間的先後而非詩質的規約來評判詩人在朦朧詩潮中的位置或歸屬；其次，強化朦朧詩與體制文學的顯現對抗〔註7〕，譁莫如深地遮蔽二者之間潛在的詩學關聯。具體而言，多數研究者立足於「地下詩歌」的反叛特質，採取單向考察視角，一方面淡化朦朧詩與 50、60 年代革命詩歌傳統的承續關係，無意考察主流詩歌向「地下詩歌」滲透的問題；另一方面順時性地將「地下詩歌」——《今天》雜誌——朦朧詩潮看作一個詩藝累積發展的模式，因而忽視了每一個環節上不同場域力量與媒介參與迎拒、篩選與改造的問題。其後果之一，便是簡單地把《今天》詩歌與朦朧詩混為一談。如此以來，《今天》雜誌與朦朧詩潮之間的複雜關聯便被減縮，不同場域力量在朦朧詩潮生成過程中的深層運作與互動關係遭到忽視。

　　1980 年代中後期，現代主義文藝思潮及研究在中國興起，朦朧詩在現代主義美學框架中確立地位〔註8〕。隨之，朦朧詩與西方現代主義文學的比較研

從困境到求索》，臺北：大安出版社，1993 年版，第 9 頁。而 1993 年後，大陸學界也紛紛建立起從「X 小組」、「太陽縱隊」，到「白洋淀詩群」、《今天》、「朦朧詩」的連續線索，構成了文學史的主流敘述。其中，1993 年洪子誠、劉登翰認為「《今天》這個刊物的出現及其產生的影響，可以看作是新詩潮的第一個浪頭」。見洪子誠、劉登翰：《中國當代新詩史》，北京：人民文學出版社，1993 年版，第 406 頁。1996 年陳仲義在專著《中國朦朧詩人論》中開宗明義地指出，朦朧詩潮以《今天》為發端，甚至使用了「《今天》——朦朧詩群」的集合概念。2004 年洪子誠、程光煒編選的《朦朧詩新編》，將「文革」期間「白洋淀詩群」的部分作品收入朦朧詩選本，展現了近年來學界研究的新進展。在序言中，洪子誠將《今天》的創辦與朦朧詩的發生聯繫起來：「最早創辦並影響廣泛、後來與朦朧詩有密切關聯的自辦刊物，是出現於北京的《今天》」，「《今天》、『今天詩群』的作品，在後來的詩歌史敘述中，被看作是朦朧詩的核心，甚至被看作就是朦朧詩」。至此，《今天》雜誌在朦朧詩運動中的重要地位成為了共識。

〔註 7〕　朦朧詩與中國新詩傳統，尤其是 50、60 年代傳統的顯性對抗，從朦朧詩論爭之初就被反覆強調。這種對抗進而被表述為社會語言的整體對抗：朦朧詩與當時環境構成的緊張衝突，「根本在於它語言上的『異質』性」，它「拒絕所謂的透明度，就是拒絕與單一的符號系統……合作」，它所訴求的「言語的反叛」，「直接針對著人們的言說行為和日常生活」。見劉禾：《持燈的使者·編者的話》，香港：牛津大學出版社，2001 年版，第 XVI 頁。

〔註 8〕　1983 年徐敬亞《崛起的詩群——評我國詩歌的現代傾向》一文，首次明確將朦朧詩潮的興起概括為中國現代主義詩歌的興起，引發了爭議。1988 年徐敬亞等出版了影響頗大的《中國現代主義詩群大觀 1986～1988》一書，「朦朧詩派」被置於詩群之首。

究受到青睞〔註9〕。然而朦朧詩與中外現實主義與浪漫主義藝術傳統、與現代主義美術等跨媒介藝術之間的比較研究仍存在較多空白。因此，本書上編三章，立足於最新史料的挖掘、剖析與整合，以「詩歌家族」、「發表語境」為觀察視角，不只停留在歷史脈絡的史實梳理上，而是以 20 世紀 50 至 70 年代的公開詩壇為潛在背景，深入《今天》詩人的文化習性與生命體驗機制、《今天》詩歌的詩體語言機制、《今天》刊物的編選發表機制，集中追問《今天》美學體系如何生發、生變、生成，進而形塑出怎樣的詩歌風貌這一根本問題，解秘「朦朧體詩」的誕生神話。

　　《今天》詩歌在全國範圍內迅速傳播引導了追新求異的朦朧詩潮，理論批評界長達五年的激烈論爭，更使朦朧詩的名聲播及海外。那麼，從 1978 年底到 1985 年底的七年間，「今天」詩歌到底怎樣傳播、官方詩壇如何迎拒規導、「朦朧詩」被怎樣接受又如何在爭論與重塑中確立詩壇地位、經典化、寫入文學史，其中運作的力量和邏輯來自何處？詩學的概念框架與評價標準、新詩的詩質格局與詩壇的力量構造如何演化，最終發生了怎樣的轉變？這一切有關「朦朧詩潮」發生及確立的問題，由於全國各地文學機構的廣泛參與、大中小刊物的積極傳播，研究資料紛繁浩瀚，難以求全責備，更因「崛起論」的得勢，致使文學史的主流敘事，迴避了「引導論」在推動朦朧詩確立與經典化中的建設功能。

　　1980 年代後期，曾有研究者自覺將朦朧詩潮劃分為三個時期，即 1970 年至 1979 年的醞釀期、1979 年 3 月後的社會承認期與 1980 年 5 月以謝冕詩評《在新的崛起面前》為開端的理論建設和爭鳴期〔註10〕。然而，從醞釀期到社會承認期如何過渡、官方詩壇與《今天》詩人對朦朧詩的形象進行了怎樣的塑造？這一關涉朦朧詩潮發生的媒介傳播問題未被有效揭示。更值得反思的是，朦朧詩論爭雙方不同立場與論點的爭執，在隨後的詩歌史敘述中被減縮為「崛起論」一方的合法化敘述，「引導論」的觀點和意義在敘述中嚴重缺席〔註11〕。

〔註9〕2004 年蘇州大學秦鹽貞博士的學位論文《朦朧詩與西方現代主義詩歌比較研究》，從人的發現和文的自覺兩個方面，對二者的關係進行了比較研究。然而遺憾的是，論文整體採用平行研究視角，對二者間的實證關聯未做細緻揭示。同時，論文的時間範圍設定在新時期後，因此與朦朧詩起源密切相關的新時期之前的西方詩歌未被論及。

〔註10〕宋耀良：《十年文學主潮》，上海：上海文藝出版社，1988 年版，第 54 頁。

〔註11〕1982 年鍾文在總結三年來的論爭時，選擇以公劉《新的課題》的提出為肇端，認為「它對年輕人是一個契機」。見鍾文：《三年來新詩論爭的省思》，《成都大

敘述的殘缺無法揭示朦朧詩論爭的演進邏輯與複雜情形。因此，本書下編三章，儘量多得保留重要資料的原貌，以方便讀者回到歷史現場，以文學經驗為考察視角，深入朦朧詩傳播空間、讀者群體、詩學論爭、篩選結集、文學史書寫等外部環節的系統考察。從考察外部場域如何塑造朦朧詩形象、詩壇權力怎樣重新分配、詩歌話語體系如何整體置換等問題出發重思「朦朧詩潮」。

一

上述研究對象的複雜內涵及其運行機制，需要一部完整的詩歌運動史來完成相應的學術論述。當然，凡是文學史研究，皆隱含著特定的文學史觀念與文學史敘事方法。

基於「大部分詩歌是文學傳統與超乎文學的個人經驗的聯合產物」〔註12〕這一詩歌觀念，有理由認為，詩歌史既是一部以詩人生命體驗與詩體藝術為基礎的詩歌家族演化史（包含詩人文化心理機制、詩體語言機制），其中，詩人個性經驗對文學傳統慣例的「不滿」是促使詩歌史發展的真正動力；同時也是

學學報》，1982 年第 2 期。1983 年在重慶詩歌討論會上，鄭伯農首次系統地將謝冕的《在新的崛起面前》、孫紹振的《新的美學原則在崛起》、徐敬亞的《崛起的詩群》三篇文章整合為詩歌理論的三次「崛起」給予批判。同時揭示「引導論」與「崛起論」導源於「詩歌發展道路問題的討論，是由對一批青年詩人的創作的評價引起的」，它們是基於不同文藝思想立場的「兩種引導」。見鄭伯農：《在「崛起」的聲浪面前——對一種文藝思潮的剖析》，《詩刊》，1983年第 6 期。1980 年代後期，隨著朦朧詩地位的確立，三個「崛起」成為文學史敘述的正統理論凸顯出來，「引導論」的敘述開始缺席。見宋耀良：《十年文學主潮》，第 58 頁。這種片面的敘述很快受到了質疑，田志偉在 1987 年出版的專著《朦朧詩縱橫談》中，試圖全面而辯證地評價這場論爭：「它標誌著進入八十年代我國詩歌理論界探索空氣的空前活躍，標誌著一種藝術民主空氣的真正實現，是『雙百』方針指導下的一次平等的對話。」儘管這一樂觀的論斷容易掩蓋論爭雙方在場域位置與權力上的不平等事實，然而他卻首先意識到「引導論」在推動論爭發展上的重要功能。他將論爭的起點推至 1979 年 10月公劉發表在《星星》復刊號上的《新的課題——從顧城同志的幾首詩談起》一文，承認它引發論戰的積極意義。繼而辯證地指出，章明首次提出的「朦朧詩」體概念具有重要的歷史價值，同時對三個「崛起」論的提法與論點的偏頗提出質疑。最後客觀展現雙方參與論戰的歷史進程與論戰焦點。由於作者立意為朦朧詩辯解，因此對「引導論」中提到的某些朦朧詩體「晦澀」的問題未給予辯證的分析。見田志偉：《朦朧詩縱橫談》，瀋陽：遼寧大學出版社，1987年版，第 19 頁。遺憾的是，此後的文學史主流敘述並未採納辯證分析與價值中立的評判，只是一味推介「崛起論」。

〔註12〕宇文所安：《初唐詩》，賈晉華譯，北京：三聯書店，2004 年版，第 40 頁。

一部詩歌作品的發表史與讀者閱讀接受史（即社會傳播機制、詩壇運作機制、讀者閱讀機制、學術生產機制），它們對於詩歌運動與詩歌潮流的生成與推動作用尤為重要。因此本書研究的對象，首先就是《今天》詩人如何突破「文革」詩歌美學的標準化慣例，並學會利用中西詩歌傳統為自己的目標服務，從而重獲文學自由，建構起獨立統一而又多元的詩美空間；繼而透過對發表語境與閱讀語境的細緻考察，揭示《今天》詩歌如何通過自我形塑與公開詩壇的迎拒規導達成「朦朧詩潮」的共贏，從而引發詩壇格局力量的重構與詩美評價標準的遷移。

　　詩歌史研究與寫作，是敘述、分析與評判三者的協作。敘述中止之處，分析與評判出現。敘述者的立場、視角與想像，只能使他逼近歷史的層層片斷而無法完整地復現原貌。敘述者的唯一選擇是放棄「上帝」單一的敘述語調，尊重詩人與讀者的差異，竭力融入當事人的眼中去打量發生在他們身邊的歷史，甚至直接讓詩人和讀者參與敘述，這些角色幫助敘述者建立了一個對話系統，從而引導對話向著開放、多元的方向發展。敘述者作為討論會的主持人，串接不同的議題，必要時提醒他們勿要離題太遠。然而議題的設定與分析評判，卻是由敘述者化身為目光悠遠、學識淵博的「學者」身份從美學的歷史性與論爭的中立性出發來考量。

　　至於歷史觀問題，凡歷史事件的發生皆有偶然因素，也可以說正是在歷史發展的必然趨勢中偶成的。《今天》是否自覺地、有意地、嚴密地設計一系列事件應對時局變化作出「完美」的調整終而使《今天》詩歌浮出地表走向公開詩壇，其間有沒有眾多偶然事件、偶然力量的參與，諸如此類「偶然／必然」二分的問題對於複雜歷史的整體敘述而言無需刻意強調，把握運動的整體趨勢，避免「過度闡釋」才是理想的選擇。如何確保研究框架的有效性與方法的洞見性，需借助以下幾個觀察視角與研究方法。

二

　　基於文類學的「慣例」（convention）研究，「詩歌家族」觀念被有效提出。同一詩歌家族內部的成員，彼此享有親緣關係（認同或反抗）的慣例，因此，「讀者若想完全瞭解某首詩的意涵及其意義（significance），非得先領會整個文體的傳統成規不可」〔註13〕。不同詩歌家族之間，依據親疏遠近，既可聚合

〔註13〕孫康宜：《詞與文類研究》，北京：北京大學出版社，2004 年版，第 164 頁。

成良性互補、互滲的詩歌族群，也有可能彼此爭鬥，呈現出強勢家族向對立家族滲透的不和諧現象。詩歌家族的邊界既確定又模糊，互有交界又各有領屬，成為一個交隔互滲的群族空間。

詩歌家族的形塑與衍變是在各個時代的社會文化與詩人生命體驗相互對話、協商或者對抗的過程中悄然發生或者迅猛爆發的。《今天》詩歌家族的更迭便是在不同歷史階段由《今天》詩人生命體驗的巨變引發。其間，《今天》詩人的文化「習性」無疑加劇了生命體驗的震盪程度，使他們發而為聲。但應該警惕的是，與文化習性的相對穩定性與時代造就性不同，生命體驗具有溢出特定時空語境的偶發性，如舒婷《致橡樹》的創作。

依據詩人的生命體驗，在第二章中《今天》詩歌被區隔為「命運漂泊詩」、「戲劇對抗詩」與「日常生活詩」三大族群。其中，「命運漂泊詩」中的「離別詩」家族，誘發了掙脫集體革命的個體意識，終於在「以弱抗強」的「個體對抗詩」中確立「自我」獨立意識。隨後的「日常生活詩」試圖逃逸「戲劇對抗詩」過於緊張的政治意向結構，轉而進入純藝術世界的探索，為《今天》詩歌的多元發展提供了豐沛的藝術滋養。

詩歌家族甚至影響著《今天》詩人對於中西思想資源與藝術傳統的取捨，可以說，後者恰恰也參與了《今天》詩歌家族的構建。「命運漂泊詩」之於浪漫主義、象徵主義傳統，「戲劇對抗詩」之於現代主義、現實主義傳統，存在著天然的呼應，對此第三章將給予論述。

「命運漂泊詩」中的「迷惘詩」成為朦朧詩批評的焦點之一，即「朦朧意識狀態」詩；「日常生活詩」中的「詩體探索詩」成為朦朧詩論爭的另一焦點，即「思辨體小詩」，第五章第三節對這些「朦朧詩體」進行了辨析。

在上述詩歌家族的分析中，運用了文本細讀與對比閱讀的方法。在詩歌家族內部進行對比閱讀的方法無疑是最能凸現傳統慣例與詩人特徵的有效手段之一。

三

本書另一獨特的觀察視角是「發表語境」。20 世紀 80 年代中後期以來，從朦朧詩論爭中衍生出的詩歌美學批評，掙脫了庸俗社會學批評，確立起關注純粹「文學性」品質的內部研究。新詩的內部研究雖然具備相當大的探討空間，但是單一的內部研究格局無法解釋新詩生成過程中傳播媒介與閱讀空間、

詩壇力量與學術生產等外部環節對於新詩歷史形象與內在性質的主動塑造。因此，打破內部研究與外部研究的藩籬，回歸整體研究的視野，正成為文學史研究的一個重點。「發表語境」這一概念，正是作為貫通內部研究與外部研究的有效結合部而被提出。通過追問「發表語境」在作品傳意、釋意過程中的實際功能與意義，將豐富的歷史細節與文化因素整合進來，從而扭轉文學研究的自閉傾向。

　　對於一首詩的考察，除了放入「詩歌家族」的變遷語境中進行考察外，還要以貼近「詩歌在當時應該是什麼樣」的想像為線索，細緻追問「發表語境」這一「歷史語境」的核心，從而擺脫籠統模糊的宏觀假想。作為研究對象的「朦朧詩的發生」問題，由於四十年餘來中國讀者經久不衰的高度關注，歷史資料得以不斷挖掘、累積與細化，這恰恰提供了考察「發表語境」所需要依託的詩人傳記、詩歌修改、編者回憶、讀者書信等豐富的話語資源。在發表語境的構成中，關注的焦點問題是「發表語境」之於詩人創作、刊物編選、讀者閱讀、詩歌闡釋、詩人定位的意義。在這裡，讀者圈子以及作者、編者在這個圈子傳播作品時的想法，就是特定層面上的發表語境。

　　《今天》雜誌的詩歌編選與發表是第一章集中探討的問題。《今天》雜誌在整個民刊運動中的處境與定位如何影響《今天》詩歌的形象塑造、刊物編排與詩歌修改，從而使發表語境在某種意義上轉化為創作語境，如蔡其矯《風景畫》的修改。另一種轉化的情形出現在《今天》詩歌的地下創作期（見第五章第一節）。此時詩人與讀者組成「你中有我」的「親情共同體」，詩人面對這一發表語境大膽探索與表達，進行無功利的自由創作。在這裡，詩歌的發表語境直接構成另一位詩人的閱讀與創作語境，如對芒克詩的閱讀，激起了根子的創作熱情，對根子詩的不滿，又促發多多拿起筆來。圈子內部的發表語境與創作語境緊密地交結在一起。

　　發表語境還是讀者距離文本最近的閱讀語境。在刊物編排中，每一首詩歌與前後的詩歌文本乃至整本刊物作品構成了互文性的解讀空間。讀者從前及後的閱讀順序將決定這首詩歌的多重意義。整體上看，讀者對於《今天》詩歌的閱讀，最初是在雜誌的整體語境中進行的。因此對雜誌的認同會影響讀者對每一首具體詩歌的態度和理解。具體而言，例如《今天》雜誌中北島《宣告》一詩的位置，前有《迷途》的幻美追尋，後有《無題》的埋葬衰老，位列中間的《宣告》流露出詩人剝離歷史「英雄」身份、回歸自我的願望。這比起

孤立地閱讀紀念遇羅克的《宣告》更能真實地展現出《今天》詩人當時複雜的精神處境與詩歌演變的深層線索；又如舒婷在公開刊物《星星》上發表的《落葉》，流露出低沉、迷惘的情緒，這首詩歌被安排在徐慧的《知青的回憶》後發表，使讀者獲得了從知青經歷去解讀的閱讀慣性，該詩的寫作、發表與閱讀便具備了歷史合法性。由此可見，發表語境既具有保護功能，也能夠遮蔽詩歌闡釋的豐富性。正是通過對發表語境及策略的細緻考察，特定歷史時期的詩歌場景才能真實地呈現出來。

發表語境固然不會決定優秀詩人與詩歌在文學史上的最終占位，但在一定時期內，它直接導致詩人在詩壇占位上的失勢甚至缺席，影響詩歌選本與詩歌史的寫作。這裡的情形比較複雜，例如多多的詩，即便在當時廣泛發表，因溢出了整個社會的期待視野，難以被詩壇接受。芒克的詩，顯然應該獲得社會的接受，但詩人卻主動放棄官方詩壇的發表，造成詩人的缺席，影響力減弱。食指的詩，錯過了在1970年代公開發表的最佳時機，晚至朦朧詩運動中後期刊發，但隱忍的精神氣質在昂揚的自我氣質面前相形見絀，這是時代造就的悲劇。正是由於發表語境存在侷限性才引發詩歌史的不斷重寫。那些確實推動《今天》詩歌藝術發展卻被遺漏的詩人詩作，被重新挖掘，重新評定，重回詩歌史序列。

四

「詩質格局」觀念的提出是基於中國新詩自誕生以來詩質更迭演化的經驗分析與理論構想。中國新詩詩質以現代意義上的「自我」意識為內核，「自我」意識中不僅蘊含著豐富的精神因素，而且自我意識本身也處於不斷形塑、消解與重構中。新詩發展到20世紀40年代，已經構築出以主情、主意為主導、主知為輔助的詩質格局，而主趣一脈未被有效提出。從這一視角來看，中國新詩史上真正意義的詩歌爭論，本質上都是由新興詩歌溢出或背離了中國新詩詩質的既定格局所誘發。「朦朧詩」這一聚訟紛紜的話題，從表面來看縱然是形形色色意識形態派別的爭論，更深一層是表現「自我」的內在真實觀與佔據主導的社會主義現實主義真實觀的激烈爭執，而從中國新詩詩質生長的秩序看，卻是一場捍衛與衝破既定「詩質格局」的角力。

真正被批評的朦朧詩恰恰是違逆了既定「詩質格局」的詩歌。「朦朧意識狀態」詩，本質在於主「錯覺」。它能否獲得與「情、意、知」並存的合法地

位，受限於人們對於「人」的理解。主「錯覺」的「朦朧」詩，往往發生在現代人類「自我」意識出現危機、「自我」消解的階段。對於解構「舊我」，它具有積極的消解功能，而對於「新我」的重塑卻要取決於詩人的合理運用，其中隱含著重重危險。而智力遊戲與形式探索性質的「思辨體小詩」，在推崇「主情」、「主意」、冷落「主知」、貶抑「主趣」的中國新詩詩質格局中，溢出了當時詩壇正統的遊戲規則，喪失了存在合法性，然而借助於「求新」文化重構詩質格局的運作，它得以殘存下來。

在對朦朧詩傳播空間、閱讀空間及經典化的考察中，布爾迪厄的「場域」概念被引入，藉以揭示政治場、經濟場．民間、大學場、詩歌場之間的滲透、合謀、對抗以致於引發詩歌場域的結構變化與權力重新分配的諸種關係。在詩歌場域內部，官方詩壇如何分解與吸納《今天》詩歌的自主性藝術空間，第四章將給予集中追問；不同場域位置、文化習性的評論家，採取了怎樣的論戰策略與概念話語，能否改變整個論爭的方向？政治場中的二元邏輯如何化身為新老詩人之間的爭鬥？詩歌場中的政治標準如何向美學標準遷移？朦朧詩從非法到得勢，概念框架的邏輯力量有何作用，藝術民主的制度保障到底有多重要？詩歌評判權力如何從官方手中散落到學院與民間，商業因素從何時介入詩壇的運作，詩壇格局會否因另一經濟力量的滲入而發生微妙的變化？這些問題在第五、六章中給出解答。

詩歌史最重要的功用，首先在於理解變化中的詩歌實踐，另一功用是指出詩人的特性，更深一層的功能，就是尋找新的方法來理解過去，創造未來。通過展現新詩過去多元豐茂的探索路向，以不斷挖掘、重估或者變更經典的方式，使中國新詩傳統保持活力且把它發揚光大。

受限於研究對象的範圍，本書在詩人與詩歌材料的取捨上遵循以下標準：在多大程度上詩人的詩參與了《今天》詩歌的藝術建構，或其影響力波及的範圍和程度是否在當時引導著朦朧詩潮。因此，本書不得不遺憾地得捨棄對其他地下詩歌的具體觀照，而對受《今天》影響進而豐盈著朦朧詩潮的其他優秀詩人詩作也不納入考察範圍。

上　編

第一章 《今天》的詩歌構型與編選邏輯

　　朦朧詩潮的歷史敘述，從《今天》雜誌的詩歌構型環節楔入並且展開。從紛繁的歷史場景中，選擇從刊物的內部構造環節切入，一方面是由於《今天》雜誌具備承上啟下的樞紐功能及開端意義：它將一種「文革」期間潛在的、具有獨特美學風格的詩歌進行了主動集結與合理化地公開推廣，從而引起官方文壇的特別關注。正是在與官方詩壇既有風格的牴牾與對話中，激蕩出眾聲喧嘩的朦朧詩潮。更深一層，惟有進入刊物構造這一關鍵樞紐，方能洞察《今天》雜誌面對明暗交駁的公共空間，對「文革」的另類寫作做出了何種篩選與轉換，繼而在官方與民間傳播中，自身形象又遭遇了怎樣的重塑。以此為參照點，我們將覺識到，「地下」詩歌、《今天》詩歌與「朦朧詩」三者不該混為一談，尤其不該忽略每一環節上不同場域力量、詩學標準與傳播媒介參與迎拒、篩選與改造等詩歌運動的深層問題。

　　另一方面，從刊物的詩歌構型入手是希望打破內部研究與外部研究的藩籬，將豐富的歷史細節與文化因素整合進來，回歸整體研究的視野。一首詩的生成與意義除了放入「詩歌家族」的變遷語境中進行考察外，還要以貼近「詩歌在當時應該是什麼樣」的想像為線索，細緻追問「發表語境」這一「歷史語境」的核心。藉此首先要問尋的是《今天》雜誌的詩歌構想是什麼、應該如何呈現？雜誌在整個民刊運動中的處境與定位如何影響《今天》的詩歌編排、修改與形象塑造？編者面對發表語境的波動，是否可以調整編選策略，將會構型出怎樣的風貌？詩歌發表的類型與數量凸顯出《今天》詩人各自怎樣的特質，確立起何種排序？……這些皆是我們試圖追問的。在上述追問中，應有一種提

問方式，最能貼近《今天》這一具體對象的獨特屬性。對於編者和讀者而言，這一現實而緊迫的問題是：如何使一種創作於過去十年的「非法」詩歌，不但在當前社會上「合法」傳播，而且合乎時宜地讓這一代讀者樂於接受。

　　對於編者而言，這是關乎刊物興衰存亡的首要問題。這裡隱含著文學史中普遍存在的「傳釋學」〔註1〕難題：刊物編選的意圖與作品呈現的效果畢竟是兩回事。《今天》編者深知這些作品產生的背景、詩歌的原初意圖與藝術譜系，這使得他們在編選時能夠依循一種歷史思維和類型思維，繼而在面對多變的發表語境時，選擇性地進行凸顯、隱蔽或者調整。但當作品呈現出來面對讀者時，社會的接受語境與詩歌的創作語境早已脫離，讀者閱讀時並不完全清楚這種關聯，往往聯繫當下語境，採取跳躍、零散、無序的閱讀方式獲得另一種解讀，誤讀不可避免隨之發生。因此，回歸編者的視野以復現《今天》的編輯過程，是研究者追求的理想境界。儘管完全客觀地復現，落實到敘述實踐中難免虛妄。

第一節　構型方式與作品呈現（一）

一、創刊號〔註2〕：「溫情」與「冷峻」的雙重世界

〔註1〕葉維廉在《與作品對話——傳釋學初探》一文中解釋說：「我們不用『詮釋』（hermeneutics）二字而用『傳釋』，是因為『詮釋』往往只從讀者的角度出發去瞭解一篇作品，而未兼顧到作者通過作品傳意、讀者通過作品釋意（詮釋）這兩軸之間所存在著的種種微妙的問題，……我們要探討的，即是作者傳意、讀者釋意這既合且分、既分且合的整體活動，可以簡稱為『傳釋學』。」「作者傳意、讀者詮釋之間有差距，不只發生在現代詩的場合裏，也發生在一般作品的解讀過程，因為作者的語言教育背景和讀者的語言教育背景是必然有差距的……這些差距是怎樣構成的？我們如何、或能不能夠消除這些差距？這是傳釋學所必須面臨的問題。」見葉維廉：《中國詩學》，北京：三聯書店，1992年版，第118頁。本文將「作者與讀者」間的傳釋關係從文本層面推展到「編者與讀者」的刊物層面上考察，從而清晰地揭示傳釋過程中的諸多複雜問題。

〔註2〕1978年12月23日《今天》創刊，創刊號英文名為馮亦代建議的「The Moment」，強調當下時刻的緊迫性。《今天》第二期重新設計封面時，黃銳改為「TODAY」。1979年10月7日重印創刊號時，沿用了黃銳的設計。創刊號首次印刷由編輯部七人外加馬德升從1978年12月20日起，輪流倒班，至22日夜間完工。地點是在北京汽車廠分廠技術員陸煥興家，位處與三里屯使館區遙遙相望的亮馬河邊小村子裏，當時是「三不管」地區，現為東直門外新源里一帶。創刊號的紙張由在北京造紙廠工作的芒克和在工廠宣傳科打雜的黃銳，每人每天攜帶出來，積少成多，所以創刊號紙張的顏色並不一樣。印刷方式為手刻蠟紙

　　1978 年深秋，北京政局變化，社會氛圍稍事寬鬆。9 月下旬的一天傍晚，
北島〔註3〕和芒克〔註4〕來到黃銳〔註5〕家吃過晚飯，三人圍坐在院落大楊樹下

滾筒油印。當時國內對油印機控制嚴格，黃銳背回特別破舊的油印機，初印了
近千冊。見北島：《聽風樓記——懷念馮亦代伯伯》，《青燈》，南京：江蘇文藝
出版社，2008 年版；田志凌：《北島專訪：青春和高壓給予他們可貴的能量》，
《南方都市報》，2008 年 6 月 1 日；唐曉渡：《芒克訪談錄》，《持燈的使者》，
劉禾編，香港：牛津大學出版社，2001 年版。

〔註3〕北島，原名趙振開，筆名「艾珊」、「石默」等。1949 年生於北京，原籍浙江
　　　湖州。伯父趙延年為著名版畫家，1950 年代在中央美術學院華東分院任教，曾
　　　有木刻作品《魯迅先生》、《阿 Q 正傳》。父親原在保險公司工作，後調到「民
　　　主促進會」。最初家住北京二環邊阜外保險公司宿舍，1957 年冬搬至三不老胡
　　　同 1 號（原鄭和宅邸）443 號門，該樓居民為民主黨派人士。北島先在阜外小
　　　學，搬家後轉到弘善寺小學，初中就讀於北京十三中，1965 年考入高幹子弟
　　　最為集中的北京四中。少年時喜歡相聲藝術，不久改行朗誦，經常背誦當時流
　　　行的高士其的詩歌《時間之歌》。少年老成，外號「木頭」。1966 年，北京四
　　　中處於風暴的中心。6 月 18 日，《人民日報》發表了四中和女一中部分高三同
　　　學寫給黨中央的信，要求停課鬧革命，自願放棄高考。北島慶幸學校全面停
　　　課，作為無名小卒捲入紅色浪潮。但青春的狂歡很快轉成血腥的悲劇。三不老
　　　胡同 1 號成了北京抄家的首選目標，全體居民被宣布為反革命。1969 年春，
　　　北島被分配到北京第六建築公司，前往河北蔚縣開山放炮。1970 年轉到北京
　　　房山工地。工作期間，看不到希望，唱毛澤東詩詞，背賀敬之《雷鋒之歌》。
　　　同時，開始在家中組織沙龍聚會。1971 年去內蒙古探友時認識黃銳，1972 年
　　　認識嚴力和芒克。1972 年後，郭路生、黃銳等參加北島家中聚會。1973 年初，
　　　父母從湖北幹校搬回北京，沙龍轉移。通過父親，北島結識了翻譯家馮亦代，
　　　再通過馮亦代，結識了更多的文化名人。1980 年到《新觀察》雜誌社當編輯，
　　　1981 年到《中國報導》社任文學編輯，後辭職。1981 年《長江》第 1 期上發
　　　表小說《波動》，因存在主義傾向受到批判。1986 年《北島詩選》獲得中國作
　　　協全國第三屆新詩詩集獎。1986 年被《星星》讀者評為「我最喜歡的中青年
　　　詩人」之一。見北島：《朗誦記》，《失敗之書》，汕頭：汕頭大學出版社，2004
　　　年版與北島：《三不老胡同 1 號》，《財經》，2008 年第 5 期。
〔註4〕芒克，原名姜世偉，1950 年 11 月 6 日生於瀋陽。1956 年隨父母全家遷居北
　　　京計委大院。父親是高級工程師，母親是復興醫院護士長。1958 年至 1964 年
　　　在中古友誼小學讀書。1964 年考入北京三中，初中二年級時「文化大革命」
　　　開始。1967 年串聯去廣州、上海、昆明、重慶等地。1968 年在家閒居一年。
　　　1969 年初與中學同學栗世征、岳重和盧中南等八人赴河北省白洋淀插隊，落戶
　　　大澱頭村。1970 年初到山西和內蒙等地流浪數月。年底在白洋淀開始寫詩。
　　　1971 年寫詩 7 首，只給根子看過，今存《致漁家兄弟》一首。年底結識現代派
　　　畫家彭剛。1972 年初和彭剛二人組成「藝術先鋒派」，同行南下，被困武漢。
　　　幾日後迫不得已返回北京。在白洋淀寫詩，直到 1976 年 1 月返回北京，臨行
　　　前燒毀 6 年間所寫全部詩篇。
〔註5〕黃銳，1952 年生於北京。父親畢業於燕京大學，後加入國民黨，擔任技術員、
　　　工程師。1952 至 1956 年間，父親開辦私人工廠。1957 年公私合營後，父親

的小桌旁，喝了點白酒，聊起當今局勢的變化〔註6〕，顯得格外興奮。北島提議說：「咱們辦個文學刊物怎麼樣？」芒克和黃銳齊聲響應。於是他們迅速組建起七人編輯部〔註7〕，芒克提議刊名為「今天」〔註8〕，便著手創刊號的編輯。

將工廠捐獻給國家，自己任廠長，文革中被定性為資本家。1968 年黃銳在北京三中完成初中教育，到內蒙古插隊 7 年。1971 年在內蒙古結識北島。1973年調回北京業餘寫詩畫畫，1975 至 1979 年在北京皮件三廠當工人。1976 年4 月 5 日因參加「天安門」運動，張貼《人民的悼念》一詩，被關押了 4 個半月，蹲監經歷使他非常快地成熟無畏起來。1978 至 1979 年期間，和同屬工人文化宮的成員馬德升，學習繪畫。參見霍少霞：《星星藝術家：中國當代藝術的先鋒（1979～2000）》，戴穗華譯，臺北：藝術家出版社，2007 年版，第 144頁與田志凌：《黃銳訪談：「星星」撼動了當時的社會》，《南方都市報》，2008年 5 月 18 日。

〔註6〕「那是轉變之年。一九七八年四月五日，中共中央決定全部摘掉右派分子的帽子。五月十一日，《光明日報》刊登《實踐是檢驗真理的唯一標準》的特約評論員文章，成為政治鬆動的重要信號。上訪者雲集北京，有數十萬人，他們開始在西單的灰色磚牆張貼大小字報，從個人申冤到更高的政治訴求。十月十七日，貴州詩人黃翔帶人在北京王府井張貼詩作，包括橫幅標語『拆毀長城、疏通運河』，『對毛澤東要三七開』。十一月十四日，中共北京市委為一九七六年『四五』運動平反。十二月十八日至二十二日，中共中央召開十一屆三中全會第三次會議。十二月初，鄧小平通過加拿大《環球報》記者，向人們傳遞一個重要口信『民主牆是個好東西。』」見北島：《斷章》，《七十年代》，北島、李陀主編，香港：牛津大學出版社，2008 年版，第 37 頁。另據《民主牆與 11.25 討論會》記載，11 月 26 日晚，多倫多環球郵報記者 John Fraser 陪同華盛頓郵報專欄作家 Jim Novak 一起去民主牆參觀，當群眾得知 Jim Novak第二天要見鄧小平時，託他向鄧小平徵詢關於民主牆的意見。11 月 27 日晚7 時，John Fraser 在西單民主牆前傳達了鄧小平的意見。見《中國民辦刊物彙編》（第一卷），華達編，法國社會科學高等研究院、香港《觀察家》出版社，1981 年聯合出版，第 358 頁。而此前一年，文藝界的復蘇跡象已露端倪：「1977 年 8 月黨的第十一次代表大會宣布文化大革命結束，同年 11 月劉心武的小說《班主任》發表，標誌文藝界開始自我解凍，一年之後，盧新華的小說《傷痕》引起轟動，連同稍後出現的話劇《於無聲處》、小說《神聖的使命》，被視為接踵而至的傷痕文學的發端。與此同時，上層的保守與改革爭鬥引發了關於『兩個凡是』的討論，北京出現了西單牆，一批政論性民刊應運而生」。見徐曉：《〈今天〉與我》，《沉淪的聖殿》，廖亦武編，烏魯木齊：新疆青少年出版社，1999 年版，第 384 頁。

〔註7〕「七人編輯部」沒有主編、編委之分，成員為北島、芒克、黃銳、劉禹、張鵬志、孫俊世、陸煥興與新影的陳嘉明。分工如下：劉禹、張鵬志、孫俊世等負責理論、翻譯等，黃銳任美編和撰寫美術評論，芒克與北島負責詩歌與小說的篩選，北島執筆《致讀者》。見唐曉渡：《芒克訪談錄》與徐曉：《〈今天〉與我》，《沉淪的聖殿》，廖亦武編，烏魯木齊：新疆青少年出版社，1999 年版。

〔註8〕在一次籌備會上，說起刊物名字，大家冥想苦思，排出一大串，都不合適。芒

芒克（左）與北島（右）

《今天》創刊號封面。

　　歷史為何選擇北島倡辦《今天》，而北島等編者可能將刊物導向何種命運？在諸多主客觀因素中，北島投身歷史潮流的個人意念是內在驅動力。個人意念及動力系統的歷史形成，需從十年前開始追憶。1968 年底紅衛兵運動宣告結束，但　代青少年投身歷史潮流的原初意念、主人翁心態與革命衝動並未

克靈機一動，提議叫「今天」，大家都覺得好，既新鮮又有某種緊迫感。見田志凌：《北島專訪：青春和高壓給予他們可貴的能量》，《南方都市報》，2008 年6 月 1 日。這一命名與芒克當時喜歡的詩人艾呂雅的詩歌《今天》同名。

消歇。沒有參加上山下鄉運動的北島，隨後受到如下事件的激發：（一）1969年北京四中學生張育海參加緬共人民軍，在戰鬥中犧牲。臨終前不久，他給同學寫信：「……我們還年輕，生活的道路還長……不是沒有機會投身於歷史的潮流，而是沒有準備、缺乏鍛鍊，到時候被潮流捲進去，身不由己，往往錯過……。」這封信對北島影響很大。北島的《星光》這樣開篇：「分手的時候，／你對我說：別這樣，／我們還年輕，／生活的路還長。」「十年磨一劍，熬到了1978年。政治上開始出現鬆動的跡象，我們終於浮出地表。我在《今天》發刊詞的第一句話就是『歷史終於給了我們機會』，與張育海的那封信遙相呼應。」〔註9〕（二）1970年春天，北島與同學在北京頤和園蕩舟，第一次聽到郭路生表達投身歷史潮流與堅信未來的新詩《在你出發的時候》與《相信未來》〔註10〕，心有所契，從此開始嚴肅意義的新詩創作；（三）1971年「九‧一三」事件引起北島精神上的劇烈震盪：「我們這代人的精神出路」何在？「中國向何處去」？這些宏大問題讓北島陷入「如臨深淵，無路可退」的危機感中，他不甘做時代的「棄兒」：「可我們曾在這時代的巔峰。一種被遺棄的感覺——我們突然成了時代的孤兒。就在那一刻，我聽見來自內心的叫喊：我不相信——」〔註11〕。這種拒絕被遺棄的心態，勢必催生重回「巔峰」的衝動，成為新時期的「弄潮兒」；（四）1974年彭剛給北島講屠格涅夫的《羅亭》，小說最後一句是羅亭「願為人類的進步獻出自己的生命」。彭剛許願：「如果將來有一天中國發生民主運動，我願做一塊爭取自由的基石。」〔註12〕北島與芒克、彭剛說：「中國一旦開放的話，我們應該辦一本刊物，應該有所作為」〔註13〕；（五）1976年3月底，北島穿行在天安門廣場的茫茫人海中，體驗著投身歷史潮流的震撼感，然而藝術風格的差異卻使他的詩歌難以匯入：「看到那些張貼的詩詞，我一度產生衝動，想把自己的詩也貼出來，卻感到格格不入」。因此，惟有創辦自己的文學刊物，才是他們參與歷史的合適方式。4月6日史康成「把女朋友託付給我們，他決定獨自去天安門廣場靜坐，以示抗議。那等於去找死。」他走後，北島深感內疚：「為什麼不與他共赴國難？我承認

〔註9〕 劉子超：《北島：此刻離故土最近》，載《南方人物週刊》，2009年第46期。
〔註10〕 北島：《斷章》，載北島、李陀主編《七十年代》，（香港）牛津大學出版社，2008年版，第21頁。
〔註11〕 北島：《斷章》，《七十年代》，第24頁。
〔註12〕 廖亦武、陳勇：《彭剛、芒克訪談錄》，《持燈的使者》，第359頁。
〔註13〕 劉溜：《北島與〈今天〉的三十年》，載《經濟觀察報》，2009年1月17日。

自己內心的怯懦，為此羞慚，但也找到自我辯護的理由」──「我必須寫下更多的詩，並盡早完成《波動》的修改」〔註14〕。北島將獻身社會變革的價值訴求轉借文學場間接達成；（六）1976 年 7 月 27 日，北島最心愛的妹妹趙珊珊在湖北游泳救人時死去，年僅 23 歲。詩人為此哀傷欲絕，北島給史寶嘉寫信說：「如果死亡可以代替，我情願去死，毫不猶豫，換回我那可愛的妹妹。可是時世的不可逆轉竟是如此殘酷，容不得我有任何選擇的餘地。有時我真想迎著什麼去死，只要多少能有點價值和目的」〔註15〕。1978 年 9 月 3 日，北島在贈給芒克的自印詩集《陌生的海灘》扉頁上，皓然印著：「獻給珊珊：獻給你自由的靈魂和偉大的獻身精神」。對妹妹的悼念，激發起詩人無所畏懼的獻身熱情，成為北島以嚴肅態度與深沉情感創辦《今天》的催化劑。

　　當投身歷史的意念、變革藝術的構想面對發表語境的時代侷限時，三者的糾結與牴牾會讓《今天》編者做出何種協調？

　　北島在桌子上攤開蔡其矯和舒婷〔註16〕的詩稿，逐一推敲：「我發現在老一代詩人中，蔡其矯竟與我們精神上如此之近。於是我選了他的三首詩《風景畫》、《給──》和《思念》，排在首位，接下來是舒婷的《致橡樹》和《啊，母親》。其中那首《橡樹》，我根據上下文把題目改為《致橡樹》。為安全起見，我給蔡其矯取了個筆名『喬加』」〔註17〕。隨後，編排了芒克的《天空》、《凍土地》、《我是詩人──給北島》，最後才是北島的《回答》、《微笑・雪花・星

〔註14〕　北島：《斷章》，《七十年代》，第 31 頁。
〔註15〕　齊簡：《詩的往事》，《持燈的使者》，第 18 頁。
〔註16〕　舒婷，原名龔佩瑜，1952 年 6 月 6 日生於福建石碼鎮，長於廈門。母親畢業於教會女高中，精於書法、插花、縫紉等，清秀脫俗，敏感溫柔。父親以詩書傳家自榮，畢業於財經學校，就職於銀行，1957 年「內劃右派」，發配三明山區挖煤。舒婷在 1966 年因閱讀外國文學作品和作文中有抒情表現受到批評。1969 年初中未畢業即到閩西北山區的上杭縣插隊落戶，1971 年開始寫詩和散文。1972 年回城，1973 年在廈門的建築公司做過宣傳、統計、爐前工、講解員、泥水匠，1975 年在織布廠當過染紗工、擋車工，1977 年調到燈泡廠當焊錫工。1977 年，舒婷通過蔡其矯認識了北島，成為《今天》撰稿人。《祖國呵，我親愛的祖國》獲 1979～1980 年全國新詩獎，1982 年上海文藝出版社出版《雙桅船》，並獲 1979～1982 全國優秀新詩（詩集）獎二等獎。
〔註17〕　1975 年冬天，26 歲的北島來到白塔寺附近王府倉 4 號艾青家中，偶遇 57 歲的詩人蔡其矯，日後成為忘年之交。蔡其矯將舒婷的《橡樹》轉抄給艾青後，艾青大為讚賞，又推薦給北島。在蔡其矯引見下，北島與舒婷從 1977 年 8 月開始通信。見北島：《遠行──獻給蔡其矯》，《青燈》，南京：江蘇文藝出版社，2008 年版，第 64～70 頁。

星》、《一束》與《黃昏：丁家灘──贈 M 和 B》。

　　這是《今天》詩人詩作的首次亮相與出場秩序。在北島這位要求近乎苛刻的編者眼中，將蔡其矯和舒婷二位來自南國的福建籍外省詩人並舉，置於首位，部分原因出自編者以敬重之心團結同仁的誠樸性情，「先賓後主」的待客禮道，但更多是在斟酌構造《今天》詩歌理應呈現的藝術世界。

《今天》創刊號目錄。

　　北島覺察到，在蔡其矯和舒婷詩歌中，流動著一種北方詩人不曾具有的溫情特質與袒露姿態。這種「溫情」恰恰是療治當下社會兩代人親情隔閡與情感傷痕的良劑。蔡其矯的《給──》〔註18〕與舒婷的《啊，母親》彼此呼應，完成了一次父母與子女心靈溝通的和解儀式。尋求「兩代人」情感和解而非對抗衝突的「人性溫情」主題，是北島在構造《今天》伊始所注重的，這還可以通過同期發表的兩篇小說得到印證：北島（化名石默）的《在廢墟上》，

〔註18〕又名《勸》。蔡其矯在讀了舒婷的《致大海》、《大海：一滴鵝黃色的眼淚》等後為舒婷而寫，作於 1975 年 2 月的永安阪尾。

設置了一位被打成「老牌英國特務、反動權威」的歷史學教授王琦，獨自來到圓明園廢墟處準備自縊。作為父親，女兒在兩個月前「正式宣布和他斷絕關係」，離家住校，但他依然深深愛著她。小說借助他對女兒不同成長階段的場景回憶，終於在一個天性自然單純的鄉下女孩身上，領會到生存下去的意義：「他陡然站起來，堅定地朝小姑娘消失的方向走去，連頭也沒回」，藉此達成了兩代人之間的情感舒解。李楓林（原名張威）在《抉擇》中設置了一位音樂學院著名教授南非儀，當年在農村勞改時遇險，被農民兒子周三伢搭救。南非儀傳授他小提琴技藝，然而周三伢卻成為了「邦文藝」的宣傳典型，到處批判「反動權威」。「四人幫」垮臺後，南非儀恢復了名望。在參加一次評選音樂會時，他遇到兩位參賽候選人，一位是鋼琴教授的女兒李蕾蕾，南非儀希望這些遭受了 11 年壓迫的知識分子階層能夠「挺挺腰杆」，但她卻存在著藝術缺陷；另一位是自己曾經的學生、「邦文藝」的產物周三伢，他準確、沉穩的藝術風格顯示出了廣闊的藝術前途。但在「藝術良心」和「歷史使命」之間，南非儀選擇了後者，周三伢被淘汰。小說隨後設置了一齣周三伢退琴的懺悔場景，凝視著小提琴，這「兩代人的心血」，南非儀的「怨氣完全消失了」，他進而追問造成這種個人悲劇的社會根源。這種超越階級鴻溝、政治派系的人性溫情，顯然更符合北島對於《今天》這一獨特藝術世界的人道主義構想。

如果說編選人性溫情的「親情詩」，更多是對那個紊亂年代的情感療傷與人際關係的重置，藉以引發大眾讀者的共鳴，那麼選擇溫馨、積極的「愛情詩」，則是力圖衝破時代禁忌，引領全新的具有知識分子趣味的愛情風尚。與北島運用現代派手法，風格內斂節制，所指抽象飄忽，全詩無一「愛」字的愛情詩《微笑·雪花·星星》、《一束》、《黃昏：丁家灘》不同，蔡其矯的《思念》和舒婷的《致橡樹》對愛情的袒露語態迫近立場鮮明、大膽直露的浪漫派抒情風格。這種凸顯自我、強調女性自尊自立、袒露式的愛情詩無疑具備觀念上的衝擊力，但惟有觀念上的衝擊力還遠遠不是一首好詩的必要條件。作為注重詩藝錘鍊的詩人編輯，北島對於愛情詩的選擇有著嚴格的藝術標準：

其一，在詩歌形式上，編選基本符合「每行頓數有規律和有規律地押韻」〔註19〕的現代格律體。據統計，創刊號 4 位詩人、12 首詩歌中，除了芒克的

〔註19〕何其芳：《關於現代格律詩》，《何其芳文集》（第五卷），北京：人民文學出版社，1983 年版，第 19 頁。

《天空》組詩和《凍土地》為自由體外，其餘 10 首大致遵守現代格律詩的韻律。其中，北島的愛情詩《一束》為較嚴格的現代格律詩：「在我和世界之間，／你是畫框，是窗口，／是開滿野花的田園；／你是呼吸，是床頭，／是陪伴星星的夜晚。」全詩五節，每節五行，首行重複，每行三頓。採用一、三、五句押韻，一韻到底，韻腳為大致相同的 n 韻。舒婷的《致橡樹》雖然全詩只為一節，但基本每三句或每兩句構成一聯，三句聯之間兩兩相對，如「我如果愛你──／絕不像攀援的凌霄花／借你的高枝炫耀自己；／／我如果愛你──／絕不學癡情的鳥兒／為綠蔭重複單調的歌曲」；兩句聯句與句之間多形成對偶，如「根，緊握在地下，／葉，相融在雲裏」。全詩每句基本三頓，每聯末句押相近的 i 韻，一韻到底。在北島看來，現代格律體或半格律體的音樂性適合有節制地表現愛情循環往復、綿長柔和的一面，從而為《今天》的現代愛情詩增添了形式均衡的古典趣味，使現代派手法、浪漫派姿態和古典形式相互交融。

其二，無論是舒婷的袒露還是北島的內斂，在表達技巧上注重意象「聲、色、形」的經營以及意象並置、組合關係的錘鍊，從而將豐富的情感寓於形象的延展中，力避情感的直抒。如「我有我的紅碩花朵，像沉重的歎息。又像英勇的火炬」（《致橡樹》），舒婷運用「通感」手法集中呈現意象的色彩、聲響和形體三個豐盈的瞬間。「是他，用指頭去穿透／從天邊滾來煙捲般的月亮。／那是一枚訂婚的金戒指／姑娘黃金般緘默的嘴唇」（《黃昏：丁家灘》），北島運用超現實「變形」的聯想方式將「手指」與「煙捲般的月亮」、「訂婚的金戒指」、「黃金般緘默的嘴唇」等色彩豐盈的意象並置、跳接起來，給讀者營造一種意象延展更迭、不斷變幻的新奇感覺。這種強調意象的經營錘鍊、想像奇異、訴諸讀者視、聽乃至觸覺效果的詩歌，被解讀為沾染了歐美意象派、印象派等現代派藝術風格是不無道理的，而這種意象間新異的組合關係，也為它們日後招致「朦朧」、「晦澀」的責難埋下了伏筆。但在當時，選擇這一表達技巧，無疑具有喚醒、恢復甚至激發人們原本豐富靈動卻被政治話語壓抑、減縮、單一化了的感知系統的功能。《今天》在創刊宣言中隱含著這一美學目的，它借助對於「自然」法則的解說呈現出來：

> 馬克思指出：「你們讚美大自然悅人心目的千變萬化和無窮無盡的豐富寶藏，你們並不要求玫瑰花和紫羅蘭散發出同樣的芳香，但你們為什麼卻要求世界上最豐富的東西──精神只能有一種存在

形式呢？……」……在血泊中升起黎明的今天，我們需要的是五彩繽紛的花朵，需要的是真正屬於大自然的花朵，需要的是開放在人們內心深處的花朵。〔註20〕

　　與這一美學目的相配合，北島將蔡其矯的「讀畫詩」（ekphrasis）《風景畫》〔註21〕修改後編在雜誌首位，美術編輯黃銳（夏樸）配發評論文章《大自然的歌聲──評「法國十九世紀農村風景畫展」》〔註22〕作為回應。明淨多姿、波蕩躍動的大自然被視為復蘇人們鮮活感性與純樸人性、進而反抗政治專制、邁向藝術自由的重要基石與突破口：大自然是「自由和情愛的天地」，感應自然

〔註20〕北島：《致讀者》，《今天》創刊號。
〔註21〕1978 年 5 月 30 日，蔡其矯與艾青在北京同看日本畫家東山魁夷畫展後，二人作同題詩。
〔註22〕1978 年 3 月 10 日，「法國十九世紀農村風景畫展」在北京中國美術館開幕。展覽過後，上海人民美術出版社在 1978 年 9 月出版了《法國十九世紀農村風景畫展》。

之美「總是一個美好心靈的標誌」。「從巴比松畫派延伸到印象主義，風景畫終於匯成一條千姿萬態的長河」，其中盧梭「將民主和自然聯繫起來」，柯羅「對景寫生」，「告別了桎梏，迎來了自由」，農民畫家米勒以他「純樸的心靈」「謙遜」地觀察生活，印象派畫家以「構圖大膽和色彩響亮」的特點彰顯出一種「拋棄過去和幻想未來」的「創新思想」，「這是高度地自覺的藝術」。與之呼應，蔡其矯的《風景畫》便是「精心提煉／使色彩和音響凝成一體」的風景詩。詩中注重意象「色彩和音響凝成一體」的藝術主張，亦是《今天》詩歌的藝術原則之一。此外，《風景詩》中還隱含著《今天》雜誌的社會指向。詩人並非單純地描摹大自然中六幅不同的風景，他要說明的是：「你怎樣用畫筆撥動天弦／唱出人對廣闊生活深沉的愛？」，詩人將對自然的愛與對人類生活的愛連結在一起，將詩歌的指向鎖定在人類生活的愛上。早在 1975 年，蔡其矯贈與舒婷的《寄──》中便如此寫道：「請把／別人的悲傷蓋過自己的悲傷／痛苦上升為同情的淚」，這讓舒婷明晰了創作的出路：「我本能地意識到為人流淚是不夠的，還得伸出手去」〔註23〕。這種從自然風景時空，穿過個人情愛時空，最終跨入人類生存時空的發展脈路，是由《今天》的社會歷史職責決定的：

　　……反映新時代精神的艱巨任務，已經落在我們這代人的肩上。

　　「四・五」運動標誌著一個新的時代的開始。這一時代必將確立每個人生存的意義，並進一步加深人們對自由精神的理解……〔註24〕

從復蘇人性自然、召喚鮮活感性的「風景詩」，到療治兩代人情感創傷的「親情詩」，繼而是凸顯自我、引導時尚的「愛情詩」，編者充分展露兩位南國詩人的「溫情」特質。但當跨入確立個體生存意義、捍衛個體正當權利的公共空間時，《今天》創刊號著力刊發北方詩人「冷峻」的政治批判詩。

編者特意為芒克的《天空》和北島的《回答》標注創作時間，分別定格在 1973 年和 1976 年 4 月，試圖製造一種從「文革」到「今天」的歷史連貫感與斷裂感，開闢出「今天──歷史」的對話空間，為政治對抗詩的「冷峻」寫作尋求合法性。「太陽升起來，／把這天空／染成了血淋淋的盾牌」（《天空》之一）、「像白雲一樣飄過去送葬的人群。……那大片凋殘的花朵」（《凍土

〔註23〕舒婷：《生活、書籍與詩》，《持燈的使者》，第 174 頁。
〔註24〕北島：《致讀者》，《今天》創刊號。

地》），芒克以令人驚駭的冷酷意象，被放逐的受難者姿態，對「文革」年代發出了無望的詛咒與自嘲。延續著這一痛苦的歷史體驗，北島的《回答》以充滿悖論的警句「卑鄙是卑鄙者的通行證，／高尚是高尚者的墓誌銘」、扭曲的死亡意象「看吧，在鍍金的天空中，／飄滿了死者彎曲的倒影」，質問句式「冰川紀過去了，／為什麼到處都是冰凌？」，宣告了受難者對於整個世界的質疑與反抗：「我——不——相——信！／縱使你腳下有一千名挑戰者，／那就把我算作第一千零一名」。上述「死亡」意象在《今天》中首次出現，它們成為《今天》政治對抗詩頻繁運用的慣例，最終招致象徵主義〔註25〕、灰暗消沉的評價。

　　在歷史連貫性中強調歷史的斷裂與今天的明朗，是北島區別於芒克政治對抗詩的差異所在。而詩體選擇上的差異——芒克多為三五行成篇的自由體小詩，北島的《回答》為全詩七節，每節四行，每行三頓，隔行押韻，一韻到底的現代格律詩——會影響政治對抗詩的聲音力度。就政治對抗詩而言，這部分造成了北島詩歌在主題維度與自我強度上對芒克詩歌的覆蓋現象。與芒克1973年在「上山下鄉」進程中「無望地詛咒」不同，1976年4月暗示著時代轉機的出現——「四五」天安門運動，北島修改後的詩歌由此獲得一種「強力意志」〔註26〕的灌注，呈現出滿懷希望的「堅定反抗」和「自我擔當」的英雄氣質：「如果海洋注定要決堤，／就讓所有的苦水都注入我心中；／如果陸地注定要上升，／就讓人類重新選擇生存的峰頂。／／新的轉機和閃閃的星斗，／正在綴滿沒有遮攔的天空。／那是五千年的象形文字，／那是未來人們凝視的眼睛」。將「五千年的象形文字」與「未來人們凝視的眼睛」並舉，是詩人對於「我們文明古國的現代更新，也必將重新確立中華民族在世界民族中的地位」〔註27〕這一現代民族目標的藝術展望，以此為詩歌增添了明朗的結局。

　　問題在於，為什麼在這個萬象更新的春天，仍要編發過去的政治批判

〔註25〕辛鋒最早將芒克《天空》闡釋為象徵主義。見辛鋒：《試論〈今天〉的詩歌》，《今天》第六期。

〔註26〕「強力意志」汲取了叔本華、尼采「生命意志」學說的積極養分，並在現代中國充滿「民族」、「革命」、「意識形態」的社會語境中得到改造和重塑。在20世紀40年代，這一「強力意志」由個人生命意志和民族生存意志二者結構而成。見張志國：《四十年代「新生代」詩歌的詩學意義》，《文學評論》，2008年第4期。

〔註27〕北島：《致讀者》，《今天》創刊號。

詩？在所有的原因中，首先追問的是，為何要標注 1973 和 1976 年 4 月。這裡時間的標注具有一種自我保護的功能，作為寫於文革時期的反抗詩歌，在文革被批判、四五運動被平反的背景下，已然獲得了傳播的歷史合法性。與此同時，又與當下正在發生的激進的民主運動保持著時間上的合適距離。但是，這些詩歌又絕對可以與當下的民主運動潛在地呼應起來。在《今天》創刊前的 1978 年 12 月 5 日，民主牆上已經貼出《第五個現代化——民主及其他》的大字報，控訴當前社會病症依舊如故：「但遺憾的是：人們所厭惡的舊的政治制度沒有改變，人們所希望的民主與自由甚至連提也不被提起了，人民的生活狀況沒有什麼改變，『提高』的工資，遠遠趕不上物價的飛速上漲……我勸大家不要再相信『這一類政治騙子』了」〔註28〕，如果聯繫北島《回答》中的：「冰川紀過去了，／為什麼到處都是冰凌？／好望角發現了，／為什麼死海裏千帆相競？」「告訴你吧，世界，／我——不——相——信！」，芒克的《天空》之四：「啊，天空！／把你的疾病／從共和國的邊境上掃除乾淨。」之五：「可是，希望變成了淚水，／掉在地上／我們怎麼能確保明天的人們／不悲傷！」之十：「希望，請你不要去得太遠。／你在我身邊／就足以把我欺騙！」，可以看出這些詩作的編選，有意無意間竟與當下社會問題呼應起來，《今天》的政治批判詩並未過時。

編者或許注意到芒克的政治批判詩仍滯留在處於政治弱勢的「過去」時空中，其冷酷、無望情緒與《今天》所處的新氛圍並不融洽。為體現時代性，於是編發了芒克剛剛創作的贈詩《我是詩人——給北島》（1978.10），試圖將詩人的自我形象從歷史陳跡的「無望」中拉回到當下時空的「覺醒」建構中，一方面獲得與北島同壕戰友般的平等地位，增強詩人形象的明朗與立場的堅定，進一步確證「今天」時空的合理性；另一方面代表《今天》詩人們做一次集體宣言，標示出《今天》詩歌發展的方向：「我是詩人，／我是叛逆的影子。／就讓它被撕得粉碎吧，／而滴下的血會映出光輝一片」，宣揚《今天》詩人的叛逆姿態與獻身精神；「我是詩人，／我是帶血的紙片。就讓它在人們的手中傳閱吧，／讓心和心緊緊相連」，強調《今天》詩歌喚醒民眾、溝通凝聚的社會功能；「我是詩人，／我是一面旗幟。就讓它高高地飄揚吧，印著我忠誠的靈魂」，標榜《今天》詩人的先導作用與詩歌內在靈魂的忠誠；「我是詩人，

〔註28〕魏京生：《第五個現代化——民主及其他》，《探索》創刊號，1979 年 1 月 8 日。見《中國民辦刊物彙編》（第一卷），第 50 頁。

／我是歷史的見證」，凸顯《今天》詩人的歷史職責與使命意識。

　　由此，一個集結了南國溫情的浪漫派與北國冷峻的現代派兩種詩風，風景詩、親情詩、愛情詩與政治批判詩四種詩歌類型，現代格律體與自由體小詩兩種詩歌體式，秉持意象經營與錘鍊的藝術法則，偏重當下社會文化建構的《今天》詩歌空間〔註29〕誕生了。

二、第二期：歷史回溯與日常生活

　　1978 年 12 月下旬的一個下午，北島匆匆趕到鄰居翻譯家馮亦代家中，拿出即將問世的《今天》創刊號封面，問「今天」這個詞的英譯。馮亦代「不同意我把『今天』譯成 TODAY，認為太一般」，「建議我譯成 The Moment，意思是此刻、當今。我沒想到馮伯伯比我們更有緊迫感，更注重歷史的轉折時刻。於是在《今天》創刊號封面上出現的是馮伯伯對時間的闡釋：The Moment」〔註30〕。到第二期重新設計封面時，美編黃銳還是改為「TODAY」。

　　　　我們的今天，植根於過去古老的沃土裏，根植於為之而生、為
　　之而死的信念中。過去的已經過去，未來尚且遙遠。對於我們這代
　　人來講，今天，只有今天！

　　北島在創刊號《致讀者》的結尾，如此鄭重地強調「今天」的意義，似乎要與「過去」徹底的決裂。若以《回答》1976 年 4 月這一修改時間作為「過去／今天」的分界線，在創刊號編選的 12 首詩歌中，有 5 首創作於「今天」，分別為蔡其矯的《風景畫》（1978.5.30）、舒婷的《致橡樹》（1977.3.27）、北島的《回答》（1976.4）、《一束》（1977）年和《黃昏：丁家灘》（1978）。蔡其矯的《思念》（1974.5.31）與北島的《微笑·雪花·星星》（1973）兩首「愛情詩」雖作於「文革」期間，但並無傷痛的歷史記憶。蔡其矯和舒婷寫於 1975 年的

〔註29〕《今天》是一份綜合性文學刊物，包括詩歌、小說、美術、攝影、評論、譯介、隨筆等。所謂「《今天》創刊號很單薄，東拼西湊」，是由於當時缺少有質量的小說和評論稿件。為此北島「趕寫了一篇，發在創刊號上，此後我幾乎每期都寫一篇」。針對馬德升的短篇小說《瘦弱的人》，《今天》編輯部不滿意它的質量：「我們都覺得小說不怎麼理想，先由黃銳改了一稿，芒克改了一稿，最後我又改了一稿，改得面目全非，把他氣壞了，寫了一封抗議信。」見凹志凌：《北島專訪：青春和高壓給予他們可貴的能量》，《南方都市報》，2008 年 6 月 1 日。《今天》雜誌上不同文體的藝術水平並不均衡。其中詩歌由於長期積累錘鍊與自覺探索，在整個《今天》文體中處於核心位置。透過對於詩歌編選的考察，可以較為準確地觸及編者的意圖。

〔註30〕北島：《聽風樓記》，《青燈》，香港：牛津大學出版社，2006 年，第 7 頁。

兩首「親情詩」，亦是要走出昨日的感傷，與過去辭別。唯一沉浸於「過去」時空的，只有芒克 1973 年的《天空》和《凍土地》。

《今天》創刊號的詩歌偏重於當下時空與純藝術的價值取向，採取不走極端的編選策略，一方面是源自編者們純藝術的價值立場與沉穩謹慎的政治態度。1978 年 11 月 17 日，北島在給貴州啟蒙社詩人啞默的信中，評價啞默的詩稿：「總的看來，首先認為是很有份量的，但覺得政治色彩過濃，篇幅也較長，第一期暫不用……。」「我們打算辦成一個『純』文學刊物，所謂純，就是不直接涉及政治，當然不涉及是不可能的，這樣辦出於兩點考慮：（一）政治畢竟是過眼煙雲，只有藝術才是永恆的。（二）就目前的形勢看，某些時機尚不成熟，應該扎扎實實多做些提高人民鑒賞力和加深對自由精神理解的工作。」〔註31〕1978 年 12 月 22 日夜晚，編輯部確定了張貼《今天》的路線與人員，「陸喚興、芒克和我——三個工人兩個單身，我們自告奮勇，決定第二天上午出發」〔註32〕，「記得臨別的時候大家是痛哭一場，因為誰知道此去是不是『壯士一去不復返』呢」〔註33〕，從中可見，當時《今天》詩人身處相對嚴格的社會管制與政治高壓下，這使他們不得不權衡刊物的編輯立場；另一方面則是考慮讀者能否接受的問題。「由於沒有參照系，我們對自己的作品還真有點兒心虛。」〔註34〕「我們混到圍觀的人群中觀察讀者的反應。在張貼時附有一張白紙供大家留言，沒想到留言中 90% 都是肯定的，甚至有人留下地址姓名，希望和我們聯繫。」〔註35〕大多數讀者的正面留言，增強了《今天》編輯部的自信和勇氣。

1979 年 1 月中下旬，社會形勢發生了變化。鄧小平訪美前夕，「北京市委向下傳達了一個會議精神，說自從去年十一月底鄧副主席講話後，大字報少了。現在又多起來了。接著指責說：當前發展的趨勢很不好，『有失國體』、『串聯鬧事』，並且『有敵人混入』，除了要加強教育外，還要用敵我態度來解

〔註31〕北島致啞默的信，1978 年 11 月 17 日。轉引自李潤霞：《從潛流到激流——中國當代新詩潮研究（1966～1986）》，2001 年武漢大學博士論文，萬方中國學位論文全文數據庫博士論文數據庫。

〔註32〕北島：《斷章》，《七十年代》，北島、李陀編，香港：牛津大學出版社，2008 年版，第 38 頁。

〔註33〕劉洪彬整理：《北島訪談錄》，《持燈的使者》，第 329 頁。

〔註34〕郭玉潔：《變革年代的詩人——北島訪談》，《生活》月刊，2008 年第 32 期。

〔註35〕田志凌：《北島專訪：青春和高壓給予他們可貴的能量》，《南方都市報》，2008 年 6 月 1 日。

決它」〔註36〕。1979 年 1 月 18 日，傅月華因領導 1 月 8 日農民「反迫害，反飢餓，要民主，要人權」的請願遊行而被捕。面對鎮壓的風聲，北京民間刊物不得不彼此合作，結成統一戰線應對當局。1 月 25 日，《今天》與《四五論壇》、《探索》、《群眾參考消息》、《人權同盟》、《啟蒙北京分社》、《人民論壇》共同簽署了《聯合聲明》，在民刊聯席會議上決定，1 月 29 日舉行「民主討論會」的抗議活動。活動得到了北京市廣大群眾的同情與支持，北京市委最後撤回了會議精神。

　　作為一個文學雜誌，《今天》「到底多深地捲入民主運動」〔註37〕？這一關涉刊物立場與存亡的問題在編輯部成員中引發了爭議。芒克認為「民刊的命運是共同的，如果取締，不會獨獨留下《今天》，因此必須相互支持，一致行動」〔註38〕。除北島聲援外，其他編者堅持刊物的「純文學」立場，認為「民刊聯席會議」並不合法。這次爭執過後，《今天》編輯部發生了分裂，直至 1979 年 3 月《今天》新的編委會才完成重組〔註39〕。把文學刊物參與民主政治活動與刊物本身的編輯方針進行直接對接的研究是值得細究的。同樣是參與民主運動，「溫和派」的態度更為微妙。《今天》在這次「民主討論會」中不僅沒人發言，而且「其他民刊發言之激烈，把我們給嚇壞了」〔註40〕。因此，與《探索》、《人權同盟》等「激進派」民刊即時反映社會事件不同，文學刊物《今天》在編輯策略上，始終保持著與當下政治運動的合適距離，顯示出回應政治事件的時間滯後性。

　　1979 年 2 月 26 日《今天》第二期出版前，「新任」主編北島和副主編芒

〔註36〕路林：《發刊與停刊——回憶參加〈探索〉工作的過程》，《中國民辦刊物彙編》（第一卷），第 184 頁。
〔註37〕劉洪彬整理：《北島訪談錄》，《持燈的使者》，第 331 頁。
〔註38〕唐曉渡：《芒克訪談錄》，《持燈的使者》，第 341 頁。
〔註39〕編輯部在 1979 年 1 月底解散重組，原因是芒克、北島以《今天》編輯部身份同意參加「民刊聯席會議」組織的抗議活動，違背了不參政的初衷。其他五名成員堅守《今天》的純藝術立場，退出編輯部，但仍為《今天》供稿。新的《今天》編輯部在 1979 年 3 月重組，編委還是七人：北島、芒克、劉念春、徐曉、陳邁平、鄂復明、周郿英。編輯部工作正規化，大致分工如下：北島任主編，負責小說，芒克任副主編，負責詩歌。鄂復明負責印刷、財務和給讀者覆信，北京東四 14 條 76 號劉念春家成為編輯部地址，劉念春負責刊物訂閱。後來黃銳又返回做美編，趙一凡做幕後編委，負責提供文革地下寫作的文學資料。見唐曉渡：《芒克訪談錄》和徐曉：《〈今天〉與我》，《持燈的使者》。
〔註40〕劉洪彬整理：《北島訪談錄》，《持燈的使者》，第 331 頁。

克確立了刊物編輯方針：「一是盡可能發表『文革』中的『地下文學』作品〔註41〕。比如二、三期先後發表的郭路生（食指〔註42〕）、依群等人的詩。二是努力擴大作者群，每個人都通過自己的關係去尋找、發現知道和不知道的作者」〔註43〕。除了考慮與當下政治運動保持合適的距離外，對編輯方針的調轉，還是由於「文革」期間積累了充沛的、具有藝術質量的詩歌文本〔註44〕；更為重要的一面，在編者看來，觸動《今天》創刊的精神，那種「根植於為之而生、為之而死的信念」，來自於「文革」地下文學。從 1970 年春初次聽到食指的詩句到 1978 年末《今天》創刊，那震撼北島的詩句始終激勵著詩人：「解開情感的纜繩／告別母愛的港口／要向人生索取／不向命運祈求／紅旗就是船帆／太陽就是舵手／請把我的話兒／永遠記在心頭……」（食指：《在你出發的時候》）〔註45〕。因此，從第二期開始，《今天》更多轉向了對於「過去」歷史經驗的呈現，在藝術上，偏重於具體的日常生活意象和敘事結構，整體表現出擺脫抽象追求，回歸日常生活情境的美學風貌。

〔註41〕《今天》一至四期的作品，主要從趙一凡收集的資料裏選擇。見廖亦武、陳勇：《馬佳訪談錄》，《持燈的使者》，第 384 頁。

〔註42〕郭路生，1948 年 11 月 21 日生於山東朝城，祖籍山東省魚臺縣程莊寨。因母親在行路路上分娩，得名「路生」。父親曾在冀魯豫文聯工作，1953 年調入北京一機部。母親任一機部附屬小學校長，她在中國古典文學的良好修養對少年郭路生的影響很大。1961 年郭路生考入北京 56 中，為品學兼優的學生，開始文學寫作練習。1964 年初中升高中考試失利，經牟敦白介紹，開始與張朗朗為首的「太陽縱隊」有邊緣接觸。1965 年高中時，因思想活躍和文學追求受到學校批評，令其退團。1966 年，父親受到審查揪鬥，郭路生也因寫浪漫情調的詩歌被批鬥。1966 年 10 月，參加紅衛兵全國大串聯。見《食指生平年表》，《詩探索金庫·食指卷》，林莽、劉福春編，北京：作家出版社，1998 年版，第 151 頁。30 歲時郭路生首次使用筆名「食指」。關於這一筆名的來歷，一種解釋為郭路生認為「在中國作為詩人，無論是寫作還是生活都存在著無形的壓力，但別人在背後的指指點點絕損傷不了一個人格健全的詩人，因此他索性用『食指』作為筆名，以表達自己的抗爭與解嘲。」見《食指的詩》，北京：人民文學出版社，2000 年版，第 207 頁。但在日後訪談中，郭路生否認這種解釋：「食指」的意思「既不是用於指點江山，也不是指人在我背後戳戳點點」。由於郭路生敬重自己的母親和老師，母親姓「時」以及「老師」的「師」字，皆與「食」諧音，「子」與「指」諧音，故而取名「食指」。見食指、泉子：《食指：我更「相信未來」》，《西湖》，2006 年第 11 期。

〔註43〕唐曉渡：《芒克訪談錄》，《持燈的使者》，第 343 頁。

〔註44〕《今天》一至四期的作品，主要從趙一凡收集的資料裏選擇。見廖亦武、陳勇：《馬佳訪談錄》，《持燈的使者》，第 384 頁。

〔註45〕北島：《斷章》，《七十年代》，第 38 頁。

　　所謂「過去」的歷史經驗，涵蓋了自 1967 年紅衛兵運動晚期、1970 年代初知識青年上山下鄉及陸續返城，至 1976 年「四五」運動、「文革」宣告結束這三段歷史時期裏中國人尤其是青年一代的複雜生存體驗。「過去」歷史的合法性在十一屆三中全會前後已經受到來自民間與官方的普遍質疑與反省〔註 46〕，在這種局面下，《今天》對於「過去」經驗的批判性呈現具備歷史合法性。

　　《今天》第二期開篇編排了以知青上山下鄉生活為經驗的組詩《十月的獻詩》（1974），試圖重塑芒克的詩人形象。創刊號中那位冷酷、無望的受難者形象被全新定位為清新健康‧堅毅溫情的田園歌者形象。這不是一位面對自然、超然「忘我」的觀者，而是在自然中生活與勞作的人。他擁有與自然一同律動的健康生命，他細味白洋淀那方水土的綿長。因此與靜觀、白描式的風景詩不同，芒克以白洋淀經驗創作的田園組詩，截取田園勞作生活中溫馨與惆悵的場景片斷，將「莊稼」、「頭巾」、「胸脯」、「雙腿」、「窩棚」、「酒」等紛繁的日常物象融入詩中，依憑想像將自我投入與對象生命的內在交談中，把身體的動感與物象的生命律動交織在一起，如《風》：「我很想和你說：／讓我們並排走吧」，詩中的「我」既可看作擬人化的「風」，又可視為抒情主體自身。詩人以朋友交談的口吻、「並排走」的身體動向，為田園詩灌注入清新健康的生命氣息。簡短、輕巧、略帶敘事特徵的自由體小詩，要想容納更為深遠

〔註 46〕　來自民間的質疑，如 1978 年 11 月 24 日晚，啟蒙社在北京毛澤東紀念堂柵欄處貼出大字標語：「應該重新評價文化大革命」、「毛澤東要三七開」。見《啟蒙社始末》，《中國民辦刊物彙編》（第一卷），第 567 頁；來自官方內部的批評，如 1978 年 11 月 10 日到 12 月 15 日的中央工作會議中，胡耀邦「提出一個深層次問題。他說，『文化大革命的教訓要總結一下』。他要大家思考為什麼林彪、『四人幫』能在臺上十年之久？根本教訓是什麼問題？講到康生自己不檢討，毛澤東替他賠不是。他認為黨內生活不正常，指出長期存在『黨內有黨，法外有法』的現象」。見於光遠：《1978 我親歷的那次歷史大轉折：十一屆三中全會的臺前幕後》，北京：中央編譯出版社，2008 年版，第 135 頁。鄧小平在閉幕會上做了《解放思想，實事求是，團結一致向前看》的講話，對於「文化大革命」在實際過程中發生的缺點、錯誤，認為在適當的時候作為經驗教訓總結一下是需要的。「但是不必匆忙去做。要對這樣一個歷史階段做出科學的評價，需要做認真的研究工作」。對於思想問題，無論如何不能用壓服的辦法，要真正實行『雙百』方針。一聽到群眾有一點議論，尤其是尖銳一點的議論，就要追查所謂『政治背景』、所謂『政治謠言』，就要立案，進行打擊壓制，這種惡劣作風必須堅決制止。」鄧小平：《解放思想，實事求是，團結一致向前看》，《鄧小平文選》（第二卷），人民出版社，1983 年版，第 146 頁。

的意緒，拓展想像空間，不得不借助於省略號「……」的頻繁運用，如《田野》：「在她那孤零零的墳墓上寫著／我沒有給你留下別的，／我也沒有給你留下我……」，省略號的運用，使綿長、憂傷的情緒在心中低回久之。善於運用省略號的芒克，與善於使用破折號的北島，二人詩歌的不同特質由此可見一斑。

《秋之魂》（攝影），張嵐。
原載《今天》第二期，扉頁，署名：山風。

與創刊號偏重現代格律詩體相呼應，《今天》第二期著重推出食指的現代格律詩《相信未來》（1968）、《命運》（1967）和《瘋狗》（1978），暗示北島與食指的詩歌存在著歷史的關聯。然而與北島詩歌善用質問句式，剛毅地宣告自我的質疑與反叛不同，食指以紅衛兵運動晚期和知青上山下鄉經驗為主的三首放逐詩更多通過抒情主體的自我抑制與道德自律忍受命運對於自我意志的消磨：「如果事實真的是這樣的話／我情願在單調的海洋上終生漂泊」（《命

運》），於幾種自我身份的彷徨選擇中製造戲劇張力：「我不再把自己當成人看／彷彿我成了一條瘋狗」、「我還不是一條瘋狗」、「我還不如一條瘋狗」、「假如我真的成條瘋狗」（《瘋狗》），最終寄希望「未來」與「生命」（《相信生命》）。後來有人曾這樣評價食指詩歌的精神旨趣：「這些詩沒有暴烈的吶喊與哭訴，而像是自撫傷痛後的反思、對話、溝通，最後將視線投向人性和審美的『未來』。食指的可貴在於，他不採取以惡抗惡的宣洩，他或許已理解到任何形式的話語暴力，都有違人性、美與文明；以惡抗惡的方式發展到極致，不期然中就會成為與專制話語的戲劇性對偶／對稱，甚或異質同構」〔註47〕，但也有人給出了不同意識形態立場的評價〔註48〕。

　　在詩歌形式上，食指多使用「ai」「e」「o」「ou」輕柔韻腳，「如果」、「假如」假設句式，呈現出主體意志遭遇抑制後消極反抗的情態，其風格更為婉轉含蓄。毫無疑問，對於日常經驗的具體呈現恰是編者此時所看重的藝術原則。食指詩歌不僅將平凡、細微的生活意象，如「蜘蛛網」、「爐臺」、「鈔票」、「瘋狗」等融入詩中，而且還將生活化的敘事情境帶入抒情詩中。比較北島《回答》和食指《命運》的敘事場景：「我來到這個世界上，／只帶著紙、繩索和身影。／為了在審判之前，／宣讀那些被判決的聲音」與「哪兒去尋找結實

〔註47〕陳超：《冰雪之路上巨大的獨輪車——食指詩歌論》，《中國先鋒詩歌論》，北京：人民文學出版社，2007年版，第144頁。

〔註48〕旅德學者仲維光2000年6月在給史保嘉的兩封信中，針對郭路生被炒作的文化現象，以反思歷史的態度，從幹部子弟與平民子弟的身份區隔出發，認為郭路生創作於1960～1970年代之交的詩歌殘留著特權階層極權的等級觀念：「郭路生的相信未來，不是相信人性的追求和生命的展開，不是相信知識和精神給正在成長的年輕人所能夠帶來的豐富多彩的未來的內容。郭路生的相信未來，猶如黨衛軍所相信的未來要操控別人生殺大權，專制社會一切的未來。」進而，文章對郭路生詩歌被經典化的過程與動機給予披露。見仲維光：《「郭路生」現象的雙重含義——文化的墮落和墮落的文化》，2008年12月3日，新世紀網，http://ncn.org/view.php?id=73563&charset=GB2312。12月27日一平在《縱覽中國》撰文《未來與偏頗》為食指辯護，見 http://chinainperspective.net/ArtShow.aspx?AID=235。2008年12月31日，《國際學者基金會》宣布，將「中國自由文化·詩獎」授予郭路生，稱其代表作《相信未來》、《瘋狗》、《這是四點零八分的北京》等詩是「在強權控制一切的年月，或者基於命運的偶然性，或者由於天啟的靈感，郭路生開始走上詩的個人創作之路。他的詩在一代人的許多敏感的心靈間留下了痕跡，那痕跡中有淚水洗淨的哀愁，也有屬於受傷鷹翅的痛苦。」提名之時就有爭議，授獎之後還有爭議。見朗鈞：《紅衛兵詩人郭路生被「自由主義」綁架》，博訊網，2009年1月20日，http://www.boxun.tv/news/gb/pubvp/2009/01/200901202330.shtml。

的舳板，／我只有在街頭四處流落，／只希望敲到朋友的門前，／能得到一點菲薄的施捨」，同為抽象的詩題，北島的敘述戲劇化、抽象化，而食指的敘述顯然更日常生活化。從歷史的角度看，編者選擇食指詩歌還與當時的民主運動存在精神上的呼應：在知青中廣為流傳的《相信未來》，作為一種號召，先前已發表在民刊《北京之春》第三期（1979.2.17）上；而《瘋狗》創作於1978年的民主運動中，原有副標題「致奢談人權的人們」，是針對當下人們天真地歡呼「神聖的人權」的反思與警示。然而編者特意為《瘋狗》標注創作於「1974」，拉開與當下社會問題的距離，將批判的矛頭指向「過去」。

以弱抗強、以寡敵眾的對抗姿態是北島社會批判詩的顯著標誌。《眼睛》（1972）秉承著《回答》的對抗性姿態，以一雙充滿自省、天真與希翼的眼睛對抗布滿「迷信」、「性慾」、「權術」的眾多眼睛。不同在於力避抽象呼喊，轉而從日常生活場景中捕捉真實的細節。在親情詩上，北島一方面選擇溫情的《你好，百花山》（1972），與創刊號上舒婷追念母親的親情詩《啊，母親》呼應，但融會風景詩與親情詩，採取兒童視角、夢境內外的敘事結構以及「大自然／母親」的意象並置，藉以撫慰受傷的純真心靈。從藝術上看，它開創了《今天》詩歌「童心抒寫」與「夢幻營造」的藝術慣例；另一方面，北島選擇優傷的離別詩《星光》（1972），設置故事場景，首次採用人物生活對話的方式：「你對我說：別這樣，／我們還年輕，／生活的路還長。」在上述兩首詩歌中，詩人融進了中國古典詩詞意象並置的句法與傳統意象，如「潔白……冰凌……雪山／斷路……古松……峰巒」中印有「枯藤老樹昏鴉，小橋流水人家」（馬致遠《天淨沙・秋思》）的句法蹤跡，而「雪中的腳印被湍雲溢滿」、「花開花落」、「雁北雁南」、「手絹」等意象化自傳統詩詞意象。在詩體韻律上，採用四行一節，偶句押韻的現代格律體。

此時，個人命運的悲劇深深刺痛著詩人。北島最心愛的妹妹趙珊珊於1976年7月27日在湖北游泳救人時死去，年僅23歲，這使詩人哀傷欲絕。無疑，對妹妹的悼念是北島創辦《今天》的又一動力。因此，北島化名「艾珊」（「愛珊」的諧音）發表組詩《冷酷的希望》（1973），作為悼念與告別的儀式：「告別了，／童年的夥伴的彩色的夢。」這種告別，既是一代人在自我成長與覺醒後，與幻美童年的依稀揮別，又是一種藝術風格的自覺斷裂與突破。在《你好，百花山》中，詩人已經開始注意意象色彩的變形與搭配，如「綠色的陽光在縫隙裏流竄。／紅褐色的蒼鷹落在古松上」，發展到《冷酷的希望》，

這種由印象派生發開來的「色彩對比構圖法」運用地揮灑自如:「兩雙孩子的大眼睛,/躲在陰暗的屋簷下」,明暗對照與鏡頭由近及遠的拉動;「在早霞粉紅色的廣告上/閃動著一顆綠色的星」,紅綠映襯與鏡頭由遠及近的聚焦,意象構造的立體空間感也隨之增強:「夜/湛藍色的網/星光的網結。」藝術風格的斷裂還在於「冷酷」情緒與「死亡」意象的萌發。與創刊號上芒克的《天空》組詩、《凍土地》呼應,《冷酷的希望》同為三五行成篇的自由體小詩,二者在冷酷意象的選擇上也頗為近似:「烏雲奏起沉重的哀樂,/排好了送葬的行列。/太陽向深淵隕落!/牛頓死了!」

最能展現回歸日常生活這一美學風貌的是方含採用敘事語態、散文句式、自由詩體和摻雜著都市日常瑣碎意象的離別詩《生日》和愛情詩《孤獨》。方含的才華並不在於意象本身的雕琢與順勢延展,而在他那平淡無奇敘述中的偶然「發現」:在《生日》中,「我從外省匆匆趕來,/為了同最後的希望告別」。在向過去所有的傷痛一一訣別後,詩人逐漸發現,他內心依舊眷戀原初的自我:「讓我從破舊的籬笆、骯髒的街道和熟悉的人們臉上/找到我最早的生活的詩。」瑣碎的日常都市意象在《孤獨》中被詩人以平淡的敘述串接起來,帶來生活的親近感:「當黎明揭起白晝的帷幕/你陪我走過街道/又同上班鈴聲一起迎接我/傍晚,推開啤酒店的門/我知道你隨著黃色液體注滿我的杯子/當我躺在床上,病魔纏身/你的影子在醫院雪白的牆壁上出現」,詩人原本以為個體的「孤獨」只屬於自己,所以「當我的姑娘走向我」時,詩人有了一個驚人的發現:「從她的眼睛裏,從她張開的雙手/從她的吻裏我又感到你/原來你也在她的心裏。」這種偶然「發現」將個體孤獨上升為對群體孤獨的體認,從而達到一種心靈的共振與情緒的紓解。

第二期的詩歌編選盡管擇取歷史經驗題材的詩,但整體上卻達到了貼近日常生活、拉近讀者的效果,營造著「親切」的生活風格。其實,創刊號最後一首北島的愛情詩《黃昏:丁家灘》已展露了這種新的詩歌特質,即將具體的生活場景和日常意象入詩,增強敘事性。但創刊號整體偏向呈現主體的抽象情思,忽視對日常生活物象的捕捉,重抒情而非敘事,從這個意義上說,《創刊號》急於宣揚詩歌與生活的理念,第二期則關注日常生活,隱含有回歸具體生活的美學態度。

這種編選態度的轉向或許與編者對於「平民歷史觀」的思考有關。1973年春天北島和史寶嘉來到白洋淀邸莊與趙京興重逢。北島與趙京興談起《戰

爭與和平》第四卷的開篇，趙京興說：「在托爾斯泰看來，歷史不僅僅是關於王公貴族的記載。而普通百姓的日常生活，才是被歷史忽略的最重要的部分。」「你說的也是中國當下的歷史嗎？」北島問。「歷史和權力意志有關，在歷史書寫中，文人的痛苦往往被誇大了。又有誰真正關心過平民百姓呢？看看我們周圍的農民吧，他們生老病死，都與文字的歷史無關。」〔註49〕

三、詩歌專刊：個體悼亡與民族象徵

《今天》創刊以來，影響日增，讀者群體隨之擴大。第一期《今天》出版後，北島將之送給《詩刊》編輯邵燕祥：「他很喜歡《回答》，還有舒婷的《致橡樹》，問我能不能把它們發在《詩刊》上，我說當然可以，他就在1979年《詩刊》三月號發表了《回答》，四月號發表了《致橡樹》。《詩刊》當時的發行量有上百萬份，這兩首詩廣為流傳，造成全國性影響。對這個問題我們內部有爭論：芒克反對《今天》的詩歌在官方刊物發表，而我認為應盡可能擴大影響，包括借助官方刊物的傳播」〔註50〕。

《冷對》（鋼筆畫），鐘阿城。
原載《今天》第三期，扉頁，署名：阿城。

〔註49〕北島：《斷章》，《七十年代》，第25頁。
〔註50〕田志凌：《北島專訪：青春和高壓給予他們可貴的能量》。

　　自第二期起，《今天》公布了編輯部通訊地址及聯絡人——北京東四 14 條 76 號劉念春，拓展刊物銷售渠道。除在民主牆前公開出售外，另闢長期訂閱業務，最多的時候訂戶有六、七百，每期印一千冊，每本賣五毛到七毛不等。在隨後的兩個月中，編輯部收到了來自北京、天津、河北、吉林、陝西、甘肅、新疆、山東、江蘇、安徽、福建、河南、湖北、廣東、四川、貴州、雲南等十七個省市的讀者來信近二百封〔註 51〕。

　　《今天》的聲勢波及北京其他的文藝圈子中。一天，江河〔註 52〕對林莽說：「聽說辦了《今天》，咱們去看看呀？」那時，江河剛剛寫完《祖國啊，祖國》〔註 53〕，「問是不是給《今天》？後來他又說，我這些東西可能在公開刊物上發。當時劉心武在《人民文學》當編輯，江河通過他們院一位老太太，直接遞給劉心武。劉心武看了以後，誇這人字寫得不錯，卻對詩不屑一顧。把江河氣壞了。從此，他才開始到《今天》發詩，大約二期以後」〔註 54〕。

　　當時，《今天》編輯部正在籌劃紀念「四五」運動三週年的「詩歌專刊」和大型詩歌朗誦會〔註 55〕。江河《紀念碑》組詩的適時出現，為《今天》灌注入一股強勁的雄壯力量。1979 年 4 月 1 日「詩歌專刊」正式出版，開篇選編了江河組詩中的《紀念碑》（1977）、《我歌頌一個人》（1977）、《葬禮》和《遺囑》四首。在這些悼亡詩中，「紀念碑」、「天安門廣場」、「中華民族」、「歷史博物館」、「人民大會堂」、「皇宮」、「人民」等「民族／國家」宏大意象群與「當下／歷史／未來」的詩歌架構共同鑄造出民族史詩般的恢弘氣韻。這些宏大意象並非只蘊涵榮耀的召引而不攜帶對於個體生命的壓迫力量，但是江河的詩歌卻以受難的「身體」作為展開雄偉想像的基礎，以舒徐自語的敘述語態，將個體生命主動與民族國家意象「紀念碑」互滲起來，以獻身姿態承擔這份壓力：「我想／我就是紀念碑／我的身體裏壘滿了石頭／中華民族的歷史有多沉

〔註 51〕趙一凡編：《來信摘編》（第一冊），1979 年 5 月 22 日。手稿。

〔註 52〕江河，原名于友澤，生於 1949 年，北京人，在北京四十一中就讀。「文革」中家裏遭殃，隻身留在北京。1968 年高中畢業後，在北京膠丸廠工作。1970 年春開始，時常到白洋淀居住。1971 年開始寫詩。見宋海泉：《白洋淀瑣憶》，《持燈的使者》，第 148 頁。

〔註 53〕《今天》第四期上《祖國啊，祖國》標注時間為 1979 年 5 月。但江河的《紀念碑》等詩歌業已在《今天》第三期上發表，說明江河在 4 月之前就已給《今天》投稿，林莽的回憶與事實略有出入。

〔註 54〕廖亦武、陳勇：《林莽訪談錄》，《持燈的使者》，第 421 頁。

〔註 55〕《啟事》，《今天》第二期。

重／我就有多少力量，／中華民族有多少傷口／我就流出過多少血液」。在此，「身體」淪為受難的客體：「在這裡／我無數次地被出賣／我的頭顱被砍去／身上還留著鎖鏈的痕跡／我就這樣地被埋葬／我的生命在死亡中成為東方的秘密」，「身體」於死亡的哀歌中，獲得個體反抗意志與民族生存意志的凝聚：「當死亡不可避免的時候／流出的血液也不會凝固／當祖國的土地上只有呻吟／真理的聲音才更加響亮／……鬥爭就是我的主題／我把我的詩和我的生命／獻給了紀念碑」（《紀念碑》）。

在「意志」凸現的詩性方式中，存在一種「自我生命意志與他者外力衝突（對抗／受難／批判）」[註56]的模式。從凸現過程上看，可分為「意志凝聚」與「意志釋放」兩個階段。依據這一衝突模式，可將社會批判詩細分為「對抗」詩、「受難」詩與「批判」詩三類圖式。其中，「對抗」詩的顯著特徵在於自我向他者的宣告姿態、「我要……」句式以及短促有力的判斷句、感歎句和警句。顯然，北島以孤絕姿態向強勢世界宣戰的《回答》傾向於政治「對抗」詩圖式。與這種精神挑戰者形象不同，江河詩中更多是身體受難者形象，屬於政治「受難」詩，而這恰恰是凸現「強力意志」的最佳圖式，是「意志凝聚」階段的詩歌。江河從個體悼亡的儀式中尋求民族力量的凝注，較之個體以弱抗強的直接鬥爭，審美張力更為遒勁和持久。從詩形上看，江河選擇自由詩體和敘述語態有利於「意志凝聚」過程的充盈。為貼近真實的日常生活，在詩藝上除運用舒徐自語的敘述語態，如插入「我是說」調整節奏的說解短句（《我歌頌一個人》），亦運用與「民族／國家」同構的「身體」意象，如「風吹動了我的頭髮／吹動了我的民族黑色的頭髮」（《葬禮》），以及「天空」、「大地」、「海洋」、「太陽」等象徵自由的自然意象。但最容易被忽略的是，詩人頻繁運用「時空定位」的精準詞彙，藉以增強詩歌的現場發生感，將想像時空與生活時空交織起來：「紀念碑默默地站在那裡，／像勝利者那樣站著」、「我就站在／昔日皇宮的對面」、「在這裡／我無數次地被出賣」（《紀念碑》），「在這裡／我歌頌一個人」、「一個早晨／一個寒冷的早晨」、「他是被謀殺的／他是被兇手從背後殺死的」（《我歌頌一個人》），「歷史停頓了／土地和天空在靜寂中」、「人民垂下頭／是一個下午、是時代的黃昏」（《葬禮》），「戰鬥的船隻從我的胸脯上出發」、「一道巨大的彩虹從我的手臂上升起」（《遺囑》）。可以說，是江河首先自

〔註56〕張志國：《四十年代「新生代」詩歌的詩學意義》，《文學評論》，2008 年第 4
　　　　期。

覺地將《今天》的個體「受難」詩提升到民族、國家命運的象徵層面。

　　《今天》第三期「詩歌專刊」的主題是「紀念與悼亡」。開篇江河的詩將個體悼亡與民族象徵有力地鑄成一體，聲勢震人發矒。唯一能與雄壯之美匹配的是隨後編發的齊雲〔註57〕的《巴黎公社》〔註58〕（1971.1）。這首為紀念巴黎公社一百週年的「未完成」之作，開篇便以宣言的姿態，質地堅硬且色彩鮮亮的意象組合，先聲奪人：「奴隸的歌聲嵌進仇恨的子彈／一個世紀落在棺蓋上／像紛紛落下的泥土」。在一幅轟然潰敗的場景過後，個體的抒情唯美而厚重：「呵，巴黎，我的聖巴黎／你像血滴，像花瓣／貼在地球蘭色的額頭」。區別於江河「個體／民族」模式的「受難」詩，《巴黎公社》是一首以弱抗強、以寡敵眾的個體「對抗」詩：「為了常青的無花果樹／為了永存的愛情／向戴金冠的騎士，舉起孤獨的劍」。這首詩集合了通感、印象的動態演出、象徵、擬人等藝術手法，在簡短的一兩句中便構造出一個豐滿的視覺意象，由此依群被詩人多多追認為「形式革命的第一人」〔註59〕。編者對依群《巴黎公社》的引介隱含詩人們對巴黎公社式民主政治的嚮往之情，暗合1979年1月民間刊物《北京之春》上呂民的《逐步廢除官僚體制和建立巴黎公社式的民主制度》〔註60〕與愚民的詩歌《「民主牆」贊》所倡導的民主改革潮流：「巴黎公社的戰士，／握槍倒在『社員牆』下，／已經覺醒的中國巨人，／用鮮血在『民主牆』／書寫著公社的篇章」〔註61〕。《今天》編者極其看重這種現代主義形式在「文革」地下文學中的開端意義，同時又與北島充滿「對抗」色彩的個體悼亡詩《雲呵，雲》（1972）、《一切》（1977）和《走吧——給L》（1976.4）相呼應。北島詩中的「雲」不只是一位甘於奉獻愛心的獻身者，更是一位反抗英雄：「縱使閃電把你放逐，化作清水一泓，／面對天空，你也要發出正義的迴響」（《雲呵，雲》）。與構思精巧的悼亡詩《雲呵，雲》不同，《一切》以冷峻思

〔註57〕又名依群，原名衣錫群，1947年生於北京。北京五中高三學生。1968年後，與徐浩淵、王自立等形成沙龍。他不但寫詩還寫電影劇本。

〔註58〕《今天》上發表的《巴黎公社》一詩，是根據詩人芒克收藏的依群詩稿印發。該手抄詩稿照片見《沉淪的聖殿》，第209頁。這份手抄稿件與依群原稿略有出入，風格更為堅實犀利，後來引發依群好友徐浩淵的不滿，撰文《詩樣年華》澄清，見《七十年代》，第40頁。

〔註59〕多多：《1970～1978的北京地下詩壇》，《持燈的使者》，第119頁。

〔註60〕《北京之春》第一、二期，《中國民辦刊物彙編》（第二卷），華達編，法國社會科學高等研究院、香港《觀察家》出版社聯合出版，1984年，第105、202頁。

〔註61〕《北京之春》第二期，《中國民辦刊物彙編》（第二卷），第150頁。

考、抽象詞彙、悖論句法、排比句式以及厚重的音質，在壓抑與悲憤中汲取反抗的力量：「一切都是命運，／一切都是煙雲。……一切歡樂都沒有微笑，／一切苦難都沒有淚痕……一切暴發都有片刻的寧靜，／一切死亡都有冗長的回聲」（《一切》）。《走吧──給 L》是北島為朋友陸煥興生日寫的贈詩。詩中抒寫了一代人灰色的心路歷程：「走吧，／落葉吹進深谷，／歌聲卻沒有歸宿。……走吧，／眼睛望著同一塊天空／心敲著暮色的鼓」，詩尾借用丹柯赴死典故中的「紅罌粟」〔註62〕意象，暗示詩人「尋找生命的湖」的堅強意志與決心。齊雲與北島為悼亡詩植入了個體反抗的維度、嚴正的聲響與希望的結局。

「紀念與悼亡」的主題，還呈現在紀念愛情與友情的「離別詩」中，如齊雲的《長安街》、《無題》、《你好，哀愁》；在隱喻一代人悲劇命運的「悼亡詩」中，如食指《魚群三部曲》（1967）、方含〔註63〕《在路上》（1973～1974）和《無題》；在緬懷親人的純淨「紀念詩」裏，如芒克《寫給珊珊的紀念冊》（1977）、北島《小木房裏的歌──獻給珊珊二十歲生日》（1973）。

齊雲的離別詩《長安街》與第二期上北島的《星光》相仿，皆採用「過去」場景與「當下」場景相互交織的結構、人物日常對話的方式，但與北島離別詩中「相信未來」的革命結尾截然不同，齊雲的離別詩永遠沉浸在「拒絕離別」的單純幻夢中，哀愁與憂傷之情久久縈繞：「我知道我沒有真正的把你忘記，／你已經變成了我的童年。」1971 年齊雲將要脫離沙龍，在給徐浩淵的離別詩《無題》中，詩人寧願躲避在離情別緒的幻夢中，「不期待，也不追求／避開風雨，也避開愛／想避開一切──如果能夠」。這就是齊雲的離別詩，在單純的幻夢中逃避著、哀婉著、低訴著：「當我閉上眼睛的時候／你好，哀愁」（《你好，哀愁》）。

食指只記得《魚群三部曲》第一部，北島抄來第二、三部，一併發表在「詩歌專刊」上。這是一首以紅衛兵運動受挫後老紅衛兵的生活經驗為歷史背

〔註62〕 「紅罌粟」意象源自五、六十年代小學語文教材中根據高爾基小說改編的課文《罌粟為什麼開紅花》：「丹柯舉著自己的心向前走著，照亮了森林中的路。在他的身後，在他的血流過的地方，開滿了美麗的罌粟花」。見齊簡：《路上飄滿紅罌粟》，《黃河》，1994 年第 3 期。

〔註63〕 原名孫康，1950 年生於北京，曾就讀於北京 35 中。1968 年春，參加中學生跨校小團體「二流社」。該社成員還有師大女附中戎雪蘭、潘青萍、史保嘉、35 中的包國路（柯雲路），101 中的任公偉，清華附中的田曉莊，31 中的甘鐵生和 28 中等學校的「四三派」成員。1968 年孫康去河北徐水插隊，開始寫詩。見楊健：《中國知青文學史》，北京：中國工人出版社，2002 年版，第 127 頁。

景的敘事悼亡長詩。詩中「冰層」下面「魚兒」奮力向「陽光」（毛澤東的象徵）追逐，在屢遭「碰壁」、傷痛以及「漁夫」（中央文革的象徵）設下的「網繩」後，在「迷惘」、失望之際，迎來了冰封解凍的春天。滿懷「獻身」欲望的「魚兒」，「不顧一切地躍出了水面，／但卻落在了終將消溶的冰塊上」，心甘情願地死在「陽光」的「利劍」下〔註64〕。編者將這首充滿戲劇性的悼亡詩編置在此，並非弘揚盲目的獻身精神和克難勇氣，而是基於人性的立場，為參與紅衛兵運動的一代青年人的悲劇命運舉行悼念儀式。同時，食指詩歌設置戲劇角色與運用隱喻的藝術手法，也值得《今天》詩人借鏡。與這種悲傷風格類似，方含的《在路上》和《無題》為知青一代丟失的青春與生命舉行悼念。在詩體形式上，《在路上》模仿饒吉巴桑民歌的句式「從草原來到北京，我想跳個弦子；從雪山來到北京，我想跳個鍋莊」〔註65〕，低聲吟唱命運悲歌：「從北京到烏魯木齊／青春消逝在路上」、「從北京到拉薩／夢想丟在了路上」、「從北京到西雙版納／歲月消失在路上」。《無題》採用自由詩體，設置戲劇角色，運用隱喻手法，將「在黑暗中陰險地謀劃著什麼」的「小山」、「被狠狠地打倒在地上」的「我那瘦長的影子」和「佇立在岸邊，像紙一樣蒼白／歌唱著欺騙，背信和絕望」的投河女孩銜接起來，以懺悔之心、惋惜之情吟唱了一曲憂鬱的青春哀歌。

　　素潔與寧靜作為悼亡詩的另一風格，出現在紀念珊珊的兩首詩歌中。《小木房裏的歌》是北島為妹妹20歲生日而作的兒歌，詩中充滿童真的想像與兄長的愛憐。芒克《寫給珊珊的紀念冊》以輕柔的步伐，走進亡者「安睡的墓地」、「沉靜的黑夜」、「靈魂的天堂」，獻上詩人靜默的哀思：「我的心是朵白色的小花」、「我的眼睛是淚的燭火」、「我的嘴唇是悼念的花環」，從中詩人感受到亡者崇高意志的召引：「你崇高而又純潔，／你驕傲的名字在和我們一起生活著。」

　　《今天》的任務是「打破目前文壇上的沉悶氣氛，在藝術上力求突破」〔註66〕，這在「詩歌專刊」中有著鮮明體現：以悼亡詩的風格為例，其中既有占主導地位的江河的雄壯，又有齊雲和北島的剛毅孤冷，既有食指與方含的悲傷、齊雲的哀婉，又有紀念珊珊的純淨詩風；從詩體上看，「詩歌專刊」中既

〔註64〕食指：《寫作點滴》，《沉淪的聖殿》，第60頁。
〔註65〕楊健：《中國知青文學史》，北京：中國工人出版社，2002年版，第245頁。
〔註66〕《啟事》，《今天》第二期。

選擇自由體長詩、小詩，又有現代格律詩、歌謠體，數量參半；從藝術手法上看，敘事與抒情交糅，通感、隱喻、奇異想像、時空定位、色彩構圖、生活對話等多種藝術手法紛至杳來，形成雄壯的悼亡風、傷感的浪漫風與冷酷的現代風相互交織的整體風貌。

　　作為自由體小詩，編者分別選擇了芒克的組詩《心事》（1973）、《太陽落了》（1973）、《自畫像》（1978）以及北島的組詩《太陽城劄記》（1974.10）〔註67〕。在風格上，芒克的《心事》、《太陽落了》又重新回到創刊號《天空》組詩滿是悲哀的冷酷風格，但除了被放逐者的受難姿態，《太陽落了》在面臨生命與人性毀滅的悲劇時：「太陽落了／黑夜爬了上來／放肆地掠奪。／這田野將要毀滅，／人／將不知道往哪兒去了」，又以反抗的姿態勇敢地喊出正義的聲響：「你的眼睛被遮住了。／你低沉，憤怒的聲音，／在這陰森森的黑暗中衝撞：／放開我！」《自畫像》則簡潔地表達了詩人的處境與立場：「我有這樣兩隻眼睛，／一邊是黑暗，／一邊是光明。……我有這樣一顆心，／熱愛自己，／也熱愛別人。」與芒克小詩偏愛借助語氣的自然調停直抒內心情緒不同，北島的小詩力避主體介入，儘量依憑客觀意象的組合迴避說明性成分，在「抽象」詩題與「具象」詩行之間揣摩意義的交疊關係，傳達情緒和醞釀深思。這種揣摩意義關係的思維特質已然躍出意象派詩歌，而接近於象徵主義的神秘玄想。其中《藝術》：「億萬個輝煌的太陽，／顯現在打碎的鏡子上」，在當時讀者中引發疑問，而一字詩《生活》：「網」，後來直接招致老詩人艾青的批評。這種帶有一定語言遊戲性質的試驗詩歌表明《今天》詩歌在藝術形式的探索上走出了多遠。

　　1977 年春天，遠在廈門的舒婷經老詩人蔡其矯的介紹，讀到北島的詩歌《一切》、《走吧》、《雨夜》等時，「不啻受到一次八級地震」〔註68〕。於是在5 月，舒婷以溫情的筆觸寫下了贈答詩《這也是一切——答一位青年朋友的〈一切〉》與《四月的黃昏》。北島收到舒婷贈詩後，選編了《中秋夜》（1976.9.4）和《四月的黃昏》（1977.5）發表在《今天》「詩歌專刊」上。此前，舒婷的愛情詩《雨別》（1977.4）剛剛發表在香港《海洋文藝》（1979 年第 3 期）上。繼《今天》創刊號發表舒婷「人性溫情」的親情詩與女性自立、袒露的愛

〔註67〕 十七世紀意大利空想共產主義思想家康帕內拉的名著《太陽城》，抨擊由私有
　　　　制產生的各種弊病和罪惡，主張廢棄私有制。同時，描繪了一個理想的社會制
　　　　度，在那裡，人人必須勞動，一切生產和分配活動都是由社會來組織。
〔註68〕 舒婷：《生活、書籍與詩——兼答讀者來信》，《持燈的使者》，第 175 頁。

情詩後，《中秋夜》和《四月的黃昏》表現出詩人對於友人的溫情呵護，「鼓舞、扶持旁人，同時自己也獲得支點和重心」是 1975 年前後舒婷詩歌的主導思想〔註 69〕。《中秋夜》是對友人誤認為詩人過著「養尊處優」、「花朝月夕」生活的回答：「不知有『花朝月夕』，／只因年來風雨見多。／……道路已經選擇，／沒有薔薇花，／並不曾後悔過。」在描述了生活的艱辛後，詩人陷入沉思：固然每個人都明白「生命應當完全獻出去」，但作為個體也需「要有堅實的肩膀，／能靠上疲倦的頭；／需要有一雙手，／來支持最沉重的時刻」。《四月的黃昏》第一節以「要歌唱你就歌唱吧，但請／輕輕，輕輕，溫柔地……」回應北島《走吧》：「走吧，／落葉吹進深谷，／歌聲卻沒有歸宿。」第二節則以「要哭泣你就哭泣吧，讓淚水／流呵，流呵，默默地……」撫慰北島《雨夜》中的痛楚：「讓牆壁堵住我的嘴巴吧／讓鐵條分割我的天空吧／只要心在跳動，就有血的潮汐」。這種《今天》詩人互贈詩歌的贈答現象，同樣構成《今天》詩歌的編選背景，舒婷在其中扮演著溫情呵護者的角色。

在《今天》「詩歌專刊」編印過程中，北京的民主運動漸受鉗制。1979 年 1 月以來，外地許多來京上訪的百姓流落街頭、無食無衣無宿的悲慘境遇，引發了民主運動中知識青年的極大同情。2 月 7 日，「啟蒙社」、「中國人權同盟」、《人民論壇》、《群眾參考消息》和《探索》五個團體各貼出大字報，要求釋放上訪示威遊行的組織者傅月華。3 月 16 日中國對越戰爭完成撤軍，鄧小平在北京人民大會堂裏作了一次關於越戰與民主化問題的報告，「正面指責當前民主運動『太過分』，不滿這個運動中某些人致書美國總統卡特要求注意中國人權的呼籲，甚至將民主運動分子與外國記者的交往，說成是『出賣國家秘密』的行為」〔註 70〕。3 月 29 日，北京市革命委員會頒布《通告》正式表明禁止一切反社會主義、反無產階級專政、反共產黨領導、反馬列主義和毛澤東思想的大字報和書刊：「極少數人打著『要民主』『要人權』的旗號聚眾鬧事……，他們根本不懂什麼是社會主義民主，更不會正確行使民主權利」〔註 71〕。通告發表後，北京公安當局立即開始捕人〔註 72〕，民主運動遭受打

〔註 69〕　舒婷：《生活、書籍與詩——兼答讀者來信》，《持燈的使者》，第 174 頁。
〔註 70〕　許行：《中國民刊的崛起和掙扎圖存》，《中國民刊彙編》第一卷，第 30 頁。
〔註 71〕　引自《關於北京市革命委員會 3 月 29 日〈通告〉的六條意見》，《中國民刊彙編》（第一卷），第 526 頁。
〔註 72〕　《探索》主持人魏京生和「人權同盟」的陳旅在 3 月 29 日被捕，「人權同盟」創辦人任畹町 4 月 4 日被捕，當時他正在貼海報，頭一句：「民主的敵人已經

擊，部分激進民刊相繼停刊〔註73〕。

在「民主牆」運動的波蕩起伏中，1979年1月20日趙南以《人民論壇》之名在民主牆上貼出《致北京》〔註74〕一詩，希望能把「青年民主運動者與湧來北京的成千的上訪者聯繫起來」〔註75〕，詩中哀傷地描述上訪者的悲慘生活：「在冬夜裏／白色的寒風吹過枯寂的街巷／又有些身軀慢慢地倒下了／老天又收留了幾個上訪人」，進而號召：「來吧，讓我們挽緊手臂／讓我們一起挺起胸／……用我們的鮮血和生命／為真理和正義而鬥爭」，最後憤然嘲諷：「他們的屍體仍然躺在路上／對北京撕裂開仇恨的眼睛／／恥辱啊，／北京的人民／恥辱啊／人民的北京」。愚民在《北京之春》〔註76〕上發表詩歌《「民主牆」贊》（1979.1.27）〔註77〕，呼喚「民主」、「科學」、「法制」、「自由」與「四個現代化」。啟蒙社黃翔則以《民主牆頌──獻給民主戰士們》（1979.3.25）呼籲

開始進攻」。4月22日《探索》的路林被捕，5月22日《探索》的楊光被捕。見《中國人權同盟始末》，《中國民辦刊物彙編》（第一卷），第416頁。

〔註73〕 《探索》在1979年3月31日發出路林和楊光起草的「《探索》向世界向中國公民宣告」傳單後，刊物停刊。直至7月底路林貼出8頁長的大字報為《探索》辯護，受到這一鼓舞，《北京之春》、《四五論壇》大膽與《探索》站在一起，9月9日《探索》發行第四期宣布復刊。見《〈探索〉始末》與路林《發刊與停刊──回憶參加〈探索〉工作的過程》；「中國人權同盟」的兩位負責人於1979年4月6日在民主牆上貼出公開辭職信，呼籲解散同盟及其外省支部。4月7日印製「抗議警察非法逮捕任畹町」的《中國人權》第四期「增刊」，在4月8日由《今天》組織在八一湖邊詩歌朗誦會上，以傳單形式很審慎地散發給集會上的二百多人。隨後，直至9月23日在民主牆上才又公開貼出《關於中國人權同盟與任畹町同志》等大字報。見《〈中國人權同盟〉始末》；《啟蒙》於1979年3月底第四期出版後停刊。見《〈啟蒙社〉始末》。以上文章均收入《中國民辦刊物彙編》（第一卷）。「四月份開始，中共中央就全面要遏止民主牆與民辦刊物。先舉行市容清潔衛生運動，開始刷牆，把北京、上海的牆刷乾淨，開始取締大字報。」「到了一九七九年十月，中共對魏京生和傅月華進行公審，情況又有改觀。中共判魏京生十五年。這個判決引起國際上的關注，海內外華人也有很大的反應。很多人提出抗議，於是本來已經消沉的大字報又開始活躍起來。北大校園有大字報抗議宿舍太差；人大學生上街遊行示威，要求霸佔校舍的解放軍遷出去。低潮之後，新的民刊又大膽問世。」「從一九七九年到八○年就有一百二十七份不同的刊物出現在全中國各地。」見陳若曦：《談中國民辦刊物及其他》，香港：《七十年代》，1981年7月號。

〔註74〕 《中國民辦刊物彙編》（第一卷），第395頁。

〔註75〕 《中國民辦刊物彙編》（第一卷），第43頁。

〔註76〕 《北京之春》自1979年1月8日創刊，開闢了「『民主牆』詩文選」專欄，對諸多社會病症進行批評。

〔註77〕 《中國民辦刊物彙編》（第二卷），第152頁。

「中國」應以「民主牆」為立足之本，接受「人民」監督：「但是中國，無論你是戰勝者還是失敗者，／你都將永遠——／站——站在民主牆上，／倒——倒在民主牆下／並且將在一部正在誕生的共和國的憲法——人民的新憲法上，／留下你的偉大的簽名」〔註78〕。在此背景下，《今天》開始謹慎刊發反映民主運動的詩歌。

　　作為對民主運動的呼應，《今天》「詩歌專刊」發表了方含的《人民》（1979.1）、第四期又轉發了趙南的《給你》（1979.4.1）。與《致北京》實錄場景、號召鬥爭與憤怒姿態不同，《今天》在編選這類詩歌時，顯出反饋政治事件的時間滯後性和美學間接性。

　　方含的《人民》以「相信未來」的舒緩語態，設置「也許，有一天」的遐想空間，將當下的痛苦化入對於未來的唯美憧憬中：「那時候／每一聲痛苦的呻吟／都會像水滴一樣匯合／掀起排山倒海的巨浪」，「那時候，人民／將不再是獨裁者發布命令時／為表示無條件接受而被迫舉起的／一隻隻無力的手」。面對著西單民主牆，詩人看到了「民主」與「人權」臨近的曙光。雖然《人民》以美學間接性迴避詩歌直接參與民主運動的鼓動功能，然而卻無法避免抽象詩句影射當局的可能。3月25日，魏京生在發表了強烈譴責當局的《要民主，還是要新的獨裁？》一文後被捕。此時，詩歌《人民》在《今天》上發表便別具一番抗爭意味。《今天》第四期（1979.6.20）發表了趙南的離別詩《給你》。先前它已刊載於民刊《北京之春》第五期（1979.5.16）上。這首紀念詩人與「民主牆」相識、相融、即將別離的詩歌，儘管「與《今天》的其他詩作相比，顯然是過於直白了」〔註79〕，但它「非常浪漫、非常悲哀地描述這段歷史」使北島「熱淚盈眶」〔註80〕。《給你》是兩個朋友離別前的低聲絮語：「我的朋友／分別的時刻已經臨近／再見了——民主牆／我能對你說點什麼呢／說春天的寒冷／說你像臘梅一樣凋零／／不，還是說歡樂吧／說明天的歡樂」。詩中有溫馨的追憶：「冬天，十一月／寒冷把我驅趕到你面前／你用灰色的牆壁擁抱了我」，有平靜的死別：「也許再過幾天／我會坐在一個／圍著鐵柵的窗底下」，「我將要被迫離開你，／到天的那一邊／和星星一同嬉戲」，有堅定的信念：「我相信／你不會消失／也不會死亡／……記住吧／只要有人類就有你」。

〔註78〕《中國民辦刊物彙編》（第一卷），第 683 頁。
〔註79〕徐曉：《〈今天〉與我》，《持燈的使者》，第 75 頁。
〔註80〕劉洪彬整理：《北島訪談錄》，《持燈的使者》，第 334 頁。

在淡淡哀傷的離別絮語中堅信未來的詩歌架構，延續著《今天》「詩歌專刊」於悼亡中反抗的傳統，符合編者對於《今天》離別詩審美理想與趣味的設定。由此可見，與民主運動中注重文學號召功能的刊物不同，《今天》詩歌堅守藝術本位的編輯原則，希望藉此穩步加深人們對自由精神的理解與追求。

第二節　構型方式與作品呈現（二）

一、四至六期：藝術傳承與創新危機

　　作為創刊以來的首次集結，第三期「詩歌專刊」型塑出《今天》詩歌的基本格局與藝術慣例，這一格局和慣例在隨後的第四至六期中被繼承發展。要堅守《今天》自身的美學傾向與藝術趣味離不開制度上的保障。在「詩歌專刊」出版後，趙南家開始定期舉辦作品討論會。每月第一個星期日的晚上，《今天》的作者們圍聚在一起，交流文藝理論，誦讀文學作品，討論哪些作品可以發表在下期《今天》上。這個「審稿會」從 1979 年 4 月 1 日持續到 1980 年 12 月，它所做出的取捨會「直接影響到《今天》的文學旨趣和面貌」，而當時「《今天》圈子中的人的現代派和先鋒性意識已經越來越明確」，因此一些「政治主題太強烈鮮明」、「語言風格太浪漫甚至誇張」的作品，「游離在當時的《今天》為自己劃定的美學疆界之外」〔註81〕而被否決。在作品討論會氛圍的薰陶下，《今天》作者探索藝術的自覺意識得到提升，在彼此借鑒與區別中，加深了對《今天》精神與藝術原則的理解與認同，孕育出許多在傳承中尋求突破的新生詩人。

　　鑒於江河「個體／民族」政治受難詩在「詩歌專刊」中的重要位置，《今天》第四期（1979.6.20）和第五期（1979.9）開篇發表了江河以受難「身體」作為想像根基的《祖國啊，祖國》（1979.5）與《沒有寫完的詩》。如果說《紀念碑》借助象徵物「紀念碑」達成「個體」與「民族」的融合，那麼《祖國啊，祖國》則直接將「個體」化身為「民族之子」，賦予「受難英雄」以民族神話的偉力：「我把長城莊嚴地放上北方的山巒／像晃動著幾千年沉重的鎖鏈／像高舉起剛剛死去的兒子／他的軀體還在我的手中抽搐／我的身後，有我的母親／民族的驕傲，苦難和抗議」。悼亡詩《沒有寫完的詩》取材自 1979 年 4 月以來官方報導的張志新烈士臨刑前被割喉管的悲劇事件。此前雷抒雁在官方

〔註81〕萬之：《也憶老〈今天〉》，《持燈的使者》，第 307 頁。

刊物《安徽文學》上發表了《審判》〔註82〕一詩。《審判》設置了「張志新」、「人民」、「野草」、「星星」、「風」、「法律」、「祖國」、「黨」與「槍」、「監獄」、「權力」、「法庭」等正反兩類戲劇角色，分別以第一人稱進行控訴、審判、同情或是認罪、狡辯。作為一種借鑒與應對，《沒有寫完的詩》在抒情視角的選擇上，延用紀念周恩來的悼亡詩《遺囑》中的「換位」手法，設置了普羅米修斯式「遠古英雄」、受難者的「母親」和「受難英雄」三個戲劇角色，化身為悲劇人物，分別以第一人稱演出戲劇場景。詩歌結尾以「我被釘死在監獄的牆上」呼應詩首，從而完成了「個體」受難英雄與遠古「民族」英雄的精神對接與生命鎔鑄。

《思緒》（鋼筆畫），曲磊磊；《青春》（鋼筆畫），曲磊磊。
原載《今天》第四期，扉頁，署名：陸石。

　　自《今天》創刊，北島與芒克的詩每期必發，貫穿刊物始終。在前三期中，北島的詩主體上呈現出三副面孔：（一）富有質疑與反抗特質，冷峻的政治悼亡詩或批判詩；（二）懷揣希望、純淨溫情的愛情詩；（三）進行現代主義藝術探索，力避主體介入、剔除說明成分，依靠客觀意象的組合傳達迷惘、夢幻或冷酷情緒、製造深思的「冷抒情」小詩。其中（一）、（二）為現代格律

〔註82〕刊物上標注創作時間為 1979 年 6 月 20 日。見《安徽文學》，1979 年第 8 期。

體，（三）多為自由體。北島在第四至六期上，主要發表愛情詩《雨夜——給
F》〔註83〕（1976.4）、《睡吧，山谷——給 F》（1979）、《是的，昨天》（1977）
和《岸》（1978），再現了北島的第二副面孔。其中，《雨夜》將政治對抗詩的
結尾慣例吸納入愛情詩中，增強愛情的悲壯感，發出捍衛愛情的誓言：「即使
明天早上／槍口和血淋淋的太陽／讓我交出自由、青春和筆〔註84〕／我也
決不會交出這個夜晚／我決不會交出你」。其次，北島在第四、五期上發表了
藝術探索性質的小詩《陌生的海灘——給 P》（1977）和現代格律詩《日子》
（1974）。《陌生的海灘》嘗試運用明暗意象的對比轉化，辯證抒寫理想與現實
之間的諸種「明暗共存」的追逐情境：或「由暗生明」，如「桅杆，這冬天的
樹林／帶來了意外的春光」，或「明中有暗」，如「飛舞的莊嚴之中，陰影在選
擇落腳的地方」。《日子》剔除「自我」，將充滿日常生活細節的動作片段，按
時序拼貼起來，描述一天的生活。與以往試驗性小詩善用隱喻和奇譎的意象不
同，《日子》將政治隱喻與生活意象剝離，剔除意義深度模式，直錄平淡生活
中舉手投足的瞬間。第六期（1979 年 12 月末）發表的《候鳥之歌》（1974）
是一首反映一代人漂泊命運的尋夢詩，詩中少有漂泊的哀婉與悲憤的批判，多
了些追逐的昂揚與明快：「我們放牧著烏雲，／抖動的鬃毛穿過彩虹；／我們
放牧著風，／飛行的口袋裝滿歌聲。」

　　前三期中，芒克的詩呈現出（一）冷酷無望的受難者、宣洩者與反叛者形
象；（二）清新健康、堅毅溫情的田園歌者形象。二者均採用小詩體，追求意
象的感官刺激與震驚效果。簡潔犀利的語言，攜帶「冷酷而又偉大的想像」
（芒克：《給詩》）與強烈情緒的暴湧，呼之即出。芒克對於意象色彩刺激性的
強調，如「太陽升起來，／把這天空／染成了血淋淋的盾牌」（《天空》）、「果
子熟了，這紅色的血！」（《秋天》），與北島理性的「色彩對比構圖法」完全是
兩回事。芒克在第四期發表《秋天》組詩（1973）延續著冷漠情緒的宣洩姿

〔註83〕詩歌副標題中的「F」為北島當時的女友畫家邵飛的名字縮寫。邵飛，1954 年
　　　　生於北京，1970 至 1976 年，在軍隊做宣傳工作，創作版畫、油畫及舞臺藝
　　　　術。1976 年在北京畫院工作。後參加 1979 和 1980 年的星星美展。
〔註84〕「筆」這一日常生活細節意象，如同戰士的「槍」，被賦予誓死捍衛自由理想
　　　　的含義。這一意象在北島紀念遇羅克的《宣告》（《今天》第 8 期）中再次出
　　　　現：「也許最後的時刻到了／我沒有留下遺囑／只留下筆，給我的母親」。遇羅
　　　　克除留給母親一支鋼筆外，沒留下任何別的東西，確有其事。他遇難後，母親
　　　　把這支筆交給了他妹妹遇羅錦。見遇羅錦：《冬天的童話》，北京：人民文學出
　　　　版社，1985 年版，第 75 頁。

態，但逐漸剝離意象的政治隱喻功能，轉而與象徵「生命成熟」的「秋天」展開對話，亦即對於自我生命的驚奇追問、猛然發現與悵然所失：「秋天，／你這充滿著情慾的日子。／你的眼睛為什麼暴露著我？」「啊，秋天，／我沒有認錯。／你就是開花的季節！」「啊，秋天！／你隱藏著多少顏色？／黃昏，是姑娘們浴後的毛巾。／水波，戲弄著姑娘們的羞怯。／夜，在瘋狂地和女人糾纏著。／秋天，／秋天不遜色！」「秋天來了！／秋天什麼也沒有告訴我」，詩中大膽暢快的用語攜帶著衝破「道德至上」等諸種清規戒律的叛逆感與自由度。第四期《我有一塊土地》（1978）、第五期《獻詩：1972～1973》（1973）和第六期《路上的月亮》（1973）塑造著第二類田園歌者形象，也孕育出芒克詩歌的第三種形象──冷靜的思考者。《我有一塊土地》將第二期《十月的獻詩》中「生命衝動的身體」意象，如「女人袒露著胸脯」（《沐浴》）、「散發著泥土味的男人的雙腿」（《露宿》）與宏大意念相結合：「我有一塊土地／我有一塊被曬黑的脊背／我有太陽能落進去的胸膛／我有會發出溫暖的心臟」。這一全新的聯想方式，自第三期發表江河的詩歌以來不斷凸顯出來。芒克作為思辨者的形象在《獻詩：1972～1973》中初現：「沒有能使男人發昏的女人，／也沒有能使女人懷孕的男人」（《給夜晚》）。如果說這種思辨更多是激烈情緒的轉化，那麼《路上的月亮》則出現了冷靜的思索特質：「咪、咪、咪……／請你不要再把我打擾。／你是人嗎？／也許你比人還可靠。」「無論怎樣，想一想總比不想好。」芒克詩歌的總體形象，用他自己的詩概括，就是「漂亮，／健康，／會思想」（《給我的二十三歲生日》）。

　　食指的詩自第二期至第五期，每期刊載，成為構造《今天》詩歌的另一重要力量。食指之於《今天》，是「先行代」詩人被放逐命運的象徵和「相信未來」的精神源泉。食指「忍受命運對自我意志的消磨而不失希望」的放逐詩，奠定了《今天》詩歌深層的情緒模式，即食指詩中所說：「要向人生索取／不向命運祈求」（《在你出發的時候》，1968）。這一深層情緒模式在北島等《今天》詩人手中演化與突破，增添了勇於反抗的新質。而食指放逐詩在藝術表達上所呈現出的哀而不傷、寬厚自律的典雅特質，也成為他區別於其他《今天》詩人的顯著特徵。選編食指詩歌又一美學動因，在於他擺脫抽象抒情，善於從日常生活的具體細節中尋索藝術靈感的特質。第四期上的離別詩《這是四點零八分的北京》（1968.12.20）、第五期的《煙》（1968）以及第八期「詩歌專號」上的愛情詩《還是乾脆忘掉她吧》（1968）、《酒》（1968）皆延續著上述美

學特質。編者為將食指的詩帶入當下時空的建構中，除了給《這是四點零八分的北京》和《瘋狗》標注創作時間以觸發讀者回憶歷史經驗外，其他詩皆選擇並無時空限制的情詩題材。

《夢幻曲》（木刻），馬德升。
《今天》第五期，扉頁，署名：晨生。

自第四期以後，《今天》銳減個體意義上的政治批判詩，刻意模糊北島、芒克政治悼亡與反叛的面孔，採取轉向當下日常生活的編輯策略，一方面或許是為了更有效地推出「新生代」詩人，如江河的雄壯之音，避免多種強音之間相互覆蓋與干擾的問題；更微妙的原因是，隨著官方文藝界的論爭以及

地下民主運動的興衰，《今天》為求得發展適時調整的結果。1979 年第六期的
《河北文藝》發表了《「歌德」與「缺德」》一文，以極左的「黨性」原則反對
「一些人用灰色的心理對待中國的現實」。面對這股鉗制「藝術自由」的極左
之風，《安徽文學》在公劉、劉祖慈支持下，第七、八兩期連續發表長文對其
反駁〔註85〕，第十期又開風氣之先，推出「新人三十家詩作初輯」回擊自詡為
「老牌、正統、祖傳、道地的工農兵代言人」的「歌德派」〔註86〕，第十一期
徑直闢出「繼續批判極左思潮，徹底肅清《紀要》流毒」評論專欄，爭取藝術
創作自由。與此同時，自 7 月份以來，民間民主運動與藝術運動開始走出低
谷，與官方機構及其刊物舉行初次和談。前者表現為 8 月 12 日《人民論壇》
的趙南貼出大字報，「要求釋放全部在獄的積極分子。同月底，《人民論壇》與
《探索》合併」〔註87〕；後者表現為負責《今天》美編與插圖等的部分成員，
黃銳、馬德升〔註88〕、鍾阿城〔註89〕、曲磊磊〔註90〕、嚴力等受到「無名畫
會」在北海畫舫齋舉辦民間畫展的激發，於 7 月份正式決定向北京市美術家

〔註85〕　《安徽文學》第七期發表眉間尺《論題目的學問——〈「歌德」與「缺德」一文
　　　　　欣賞〉》，第八期發表陳子伶《極左的招魂幡——評〈「歌德」與「缺德」〉》。
〔註86〕　《新人三十家詩作初輯——「編者的話」》。《安徽文學》，1979 年第 10 期。
〔註87〕　《人民論壇》，《中國民辦刊物彙編》（第一卷），第 43 頁。
〔註88〕　馬德升，1952 年生於北京。年輕時遭受小兒麻痺症之苦。後在北京機械研究
　　　　　所任掃圖工人。其版畫主要受珂勒惠支影響，善用黑白對比手法構圖。他是星
　　　　　星美展組織者之一，具有公開演講的才能。小說《瘦弱的人》被修改後在《今
　　　　　天》創刊號發表。參見霍少霞：《星星藝術家：中國當代藝術的先鋒（1979～
　　　　　2000）》，臺北：藝術家出版社，2007 年版，第 118 頁與《星星十年》，香港：
　　　　　漢雅軒 1989 年版，第 40 頁。
〔註89〕　鍾阿城，筆名阿城，1949 年生於四川，父親是電影評論權威鍾惦棐。1968 年
　　　　　至 1978 年下鄉插隊，是 1978 年雲南生產建設兵團知識青年大罷工的策劃人
　　　　　之一，調回北京後，在《世界圖書》雜誌當臨時編輯。《今天》插圖人之一，
　　　　　參加了 1979 年和 1980 年「星星」美展。由於阿城的父親 1957 年被打成大右
　　　　　派時，與江豐是患難之交。因此，1980 年星星美展時，阿城拜見時任中國美
　　　　　協主席的江豐，尋求支持。見王克平：《星星往事》，《星星十年》，香港：漢雅
　　　　　軒 1989 年版，第 34 頁與易丹：《星星歷史》，長沙：湖南美術出版社，2002
　　　　　年版，第 9、99 頁。
〔註90〕　曲磊磊，1951 年生於黑龍江。父親為著名小說家，《林海雪原》的作者曲波。
　　　　　1958 年至 1967 年在北京接受中小學教育，在老師譚萬村督導下學習中國水
　　　　　墨畫，70 年代在中央電視臺照明部工作。學習西方素描、油畫及解剖構造。
　　　　　為《今天》插圖人之一，筆名「路石」。參加了 1979 年和 1980 年「星星」美
　　　　　展。見霍少霞：《星星藝術家：中國當代藝術的先鋒（1979～2000）》，第 125
　　　　　頁與《星星十年》，香港：漢雅軒 1989 年版，第 46 頁。

協會主席劉迅提出申辦首屆「星星美展」〔註91〕。官方機構和刊物此時也嘗試
向民間刊物伸出「友好」之手：1979年7月，《北京之春》、《四五論壇》參與
了由「沃土」組織的有關文學創作中「新人形象」的討論。參加這一討論會的
70餘位聽眾中有來自幾乎所有官方文學雜誌的代表，如《文藝報》、《人民文
學》、《文學評論》和《中國文學》，還有《中國青年》、《中國青年報》編輯、
中央黨校學員以及文化部代表們。非官方雜誌不再被認為是滋生瘟疫的溫
床，文學機構不再害怕去接近他們。7月底，由《人民日報》發起對《河北文
學》要求恢復毛澤東主義文學教條的強烈攻擊。整個夏天，諸種吉兆顯示《北
京之春》、《四五論壇》和《今天》這些主要的非官方刊物可能合法化〔註92〕，
《今天》編輯萬之回憶：

> 當時北島比較樂觀地告訴過我，據他得到一些內部消息說，共
> 產黨裏的改革派和保守派對如何處理民主牆的這些人和刊物還是爭
> 論很激烈的，胡耀邦等改革派有對某些刊物網開一面的打算，將會允
> 許三、四個刊物公開發行，包括《今天》。北島說，如果真是如此，
> 那我們就可以放開來大幹了，可以辭去各自為了維持生活而不得不端
> 的「飯碗」，我也可以放棄我的學業，全力以赴地辦刊物。〔註93〕

呼吸到間歇的自由空氣，《今天》第五期推出了江河悲壯的悼亡詩《沒有

〔註91〕 嚴力：《陽光與暴風雨的回憶》，《七十年代》，第312頁。
〔註92〕 這種暗示從共青團中央委員會的《關心國家大事，愛思考的年輕人》這份讚揚
　　　　報告中見出。這份報告通過6月至8月的社會調查做出，為「內部使用」印
　　　　刷。其間，共青團領導者與民間各組織和個人會面，並參與各編委會的會議，
　　　　對民間組織印象很好。這份報告在年輕人中引起了廣泛興趣。見《北京之春》
　　　　導言，《中國民辦刊物彙編》（第二卷），第73～84頁。「事實上，在知名的知
　　　　識分子和黨內一些擔任高級職務的開明人士之中，對民主牆運動表示同情、
　　　　關切者不乏其人。白樺在公開場合為民主牆叫好，黃永玉、嚴家其等曾把自己
　　　　的文章交民刊發表。團中央研究室的謝昌達等人奉命對北京幾家著名民間刊
　　　　物作過細緻的調查並寫成一份相當不錯的內部報告。《中國青年報》曾為民刊
　　　　《沃土》的一次座談會提供會場，《文藝報》對這次座談會作了報導。《中國青
　　　　年》雜誌專門邀請了幾家民刊人士，包括已被停刊的《探索》雜誌的幾任主編
　　　　路林，舉行座談會。於光遠也邀請過包括好幾位民刊人士在內的一批活躍年輕
　　　　人開圓桌會議。在一九七九年的夏天，黨內一批自由派人士一度致力民刊存在
　　　　合法化的偉大工作，可惜未能成功。後來中央下令取締民間刊物時，對這些同
　　　　情支持民刊的頭面人物嚴加責備，其中一些人的仕途顯然因此而大受影響。」見
　　　　胡平：《中國民運反思》，香港：牛津大學出版社，1992年版，第145頁。
〔註93〕 萬之：《也憶老〈今天〉》，《持燈的使者》，第311頁。

寫完的詩》以及吳銘（吳三元）帶有紅衛兵革命理想主義遺風、激動高昂的
《船》：「活著，永遠是一隻自由的精靈，／和大海青天朝夕相伴。／／死了，
就化作輕盈的飛沫，／為狂飆鑲上一道嚴峻的花邊！」

《沒有寫完的詩》（鋼筆畫），曲磊磊。原載《今天》第五期，署名：陸石。

　　9月27日，《今天》協助「星星畫會」在中國美術館東側街頭公園舉辦畫
展。然而29日早上的露天美展被北京市公安東城分局取締，展品被扣押。為
此，民刊負責人會聚趙南家開會。在與官方斡旋失敗後，10月1日建國30週
年國慶節上午，民刊人士打出「要政治民主」、「要藝術自由」的橫幅標語，舉
行了集會遊行。同日，《探索》第五期喊出：「我們的旗幟是自由的旗幟，我們
的口號是：不自由，毋寧死！」當局感到公開的挑戰，擔心群起效尤，於10月
16日審判並重罰魏京生，《探索》被定性為「反革命刊物」。民間民主運動生死
存亡的警報聲就此拉響。10月21日，「即魏京生被判刑後的星期日，將近一
千個民主戰士在八一湖公園集合，表面上是去聽《今天》青年詩人們的朗誦。
事實上，會上對火熱的時局所作的各種影射是十分明顯的；那些詩對中國這位
最出名的異見分子作了間接的讚揚。民主牆上的反應越來越大。若干大字報指
責這次審判不公平」〔註94〕。接著魏京生的辯護詞由曲磊磊現場錄音〔註95〕、

〔註94〕《〈探索〉始末》，《中國民辦刊物彙編》（第一卷），第37頁。
〔註95〕「七九年十月十四日，馬德升下班以後去看曲磊磊。曲磊磊是『星星』的畫
　　　　友，當時在中央電視臺工作，他跟馬德升說：明天我要參加魏京生的審判，我
　　　　負責照明。馬德升一楞，馬上就去找劉青，劉青立即聯繫各個民刊，讓他們第
　　　　二天去審判所外邊。接著就找錄音機，想通過裏邊的人錄音。當時我的錄音機
　　　　在路林那兒，他們找到一起以後，就到曲磊磊家給他做說服工作。曲磊磊不算
　　　　是魏京生一起的，只是跟『民主牆』的人有密切的關係。」見安琪：《魏京生

《四五論壇》整理貼出來〔註96〕。11 月 11 日，因發售魏京生的審訊紀錄，《今天》周邊成員龐春清（黑大春）被拘留。12 月 6 日，中共北京市革委會發出通告，明確禁止在「西單牆」和規定範圍之外張貼大字報和小字報。12 月 8 日，民主牆被大肆洗刷，從熱鬧的西單遷至冷清的月壇公園〔註97〕。

　　另一方面，官方機構內部爭執所產生的裂隙，逐漸成為疏通官方與民間的路徑，一些民間文藝團體獲得了官方機構的容忍與接納。1979 年 11 月 10 日下午，中國作家協會第三次會議代表大會全體一致通過了《中國作家協會章程》。章程第六條明確寫道：「中國作家協會廣泛聯繫各自發性的文學社團和刊物，在需要和可能的條件下予以協助，與之建立合作關係，並從中選拔作家和作品。」〔註98〕11 月底，「星星美展」獲得官方批准，在北海公園畫舫齋開幕。

　　在這亦喜亦憂、風雨飄搖的局勢下，12 月底出版的《今天》第六期態度謹慎，詩歌數量和氣勢已不如前。方含柔美的愛情《謠曲》（1975），阿丹（葉三午）反諷的樓梯詩《心，總是那一顆》、落寞的《忠誠與遺棄》、楊煉感傷的《夜晚》無法達到《今天》原有的探索力度與精神高度。此時辛鋒〔註99〕發表的評論文章《試論〈今天〉的詩歌》深具意味。它不只是《今天》詩歌前六期的一次總結，更為重要是，它對《今天》詩歌做了「去政治化」解讀。文章從

入獄前後——「民主牆」的法國戰友白天祥談歷史真相》，《安琪文集》，博訊文壇，http://www.boxun.com/hero/anqi/41_1.shtml。

〔註96〕《〈探索〉始末》，《中國民辦刊物彙編》（第一卷），第 37 頁。

〔註97〕關於「民主牆」問題，鄧小平多次提及，並指出它的危害。如在講到高級幹部要帶頭發揚黨的優良傳統時，鄧小平指出：「人民群眾（包括黨員、幹部）普遍地對特殊化現象（包括走後門）不滿意，一些別有用心的人利用這個問題鬧事。『西單牆』和混在上訪人員中的少數壞人就是利用這個東西。」1980 年 1 月 16 日，中央幹部會議上作《目前的形勢和任務》報告時，指出：「現在有一些社會思潮，特別是一些年輕人中的思潮，需要認真注意。例如去年『西單牆』的許多東西，能叫它生動活潑？如果讓它漫無節制地搞下去，會出現什麼事情？」「不要以為這樣搞就不會出亂子，可以掉以輕心。」1980 年 2 月 29 日，黨的十一屆五中全會第三次會議講話中說：「如果像『西單牆』的一些人那樣，離開四項基本原則去『解放思想』，實際上是把自己放到黨和人民的對立面去了。」見《鄧小平文選》第二卷注釋本，倪翌風主編，1994 年版，第 226 頁。中共中央接受民主人士榮毅仁建議取消西單民主牆。見張樺：《這一代與〈這一代〉》，《櫻花樹下的家——武漢大學卷》，陳均等選編，北京：中國少年兒童出版社，2000 年版，第 383 頁。

〔註98〕「原上草」編者按。見《安徽文學》，1980 年第 1 期。

〔註99〕即鄭先，原名趙振先，為北島的弟弟。

學理角度，開掘「今天」詩歌深具的「精神美」特質、創造新文明的功能以及居於詩歌史「正統」位置的美學合法性。這是一種與「過去」剝離的徵兆，一種公共空間位置的重置，一種尋索未來的藝術奠基。它預示著《今天》詩歌在歷經諸種危機以後，勢必做出新的選擇與突破。

二、詩歌專號：青春新生與原初開創

　　《今天》日益成熟的藝術慣例，引導著全新的詩歌風尚。在許多年輕詩人眼中，要想在《今天》上發表詩歌，就是要認同它的美學精神與藝術趣味，接受它的嚴格檢閱。面對年輕詩人的大量投稿，北島和芒克在篩選中，又構造出「於傳承中創新」的《今天》第八期「詩歌專號」。

　　1970 年夏天，16 歲的嚴力〔註100〕隻身從湖南回到北京，結識了在白洋淀插隊、同住計委大院的芒克。1974 年秋天的一個周末，嚴力與芒克一起來到白洋淀，「鄉下的荒涼反倒使我精神一振」。「進村前我看見穿著各種補丁衣衫的農民在地裏捆乾草，地平線像一根無限長的扁擔，扁擔上是正暗下來的天空的份量」。在淀上劃著船，芒克講起當地知青的故事。「我望著湖水藍天，想起馬雅可夫斯基的《穿褲子的雲》。蘆葦呈黃綠色，在風中起伏，我突然有一種想寫情詩的衝動」，「但心中那股被一直教導的同情窮苦人的階級意識使我草就了兩年後，經不斷修改而最終定稿成《窮人》一詩」〔註101〕。這是《今天》唯一一首關注貧苦農民生活的小詩：「二十塊 / 補釘 / 一左一右 / 在月光下 / 勞動 / 好面熟的 / 風 / 你補著 / 殘破的 / 天空」。1978 年底《今天》創刊時，芒克「囑咐我選些作品發表，而我的那些詩正在修改中，於是拖了下來」〔註102〕。1979 年「星星美展」中，芒克把嚴力的詩拿來，選擇了《窮人》、《我是雪》、《歌》、《蘑菇》發表在「詩歌專號」上〔註103〕。作為新人，被選編的

〔註100〕嚴力，1954 年 8 月生於北京，同年被寄養在上海祖父母家。1967 年回北京，家住三里河計委大院。1968 年 5 月 6 日後，父母被分配到湖南衡東縣幹校，嚴力一人留在北京。1969 年夏天，讀食指的《相信未來》，感到新奇。1969 年 10 月到父母所在幹校，讀初中，幹農活、上山砍柴。1970 年夏隻身回北京，認識芒克。年底被分到北京第二機床廠工作。1972 年經過陶家楷，認識北島，隨後認識多多、根子。1973 年開始寫詩，1979 年開始畫畫。當時女友為李爽，她自學成才，在北京青年藝術劇團當舞臺美工。二人參加 1979 年和 1980 年「星星美展」。見嚴力：《陽光與暴風雨的回憶》，《七十年代》，第 307～311 頁。
〔註101〕嚴力：《我也與白洋淀沾點邊》，《沉淪的聖殿》，第 278 頁。
〔註102〕嚴力：《陽光與暴風雨的回憶》，《七十年代》，第 307～311 頁。
〔註103〕唐曉渡：《芒克訪談錄》，《持燈的使者》，第 343 頁。

詩基本吻合《今天》的藝術慣例：由暗及明的「受難／希望」結構模式、「殘破的天空」（《窮人》）、「我是雪／是蒙向屍體的／白布」（《我是雪》）等冷酷的歷史隱喻意象與注重營造視覺意象的藝術手法。詠物詩《蘑菇》「誰能／說服自己／在陰暗的處境裏／生命不存在了／背著光／朽木懷了孕」，反問句的運用增強了詩歌的思辨成分。

《無題》（鋼筆畫），曲磊磊。
原載《今天》第八期，扉頁，署名：陸石。

這種展露思辨理路的說解句式在「詩歌專號」中多次呈現。1979 年 12 月舒婷寫給友人陸昭環的贈詩《小窗之歌》尚依循《今天》慣用的隱喻手法與受難意象的演出模式：「風過早地清掃天空／夜還在沿街拾取碎片」、「海上的氣息／被阻隔在群山那邊／但山峰絕非有意／繼續掠奪我們的青春／他們的拖延畢竟有限」。但隨後舒婷「意猶不足，再寫《也許》，已不僅僅是寫給他了」〔註104〕：「也許我們的心事／總是沒有讀者」、「也許為一切苦難疾呼／對個人的不幸只好沉默」、「也許／由於不可抗拒的召喚／我們沒有其他選擇」。舒婷溫情的呵護詩愈來愈依靠「也許」、「總是」、「開始」、「結果」「由於」等語氣、關聯副詞來聯構詩句，這與《今天》慣用名詞、動詞、形容詞來營造意象演出的詩歌視境發生了偏離，也預示出《今天》溫情詩傳統的新發展。北島在愛情

〔註104〕舒婷：《惠安男子》，《梅在那山》，南京：江蘇文藝出版社，1997 年，第 272 頁。

詩中也自覺運用這種帶有說解成分的散文句式：「假如愛不是遺忘的話，／苦難也不是記憶」（《無題》），安撫的語氣中，顯露思辨的痕跡：「假如到處都是殘垣斷壁／我怎麼能說／道路就從腳下延伸呢？／滑進瞳孔裏的一盞盞路燈／難道你以為／滾出來的就真是星星？」（《紅帆船》）跨行句式與語氣助詞增強了反詰的語勢與思辨強度。回顧《今天》此前的詩歌編選，政治批判詩與愛情詩儘管含有思辨成分，但多以濃烈的情緒和意象的運作自覺掩蓋說解成分，如北島《回答》中的「冰川紀過去了，／為什麼到處都是冰凌」、方含《無題》中的「期望的太多／就不能專注／水能凝成冰／也容易消溶／何況我們都知道那些／沒有微笑的港灣／沒有泉水的長途／即使小船多了一付木槳／大海卻沒有盡頭」。之所以選擇此種表現方式，原因之一是迫於政治禁錮，不得不以隱喻意象間接表達思考，另一方面是美學上力求反叛「文革」直白說教的語調。然而，此時社會語境的變遷，使長期被抑制的傾訴欲望以反思方式展露出來，散文化說解句式隨之集中出現。

　　1979 年 3 月的一天，顧鄉遞給弟弟顧城〔註 105〕幾頁《今天》的詩，她說：「快看，有人寫和你《無名的小花》那樣的詩！」顧城看完之後，獨自呆了很久：「望著那枯枝後，無聲的晴空；我望著，為了相信，相信被我自己、被習慣埋葬的真實和美……。最後，我又一次站起來，掀起床單，用手帕擦去《無名的小花》上厚厚的灰塵……」〔註 106〕。西城區文化館小報《蒲公英》第三期大膽選用了其中的幾首詩作，幾萬份《蒲公英》迅速銷售一空。這是顧城首次公開發表詩歌，他買了一百份，看著頭版上的《生命幻想曲》，高興地跑完了一條街〔註 107〕。剛剛平反的詩人公劉讀到了《無名的小花》和其他一些青年的詩，認為這是一個值得思索的新的課題，為此撰文。顧鄉帶著弟弟來到《今天》編輯部，顧城夾著一大卷詩，像個孩子，「見了我們就往後退」。此後，顧城開始參加《今天》作品討論會。顧城早期的小詩《生命幻想曲》等以兒童奇思妙想的自然比擬見長，與《今天》心智成熟、受難反抗、

〔註 105〕顧城，原籍上海，1956 年生於北京，其父是當時的著名詩人顧工。「文革」
　　　　　開始時才 10 歲，兩年後，便隨父親下放山東北部某農場，在放豬的同時喜愛
　　　　　採集昆蟲標本，並在那裡寫下了自己的第一部詩集《無名的小花》，選編有一
　　　　　冊格律體的詩集《白雲夢》。1973 年又隨父親返回北京，在街道服務所當過
　　　　　一段時期的木匠、搬運工，後曾借調到某編輯部做臨時工。
〔註 106〕顧城：《剪接的自傳（上）》，《青年詩人談詩》（教學參考資料），老木編，北
　　　　　京：北京大學五四文學社，1985 年，第 52 頁。
〔註 107〕顧城：《少年時代的陽光》，《青年詩人談詩》（教學參考資料），第 40 頁。

自覺進行現代主義藝術試驗的小詩並不相容。因此芒克對他的詩不太滿意，直到「詩歌專號」才發表了他署名「古城」的 4 首小詩〔註 108〕。之所以編選這 4 首，或許是因為顧城的《山影》隱含一點「遠古武士」的悲壯情節，《海岸》運用了「猛烈扭曲的枯葉」、「災難的星星」冷酷的隱喻意象，《暫停》中含有農村「女孩」以沉默對抗華貴「代表」的抗爭意味以及《雪人》哀悼愛情的惆悵，這些因素些許暗合《今天》的小詩傳統。而此時，《今天》編選的江河的《星》、方含的《海邊的兒歌》亦訴諸兒童想像，芒克的《海岸·海風·船》以大海為題材，這些都為顧城童趣小詩的出現，提供了發表契機。此外，顧城初具《今天》悼亡風格的《歌樂山詩組》已在《詩刊》（1979 年第 11 期）上發表，《文藝報》（1980 年 1 月）又剛剛轉載公劉的文章《新的課題——從顧城同志的幾首詩談起》，該文在全國範圍內掀起熱烈討論，這些因素也會影響顧城詩歌的入選。「古城」筆名的運用，對於此時的顧城與《今天》是雙向的保護〔註 109〕。

　　1979 年 5 月 10 日，《今天》編輯部收到一封來自北京電視設備廠田曉青的讀者來信，信中描述了田曉青第一次讀到《今天》時的心情：「我感到我終於看到了一種自由和真誠的，充滿青春活力的藝術，一種我渴望已久的新的藝術表達方式；聽到了發自我們這一代人內心的聲音——能使千百萬顆年青的心一同跳蕩的聲音。《今天》使我再生，我感激你們。」轉而為自己「只能在藝術之門外面觀望，而永遠注定不能接近它」〔註 110〕的處境惆悵。隨後附上小詩：「迷宮般的胡同，孤零零的風箏，以及同斷線的風箏一起飄逝的童年……，那是一次呼救，一個善感的年輕人從壓抑得令人窒息的歲月裏發出的呼救……。」《今天》誠摯的回信讓田曉青「彷彿看到另一種生活的遠景向我敞開」。一天下午，田曉青來到 76 號編輯部見到了《今天》詩人。告別時，北島伸出手，「我感到誠摯而涼爽的一握。院子裏充滿了春天的氣息，薄暮中一切都顯得那麼不同尋常」〔註 111〕。10 月「星星美展」遊行途中，「朋友劉建平

<hr />

〔註 108〕 唐曉渡：《芒克訪談錄》，《持燈的使者》，第 343 頁。

〔註 109〕 「古城」的筆名，由顧城姐姐顧鄉提供。不用顧城的真名，是因為當時《詩刊》已經向顧城約稿，前程明朗，家人擔心給地下刊物《今天》投稿會引來不必要的麻煩；另一方面，對於《今天》而言，過度捲入全國熱議的論爭中，對它自身的發展未必有利。參見《顧鄉致芒克的一封公開信》，http://www.gucheng.net/gc/gcgs/gcws/200606/4416.html。

〔註 110〕 趙一凡：《來信摘編》第二冊，1979 年 7 月。

〔註 111〕 田曉青：《十三路沿線》，《持燈的使者》，第 33 頁。

對我說，你的詩北島看過了，要在下一期的《今天》上發表」〔註112〕。於是「詩歌專號」上出現「小青」發表的《帶我走吧，風》和《無題》。

雖然北島的《你好，百花山》首開《今天》詩歌「童心抒寫」與「夢幻營造」的藝術世界，但詩人終究不甘於「夢幻」而被社會現實的溫情喚醒。只有在愛情詩如食指的《煙》、方含的《謠曲》中運用「夢幻」慣例。但此時的「詩歌專號」卻集中編選了一批「尋夢詩」：馬德升感歎《人生》：「人生　一個空中飄來飄去的氣球」，方含低吟《海邊的兒歌》：「我永遠不知道／這只船駛向哪裏／在這綠色的霧海中／星星也失去了蹤跡」，甚至將過去的舊夢化入新夢：「甜蜜的夢裏，仕夢想的海上／愛情的樂曲浮起我一葉孤舟」（《印象》），食指發出《還是乾脆忘掉她吧》（1968）的斷言：「我清楚地看到未來，／漂泊才是命運的女神」，芒克指責「夢」：「啊，那被你欺騙著的／數不清的眼睛」（《城市》，1972），北島在《迷途》「微微搖晃的倒影中」，找到了「深不可測的眼睛」，繼續著他「明暗同存」的辯證思考，趙南則在「一雙雙勞動的手」（《自畫像》）中尋覓到《希望》。

《今天》元老詩人對於「過去」青春尋夢的政治衝動有著深刻的反省與警覺，如今青春已逝，成熟的詩人試圖在悼亡詩中，將自我從歷史的重負中剝離出來：「在你年輕的心裏／怎麼還能容納下我／這和世紀一樣衰老的靈魂／把我埋葬掉吧／用你的歡樂」（北島《無題》）。在這種語境下，刊發悼念遇羅克的《宣告》（1979）別具意味：「我並不是英雄／在沒有英雄的年代裏／我只想做一個人」。從抒情主體上判斷，「我」既指向遇羅克，同時也指向詩人自身；從整首詩的內部語境看，該句被圈定在遇羅克的年代；但從刊發的語境看，前有《迷途》的幻美追尋，後有《無題》的「埋葬」「衰老」，位列中間的《宣告》反而流露出詩人剝離歷史「英雄」身份、恢復自我的願望。這種去「歷史化」、「英雄化」的剝離意願，在《今天》第九期小青的《虛構》中得到冷靜處理。

與元老詩人的成長歷程並不同步，夢想與衝動催逼著《今天》的新生詩人。小青的《帶我走吧，風》：「帶我走吧，風／到海和天空的邊緣／去追尋夢境」，一昧追求飄忽的夢境，即將溢出《今天》慣例，但新生詩人立即向「受

〔註112〕從時間上推斷，所指「下一期」應為 1979 年 12 月末出版的《今天》第六期。事實上，被推至 1980 年 4 月《今天》第八期「詩歌專號」發表。田曉青：《十三路沿線》，《持燈的使者》，第 35 頁。

難」傳統續接:「夢境／一枚堅實的貝殼／幽閉著一顆珍珠／——大海凝固的淚水／還有苦鹹的鹽粒／——層層浪濤的結晶」,最終回歸《今天》夢幻破滅的哀傷風格與悼亡詩的結尾慣例:浪花「濺濕了夢／帶我走吧,風」。新人南荻的《生命之音》以「一陣風／吹散／童年的旋律／我／在萬里蒼穹／默默地飄飄」開篇,在回憶了生命昔日的輝煌後,表現出對於未來的迷惘:「生命之音／還可以重新組合嗎／問誠實的藍天／問熱烈的大地／問明天／問你」。這批成長起來的《今天》新人,試圖擺脫昔日記憶,懷著追夢衝動,向日常生活突進。然而與北島走過「網」的《生活》,現在《習慣》在「裝滿陽光的橘子」(《橘子熟了》)中感受日常生活的溫馨不同,懷著青春衝動的新生詩人依舊飽受「網」一般日常生活的磨礪:「我被暴曬在歲月的灰燼上／地球的經線和緯線——這夢島的網／在我的心上交織／一陣又一陣勒緊／生活在宣判:我將在希望中／死於第二次」(白日《夢之島》)。在「我沒有明天／昨天／是那樣的遙遠」所構造的價值失衡的無望夾縫中,「我怯懦了」,「我選擇了自殺」和「昏睡」。小青的《無題》呈現出《今天》詩人與「消磨意義」的日常生活相對抗的新維度:「在冬日的黃昏裏／一切都顯得平淡無奇／記憶被埋葬／也喪失了希望的能力」,詩人立足當下日常生活,提供了在歷史潮湧中反思領悟的策略:「但我深感驚異:／木漿曾喧響著劃破水面／卻沒有留下／一絲痕跡」。傷感中透露著沉思——即便是昨日輝煌,今天不見痕跡,但歷史之舟確已前進,生活的意義就從這悄然無聲中生發。

在《今天》編輯過程中,芒克還「試圖找過多多、根子、馬佳、宋海泉等,但沒有找到」〔註113〕。於是「詩歌專號」形成了已在《今天》發表過作品的部分「元老」詩人北島、芒克、舒婷、食指、方含、趙南、江河、史康成(程建立)、馬德升(晨星)、楊煉與「新生」詩人嚴力、田曉青(小青)、沈建翌(南荻)、易名、顧城(古城)、白日共十六位的會聚。

時間已進入 1980 年。自第三期「詩歌專刊」,《今天》便唱著一曲悼念「青春」、「友情」、「命運」、「民族」的低沉哀歌。悼亡至極便是新生,而尋夢又不免迷惘。對於《今天》詩人,那曾經激發起偉大想像和深厚情感的「過去」經驗,在如今平凡枯燥的城市生活中,日漸失去原有的光澤,乃至被人淡忘。勇於探索的詩人,顯然不願續寫「昨日」的情思,飽受「過去」的折磨,於是《今天》詩人從兩個精神向度上進行突破,二者又時常交織在一起:(一)與「過

〔註113〕 唐曉渡:《芒克訪談錄》,《持燈的使者》,第 343 頁。

去」沉痛的歷史經歷剝離，追求「青春新生」，如上述「尋夢詩」所做的探索。在藝術策略上，一方面借用否定句式，將戲劇性的歷史隱喻化作日常生活中的冷淡物象，消解歷史的緊張感，如史康成《夜晚》中：「謀殺？／不，弔死在水泥杆上的／只是一盞盞冰冷的燈」；另一方面化解濃縮意象中的鬱結情緒，還原物象的鬆弛狀態，如方含《海邊的兒歌》中「星星結成一張大網／一直撒到海裏」，奇特的想像化自北島濃縮沉鬱的意象：「夜／湛藍色的網／星光的網結」（《冷酷的希望》）。在剝離了沉重的歷史政治隱喻後，風格單純、溫情的詠物詩開始出現，如芒克的海洋組詩《海岸‧海風‧船》。簡言之，此時的詩人已經開始在「隱喻／去隱喻」的二元張力中建構詩意，而讀者依舊習慣於沿用政治隱喻式的解讀模式；（二）與日常生活的枯燥無意義剝離，向「原初尋夢」。這種剝離，首先表現為詩人對於置身其中的現代城市生活——凌亂、飄忽、豪華、貧乏、冷漠——的喟歎與反諷，芒克的組詩《城市》表現最為集中：「街，／被折磨得／軟弱無力地躺著」，「這城市疼痛得東倒西歪，／在黑夜中顯得蒼白」，「城市啊，／面對著飢餓的孩子的眼睛，／你卻如此冰冷，／如此無情」。「剝離」的另一種形態是「原初尋夢」，這裡的「原初」指向四個源頭，即日常生活、個人童年、宇宙原初、文化原初。在這一探索過程中，《今天》的藝術慣例被反覆運用，逐漸程式化並做出調整。

　　《今天》詩人之間，彼此借鑒藝術手法，化用詩句結構，達成共識性文學慣例，形成近似的美學風貌，是一個文學團體發展的自然現象。「文學慣例作為一種傳統絕不會斷然消失，它不但成為邁向『文學自由』的『隱蔽背景』，而且『文學自由』也會向這種慣例妥協。更進一步說，這種新的文學自由在審美上未必優於前者。」從詩性根源上看，「詩人個性經驗對文學傳統慣例的『不滿』才是促使文學史發展的真正動力」〔註114〕。

　　楊煉〔註115〕在參觀「星星美展」後進入《今天》。此前楊煉「寫的詩還是民歌體，50 年代很通俗的那種」〔註116〕。楊煉在《今天》第六期上首次發表《夜晚》時尚未展露個性才華。此時的悼亡詩《為了》，在詩歌結構、受難姿

〔註114〕　張志國：《詩歌史敘述：凸現與隱蔽——宇文所安的唐詩史寫作及反思》，《江河大學學報》（人文社科版）2008 年第 2 期。

〔註115〕　楊煉，1955 年出生於父母正出使的瑞士伯爾尼。1974 年高中畢業後赴北京昌平農村插隊，並開始詩歌創作，1976 年開始發表作品，1977 年返城，考入中國廣播藝術團創作室工作。

〔註116〕　廖亦武、陳勇：《蔡其矯訪談錄》，《沉淪的聖殿》，第 493 頁。

態、語句修辭上，明顯模仿了江河的悼亡詩《遺言》和《紀念碑》。江河的「只有生命，沒有死亡」在楊煉詩中化作「為了生命，擁抱死亡」；江河的「我的身體裏疊滿了石頭／中華民族的歷史有多麼沉重／我就有多少力量」的「身體／民族」同構想像被楊煉化為「我要採集紫色的岩石的花蕊／插遍整個身軀／築成民族堅固的橋樑」；江河《遺言》「當下／歷史／未來」的詩歌結構被楊煉《為了》所襲用。區別僅在於，江河詩歌不重色彩而重造型，力塑英雄的獻身意志而非高潔氣質。楊煉詩中卻偏愛「色彩變形與對比構圖」，追求自我形象純潔化與反抗姿態，而這些特質部分又是得益於北島詩歌的啟發。楊煉的「海綿似的黃昏／吮乾了深紅的波浪」，核心意象回應著北島「紅波浪／浸透孤獨的槳」（《青春》）；「但我站立著／沒有歎息、沒有淚水／只有朝天空挑戰的胸膛」，挑戰姿態受北島「縱使你腳下有一千名挑戰者，／那就把我算作第一千零一名」的激發；「只有與骯髒不能相容的眼睛／連影子都清徹明亮」，對純淨化自我形象的堅定追求，與北島「在玻璃窗的影子裏，／另一雙眼睛幽然清晰。／／裏面印著過去的天真／和未來的希冀」（《眼睛》）向度一致。楊煉試圖鎔鑄江河與北島風格於一體的嘗試，似乎是將身體與眼睛、瑰麗與純淨、雄壯之音與孤絕之志互相雜糅，風格並不協調。

楊煉的個人才能在《顏色——選自〈土地〉組詩》中真正展現出來。它預示著詩人剝離政治，超越現實，走向另一世界的開始。詩人選擇原初宇宙中「藍」、「綠」、「黃」、「紅」四種元素，作為走向原初、尋索生命的媒介。雖說「我把自己當作調色板／揉和著愛情和黎明／永無休止的旋轉」與江河「我就是紀念碑」的聯想方式相似，但明快的「調色板」意象已與沉重的「過去」經驗拉開了距離，達到「去政治化」的客觀效果。在這一前提下，《藍》開掘原初世界，向「遠古」乞靈，將「我」幻化為「神話英雄」，從而使詩歌的想像力獲得「超現實」的活力：「——從遼闊的古代／孕育了勇氣、力量、山／我把昂起的頭顱伸向星星／目光似鳥一樣閃爍」。「原初」世界一經打開，人類夢一般的生命感性便開始復活：「像一朵花無聲地開放，夜晚／朝我走來，森林流動著／注入夢、注入輕盈的草原」。在這裡，萬物有靈：「風唱著情歌，躲在星星裏」，物我和諧，靜謐無限：「我讓那月亮圍繞著身軀滾過／把一片純潔與寧靜／投向無窮無盡的空間」（《綠》）。然而《今天》詩人決不會耽於幻夢的遐想，而遺忘文明更新的職責：

　　　　我們文明古國的現代更新，也必將重新確立中華民族在世界民

族中的地位。我們的文學藝術，則必須反映出這一深刻的本質來。
〔註117〕

　　從詩中「忍耐」、「沉思」、「挑戰」的姿態，到「失血的蒼白」、「低垂的旗幟」、「空曠的霧欺騙著早晨／裏去孩子蒙矓的呼喊」等隱喻詞句，不難看出詩人對於《今天》詩歌慣例潛移默化地運用。但楊煉將之重置於「無窮無盡」的遠古語境中，從文明史的高度，賦予它們新的意義。可以說，與「過去」的歷史經驗剝離，將社會批判提升至民族文明的現代更新上，便是楊煉等《今天》詩人開掘原初世界及其生命活力的動因：「我的顏色就是民族的顏色／沙漠、手；／落日、臉／我的顏色就是勞動的顏色，／莊稼、鋤；露水、汗」(《黃》)，「沒有火就沒有我的名字／……文明與創造只是冷漠的岩石／風化、剝離著的幻夢」(《紅》)。楊煉借助原初世界的開掘，為《今天》詩歌的精神更新，「找到了一種永恆的火焰」(《紅》)。

　　此時，江河同樣處在與「過去」歷史經驗剝離的痛苦夾縫裏。如何從「個體／民族」政治受難詩的圈定中擺脫出來，困擾著詩人：「如果大地的每個角落都充滿了光明／……誰願意／一年又一年／總寫苦難的詩／每一首都是一群顫抖的星星／像冰雪覆蓋在心頭」(《星星變奏曲》)。為此，他開始剝離政治隱喻，向「個人史」的源頭——純真「童年」尋求再生：「記得小時候，孩子們／弄髒的小手／揉皺的紙、練習本的方格子和牆上／我塗抹一片又一片／蘭／一顆又一顆星星／歪歪斜斜又大又亮」，面對著亙久生息的「大海」，詩人體驗著精神生死的洗禮：「我站在這裡。經歷著死亡／……一顆又一顆星零零碎碎地死在早晨／似乎還帶著希望」。這裡《今天》傳統的意象慣例被運用，但精神指向不再是外在的社會控訴，而是回歸童年的原夢：「我也被留在這裡，看著星星／尋找那顆又大又亮的／把我帶走／回到一個無邊的地方／任性地燃燒／每個夜晚都站在那裡／笨拙　明亮」(《星》)。

　　最能凸顯江河個人才具的是他對「民族史」源頭的創造性挖掘。「詩歌專號」推出江河的《從這裡開始——給M給一顆樸素的心》，回應芒克的《我有一塊土地》。江河以他慣用的「民族之子」第一視角展開自敘：「土地的每一道裂痕漸漸地／蔓延到我的臉上，皺紋／在額頭上掀動著苦悶的波浪／我的眼睛沉入黑暗中／霞光也已落下／……頭顱深處／一層層烏黑的煤慢慢形成」。這種基於物理「相似性」展開的「受難身體」與自然意象間的不斷轉化，增強

〔註117〕北島：《致讀者》，《今天》創刊號。

了視覺意象的雕塑感與流動性。詩人走進「民族之子」的今生今世，從幻美神奇的「童年」經驗：「我神秘地走進秋天的果子／經過雪，經過一片銀白的冰冷／成了種子，成了結晶／在春天，撒滿大地，撒遍夜晚，播種小麥和星星」，走向受難與衰老的成年：「我被彎曲，彎成曲曲折折的年代／傍晚，紫色的光順著宮牆流下／血淚緩慢地攤開／⋯⋯我老了，彷彿躺倒在土地上／我的頭髮白了，在雪山的霧氣中顫抖／太陽從我腳下升起／沿著我的身體，向西方走去」。在「黃土高原」、「窯洞」、「陶器的碎片」民族符號的召引下，年邁的「民族之子」夢回「民族史」之源。在那裡，他見證與親歷了「女媧造人」般美輪美奐的民族誕生神話：「我攥著一塊塊黏土，揉著、捏著／彷彿炊煙似的霧靄抱著我的孩子／撫摸著像孩子的頭一樣圓滿的罐子／為瞭解渴，為了讓清澈的水流進嘴唇／清澈得像一罐罐蘭色的生活／我勾畫出河流一樣美麗的花紋／於是，烏黑的頭髮開始飄動／陽光下，黃色的河流閃出光輝」。

與楊煉開掘原初宇宙的路徑不同，楊煉從宇宙色彩元素的運作中汲取「勇氣」、「力量」、生命靈性與想像力等諸種能量以促進民族更新，而江河回到民族的原初，認同祖先「火」一樣的健康性格、「陶罐」的「圓滿」之美，通過批判「文明的異化」來促進民族新生，藝術思辨力隨之增強：「從火中被分割之前／祖先的性格與火沒有區別／不怕狼和獅子／不知道為什麼／人卻被人懼怕了」。在江河眼中，原初的圓融之美，隨著文明異化而破碎，人性的光澤與自然權利逐漸被虛榮、貪婪、等級、權力所宰制、所剝奪。真美異化，物我分離：「陶罐碎了，精美的瓷器／奪走了我手上的光澤，妻子和姊妹／只有在織出的綢子上才顯出美麗／像柔軟的飄落的花朵／流向一個不屬於自己的地方／⋯⋯金黃的宮殿閃著幽光／用我的鐵的勞動，發黑的汗水／黑暗中滾動了幾千年的／松脂一樣黏稠的汗水凝成的／琥珀，珍寶／被幽禁在一個不屬於我的地方／一壟壟燒焦了似的琉璃瓦／固定在他們的屋頂上／不能隨著秋天的麥浪流進我的微笑」。江河在第九期的《詩人談詩》中點明：民族精神「這才是我們該探求的東西。其中包括對於民族劣根性的批判」〔註 118〕。

文明反思與批判的最終目的是文明的更新與再生，江河提供「東方」神往的原初世界作為出發點，這一原初世界誕生於「內聖外儒」的儒道文化之前，閃耀著自然飄逸、粗獷有力、質樸溫情等多種精神原色：「我的面貌屬於比宮殿高大的山／屬於由我開鑿的岩洞，東方的神往／從壁畫中飄出的雲」，

〔註 118〕《詩人談詩》，《今天》第九期。

「我的表情／聯結著山脈和海洋的一條條江河／為了讓妻子和姊妹的憂傷流走，不再回來／為了讓兄弟的肩頭／擔起整個大地，搖醒千千萬萬個太陽」。以東方民族的原初世界為根基，詩人開始構建理想的人類社會，在這裡每個個體「舒展著各自的生活和權利／破碎的冰塊、語言開始和解」；這裡充滿情愛，沒有隔閡，萬物和諧溝通：「胸中的熱情積鬱著，越來越濃／每一次接觸和閃電，每一片嘴唇和吻／都把我從孤獨中解放，融進另一個人／融進所有跳動的心／……手臂從土地伸向土地，從山腰伸向山腰／挽著所有的兄弟姊妹／溝通所有的峽谷和河床」；這裡溢滿坦誠的歡笑，民族平等地融入世界之光：「我，金黃皮膚的人／和世界上所有不同膚色的人連成一片／把光的顏色一一鋪遍生活」。

三、第九期與《文學資料》：剝離詩學與明暗並存

　　《今天》自創刊的那一天始，便與國家政治當局的改革潮流一起波蕩。詩人們對官方內部開明的改革派寄予厚望〔註119〕，他們哀悼青春、批判「文革」，藉以表達「政治民主」與「藝術自由」的願望。而官方開明人士，在中共中央宣傳部長胡耀邦的支持下，也闢出一些官方刊物，給青年人公開表達的空間。在詩歌領域，自1979年《詩刊》轉發《今天》詩歌以來，《安徽文學》、《福建文學》、《上海文學》、《星星》等刊物開始著力發掘青年詩人〔註120〕。面對這種情勢，《今天》內部出現了不同聲音。北島主張「盡可能在官方刊物上發表作品，這同樣會擴大我們的影響」。而在芒克看來，「這最多只能是個人得點名氣」，與「行使創作和出版的自由權利，打破官方文壇的一統天下」的初衷無補，因此「決不和官方合作」〔註121〕。「一時間說《今天》要被招安的大有人在。對此，振開制定了在官方刊物轉載《今天》上發表的作品必須使用原筆名的規定。」〔註122〕1980年4月，「全國當代詩歌討論會」在廣西南寧

〔註119〕從下面兩個事件中可以見出二者的關係：《今天》雜誌曾被贈送給胡耀邦、陳荒煤等國家黨、政、文化領導人。見《沉淪的聖殿》，第386頁。1989年4月21日，在胡耀邦追悼會前的那天晚上，很多《今天》同仁朗誦北島的詩。見廖亦武、陳勇：《李南訪談錄》，《持燈的使者》，第380頁。

〔註120〕1979年《詩刊》召開了建國來第一次大型詩歌座談會，時任中宣部長的胡耀邦到會講話，指出每個省都可以辦自己的詩歌刊物。見田志凌：《王燕生訪談：這裡能看到中國詩歌發展的縮影》，《南方都市報》，2008年6月29日。

〔註121〕唐曉渡：《芒克訪談錄》，《持燈的使者》，第348頁。

〔註122〕徐曉：《〈今天〉與我》，《持燈的使者》，第67頁。這一規定得到《今天》部

召開，詩歌界內部保守與改革兩股力量依舊進行著黎明前的激烈角鬥。5 月 7 日，謝冕的文章《在新的崛起面前》在《光明日報》上發表，主張對青年作者要寬容。正在這時，《詩刊》編輯部「收到了章明的文章，我們感到正可以此為契機，展開一場討論。為了使不同意見暢所欲言，要力避一邊倒，每一期基本上要做到正反兩面旗鼓相當。就按這個原則組稿」〔註 123〕。於是，《詩刊》八月號上發表了廣州軍區作家章明的《令人氣悶的「朦朧」》，以老詩人杜運燮的《秋》和李小雨的《夜》〔註 124〕為例，揭起了全國範圍的「朦朧詩」大討論。

此時政治場域中的官方改革派，在 1980 年 2 月 23 日至 29 日黨的十一屆五中全會上掌控局勢，胡耀邦當選中共中央總書記。官方報刊《人民日報》、《工人日報》多家媒體開始突破自 1957 年以來「報喜不報憂」、「重大事故一般不見報」的傳統框架〔註 125〕。但是官方考慮問題的角度與知識青年畢竟不同。「民主牆」遷址後，全國各地仍有許多新民刊出現，尤其是「中華民刊協會」的創建及其機關刊物《責任》的問世〔註 126〕。當局希望借助公開刊物，疏導青年情緒，目的在於將青年的注意力從民辦刊物轉移到開明的官方刊物上，以此實現引導〔註 127〕。例如 1980 年 5 月，一封署名「潘曉」的讀者來信

分成員的支持，如李南認為「這是一種姿態，這種姿態特別好。所以，每當這些作者的作品在官方刊物上發表了，大家都非常高興。這是一種突破，一種佔領，影響力大」。見廖亦武、陳勇：《李南訪談錄》，《持燈的使者》，第 380 頁。

〔註 123〕 田志凌：《對話邵燕祥》，《南方都市報》，2008 年 7 月 20 日。

〔註 124〕 杜運燮的《秋》，原載於《詩刊》，1980 年第 1 期。李小雨的《夜》為組詩《海南情思》之三，該組詩發表在 1980 年 2 月 22 日《人民日報》上。

〔註 125〕 1980 年 7 月 22 日渤海二號鑽井船翻沉重大事故被報導後，國務院最終作出了處理渤海二號事故的決定。

〔註 126〕 1980 年 1 月 10 日，廣州地區《浪花》、《人民之路》、《生活》三個刊物聯名向全國各民刊發出一份呼籲書，要求大家團結起來，結束各自為政狀況。這一呼籲得到上海、山東臨清。開封、長沙、長春、寧波、安陽、武漢、青島、貴陽、溫州、韶關等地 27 個民刊的響應，於 9 月間在廣州成立了「中國民刊協會」，出版了機關刊物《責任》，共推上海的鋼鐵工人傅申奇為主編。本來是準備出雙月刊，以後由於情勢的需要，又改為半月刊。整個民刊運動處於掙扎圖存的狀態。見許行：《中國民刊的崛起和掙扎圖存》，《中國民辦刊物彙編》（第一卷），第 31 頁與陳若曦：《談中國民辦刊物及其他》，香港：《七十年代》，1981 年 7 月號。

〔註 127〕 胡平指出，當年官方逼迫民刊停刊，並不是指責民刊的文字內容，而是反對民刊這種自主地表達意見的方式，「他們極欲摧毀的乃是這種自主性公共交往空間」。民刊的「方式（或形式）可以具有比內容更重大的意義」。因此，

《人生的路呵，怎麼越走越窄》發表在《中國青年》雜誌上，1980 之夏引發了全國範圍關於人生觀的大討論。討論期間，《中國青年》的發行量急劇上漲到 398 萬冊。

　　一邊是官方的疏導利誘與發掘選拔，部分《今天》詩人被吸納入各級作家協會。1980 年 7、8 月間，《詩刊》舉辦首屆青春詩會，北島把參加「青春詩會」的名額讓給江河〔註 128〕，江河、顧城、舒婷應邀參加〔註 129〕；另一邊是民刊被依法取締。十一屆五中全會建議全國人民代表大會修改憲法第四十五條，4 月 8 日由鄧小平提議，五屆全國人大常委會第十四次會議同意中共中央建議，取消《憲法》第四十五條中「有運用大鳴、大放、大字報、大辯論的權利」的條文，但保留了「言論、通信、出版、集會、結社、遊行、示威、罷工的自由」。8 月 31 日至 9 月 10 日這一提議在全國人大第五屆第三次會議上正式通過〔註 130〕。同年 6 月 22 日，國務院頒布《關於制止濫編濫印書刊和加強出版管理工作的報告的通知》，規定黨政機關、群眾團體、學校、企業、事業等非出版單位，一律不准自行編印圖書出售；對各類刊物，審批要從嚴掌握。各種渠道公開或暗地在社會上散發出售反對國家政策法令，有礙安定團結和四化建設，腐蝕人們思想的書刊、圖片、小冊子等，應予查禁沒收，對有關人員要進行嚴肅處理，並對出版者和承印者追究責任。在這樣的政治與詩壇氛圍下，1980 年 7 月《今天》出版第九期後，便自動陷入存在合法性的危機中。

　　介於官方與民間之間的大學生刊物，此時已成為《今天》詩歌的積極回應者、傳播者與追隨者。1980 年 5 月 18 日，《今天》編輯部再次收到吉林大學

「讓官方刊物有更寬的言論尺度，正是逼死民間刊物最巧妙的一招」，「官方刊物的信譽回升會造成對民間刊物生存的巨大威脅」。胡平：《中國民運反思》，香港：牛津大學出版社，1992 年版，第 144、155 頁。

〔註 128〕邱景華轉述蔡其矯話中提到：「蔡其矯認為，北島是個領軍型的人物，他曾把自己參加『首屆青春詩會』的名額，讓給江河。」見邱景華：《北島：冬天的旅人》，福建：《丑石詩報》，2008 年 2 月總第 46 期。

〔註 129〕參加《詩刊》組織的首屆「青春詩會」後，「這些詩人的命運發生了徹底的轉變。舒婷不久以後就從工廠調到了作協，之後就成了作協副主席，張學夢也從工廠調到了市文聯工作，1981 年就當了省作協副主席，葉延斌從廣院畢業就到了《星星詩刊》，現在已是《詩刊》常務副主編了。」見王燕生：《一段不該淡忘的詩歌史》，《追尋 80 年代》，新京報編，北京：中信出版社，2006 年版，第 52 頁。

〔註 130〕《鄧小平文選》第二卷注釋本，倪翌風主編，1994 年版，第 227 頁。

中文系 77 級大學生徐敬亞的來信。信中表示大學生刊物與《今天》同中有異的位置關係：「《今天》在遠方前進著，在詩的路上我們應是真正的同志。雖然志向不盡相同，但在他們心眼裏我們似乎是一路貨色。」「《赤子心》與你們不能比，我們要追求又要考慮生存，我們這種人與你們也不太相同。我們是介於你們與官方之中的刊物，藝術上較差，願意跟在你們後面走下去。」〔註 131〕信中在肯定《今天》第八期仍堅持自己的風格、陣容擴大了、更深沉更寬廣、已然成為一個流派後，指出第八期「明快不足」，比第三期多了些「晦澀」。尤其批評「冗長和重複」、過於「追求奇特」的弊病。他提議《今天》「要完成自己風格的形成，把它推向完美和高潮。形成自己的理論（你們不會沒有）」。作為一種回應，《今天》第九期上編選了《今天》詩人芒克、趙南、北島、楊煉、田曉青首次談詩的「詩論」《答覆——詩人談詩》。隨後經過刪改，發表了徐敬亞的評論文章《奇異的光——〈今天〉詩歌讀痕》〔註 132〕。該文對《今天》前四期詩歌的精神內涵進行社會心理學的解讀：「這些詩句，相當成功地寫出了一代青年心中的苦痛與追求」，「是新中國第一代公民在動亂中的血淚結晶」。繼而指出藝術上的「新鮮、奇特是《今天》的良好傾向，同時，晦澀、模糊也就構成了它最大的不足」，同時認為《今天》詩歌理應在中國當代文學史上佔據特殊位置。

從編者對該文的刪節段落中，可以反推《今天》的編選邏輯。徐敬亞在原文中批評說：

> 對於黑暗的過去，他們有著足夠的污血、眼淚，也有著足夠的思考和控訴；對於今天朦朦耀眼的新生活的希望和光芒，他們缺乏注目和呼吸。在初春的土地上，人們敲碎了冰凌，已開始了新的勞動，他們還伏在草叢中，哀痛地舐著傷口，呻吟著，雖然，間或也有輕歌，但更多的是充滿了對惡勢力的復仇心理。不知道傷口何時癒合，也不清楚傷好了去做什麼。〔註 133〕

這段評價對於《今天》前六期而言，可謂一語中的。這恰恰說明《今天》的編選依循著一以貫之的精神向度與藝術習性。即便是在「青春新生」與「原

〔註 131〕徐敬亞致《今天》編輯部來信，1980 年 5 月 18 日。手稿。

〔註 132〕該文寫於 1979 年 12 月 19 日，原載吉林大學中文系學生會辦刊物《紅葉》第三期上。

〔註 133〕徐敬亞：《奇異的光——〈今天〉詩歌讀痕》，《崛起的詩群》，上海：同濟大學出版社，1989 年版，第 201 頁。

初尋夢」的第八期,《今天》依舊編選「為了黎明」「詛咒黑暗」、「為了生命」「擁抱死亡」明暗對抗的強力意志詩,如楊煉的《為了》、北島的《宣告》,與整體風格顯得並不協調。從中可以深刻地看出,《今天》追求未來的偉力源自對於昨天傷痛的沉重悼念。作為力量之源,斷然不可輕易廢棄。同樣,第九期中編選北島的《結局或開始》(1975 年)、楊煉的《我們從自己的腳印上……》,依舊是從悼亡的「結局」中去尋求「開始」的動力:「在我倒下的地方 / 將會有另一人站起」,從布滿創傷的心靈和腳印上,「我們卻說出 / 這是嶄新的生活和希望」。「今天文學研究會」《文學資料》之一編選的小青的《歌手》、食指的《憤怒》、楊煉的《蘭色狂想曲》、江河的《向日葵》,《文學資料》之三編排的楊煉的《烏篷船》繼續著這種明暗對抗的悲憤抒寫。這種對抗邏輯與此時詩人社會身份的認定、詩歌觀念與藝術追求直接相連。北島認為「詩人必須是戰士,他敢於為一切有價值的東西把自己的名字寫在旗幟上」,楊煉說「詩是火,詩人是普羅米修斯」〔註 134〕,江河認為自己「首先是一名戰士」,肩負改造世界的不屈使命,而「詩,是生命力的強烈表現。在活生生的動的姿勢中,成為語言的藝術。」正如「梵高的向日葵與自然中的都不相同,他強烈的表現和抗議,構成了藝術的真實。僅反映那些表面的東西,不能成為藝術」〔註 135〕。顯然,在《今天》詩人的邏輯中,表面的「新生活」,絕對不及歷史廢墟更能激發他們強勁的生命力,從而抵達藝術的真實。但問題的關鍵,往往不在作者的詩學立場,而在於讀者的接受。當這種明暗意象對抗的隱喻慣例,成為《今天》詩人普遍的創作成規,刻意營造抑鬱風格,當這些繽紛繁雜、跨行跳躍的意象組合,只為宣洩情思而未經主體心智的充分統攝、錘鍊與穿引,那麼「冗長和重複」的弊病與整體秩序的失衡,勢必給讀者帶來審美疲勞,構成新的審美枷鎖。

　　延續《今天》第八期剝離「過去」歷史經驗的理路,第九期開篇編排了小青的《虛構》。《虛構》對於歷史的反思,推及自我異化的深度。這裡的「自我」,是被歷史虛構的「自我」:「歷史,一個虛構的故事 / 在這個故事裏 / 我被虛構著」。由歷史構建的充滿革命衝動、莊嚴神秘、英雄氣質的「自我」,不斷淹沒、扭曲著「真我」:「於是我相信這一切 / 相信影子、血、死亡 / 我被虛構出來 / 似乎只是為了證明它們的存在」。要拆解這個歷史化、革命化與英雄

〔註 134〕　《答覆——詩人談詩》,《今天》第九期。
〔註 135〕　《詩人談詩》,《今天文學研究會文學資料之一》,1980 年 10 月 23 日。

化的「自我」,「重新找到自己」,唯有舉行一場精神葬禮:「也許,我不得不死/為了結束虛構」。這種從「舊我」中剝離「新我」的反思邏輯,是將《今天》慣用的「自我/他者」明暗對抗的邏輯置於內部空間的合理衍化:「我發出抗議/但是我的聲音背叛了我/我的姿勢背叛了我」。「剝離詩學」較之「對抗詩學」的發展在於,對抗詩學以神聖化的自我作為抗爭前提,剝離詩學則質疑自我聖潔的歷史合法性。但是詩人對剝離歷史建構後的「真我」,仍懷著一絲純淨化的想像:「為了在真實的陽光中醒來」。既然自我神聖化的合法衣袍被揭去,在沒有生命威逼、相對寬鬆的社會氛圍與日常生活中,那種自我宣告式的聲音便恢復為冷靜克制、鬆散舒徐甚至默然的語調:「我沒有辦法說服,/從來沒有一個人說服過另一個人」(黃銳:《幸福的綠葉》)。然而,這種剝離邏輯並未推廣至更宏觀的歷史層面,《今天》詩人始終堅持由暗及明的歷史進步邏輯:「我不知道哪一顆星辰/代表那古老帝國的命運/只相信在曙光升起的時候/一切都要隕落!」(肖馳《觀象臺》)。《今天》的合法存在正是建基於今天以及對未來的無限憧憬中。

　　1980 年 9 月 12 日,《今天》雜誌被迫停刊,中止了出版發行工作〔註 136〕。9 月 25 日,《今天》編輯部發表《致首都各界人士的公開信》〔註 137〕,10 月又多方奔走,爭取申請註冊,早日復刊。10 月 23 日,「今天文學研究會」籌備會

〔註 136〕　《今天》聯絡人劉念春接到有關部門通知,北京市公安局根據政務院 1951 年法令中「刊物未經註冊,不得出版」的條例和 1980 年 7 月國家出版局根據國務院有關文件精神,查禁《今天》。見鄂復明:《今天編輯部活動大事記》,《持燈的使者》,第 436 頁。1951 年 12 月 21 日《管理書刊出版業印刷業發行業暫行條例》及《期刊登記暫行辦法》在政務院第 116 次政務會議上通過,1952 年 8 月 16 日公布,刊印於《人民日報》,1952 年 8 月 19 日。

〔註 137〕　這封公開信是北島請萬之(陳邁平)起草寫就。「我們的公開信後來寄送了一百多份,除了北京文聯、北京作協、中國作協、國家新聞出版局甚至中共中宣部等單位,還分送給了在北京的很多知名老作家,大家還分別帶著信四處奔走,上門去找過這些單位和作家尋求支持,比如我就去找過著名翻譯家馮亦代先生。」「我寫的時候比較激憤,用詞相當激烈,比如我攻擊官方不給作家創作自由,因此中國文學『像裹屍布一樣蒼白』,所以馮亦代先生當面批評我們是抹殺了中國文學幾十年的成就。我們去找過的人還有馮牧、蕭幹、嚴文井等老作家。」見萬之:《也憶老〈今天〉》,《持燈的使者》,第 314 頁;另據北島描述,總給寄出三百多封信,希望得到文藝界知名人物道義上的支持。除了收到蕭軍的回信,根本沒有任何反應。實際上,蕭軍對《今天》刊物的情況並不暸解,稀裏糊塗表示支持。見查建英:《北島訪談》,《八十年代訪談錄》,北京:三聯書店,2006 年版,第 77 頁。

議召開：「凡是《今天》上發表過作品的，都是會員，大概有 30 餘人」〔註 138〕。
理事會仍是七人，有北島、芒克、江河、陳邁平、趙南、周郿英，鄂復明，主
要活動為進行新文學的創作與研究，並編發內部交流《文學資料》之一。11 月
2 日「今天文學研究會」正式成立，編發《文學資料》之二，12 月初編發之三。
12 月末，北京市公安局再次通知，中止一切活動〔註 139〕。在官方詩壇業已鬆
動，《今天》成員進入作協的情況下〔註 140〕，「為了保護作者和編輯部成員，
我們做出解散的決定」〔註 141〕。

　　《今天》被迫停刊的境遇，讓編者聯想到別離的淒涼，因此《文學資料》
之一除了編選悲憤的對抗詩外，又選排了顧城的《贈別》、《小巷》、嚴力的
《離別之後》、芒克的《致漁家兄弟》、《茫茫的田野》、舒婷的《歸夢》、北島
的《和絃》、《住所》等離別詩與懷舊詩，它們依舊延續《今天》的慣例。反
倒是顧城的詩論發出了異樣的聲音。從對抗詩學到剝離詩學，《今天》詩人明
確強調「自我」在詩歌中的重要意義，如北島「詩必須從自我開始」、「詩人
必須找到自己和外部世界的臨界點」，芒克「詩人首先是人」、「詩人要創造的
是自己的世界，這個世界就是理想的詩的世界」。然而顧城的「自我」卻偏離

〔註 138〕唐曉渡：《芒克訪談錄》，《持燈的使者》，第 347 頁。

〔註 139〕1980 年 12 月，以民刊作者房志遠為首的北大 22 個學生，擬了一份《出版法
　　　　草案》，要求中共參考制定。1981 年 2 月，約有六百多個學生簽名，海外也
　　　　有五百多人附簽支持。「由於民刊逐漸流傳到國外，許多文章經常被香港的
　　　　雜誌，如《中國人》、《七十年代》、《觀察家》及《中報月刊》等轉載。這些
　　　　雜誌又再流傳到中國大陸，影響更加擴大。中共終於決定全面禁止民辦刊
　　　　物。1981 年 2 月，中共發布了『九號文件』，專門對付民辦刊物，認為民辦
　　　　刊物與刊物的組織都是非法的，應該徹底查禁整肅。《解放日報》早在 1 月
　　　　10 日就警告說，「非法組織」和「非法刊物」有害於中國的安定團結，因此
　　　　要嚴加取締。4 月 10 日徐文立和楊靖被逮捕。據香港《明報》消息，4 月底
　　　　王希哲也被捕。見陳若曦：《談中國民辦刊物及其他》，香港：《七十年代》，
　　　　1981 年 7 月號。

〔註 140〕停刊的原因與中國文壇比較鬆動，官方開始接納《今天》的詩歌與詩人有關。
　　　　《今天》停刊後，「一位法國記者曾想幫助我們把公開信帶出國去交給國際筆
　　　　會，通過國際筆會施加壓力來支持我們獲得註冊，這件事情不知怎麼被作協
　　　　的書記馮牧知道了，他通過史鐵生傳話給我們，希望我們把信件給追回來。」
　　　　「同時，他保證想辦法給我們一定的生存空間，這不僅是指我們的一些作品
　　　　將可以在官方許可的刊物上發表，還包括對某些成員進入作協做出安排。我
　　　　們接受了他的條件，把信件從那個法國記者手裏又要了回來了」。見萬之：《也
　　　　憶老〈今天〉》，《持燈的使者》，第 317 頁。

〔註 141〕田志凌：《北島專訪：青春和高壓給予他們可貴的能量》。

了《今天》的慣例:「萬物,生命,人,都有自己的夢。每個夢,都是一個世界。」在「青春詩會」上,顧城自我介紹時就表明了他的美學態度:「政治口號只是一陣風,大自然要長久得多。比如一隻瓢蟲背上的花紋,就比許多國徽的圖案美麗長久」〔註142〕。顧城的「自我」不是對抗邏輯下的「自我」,而是萬物齊一的「自我」。它力求的是融入而不是分裂:「如果可能,我將幸福地失落,在冥冥之中。」它所融入的是「最純淨的美」、「高於世界的天國」。顧城與其他《今天》詩人詩論的唯一共性,在於對政治枷鎖的反抗、對自由之路的嚮往與探尋。隨後,《文學資料》之三發表了顧城的童心尋夢詩《簡歷》。早在第八期「詩歌專號」,《今天》詩人江河的《星》就已經開闢通往純真「童年」尋求新生的門徑。與江河渴望回歸童年原夢的方向不同,顧城一直生活在自己編織的童年純夢裏:「我是一個悲哀的孩子/始終沒有長大」,他「繼續講綠色的故事」,完全沉浸在這個「所有的草和小花/都會圍攏」的幻美「天國」中。

當《今天》在火熱地創辦時,多多〔註143〕卻在一旁繼續著他獨自的摸索。直到《今天》被禁止,多多才搭上了《今天》的「末班車」。多多首次在內部交流《文學資料》之三上發表了組詩《畫廊》,筆名「白夜」。然而,多

〔註142〕 田志凌:《王燕生訪談:這裡能看到中國詩歌發展的縮影》,《南方都市報》,2008 年 6 月 29 日。

〔註143〕 多多,原名栗世征,小名「毛頭」,筆名「白夜」等。1951 年 8 月 28 日生於北京知識分子幹部家庭。1964 年多多與芒克、根子考入北京三中,分在同一班級。1966 年「文革」開始後,家裏被紅衛兵查封,父母在工作單位中接受批鬥,最後下放幹校。多多想成為紅衛兵,但家庭背景不允許。隨後和朋友乘火車在全國串聯了 3 個月。1967 年初紅衛兵運動演化為「出身紅」與「行為紅」兩派的派系鬥爭,多多成為北京造反派第三總部成員。在繼續串聯和革命暴動後,1968 年多多讀中國古典詩詞、正統官方作品、馬克思、毛澤東和外國的翻譯作品。1969 年 1 月,和芒克、根子共赴河北白洋淀插隊。最初熱衷談論「打第三次世界大戰的可能性」等政治話題。1969 年秋天,多多染肝炎返回北京,獨自住在北京家中,直到父母在 1972 年返回北京。1972 年開始寫詩,偶而去白洋淀。多多長期以來想成為專業歌手,回京後正式學習聲樂,但未能通過中央交響樂團的考試。1975 年在北京註冊後,失業三年。1978 年在中國科學院做了圖書管理員。1980 年開始為《農民日報》經濟版做編輯工作。1981 年結婚,1982 年 4 月 24 日幼女早逝,1983 年離婚。1985 年轉到日報的報導崗位,1988 年成為該報的文學藝術版編輯。見 *Language Shattered: Contemporary Chinese Poetry and Duoduo*, Maghiel van Crevel, Research School CNWS, Leiden, The Netherlands, 1996, P. 102 與周舵:《當年最好的朋友》,《沉淪的聖殿》,第 206 頁。

多寫詩,「是在根子(岳重)的刺激下動的筆,不像北島那樣在懷疑和追問中
開始創作」,這種起點上的差異,使多多「刻意追求一種狂放不羈的意象」
〔註144〕,更注重青年詩人之間的詩藝比拼與爭風,全然不像對抗詩學與剝離
詩學那樣追求純淨「自我」的構造。因此,當剝離詩學開始質疑自我聖潔的
歷史合法性時,當《今天》慣用的自我宣告式的聲音恢復到平靜舒徐的語調
時,多多詩歌便在《今天》上降臨了:「馳出站臺的霧盲目地向前 / 黎明卻在
一小會兒一小會兒地變得開朗 / 在村莊道路即將消逝乾淨的天際 / 黑色的
未耕耘的土地,又在慢慢變成傍晚⋯⋯」(《畫廊‧A》)。多多與《今天》其他
詩人一樣,在意象的選擇上善用明暗意象的隱喻手法,如「而槍、火藥和獵
人 / 卻在把黃昏的網慢慢收緊⋯⋯」(《畫廊‧B》),但多多與他們又存在根
本差異:對抗詩學與剝離詩學的明暗邏輯是單向度的「由暗及明」或「由明
轉暗」,而多多詩歌的明暗之間是雙向度的相互轉化與共存共融。這種邏輯上
的差異,源自多多對於藝術家「道德不潔」、「放蕩不羈」身份認定所形成的
「自我」觀〔註145〕:「他以野流浪漢的姿態睡倒 / 蓋著當天的報紙,枕著黑面
包 / 不在乎鬍鬚上淌下的口水 / 也不在乎雀斑,在他臉上充滿 / 嘲笑⋯⋯」
(《畫廊‧L‧藝術家(二)》)。與《今天》其他詩人追求與確立正義化、聖潔
化的「自我」身份不同,多多並不嚮明暗共存的「自我」求索聖潔,「不是以
受難而是以淪落,不是以虔誠而是對神明的褻瀆,不是以忠貞而是以背叛,
不是以荊冠或十字架而是以童真的喪失為代價」〔註146〕,他或冷漠或嘲諷地
旁觀著明暗並存的世界。這裡,世界明暗屬性的跳轉被並置於同一意象的構
造中:「像黃昏的土地那樣 / 輝煌而淒涼」(《畫廊‧H》)、「綠色的田野像鬆
弛下來的思想」、「油漆公路筆直、無情而又刺眼」(《畫廊‧M》)。在語義悖
論的藝術構造中,常規的道德律遭到顛覆,冷酷的真實凸現出來,構成了審
美的張力:「失意的 / 父親 / 撫養大 / 向他臉上 / 吐口水 / 的孩子」(《畫廊‧
父與子(雕塑)》)。從創作的角度看,多多詩歌的審美張力一方面來自於詩

〔註144〕鄭先:《未完成的篇章》,《持燈的使者》,第111頁。
〔註145〕這與多多當時對於「不潔」詩人生活方式的認同與追求有關。1982年多多寫
　　　　完有毒的長詩《鱷魚市場》時,也不禁反思道:「我這是怎麼啦?本來挺好挺
　　　　乖的孩子,怎麼會變成這樣?」見田曉青《十三路沿線》,《持燈的使者》,第
　　　　38頁。從當時多位朋友的敘述中,可以看出多多在行為上刻意裝扮詩人氣質
　　　　——「煙、酒、女人、裝瘋賣傻」,不久把身心健康幾乎徹底毀掉了的情況。
　　　　見周舵:《當年最好的朋友》,《沉淪的聖殿》,第212頁。
〔註146〕宋海泉:《白洋淀瑣憶》,《持燈的使者》,第153頁。

人「不潔自我」與傳統「道德自我」之間的辯駁。但是一旦後者失去合法約束，前者也便失去「救贖」的依據，因此「這種救贖與罪惡之間僅一步之遙」〔註147〕；另一方面來自於明暗並存轉化、蕪雜真實的生活邏輯，以及運用簡潔、克制、瘦硬的意象語言呈現的修辭方式。這種將繁雜經驗納入澄明表現的「化繁為簡」手法，增強了詩歌的藝術張力。多多詩歌是《今天》詩歌的「另一個品種：更結實、更蕪雜、更粗獷的詩，它喚醒了我身上的懷疑和反諷精神」〔註148〕。

顧城、多多詩歌對於《今天》主流「自我」觀的偏離與反叛，說明了詩人個性經驗對文學慣例的「不滿」，是促使文學發展的真正動力。在這一過程中，意象隱喻、明暗對照等藝術慣例依舊是《今天》詩人共同成長的基礎。作為編選者，既以堅定的立場，保持統一美學標準的主流地位，又以開放的胸襟與探索的精神，允許詩人自由地發揮個性才能，尋求異質突破，這些都為《今天》新生力量的發展提供了相對自由的文學空間。

「今天文學研究會」《文學資料》之三最終以洪荒（肖馳）的評論文章《「新詩」——一個轉折嗎？》，宣告了《今天》時代在中國的終結。而「今天」詩歌——「對自我本質的認識和對異化熱情的拋棄」、「以色彩體系代替了功能體系」、「以豐富的視覺意象代替了聽覺的滿足」、以適合現代生活節奏的自由體、格律體代替「六十年代流行的辭賦體和階梯體」、「訴諸於想像和沉思」——所營造的精神風尚與藝術風格，開啟了另一個詩歌時代。

第三節　個人詩集與刊物設計

一、個人詩集與美術設計

個人詩集之於《今天》刊物的創辦、編排設計、詩歌傳播與詩人占位的意義，不容忽視。早在 1973 年芒克與多多便相約每年年底，要像決鬥時交換手槍一樣，交換一冊各自的詩集，作為詩人間互相激發、競爭創造的方式。1973 年，徐曉從朋友趙一凡那兒得到了一本手抄本詩集：「用的是當年文具店裏僅有的那種六角錢一本的硬面橫格本，字跡清秀，乾淨得沒有一處塗改的痕跡。……記得其中第一首詩的標題是《金色的小號》，另一首六行詩《微笑・雪

〔註147〕宋海泉：《白洋淀瑣憶》，《持燈的使者》，第 153 頁。
〔註148〕田曉青：《十三路沿線》，《持燈的使者》，第 35 頁。

花‧星星》我一下子就背了下來」〔註 149〕。四年後，徐曉才知道這本詩集的
作者是北島。時間推近至 1976 年 8 月上旬的一天，為悼念剛剛逝去的妹妹，
北島劃破左手中指，用毛筆蘸著血在紀念冊扉頁上寫下：「珊珊，我親愛的妹
妹，我將追隨你那自由的靈魂，為了人的尊嚴，為了一個值得獻身的目標，我
要和你一樣勇敢，絕不回頭……（大意）」〔註 150〕。同年 10 月上旬，在聽到
「四人幫」被捕後，北島自選了 20 多首詩，抄在 16 開藍色筆記本上，贈給蔡
其矯。在扉頁上北島寫下題詩：「在長風不安的歌聲中，／請免去這最後的祝
福。／白色的道路上，／只有翅膀和天空。」〔註 151〕由於嚴格的文化管制，
這種手抄筆記本屬於私人財物，難以廣泛傳播，即便傳閱也隱姓埋名，散佚、
查收、自毀事件時有發生。

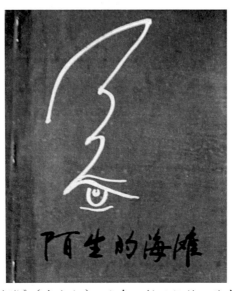

《陌生的海灘》（自印版），北島。封面設計：艾未未手繪。

　　「1978 年上半年，北島把自己的作品打印成一本詩集《陌生的海灘》；他
希望我也打印一本。」於是芒克四處收集散佚的詩稿，「加上 1978 年寫的一
些，我編成了我的第一本詩集《心事》。然後高傑幫刻的蠟紙、黃銳設計的封
面，印出來大概是在八九月份」〔註 152〕。此時手抄詩集仍被普遍採用。如

〔註 149〕徐曉：《〈今天〉與我》，《持燈的使者》，第 55 頁。
〔註 150〕北島：《斷章》，《七十年代》，第 33 頁。
〔註 151〕北島：《遠行──獻給蔡其矯》，《青燈》，南京：江蘇文藝出版社，2008 年版，
　　　　　第 67 頁。
〔註 152〕唐曉渡：《芒克訪談錄》，《持燈的使者》，第 338 頁。

「多多並不熱衷出詩集,他的詩仍舊抄在筆記本上,在大家手中傳來傳去。多多對於詩歌的去向比較在意,也許在那個時候,這樣的顧慮並不是多餘的」〔註153〕。油印詩集的出現,表明一批詩人向公共空間突進的自覺意識。油印詩集在設計的個性化、編選的系統性、印刷的正規程度與數量上,都遠遠超過手抄詩集。更深一步,這種油印形式已經逼近公開詩壇合法化的詩集樣式,無論是位列其中的想像,還是與之比肩的自豪,都可以增強「地下詩人」合法詩人身份的認同感。北島的第一本油印詩集,封面塗上藍色,集子取名為《陌生的海灘》,印數 100 份,分發給圈子內外的朋友。1978 年 9 月 3 日,北島在贈給芒克的自印詩集《陌生的海灘》扉頁上,油印著「獻給珊珊,獻給你自由的靈魂和偉大的獻身精神」。下面手寫「願我們的友誼長存!」隨後一頁為代序詩:「別讓波浪遮住布帆,/別讓淚水遮住理性的眼睛。// 凝結鹽霜的路上,/只有翅膀和天空。」就在這次贈詩後,1978 年 10 月二人互贈筆名。趙振開的筆名「北島」,源自地理位置「北京」與詩歌《島》的結合,姜世偉的筆名「芒克」,取自英文 Monkey(猴子)一詞的諧音。

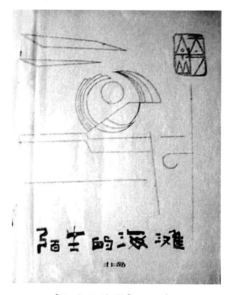

《心事》,芒克。　　　　　　　　　《陌生的海灘》,北島。
《今天》叢書之一。　　　　　　　　《今天》叢書之二。

創辦《今天》雜誌的構想衍生自這些油印詩集。「正是在操辦《心事》的過程中,我和北島、黃銳進一步加深了彼此的瞭解,密切了彼此的關係,奠定

〔註153〕鄭先:《未完成的篇章》,《持燈的使者》,第 97 頁。

了日後合作的基礎。」〔註154〕早期個人詩集的準備工作，不僅為《今天》雜誌儲備了文本資源，而且在刊物設計與編選理念上也具有啟發性。《今天》的精神追求與藝術慣例，除增添了肩負起「文明古國的現代更新」這一民族使命外，基本沒有超出北島自印詩集《陌生的海灘》代序詩的邏輯框架。《今天》誕生後，又以叢書形式推出三種詩集，每種印發 1000 冊，分別為芒克的《心事》（1980 年 1 月末，插圖：曲磊磊）、北島的《陌生的海灘》（1980 年 4 月，封面設計：黃銳，插圖：曲磊磊）和江河的《從這裡開始》（1980 年 6 月，封面設計：黃銳，插圖：阿城、曲磊磊，製印：王克平）。

《從這裡開始》，江河。《今天》叢書之三。

　　研究這些私人化詩集與同人刊物《今天》之間在詩歌編選上的差異，可以清晰地展現《今天》美學規範對於異質詩歌的摒棄情況，一些不符合《今天》慣例的詩被收入個人詩集。換言之，那些《今天》詩歌演化過程中複雜多元的藝術累積，那些個體詩人基於個體經驗對於《今天》典範的迎拒或者逃逸，被簡約、淨化乃至摒棄。其中有兩條主要篩選標準：是否溢出了《今天》道德自我、明暗對照、意象隱喻的藝術框架，是否藝術上具備現代主義的冷酷風格。從另一角度看，詩人在《今天》上著力「塑造」自身區別於其他詩人的公開形象，在個人詩集中，則還原一個較少規約、真實複雜的生命個體。以《今天》

〔註154〕唐曉渡：《芒克訪談錄》，《持燈的使者》，第 338 頁。

詩歌的編選者芒克為例,《今天》主體凸顯詩人作為黑暗詛咒者與田園歌者「熱愛自己,也熱愛別人」(《自畫像》)的聖潔形象。而作於 1974 年 9 月的組詩《街》,由於摒棄道德自我,採用嬉皮無聊的口氣,毫無顧慮地宣洩日常情思,如「我 / 什麼都在想。 / 雙腳使勁地踩著 / 那個女孩的影子」、「為什麼都無事可幹呢? / 挺無聊的。 / 真他媽的! / 所有的僻靜處都有人佔據著」,或還原日常閒散生活,直接描寫生活中的打情罵俏與蕪雜無序,如「目光四處飄著。 / 誰也不理睬 / 孩子們在大街上撒尿」、「無事可幹的小夥子們 / 破口大罵 / 無事可幹的姑娘們 / 專在熱鬧的地方走來走去」、「反正是 / 各想個的。 / 我的爸爸如今在哪兒?」「天快黑吧! / 天最好黑得只能用鼻子聞。 / 讓我…… / 你別不懷好意」〔註 155〕,完全溢出《今天》道德自我、明暗對照、意象隱喻的藝術框架,未被編入《今天》。此外,《墳墓》(1977)中悵惘的「失敗者」形象、《我的心》(1977)中感傷失落的形象、《黑夜在昏睡》(1977)中「我的天堂,只住著我。 / 我又是誰?」迷惘無助形象,同樣不予編入。另一種不被編選的情況,是避免與同一詩歌家族中更為優秀的《今天》成員衝撞。這裡「更為優秀」的標準,是藝術上是否具備現代主義的冷酷風格。與現代主義相比,直白傷感的浪漫抒情詩被摒棄。例如,芒克的組詩《故鄉的劄記》(1977),詩體形式與北島的《太陽城劄記》相互呼應。選取《孤獨》一詩為例:「小路,小路 / 我和你淹沒在霧的深處」,儘管情思含蓄,但詩歌的音樂節奏還是輕易地表露出詩人的感傷情調。反觀北島的《愛情》:「恬靜。雁群飛過 / 荒蕪的處女地 / 老樹倒下了,戛然一聲 / 空中飄落著鹹澀的雨」,以視聽意象的演出為主,切斷正常語流,摒棄自我抒情,達到冷靜克制的藝術效果。在這種兩種藝術風格的比拼下,《今天》選發了北島的《太陽城劄記》。

作為《今天》詩歌呈現的組成部分,個人詩集與《今天》雜誌的封面設計與美術插圖以跨媒介的藝術表現形式,更為直觀地展現甚至豐富了《今天》的詩歌旨趣。《今天》叢書在個人詩集中插入了現代繪畫的詩配畫形式,仿照了蘇聯詩人梅熱拉伊梯斯的詩集《人》。這本曾獲列寧文學獎的詩集,穿插了「立陶宛畫家克拉沙烏斯卡斯作的十二幅具有現代派風格的木刻插圖──這些插圖,據保加利亞《新書》雜誌說,它『不盲目追隨詩的語言,而努力與詩合拍,以至更強烈地突出了詩的美和樂觀精神』」〔註 156〕。這些現代派插圖不

〔註 155〕芒克:《心事》,《今天》叢書。
〔註 156〕梅熱拉伊梯斯:《人》,孫瑋譯,北京:作家出版社,1964 年版,第 115 頁。

僅啟發了《今天》的畫家，如馬德升、曲磊磊，而且詩配畫的「合拍」原則也被《今天》繼承下來。這些象徵性插圖將《今天》詩歌的題材、主旨和藝術特質，如沉思、強力，以視覺圖像的方式凸顯出來。

　　在北島自印詩集《陌生的海灘》海藍底色封面上，艾未未以寥寥幾筆白色線條，從側面簡潔地勾勒出青年詩人的一縷勁髮、稜角分明的額頭與冷峻凸起、低沉有力的眼睛。畫面流露出冷峻憤怒的情緒，隱含著此時北島詩歌的精神特質。

《捲煙的清潔工》（木刻），馬德升。　　　《你們出生在哪兒？》（木刻），
原載《今天》創刊號，署名：晨生。　　　馬德升。原載《今天》創刊號，
　　　　　　　　　　　　　　　　　　　　　　署名：晨生。

　　《今天》第一期封面以草黃色紙張為底色，其上豎直印有一排黑色窗欄，將封面縱向切割為黑白相隔的空間。中上部留出長方形空缺，浮現出兩個碩大硬朗的藍字「今天」。封面左上角為拼音「JIN TIAN」，封面底部為英文「The Moment」和期刊編號「1」。鄭先這樣解讀刊物封面與詩歌呈現之間互相照應的微妙關係：1978 年 12 月 24 日，就在《今天》剛剛張貼後的第二天，「當我再次經過西單的時候，我見到了第一期《今天》，封面讓一些粗黑的道道豎著分隔開來，一看便知道是鐵窗。上邊就有北島那首宣言一般的《回答》」〔註 157〕。在這樣充滿政治隱喻的「鐵窗」下，編發北島充滿反抗氣質的《回答》，再也

〔註 157〕鄭先：《未完成的篇章》，《持燈的使者》，第 101 頁。

合適不過。創刊號的扉頁插圖是馬德升的木刻版畫《捲煙的清潔工》，這副頗具德國版畫家凱綏‧珂勒惠支風格的作品，不僅反映出社會底層民眾生活的艱辛，而且從清潔工遒勁有力的手臂和背對肆虐狂風的淡定神態上，彰顯出他精神力量的深厚與頑強，從而表露《今天》雜誌「批判現實」的精神旨趣。馬德升的另一幅木刻插畫《你們出生在哪兒？》是為小說《瘦弱的人》配畫。小說表現一位精神孤傲、但身體先天病弱的青年，面對冷漠現實與荒謬命運的捉弄，最終徹底否定當下，追逐未來的精神旨趣。插畫以抽象手法勾勒了一支蒼白、明亮的身形，站在黑暗地球的邊緣，舉起瘦長的胳膊，伸向閃閃星空，去採摘一枚星星，這幅畫從普遍意義上表達現代人精神追逐的衝動與存在困境，顯現出《今天》雜誌現代主義的藝術趣味。

或許出於與當時激進的民主運動相區隔的考慮，第二期《今天》的封面被更換為黃銳重新設計的姿態積極的天藍色鉛印封面〔註158〕。藍色封面上，醒目印著頗具震驚效果的白色英文「TODAY！」和中文「今天」。中下部為小字號拼音「JINTIAN」與「JINTIAN BIANJIBUBIAN」（今天編輯部編），右下角是紅色期刊號「2」。從封面右下角向左上方延展的，是一對青年男女昂首前傾的上半身側面剪影。前上方的男青年為白色，頭頂縈繞光環，象徵對於光明的追求與男性先鋒作用，居於封面中心位置；右下方的女青年為藍色，飄逸的長髮匯入海天一色的藍色封面中，象徵著胸懷的寬廣與源源不斷的力量支持。整幅畫面彰顯出青年們在深沉寬廣的海天之間汲取正義的力量，無所畏懼地向前方突進的積極姿態〔註159〕。與這一封面相配，扉頁上選插了「四月影會」成員山風所攝的「秋之魂」相片：在影調處理上簡潔明瞭，「壓暗了水面，突出了白色光斑和蘆花」〔註160〕。伴隨美術設計的調整，第二期《今天》開篇選擇了芒克清新健康、堅毅溫情的田園詩《十月的獻詩》與食指樂觀向上的《相信未來》。第三期「詩歌專刊」扉頁上選發了阿城的肖像線條畫「周恩來」，面孔上布滿土地龜裂一般褶皺的條紋，表現出畫家對周總理飽經滄桑、苦難一生的哀悼。這幅畫點出了該期《今天》詩歌編選的主旨，即悼亡。第四期扉頁選發了曲磊磊凌亂而壓抑的線條畫《青春》和《思緒》，流露出對於男女情愛的

〔註158〕「當時的民辦刊物沒有一本是鉛印封面，我們可算是出了鋒頭。」見徐曉：《〈今天〉與我》，《持燈的使者》，第62頁。

〔註159〕雙重頭像剪影的設計出自艾青之子艾未未之手。見王炳根：《少女萬歲：詩人蔡其矯》，福州：海峽文藝出版社，2004年版，第261頁。

〔註160〕弓長：《關於攝影「秋之魂」》，《今天》第四期。

祝福與追求的艱難，帶有回憶反思特色。作為回應，該期編發了北島的《雨夜》：「即使明天早上／槍口和血淋淋的太陽／讓我交出自由、青春和筆／我也決不交出這個夜晚／我決不交出你」。第五期扉頁印發了馬德升的木版畫《夢幻曲》，畫中面容素白、細髮長垂的女性，高昂下額，閉目無聲地迎向陽光，感受著溫暖撫觸。胸前一枝象徵生命的綠葉向上延伸。對於當時的讀者，一眼就可以認出所畫的是「張志新」烈士。與之呼應，該期編發了江河悼念張志新烈士的《沒有寫完的詩》，配以曲磊磊遒勁有力的線條畫。第八期「詩歌專號」，扉頁選發了曲磊磊的線條畫，畫中女性陽光青春、奔放有力，與詩歌一起型構著「詩歌專號」青春尋夢的旨趣。

《今天》封面。

二、發表語境與作為策略的時間標注

與個人詩集按照詩歌創作時間排序不同，《今天》的編選往往根據編者早已認定的精神旨趣與藝術標準，綜合考量詩歌主題、家族類型、藝術創新、社會語境等因素，最終決定每期的取捨與順序安排。但是這些來自「文革」時期的地下寫作，與《今天》創刊時所處的時代語境並不協調，甚至恰好違逆。如何才能使以 60、70 年代經驗為背景的詩歌，在 70、80 年代之交的詩壇上獲得公開發表的合法性，並得到青年讀者的認同，始終困擾著編者。

作為一種對策，編者一方面爭取不為詩歌標注創作時間，發表基於共通

人性、超越時空限制、適合青年口味的愛情詩、友情詩、求索詩以及純藝術探索小詩，以製造《今天》與時俱進的表象，消解時代隔閡。換言之，這也是剝離詩學的一種策略；另一方面，則是在歷史合法性的前提下，發表控訴「文革」的對抗詩。為了獲得歷史批判的合法性，同時避免與當下的政治變革發生衝突，引起讀者的誤解，《今天》特意為某些批判詩標注創作時間。

為詩歌標注創作時間，主要有三種功能：

（一）避免影射當局之嫌，獲得批判合法性，達到自我保護與被讀者接受的社會效果。以北島《回答》的發表語境為例，該詩在《今天》創刊號上首發時，特別標注創作時間為「1976年4月」，從而與七十年代末的社會語境保持了適當距離。由於是針對「文革」年代的批判，這一懷疑反叛精神，並未引發讀者的不滿。隨後在《詩刊》轉發時，時任《詩刊》二審編輯的邵燕祥固然聽到有人比較婉轉地說「看不懂」，有人直截了當地說《回答》一詩中的「我──不──相──信」，助長甚至煽動了「三信（信仰，信念、信任）危機」，「但我認為，這首詩寫於『文革』後期，能持『我不相信』的態度而不盲從，正是獨立思考和判斷的結果，有什麼可指責的」〔註161〕。從主流刊物對《回答》的接受過程，可以看出標注時間的特殊功能，屬於這種情況的還有芒克的《天空》（1973）。編者為《回答》標注的時間，畢竟還是真實時間，但《今天》第二期發表食指的《瘋狗》時，所標注的「1974年」，便是個虛假時間。該詩實際的寫作年代是1978年。更改時間的原因，同樣是避免影射當時的社會狀況與人權民主運動。時隔十多年後食指才堅持恢復它的原貌，補上「致奢談人權的人們」這一導讀性質的副標題〔註162〕。

（二）追認該詩在文學史上的先導地位與歷史影響力。食指的《這是四點零八分的北京》，曾在知青中廣為流傳，為其標注「1968年12月20日」的時間，便是承認該詩的鼻祖地位與影響力。芒克的《城市》組詩標注「1972」年，則是追認城市題材與頗具現代主義城市感的詩歌早在「文革」時期就已萌發。

更為微妙的是，為江河的《祖國呵，祖國》標注「1979年5月」這一創作時間。《祖國呵，祖國》是《今天》唯一歌唱祖國的「頌詩」，曾想在《人民文學》上發表未果。依據《祖國呵，祖國》詩題，容易誤讀為「文革」頌詩，為割斷這一聯想，標注時間是最簡捷的策略。

〔註161〕田志凌：《對話邵燕祥》，《南方都市報》，2008年7月20日。
〔註162〕崔衛平：《郭路生》，《持燈的使者》，第214頁。

（三）提供詩歌的歷史解讀法，引導讀者進入具體的歷史場景，知人論世，做出理解。這是時間標注行為的基本功能。（一）、（二）在客觀上同樣要求讀者對詩歌進行歷史解讀。芒克《十月的獻詩》時間標注為「1974 年」，用意是讓讀者進入歷史空間，理解知識青年生活的苦樂悲歡。

小結　編選邏輯、場域占位與詩學演變

《今天》創刊號的「致讀者」與第二期的「啟事」，共同標示出《今天》雜誌的創辦宗旨，表現為七大意識，它們成為《今天》詩歌編選的邏輯起點：

一、不進則退、歷史進化的時間意識；

二、反抗文化專制主義的個體自由意識；

三、文明古國必須更新的現代民族意識；

四、文藝反映時代精神、干預生活的功用意識；

五、以縱橫（傳統／世界）眼光認識自我的反思意識；

六、身為社會中堅，承前啟後、堅守信念的使命意識；

七、藝術上破舊立新、力求突破的創新意識。

《今天》創辦宗旨中的七大意識，主導著《今天》詩歌的編選邏輯：

一、個體／民族／文明經由創傷、批判、悼亡達至反思、新生、尋夢的線性精神指向，「相信未來」是《今天》編選過程中貫穿始終的主導精神；

二、在「以弱抗強」明暗對抗邏輯中，確立個體／民族「自我」自由、平等、博愛的道德意識。其中男女平等意識是明暗對抗邏輯的自然延伸。對這一主導邏輯的剝離與補充，衍生出質疑自我聖潔化的「真我」意識、「齊物論」意識與明暗並存轉化的非對抗邏輯；

三、藝術上恪守慣例，同時也容納新質。其中，以「明暗隱喻」與「視聽意象」的經營為主要藝術手法，以傳統感傷、含蓄、悲壯與現代冷酷、震驚、刺激兩類品質的並存共融為主導情緒模式。

編選邏輯的運作，無疑受到詩歌資源的限制、發表語境的干擾，因此編者採取適當策略以應對困境：

一、作為重要資源的「文革」地下詩歌，如何在新的時代語境中公開呈現，既免受政治壓制，又被讀者接受。策略主要有三：（一）修改詩歌，藝術化處理並剔除陳舊因素；（二）標注創作時間，獲得歷史合法性；（三）編選愛

情詩等基於共通人性的詩歌，與時代語境對接；

二、既要恪守藝術慣例，又要干預生活，更要促發藝術創新。策略主要為：（一）堅守「純」藝術立場，迴避直接以詩歌參與社會政治變革。借助藝術提高人民鑒賞力、增強對自由精神理解的審美功能，作為干預生活的方式；（二）堅守「以弱抗強」明暗對抗邏輯中確立的道德「自我」觀，同時反思歷史虛構的「自我」，吸納真實「自我」觀的不同探索，然而這一全新空間的探索並未充分展開。

編選邏輯及策略共同型構著《今天》的詩歌風貌，主體上形成了以個體人道主義為基石的命運漂泊詩、離別詩、追索詩、對抗詩、批判詩、悼亡詩、童話詩、尋夢詩、愛情詩、風景田園詩、城市詩等詩歌家族，以及現代格律體、自由體並存的詩歌格局。這些詩歌家族的地位並不均等，凡是遵循並凸顯「明暗對抗」邏輯、道德「自我」意識和「相信未來」精神的詩歌家族，往往佔據高位，成為強勢家族。強勢家族將自己的藝術慣例向其他家族滲透，如「對抗詩」家族向「愛情詩」家族的滲透：在北島愛情詩《雨夜》的溫柔細語中，陡然植入愛情捍衛者的英雄誓言，為愛情詩增添了堅強、悲壯的審美新質。

在《今天》的詩歌場域中，受制於編選邏輯與選發數量，詩人之間的區隔與占位差異也呈現出來。江河在當時便意識到這種占位的必要性：「詩人無疑要爭奪自己獨特的位置。並且看到自己的征服。」〔註163〕根據《今天》公開發行的第一至九期統計，北島因鮮明的個體對抗詩佔據主位，共發表各類詩歌28首，芒克17首，江河10首（由於將個體對抗與民族悼亡相澆鑄，占位提前），食指8首、舒婷6首、方含6首（由於距離主導邏輯較遠，占位移後），楊煉、嚴力、顧城同為4首（楊煉由於融會北島和江河的詩風、將個體對抗置入宇宙元素的全新開掘中，占位提前），齊雲、依群、趙南、田曉青為3首，史康成2首，吳三元、葉三午、馬德升、黃銳、肖馳各1首。通過分析，依循主導邏輯和發表數量，在《今天》一至九期的詩歌場域中，詩人排序應為：北島、江河、芒克、食指、舒婷、楊煉〔註164〕。從田曉青剝離「道德自我」轉

〔註163〕 江河：《詩人談詩》，《今天文學研究會・文學資料之一》。

〔註164〕 綜合統計《今天》雜誌與「今天文學研究會」《文學資料》，主要詩人發表的數量如下：北島32首、芒克21首、江河15首、食指9首、方含8首、舒婷7首、顧城7首、楊煉5首、田曉青5首、嚴力5首、齊雲3首、趙南3首、依群3首、史康成2首、多多、吳三元、葉三午、馬德升、黃銳、肖馳、英子（崔德英）各1首。

向「真我」的追求開始，在《文學資料》中，多多和顧城偏離《今天》的主導邏輯，開掘出新的發展空間，二人的位置逐漸凸顯。顧城在《今天》中並不佔據重要位置，但他的童話詩早在公開詩壇引發爭論，反過來影響《今天》選發他的詩歌。作為異質，促使《今天》詩歌在堅守主導邏輯的同時，兼容其他的邏輯，開闢了新的發展路向。

通過復現《今天》詩歌的編選過程，揭示其編選邏輯及策略的運作，不僅是展現明暗交替的 1978 至 1980 年，地下新詩如何以美學間接性保持合適的政治距離，傳達「自我」的藝術理念，力爭進入公開空間的複雜情勢；更進一步講，《今天》詩歌的構型中隱含著中國新詩日後發展的詩學邏輯。毫無疑問，《今天》試圖以純藝術的價值定位懸置「文革」詩學的政治功用性，以美學間接性拉開詩歌與政治的緊密關聯，以迷惘與反叛的個我意識重新把握社會生活的心理真實，從而將新詩發展的政治裝置更換為個體意義上的美學裝置。然而悖論在於，《今天》詩歌在編選中確立了以「明暗對抗」邏輯、「道德化」自我觀、「相信未來」精神指向與「意象隱喻」藝術手法為主導的對抗詩學，從邏輯上看，這一對抗詩學仍舊延續了「文革」詩學的些許特質，二者在二元對抗思維模式上存在同構性。伴隨社會生活與詩人生命體驗的變遷，《今天》從第八期開始，在恪守對抗邏輯與藝術慣例基礎上，嘗試自我突破，融入新質：一方面，剝離「過去」歷史經驗、甚至剝離英雄身份的假想，自我去魅，向日常生活尋夢，向原初世界尋夢，由此對抗詩學中的緊張情緒逐漸化解為剝離詩學中的冷靜克制、鬆散舒徐；再進一步，突破對抗邏輯與「道德聖潔化」的自我觀，湧現出顧城追求「融入」的「齊物論」自我觀，多多反映明暗「共存」的「不潔」自我觀，由此個體「自我觀」走向多元。《今天》雜誌深刻地反映出或者說是構造了這一轉折時期的詩學演化進程，隨後中國新詩的多元發展無疑延續了《今天》詩學的諸多命題。

一個偉大詩歌時代的到來，同時匯聚了傳統和個人才能兩支脈流。《今天》時代的詩歌既擁有單獨、統一的美學標準，又不限製詩人自由地發揮個性才能，提供新的詩學發展路向。而在隨後的詩歌時代中，當眾多流派奮起挑戰《今天》的既定慣例後，雖然有著眾多的美學標準，卻很少再有一個能夠單獨成為詩人們普遍認可的經典範式。

第二章　《今天》的詩歌家族與
歷史經驗

　　《今天》詩歌基於美學裝置上的對抗詩學得以確立並實現突破，一方面是由於詩人個性經驗的差異造成，另一方面也是十多年來詩歌發展演變的必然結果。本章重點研究這些詩歌家族與藝術慣例的歷史形成、演變過程以及背後的詩學邏輯。其中，除「生命體驗」的主導作用外，「藝術話語體系」的變更是如何積極參與「自我」個體意識的建構，以及二者間的互動關係最值得關注。

第一節　詩歌家族、生命體驗與內在真實

　　「文本家族」（a family of texts）概念的提出直接得益於 20 世紀 70 年代「文類研究」（genre studies）。「比較文學家開始認為，只要細心研究文體變革，就足以窺見古今文學之蹤跡，通曉中西文學之異同。……每一文體均代表特有的一套成規（convention），讀者若想完全瞭解某首詩的意涵及其意義（significance），非得先領會整個文體的傳統成規不可」〔註1〕；若做歷時的追溯，新批評〔註2〕鼻祖艾略特的「有機整體」觀對「文本家族」概念的形成極具啟發：「我曾試圖指出這首詩和其他作家寫的另一首詩之間關係的重要

〔註 1〕 孫康宜：《北美二十年來詞學研究》，見《詞與文類研究》，北京：北京大學出版社，2004 年版，第 164 頁。

〔註 2〕 在「有機整體觀」這點上，韋勒克和沃倫參照艾略特的觀念：「我們必須把文學視為一個包含著作品的完整體系，這個完整體系隨著新作品的加入不斷改變著它的各種關係，作為一個變化的完整體系它在不斷地增長著。」見韋勒克、沃倫：《文學理論》（修訂版），南京：江蘇教育出版社，2005 年版，第 306 頁。

性，並且提出把詩歌看成是以往所有被寫下來的詩歌所組成的有機整體的這一概念」〔註3〕。

　　所謂「文本家族」，從狹義上看，指的是基於共同文化與文學傳統的文本〔註4〕，彼此之間存在著跨越時代的文學迴響，它們往往在主題、題材、結構、隱喻模式等各方面形成具有親緣關係（認同或反抗）的慣例，從而構成眾多不斷生成性的、開放著的家族集合。個別的文本成員與整個文本家族間的關係可以借用語言學中「言語──語言」〔註5〕間的關係來類比。艾略特曾經對「從荷馬開始的全部歐洲文學」所構成的「文本家族」做過動態的描述：「當一件新的藝術品被創作出來時，一切早於它的藝術品都同時受到了某種影響。現存的不朽作品聯合起來形成一個完美的體系。由於新的（真正新的）藝術品加入到它們的行列中，這個完美體系就會發生一些修改」〔註6〕。若從詩歌閱讀角度來理解這個概念，葉維廉對劉勰「秘響旁通」的闡釋可作為輔證：「我們讀到的不是一首詩，而是許多詩或聲音的合奏與交響」〔註7〕。

　　就詩而言，文本家族的族群區分首先基於人們對於詩歌分類學的基本認識。按照常識，詩歌分類的標準可參照「題材」（subgenre）和「詩體」（genre）劃為兩大序列。其中，「題材」主要由情思內容與情思場所兩者交織而成，偏重於情思內容，呈現為愛情詩、離別詩、懷古詩、詠物詩等家族；偏重於情思場所，出現宮廷詩、邊塞詩、田園詩、廣場詩等家族。「詩體」主要由「結構」和「格律」二者構成，前者可分為題目、開頭、中樞、結尾；後者分為格律體、自由體、民歌等，其中格律體還可細分為樂府、絕句、律詩、歌行、現代格律體等，自由體也可細分為小詩、長詩等。詩歌家族的認定，還與詩歌創作意

〔註3〕 艾略特：《傳統與個人才能》，《艾略特文學論文集》，李賦寧譯注，南昌：百花洲文藝出版社，1994 年版，第 6 頁。
〔註4〕 在跨文化交流和影響日益緊密的時代，文學文本完全可能體現出跨文化的親緣性，從而形成沒有文化疆界，即廣義上的「文本家族」概念。
〔註5〕 「本書自始至終把宮廷詩作為一種『語言』來處理，試圖從它的豐富多樣的『言語』──個別的詩篇重建這一系統。」見宇文所安：《宮廷詩的「語法」》，《初唐詩》，第 323 頁。
〔註6〕 艾略特：《傳統與個人才能》，見《艾略特文學論文集》，南昌：百花洲文藝出版社，1994 年版，第 3 頁。
〔註7〕 這在文化相對獨立、未受到根源性衝撞或重構前的文本中體現的較為明顯，例如葉維廉在《秘響旁通：文意的派生與交相引發》中列出了中國箋注者對李白《送友人》的母題交響。見葉維廉：《中國詩學》，北京：三聯書店，1992 年版，第 70 頁。

圖、接受語境、讀者立場密切關聯。同一首詩既可以從詩中的受難者形象出發解讀為受難詩，也可以從詩人抒情主體出發解讀為悼亡詩或抗爭詩。食指的《相信未來》既可以懸置意識形態和時空背景，從普遍意義上解讀為憧憬美好未來的受難詩，但如若考量作者創作時的「高幹子弟」立場〔註8〕，「平民子弟」便會將之解讀為權力階層臥薪嚐膽，企圖東山再起的勵志詩。離別詩，依據詩人的創作意圖，又可以成為懷舊詩或求索詩。詩歌家族的邊界既確定又模糊，互有交界，又各有領屬，成為一個親疏遠近、交隔互滲的群族空間。

　　不同的詩歌家族在歷史的波蕩中形成各自的藝術慣例與風格，同時，這些慣例又會隨著時代的變更而發生不同程度的變異。詩歌家族的形塑與變異是在各個時代社會文化與詩人生命體驗相互對話、協商或對抗中悄然發生或者迅猛爆發。

　　20世紀50、60年代的中國詩壇，文化上受到國家民粹思想、極左思潮與「敵我對立」社會等級秩序的影響，經濟上又感受著城市化改造與工業現代化給生活帶來的巨大衝擊。步入新中國的第一代青少年詩人，面對著首都北京，不禁驚歎：它不只是中國的政治和文化中心，而且還在迅速地成為一個「現代化的工業基地和科學技術的中心」〔註9〕。在這種雙重體驗的震盪中，中國詩壇悄然出現裂隙。一方面，官方詩壇開始不滿知識分子趣味傳統，展開自我批評與方針調整。1958年毛澤東指出：「中國新詩的出路，第一條，民歌，第二條，古典，在這個基礎上產生出新詩來，形式是民歌的，內容應是現

〔註8〕郭路生在80年代初常與阿城來往，平民子弟阿城的視角值得注意：「我忽然悟出郭路生將來要寫的，真是他自然而出的東西。這間大屋裏充滿著『這個國家是我們的』那種風發意氣。你當然可以用『高幹子弟』一言蔽之，但我真是喜歡有元氣的人，無論品味。毛澤東當年說『世界時你們的，也是我們的，但歸根到底是你們的』，對眼前這些人來講，就像『你是你爸爸的兒子』一樣當然。二十多年前的許多年輕人憤怒於毛澤東在文化大革命中欺騙了他們，其實是他們誤會了……他得學會辨別他人眼裏的焦點所在。我想我當年確實幼稚，直到讀初中才明白我根本不是『新中國未來的主人翁』，連『祖國的花朵』都不是。」阿城欣賞這些談政治的人，不論是霸氣還是豪氣，對於寫過詩的郭路生，「我不在乎他的意識形態」。見阿城：《昨天今天或今天昨天》，《持燈的使者》，第181頁。一些「高幹子弟」在紅衛兵運動結束後，曾揚言東山再起，受到恫嚇的平民子弟，對於食指的《相信未來》倍感壓力，保持著政治警覺。

〔註9〕1958年6月，在「大躍進」浪潮中，中共北京市委兩次向中央報告，要求北京應該迅速建設成為現代工業化的中心。北京城市工業化進程，在1966年至1970年「文化大革命」最動盪的歲月，仍然迅猛發展。見楊東平：《城市季風──北京和上海的變遷與對峙》，臺北：捷幼出版社，1996年版，第116～119頁。

實主義和浪漫主義對立的統一。現在的新詩不成形，沒有人讀，我反正不讀新詩。除非給 100 塊大洋。」〔註10〕民歌加古典的詩歌形式與「兩結合」創作方法被奉為新詩創作的至高準則，形成主導性詩歌慣例規範著 50、60 年代之交的主流詩壇。以 1959 年經典的「新民歌」結集《紅旗歌謠》和 1960 至 1965 主流詩歌典型樣式《朗誦詩選》為例，在編纂體例上，《紅旗歌謠》將新民歌區分為四類：「黨的頌歌」、「農業大躍進之歌」、「工業大躍進之歌」和「保衛祖國之歌」〔註11〕。《朗誦詩選》包括「黨的頌歌」（共 9 首，5 首為領袖頌，其餘為英雄頌、黨頌、人民頌）、「青年革命勵志詩」（9 首）、「黨史詩」（9 首）、「工農兵、市民生活與建設詩」（25 首）、「兒童革命詩」（8 首）、「國際革命詩」（16 首）。主流詩人在詩歌思維和詩歌結構上努力遵循既定慣例，然而一些頗具才能的詩人不滿足於此，賀敬之、郭小川、張萬舒或採用個體化平視視角，平等對話姿態，或借物言志，試圖在既定成規之內尋求些微的個性和自由。郭小川的《甘蔗林——青紗帳》甚至對於「開創新世界」採用了相當矛盾的語氣：「能來甘蔗林裏聚會嗎？——不能又有什麼要緊！我知道，你們有能力駕馭任何險惡的風雲」，在一定程度上偏離了革命勵志詩的成規。

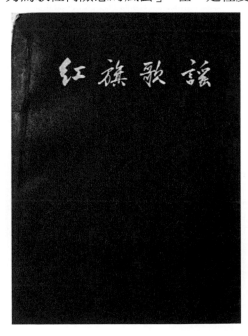

〔註10〕陳晉：《毛澤東與文藝傳統》，北京：中央文獻出版社，1992 年，第 322 頁。

〔註11〕洪子城、劉登翰：《中國當代新詩史》修訂版，北京：北京大學出版社，2005 年版，第 82 頁。

　　另一方面，與權力話語體制內的詩人在撚玩藝術技巧中曲折表達有限的
自由不同，伴隨新中國成長起來的文化界高知子弟和高幹子弟〔註12〕，如郭世
英、張朗朗、張鶴慈，由於特殊的家庭出身〔註13〕，長輩的人格風範〔註14〕、

〔註12〕郭世英1942年生，郭沫若之子，北京101中學學生。後入外交學院，與高中同
　　　　級同學張鶴慈、孫經武結識。後轉入北京大學哲學系，三人創辦手抄本「X」刊
　　　　物，其中有詩、文學、哲學、政治評論，張鶴慈任主筆。郭世英受俄國作家影
　　　　響，「很深沉，有一種俄國文學作品中常描繪的冷漠貴族的神態」。1963年5月
　　　　「X」詩社被曹天予告發，驚動了國家領導最高層，三人被拘捕定罪。有感於獨
　　　　立思考在那個蒙昧時代的痛苦，他勸告牟敦白：「不要學習我，不要顯得與眾不
　　　　同，我們都是普通人，不要把自己看得過高了」；張鶴慈1943年8月生，著名
　　　　哲學家張東蓀孫子、北大生物學教授張宗炳之子。初中就讀於清華附中，1958
　　　　年至1960年在101中學讀高中，後入北京師範學院數學系，因七門功課考試成
　　　　績不及格而被學校開除，郭世英多次以誇耀的口吻提起這件事。張鶴慈「蒼白
　　　　憔悴的面容，瘦小的身材」，「頭髮蓬亂，一副頹唐的現代青年形象」，「多少有
　　　　些門閥觀念」，「天馬行空，對旁人藐視全然不顧」，「他的氣質和處境深深地折
　　　　磨著他」。張鶴慈和高幹子弟孫武軍在60年代都欣賞蘇聯修正主義，特別是當
　　　　時挨批的小說《一個人的遭遇》等；孫武軍的父親為總後勤部副部長。孫武軍
　　　　曾為偷越國境去蘇聯，獨自向蒙古走去；張朗朗1943年生於延安，中央工藝美
　　　　院院長、著名畫家張仃與中央工藝美院文學教師陳布文之子。1958年從北京四
　　　　中轉到育才中學，1959年上101中學，比郭世英低一年級。崇尚馬雅可夫斯基
　　　　「未來派」的「幻想」與「鏗鏘有力的節奏」。後又轉到外語學院附中，組織了
　　　　「太陽縱隊」。從年齡看，這一代同齡詩人大多生於40年代初，隨同新中國的
　　　　現代化進程一同成長，到60年代恰逢身心處於最為敏感、善思、衝動、叛逆、
　　　　求新的青春階段，同時他們「幹部家庭或藝術家庭」的出身使之「對社會上的
　　　　殘酷和嚴峻，不甚瞭解，至少覺得與我們無關」，他們所接受的理想主義學校教
　　　　育、從書本中演化而來的個性解放的現代價值觀念、同學朋友圈子化的親密組
　　　　合關係，使這一代詩人並不只停留在沙龍範圍內「自我欣賞」，而極力渴求個人
　　　　理想的實現、個體價值的社會認同甚至國家文化偉大復興的宏大構想。見《張
　　　　飴慈致邵燕祥的信》與周國平的《關於X和張鶴慈的四首詩》，《新詩界》，李
　　　　青松主編，北京：新世界出版社，2003年版，第526～535頁；牟敦白：《X詩
　　　　社與郭世英之死》、張朗朗：《「太陽縱隊」傳說及其他》，收入《沉淪的聖殿》。
　　　　由於家庭出身和經歷不同，他們可分為兩類：一類是文化界知名人士的子弟，
　　　　背景是延安知識分子和左翼文化人，屬於權力話語體制內知識分子；一類是社
　　　　會關係複雜的平民子弟和「黑五類」子弟，具有更多的民間背景，主要從西方
　　　　文化和近現代文學中汲取營養，如生於1941年的黃翔，1942年生的啞默。見
　　　　楊健：《中國知青文學史》，北京：中國工人出版社，2002年版，第55頁。
〔註13〕北京沙龍成員以高幹、著名學者、藝術家、高級知識分子子弟為主。他們從小
　　　　從長輩的言談中耳濡目染諸如「對官僚的蔑視，對文化界黨棍的鄙視，直言不
　　　　諱」等人格風範，影響到他們日後的言行舉止。見張朗朗：《「太陽縱隊」傳說
　　　　及其他》，《沉淪的聖殿》，第39頁。
〔註14〕陳布文、海默之於「太陽縱隊」的精神引導，郭沫若、田漢、老舍、王力之於

書籍的豐富儲備、藝術的多元薰陶〔註15〕以及涉世不深，使年少詩人傳承了知識分子個性自由、獨立批判的貴族式〔註16〕精神氣質，在相對封閉的家庭沙龍、學校生活以及動感的現代城市體驗中，他們沉浸在文學遊戲或者由文學世界演化而來的家庭叛逆與社會批判中，宣洩著對於現狀的不滿。1958 年張朗朗在北京育才中學「賽詩會」上朗誦了別具一格的長短句：「像雪崩／像山洪／積極地有力地快速地／滾動著歷史的巨輪／這是誰？／我們！／青春的象徵／革命的先鋒……」這種使命感與革命激情本是主流詩壇喜聞樂見的，但它與主流詩歌最大區別在於惟「我們」青年而無視「領袖」、「政黨」：「根據上邊的精神，說我這首詩有思想問題，是青年主義。根本沒提黨和毛主席，也沒提三面紅旗。我委屈地自我辯駁：列寧肯定的馬雅可夫斯基，好些詩也沒提那些，這又不是寫社論」〔註17〕。「詩歌」不是「社論」——拒絕政論話語對詩歌語言滲透的文學本位意識，已經潛伏在這群不羈的青年詩人心中。以張朗朗為首的「太陽縱隊」只是尋求「為藝術而藝術」的獨立世界，並沒有自覺對抗當局的意圖〔註18〕，也不刻意向主流詩壇趨同。只有當「藝術標準」缺乏合法評判時才向主流詩壇的評價機制求證。1962 年後，張朗朗創作政治抒情詩《進軍號角》，堅持「既要有自己的風格」和「藝術性」，同時在「不觸怒社會」的折衷前提下，投寄給《人民文學》求證成熟與否。與主流詩人慣於借

陳明遠的精神召引和藝術點撥。見陳明遠：《劫後詩存——陳明遠》，北京：世界知識出版社，1988 年版，第 43、342 頁。

〔註15〕 陳明遠之於中國唐詩、西方摩羅詩人；郭世英 X 詩社之於黑格爾、馬列哲學，俄國作家安德萊耶夫、陀斯妥耶夫斯基、阿爾志跋綏夫、歐美作家如海明威等；張朗朗「太陽縱隊」之於俄國詩人馬雅可夫斯基、萊蒙托夫、普希金、葉甫圖申科，歐美詩人波德萊爾、洛爾迦、艾呂雅，小說家雷馬克、巴爾扎克、羅曼‧羅蘭、塞林格、凱魯亞克，凡高等後期印象派繪畫，西方「披頭四」現代音樂以及歐美電影；貴州詩人群之於法國啟蒙運動和《人權宣言》、美國《獨立宣言》、泰戈爾、惠特曼詩歌，貝多芬音樂、珂勒惠支版畫等。他們又都從魯迅作品及譯著尋求過精神資源。

〔註16〕 牟敦白在與郭世英、張鶴慈的交往中，時常感覺到他們的「門閥」觀念、與眾人疏離的俄國文學作品中冷漠的貴族神態，並且自己要有意彰顯獨特的個性特徵，否則會遭致嘲笑。見牟敦白：《X 詩社與郭世英之死》，《沉淪的聖殿》，第 17～29 頁。

〔註17〕 張朗朗：《「太陽縱隊」傳說及其他》，見《沉淪的聖殿》，第 31 頁。

〔註18〕 「秘密寫詩，只是怕別人破壞我們的遊戲。但我們也沒想用詩來反對『現政』，對抗當局。我們既不是革命，也不是反革命，只是不革命而已。」張朗朗：《「太陽縱隊」傳說及其他》，見《沉淪的聖殿》，第 47 頁。

助戰士身份，仰視視角歌頌毛澤東、歌頌黨，二者間呈現出「迫近與依偎」
關係、縈繞著「光」「熱」的感官體驗不同，張朗朗的詩歌背離了這種關係：
「沒有從感恩的角度來寫，而是試圖從一個人、一個詩人的角度來讚頌一個
質樸的人」〔註19〕。「太陽縱隊」的身份想像在根源上與個性主義、自由精神
相連，他們不甘心完全接受領袖崇拜的依附型寫作模式，這首詩始終沒有發
表〔註20〕。隨後，他們開始自辦手抄雜誌。張朗朗「主編的那期封面是鐵柵，
用紅色透出兩個大字：自由」。《今天》創刊號的封面，在黑色柵欄中央，透出
兩個藍色大字「今天」，二者的設計與寓意頗為近似。但《自由》流露出「對
於自由沒有把握的惶惑狀態」〔註21〕，《今天》表現出堅定反抗與承擔使命的
獻身精神，二者生命體驗上的同中有異，折射出從50年代末至70年代末青年
自由文化發展的印跡。

　　當張朗朗還在為自己的「天才」資質興奮不已時，1966年初，中國最高
文學研究刊物《文學評論》第一期借助刊發兩封農民讀者詩歌閱讀情況的來
信，確立了詩歌以農民（工農兵）審美趣味為旨歸、採用民間形式為「正宗」
的主流詩學體系。1966年2月《林彪同志委託江青同志召開的部隊文藝工作
座談會既要》出籠，以「文藝黑線專政論」為理論依據，不遺餘力地清剿文學
「黑八類」，對於關涉詩歌創作的「形象思維論」、「靈感論」、「天才論」展開
批判。大一統的文革詩歌體系確立了「排他性極強的美學規範」：

　　　　詩歌創作的題材，只能侷限在表現工農兵的生活，或反映革命
　　派同「走資派」兩條路線的鬥爭；詩人必須遵循「主題先行」的原
　　則，從既定的政治路線和方針出發，而不是從具體的生活感受出發
　　進行創作；詩歌應該向『樣板戲』學習，把塑造無產階級英雄形象
　　作為「根本任務」，在人物塑造中，必須嚴格遵循「樣板戲」的「三
　　突出」原則；詩人必須遵循毛澤東倡導的「革命現實主義和革命浪
　　漫主義」兩結合的創作方法進行創作；在藝術技巧上，新詩只能向
　　民歌和中國古典詩詞吸取營養；在藝術風格上，規定只能用「東風
　　萬里」、「彩旗飄揚」式的光明語式來抒發豪情、表現生活，不准表

〔註19〕張朗朗：《「太陽縱隊」傳說及其他》，見《沉淪的聖殿》，第46頁。
〔註20〕未能發表的直接原因是文藝界開始批判邵荃麟，這詩恰好由他簽發。從詩歌
　　　　本身對於政治抒情詩主流模式的背離看，即便發表也會淪為批判對象。
〔註21〕張朗朗：《「太陽縱隊」傳說及其他》，見《沉淪的聖殿》，第49頁。

現現實生活的缺陷、不准流露出一絲「悲情」……〔註22〕

極端化的詩歌美學規範嚴重束縛了文革時期主流詩歌的創作。1972 年以後，主流詩壇的理論界與創作界才陸續出現少數人嘗試突破這一違背藝術規律的文革詩學體系。最尖銳的批評來自 1975 年底「曉晨」的詩歌漫談：「詩歌與口號是兩碼事，口號不能代替詩歌」，「詩歌作為文藝作品，則必須具有強烈的藝術感染力，要有意境，有構思，有生動的形象，要有詩歌特有的藝術形式和技巧」〔註23〕。當主流詩壇還在文藝理論的推演中尋求「政治要求與藝術要求之間」「妥協的途徑」〔註24〕時，大一統的文革詩歌美學體系卻根本無法表達甚至壓制著一代青年詩人真實深刻的生命體驗，他們不得不去開闢另一獨立的詩歌空間，從事「地下詩歌」寫作，從而孕育出以《今天》詩歌為代表之一的民間詩歌流派。

從整體上看，這一代青年詩人深味了「革命式求索、命運式感傷——自我分裂式質疑、嘲弄、反叛或者逃逸——人道主義批判」三個生命體驗的流程。這一流程恰逢發生在這代人「同一性混亂」的青年時期〔註25〕，創造出三大「地下詩歌」族群。（一）1965 至 1971 年為生命體驗的第一流程。此時詩人的身份認同出現「整一／自我」〔註26〕的潛在對話：對話由「自我」向集體

〔註22〕 王家平：《文化大革命時期詩歌研究》，鄭州：河南大學出版社，2004 年版，第 10 頁。

〔註23〕 曉晨：《詩歌與口號——詩歌漫談之六》，《解放日報》，上海，1975 年 12 月 1 日。

〔註24〕 佛克馬：《文藝創作與政治》，見《劍橋中華人民共和國史》（1966～1982）（下），羅德里克‧麥克法誇爾、費正清主編，上海：上海人民出版社，1992 年版，第 682 頁。

〔註25〕 美國著名精神病醫師，新精神分析派的代表人物埃里克森把自我意識的形成和發展過程劃分為八個階段：嬰兒期、兒童期、學齡初期、學齡期、青春期、成年早期、成年期、成熟期。其中青春期表現出自我同一性（identity）和角色混亂的衝突。一方面青少年本能衝動的高漲會帶來問題，另一方面更重要的是青少年面臨新的社會要求和社會的衝突而感到困擾和混亂。所以，青少年期的主要任務是建立一個新的同一感或自己在別人眼中的形象，以及他在社會集體中所佔的情感位置。這一階段的危機是角色混亂。見埃里克‧H‧埃里克森：《同一性：青少年與危機》，杭州：浙江教育出版社，1998 年版，第 74 頁。

〔註26〕 本文的「整一」概念，是從哲學與心理學基礎上的「整體主義」（HOLISM）提出的，而「集體主義」（COLLECTIVISM）概念是從社會政治倫理學角度理解的。《今天》編輯之一萬之曾反思二者的區別，認為「整體與部分」相對應，「集體與個體」相對應。個體本該面對集體，自我是個體，他人也是個體，在互相尊重為個體的基礎上，大家成為一個合理社會，即集體。然而，由於中國人的思維歷來是「整體主義」的，當魯迅以「個人主義」反抗時，他把「自己

話語的懺悔與靠攏漸變為「自我」被集體放逐後的個體沉默與感傷，以食指「命運漂泊詩」族群為主體；（二）1971 至 1974 年，進入生命體驗的第二流程。詩人出現了身份認同的混亂和自我分裂：對話由「整一／自我」的同一性裂變為「自我／本己」的對立，以根子、多多為代表；同時，正義化個體「自我」身份開始確立，以芒克、北島戲劇化「對抗詩」為主體；（三）1975 至 1981年，進入第三個生命流程。詩人從日常生活詩中建構出常態的人道主義「自我」，在新的政治、經濟、文化的現代化進程與反思中，獲得了「堅實的內在同一性」〔註27〕，出現了舒婷、北島、江河基於人道主義和民族主義的「愛情詩」與「社會批判詩」。同時，新一輪的反思亦已開始。聖潔化自我觀向不同的真我觀蛻變，如田曉青、顧城、多多的詩歌。

　　文學的不斷改變主要在於真實觀念的不斷改變，而真實觀與道德觀的形成與轉變，從根源上又基於創作者的生命體驗。「每個新的作家正是以真理的名義，去考慮戰鬥的。布瓦洛企圖表達真理。雨果在他的《克倫威爾》的序言裏，認為浪漫主義藝術是比古典主義真理更加真實和更加複雜的。現實主義和自然主義同樣企圖擴展真實的範圍，並揭示出新的、尚未被認識的方面。象徵主義以及晚些時候的超現實主義，同樣想發現和表現隱藏著的真實。」〔註28〕

之外的人當作了一個整體」，以「個體」對抗「整體」，不注重建立一個合理社會，只顧自己的個體性，而忽視他人的個體性。那其實不叫真正的「個人主義」，反而導致個人主義的膨脹。人要都對自己負責就夠好了。當人人都對自己負責，就會關心社會了，因為自己生活在這個社會裏。見杜導斌、陳邁平：《一次遠隔萬里的互動》。本文認為，《今天》詩歌主體是以合法利己主義的個人主義為基礎，在平等與人道觀念下，尊重他人的個體性，捍衛個體的權利，並承擔社會責任。雖然受魯迅的影響，有將他人視為「整體主義」批判傾向，如北島早期的《眼睛》等，但最終詩人們通過自我反思，如「對於過去，我們每個人都不是聖潔的」，而回歸到真實、有「弱點」的個人。然而《今天》詩歌在被軌道入國家「整一」意識形態的過程中，真實的個體性被削弱，回歸「整一」文化的社會職責感被強力凸顯，朦朧詩的發生便是這種「個體」與「整一」，在新的時代語境中對話與爭執的結果。

〔註27〕一種堅實的內在同一性標誌著青年過程的結束，而且也才是進一步成熟的一個真正條件。這種同一性有賴於年輕個人從那些與他有密切關係的社會集體的集體同一感的支持，這些社會集體是：他的階級、他的民族、他的文化。但每一種集體同一性都各自培育著自身的自由感，呈現出個體自由感的差異。見埃里克·H·埃里克森：《同一性：青少年與危機》，杭州：浙江教育出版社，1998 年版，第 75 頁。

〔註28〕歐仁·尤奈斯庫：《論先鋒派》，《法國作家論文學》，王忠琪等譯，北京：三聯書店，1984 年版，第 571 頁。

為了真實地表達生命體驗，地下詩歌開始訴諸於表現個體的「感覺真實」、「印象真實」、「幻覺真實」與「精神真實」，進入70年代後，受到現代派藝術的激發，《今天》詩人更為自覺地走向「自我」的主觀真實：「梵高的向日葵與自然中的都不相同，他強烈的表現和抗議，構成了藝術的真實。僅反映那些表面東西，不能成為藝術」〔註29〕，從而與文革主流詩歌「假、大、空」的「集體」真實觀分道揚鑣。「文革」結束後至80年代初，整個社會在「求真」文化邏輯的運作下，使得文學無論表現「自我」的內在真實，還是現實主義「集體」真實都獲得了存在的合法性。由於中國讀者長期以來習慣於現實主義真實觀，更由於官方確立了以人民性為標準的社會主義現實主義的主導地位，因此這兩種真實觀在詩歌領域發生了激烈的爭執，它們最終以「朦朧詩」論爭的形式集中凸顯出來。

第二節　命運漂泊詩與《今天》詩歌的生發

法國社會學家布爾迪厄認為，「習性（Habitus）製造一種位置感（a sense of one's place），即通過文化教化培養和薰陶行動者對社會秩序、生活規則的信奉，形成對社會世界的信念經驗或內在的區隔感；與此同時，行動者自身形塑起來的身體傾向、語言習慣，思維方式等習性系統又區隔了行動者自身，成為行動者的出身和地位的標誌。」〔註30〕「習性」作為行動者通過社會出身、學校教育逐漸將所接觸到的社會狀況有意無意地內化到身體和心靈中的性情體系，長期持久地規導行動者的行為。〔註31〕

北京的先行代青年詩人，享受著革命幹部、高級知識分子家庭教育的薰陶、革命理想主義的學校教育和優越的城市生活，他們無意與主流詩壇對抗，只想營造一個屬於他們自己單純、溫暖而又獨立自由的精神世界。然而他們時常因為自我表達的不自由陷入內心的孤苦〔註32〕。張朗朗以恬淡的語氣，構

〔註29〕江河：《詩人談詩》，《今天文學研究會文學資料之一》，1980年10月23日。

〔註30〕皮埃爾·布爾迪厄：《文化資本與社會煉金術——布爾迪厄訪談錄》，鮑亞明譯，上海：上海人民出版社，1997年版，第8頁，注釋1。

〔註31〕成伯清：《布爾迪厄的用途》，見布爾迪厄：《科學的社會用途：寫給科學場的臨床社會學》，2005年版。

〔註32〕郭世英曾將六十年代和五四時代做比較，「你看看父親青年時代的作品，他可以自由地表白自我，為什麼我不行？何況我寫的東西不供發表，也不可能發表。都是人，都有追求」，以表達個性受到壓抑與對於社會的批判。見牟敦白：《X詩社與郭世英之死》，《沉淪的聖殿》，第28頁。

築起五彩的童話家園，作為與社會區隔的方式：「我想在地毯似的青草地上，／蓋一座白房子。／草地上必須有黃色的蒲公英，／還有酒窩那麼大的小銀蝴蝶」（《理想》，1962）。當時〔註33〕主流的青年勵志詩形成了在物象中貫注入革命樂觀精神，採用俯瞰視角與呼喊語態，以濃烈的紅色為基調，正反對立隱喻、雄壯場景、光明結尾的藝術慣例〔註34〕。張朗朗卻以物我合一的靜觀姿態與素雅色彩營構純淨柔和的溫暖世界：「它沉靜地酣睡著，／像是窗外的白雪，／可這是一團溫暖的雪……」（《鴿子》，1962）。而葉三午由於特殊的生命體驗〔註35〕，開始以「受難」姿態、明暗隱喻意象抒寫青春的感傷：「我的青春你還要睡多久呢？閃著寒光的黑鴉／撲落在你身上貪婪地／吻著你金黃的幼芽」（1960.12.20）〔註36〕，初具《今天》詩歌「受難」與「明暗隱喻」的基本要素。

　　此時，遠在貴陽的先行代青年詩人，「黑五類」與平民知識分子的家庭出身與社會地位決定了他們不像北京詩人那樣擺出絕對個人的貴族姿態，他們害怕孤獨而追求群體的呼應。伍立憲（啞默）的《海鷗》（1965.7）儘管風格明淨似張朗朗的《鴿子》，但不以靜觀而是採用呼喚群體的行動姿態：「迎著潮汐呼叫啊／喚著沉默的同伴」。正是因為害怕孤獨，所以才有黃翔1962年脫離群體後淒厲孤絕的《獨唱》：「我是誰／我是瀑布的孤魂／一首永遠離群

〔註33〕1962年底隨著文藝界反修運動的開展，配合政治運動的口號開始出現，歌頌與批判形成對立。賀敬之的《雷鋒之歌》雖不能擺脫這一歷史侷限，但由於詩人採用了平視的抒情視角，將階級矛盾的口號藝術化處理為人物之間的平等對話，在這方面超越了當時的頌歌慣例。

〔註34〕陳明遠寫於1963年的《雛鷹》：「我願意變成一隻雛鷹，在懸崖頂端撲動翅膀。俯瞰腳下喧嘩的雲海，想像眼前第一次遠航…… //也許我將被雷電纏繞，全身焚化為一片通紅；世人將看見自豪的火鳥，天幕上譜出生之光榮。// 抓住了雷神同歸於盡，火球轟隆隆地降臨山頂！從此在這座豐碑上面，屹立熔岩澆鑄的雛鷹。」這種獻身精神、革命勇氣、正反對立、樂觀結局與主流詩歌是一致的，只是更曲折地表現正反力量勢均力敵的場景，結尾依靠續接郭沫若《鳳凰涅槃》的死而復生模式，達到主流詩歌一以貫之的勝利結局。

〔註35〕葉三午，筆名阿丹，教育家葉聖陶的長孫。北京師範大學畢業後，分配到北京郊區農村中學教書，參加勞動時從山上摔下，造成下肢癱瘓，終身需要依靠輪椅行動。「文革」期間，趙一凡、北島、阿城等都曾與葉三午有密切交往。《今天》第六期上發表了他署名「阿丹」的《心，總是那一顆》、《忠誠與遺棄》兩首詩。見阿城：《昨天今天或今天昨天》，《持燈的使者》，第184頁與楊健：《中國知青文學史》，第62頁。

〔註36〕引自楊健：《中國知青文學史》，第62頁。

索居的／詩／我的漂泊的歌聲是夢的／遊蹤／我的惟一的聽眾／是沈寂」。與《今天》受難詩的藝術慣例不同,《獨唱》中「自甘受難」的情境,缺少他者壓迫角色的設置,難以構造出《今天》受難詩主客體角力的對抗情境。相對而言,此時成都詩人陳自強的《蚯蚓》(1962)更接近《今天》受難詩的情景設置:「出來吧!／小小的靈魂。／四周壓力不能使你奮進,／陰暗會腐爛掉你的青春」。然而「四周壓力」這種相對直白的抽象表達,尚無法與意象隱喻手法比肩。

1967 年,張朗朗因「太陽縱隊」等問題被通緝。與朋友匆匆分手之際,在送給王東白的本子扉頁上,留下了「相信未來」四個字。「當我逃到南方的時候,甘恢理寫下傷感的別離詩《我不相信:你真已離去》」〔註37〕,食指藉此寫下了《相信未來》。

隨著一場翻天覆地的「文化大革命」,北京先行代青年詩人葬身在紅色浪潮下〔註38〕。但是他們「相信未來」的呼喊與傷感的離別詩卻在郭路生等《今天》詩人的命運漂泊詩中得到新的發展。《今天》詩人出生於 1950 年前後,與北京先行代詩人享有近似的文化「習性」,包括革命幹部、高級知識分子的家庭背景、革命理想主義的學校教育,然而始亂終棄的「文革」生命體驗、另類書籍的會心閱讀與一波三折的動盪時局,終使他們比先行代詩人走得更遠。

郭路生的「命運漂泊詩」,主體由「革命求索詩」、「離別詩」、「迷惘詩」、「受難詩」、「愛情詩」交織構成,它們折射出「老紅衛兵」群體〔註39〕在紅

〔註37〕張朗朗:《「太陽縱隊」傳說及其他》,《沈淪的聖殿》,第 49 頁。
〔註38〕1963 年 9 月份,「X」刊物成員被定罪為「1. 組織反革命集團;2. 出版非法手抄本刊物;3. 企圖偷越國境」,周總理親自過問,張鶴慈、孫經武各教養二年,郭世英勞教一年。三人因表現不好分別延長一年勞教。1965 年 5 月郭世英出來後去北京農業大學念書,1968 年春,因 X 小組問題被重新審查,農大部分造反派私設刑堂,郭世英被迫害致死。張鶴慈被教養、勞改共 15 年,1978 年落實政策。張朗朗 1968 年至 1977 年間以「現行反革命罪」入獄坐牢。其他「太陽縱隊」成員張久興、甘露林 1972～1973 年在軍隊審查中自殺身亡。於植信被送往農場勞改。參見《張飴慈致邵燕祥的信》,《新詩界》,李青松主編,北京:新世界出版社,2003 年版,第 526 頁;《非正常死亡》,子西等編,北京:北京師範學院出版社,1986 年版,第 173 頁與楊健:《中國知青文學史》,第 59 頁。
〔註39〕老紅衛兵,是紅衛兵前期(1966～1967)以幹部子弟為主體的紅衛兵。這個政治派別的社會階層背景最為明顯。「階級路線」刺激著他們的權力繼承意識。

衛兵運動的潮起潮落中跌宕起伏的「漂泊」體驗。《海洋三部曲》（1965.2～
1968.2）集中展現了「革命求索詩」、「離別詩」、「迷惘詩」三者的交織狀態：
第一部《波浪與海洋》為革命求索詩，抒情主體通過自我否定的方式肯定追
求集體價值的合理性；第二部《再也掀不起波浪的海》為離別詩與求索詩的交
集，集體離別的形式下深藏著革命求索的不遺不棄：「不！朋友，還是遠遠地
離開／遠遠地離開⋯⋯留下我自己／守著這再也掀不起波浪的海／蹣跚地踱
步、徘徊」；第三部《給朋友們》繼續以革命求索詩主導，局部融入離別詩、
迷惘詩。詩中開始出現戲劇角色間勢均力敵的話語對抗，但在個體／集體，海
浪／海洋之間仍舊保持方向的一致，難以構成明暗對抗與受難情境。1967 年
的受難詩《魚群三部曲》在剝離主流詩歌慣用的海洋意象後，以「魚兒」的死
亡宣告了「革命」求索的終結。它與 1967 年受難詩《相信未來》一起，以明
暗隱喻、受難情境與相信未來的精神旨趣，宣告了《今天》詩歌藝術架構與精
神內核的萌發。

　　「離別詩」是「命運漂泊詩」族群中最核心的家族之一，也是整個《今
天》詩歌成長過程中最深沉有力的情感源泉。這一優勢地位的獲得，不僅因
為「文革」時期親朋好友頻繁的「離別」是《今天》詩友間最真實、最動人的
生存景象，還因為「離別」情境中積澱著深厚的民族文化心理與審美傳統。重
團聚、怨別離，是中華民族的傳統心理。千百年來，故國鄉土之思、骨肉親人
之念、摯友離別之感牽動了許多人的心弦，「別離」成為中國古典詩歌中歌詠
的重要內容，依憑超越時空的離別情境，《今天》詩人最容易與古典詩詞傳統
相續接。例如李白別情深摯的七絕《黃鶴樓送孟浩然之廣陵》：「故人西辭黃
鶴樓，煙花三月下揚州。孤帆遠影碧空盡，惟見長江天際流」，「孤帆」與「長
江」意象化作了甘恢理《我不相信：你真已離去》中「孤零零的小船」與「咆
哮的大海」，置換了主流詩壇「戰船／大海」鬥志昂揚的情感內核。《古詩十九
首》：「慈母手中線，遊子身上衣」的典故化作了遊子郭路生《這是四點零八分
的北京》中的「媽媽綴扣子的針線穿透了心胸／這時，我的心變成了一隻風箏
／風箏的線程就在媽媽的手中」。可以說，古典詩歌中的傷感離別詩為「文革」
早期的地下詩歌寫作提供了更多資源，而主流詩歌既吸納古代傷感型離別詩

　　　深受毛澤東「以階級鬥爭為綱」的理論影響，強調向「資產階級知識分子」等
　　文化教育領域領導權。但很快他們自身利益受到危機，1967 年夏天，「老紅衛
　　兵」成為北京紅衛兵中的「保守派」退出運動舞臺。

的意象典故，更汲取豪邁型離別詩的英雄氣概，如陳子昂《送魏大從軍》的「勿使燕然上，唯留漢將功」，最終匯合成賀敬之的離別詩《西去列車的窗口》：「第一聲汽笛響了，告別歡送的人流。／收回揮動的手臂呵，緊攀住老戰士肩頭。／第一個旅途之夜。你把鋪位安排就。／悄悄打開針線包呵，給『新兵們』縫綴衣扣……」。在離別詩家族中，最容易見出主流詩歌與地下詩歌互相交織的複雜狀態，畢竟他們共同向離別詩的古典資源開掘。柳永《雨霖鈴》中「寒蟬淒切，對長亭晚」的悲秋情境與王勃《送杜少府之任蜀州》中「無為在歧路，兒女共沾巾」的「沾巾」細節融入北島的《星光》（1972）中：「在一個深秋的黃昏，／我坐在分手的地方」，「拾起你遺忘的手絹，／託付給早來的風霜」，同時詩歌結尾「朝著你消失的方向／我牽去了一盞星光」，又融合了高適七絕《別董大》：「莫愁前路無知己，／天下誰人不識君？」的高遠意境，汲取了主流青年勵志詩「全赴後繼」的革命意志。

更為重要的是，「離別詩」家族具有吸納「求索詩」、「迷惘詩」、「漂泊詩」、「受難詩」、「悼亡詩」、「愛情詩」甚至「批判詩」不同精神特質於一身的包容度。「離別」對於《今天》元老詩人的意義，首先在於，作為突破口，與「集體」的離別便意味著個體意識的萌發。1967 年，當甘恢理為張朗朗的離去寫下傷感的別離詩《我不相信：你真已離去》時，其中隱含著掙脫「集體革命」，回歸個體求索的意味：「在咆哮喧囂的大海／一隻小船孤零零／你說，你要一個人獨自去航行／我們怎能相信／聽說，你的小船迷失在海裏／聽說，你的小船已經沉伏／終於沉到了海底」。這裡「一個人」獨自航行的目標，是極端個人化的自由世界：「朋友，你不是正抬起沉思的頭／仰望一下蔚藍的天際／你喜歡一雙雙白鴿子在上面遨遊」。與郭路生《海洋三部曲》、《魚群三部曲》中波浪與海洋、魚兒與陽光的依戀態度不同，甘恢理的「小船」最終葬身「大海」，在「咆哮的大海」與「孤零零小船」之間形成一種潛在的「以弱抗強」式隱喻。在詩歌結尾，朋友們為這種個人式求索提供支持力量：「讓我們不要再為他輓歌吧／縱然他已經葬身海底／朋友，／讓港口的召喚給你勇氣／如果你正航行在咆哮的海裏」〔註40〕。除了「海洋」意象過於陳舊外，可以說，《我不相信：你真已離去》在個體「以弱抗強」的精神內涵與詩歌結構上，更接近《今天》離別詩的慣例。

郭路生的離別詩《在你出發的時候》（1968）儘管繼承了《我不相信，你

〔註40〕 多多手抄稿，鄂復明提供。

真已離去》中追求「自由」的精神，但又以「歌唱動盪的海洋裏／一隻無畏的船頭」的樂觀姿態，消解了「個人」與「集體」的緊張對抗。郭路生對甘恢裏詩歌中「讓港口的召喚給你勇氣」的保守方式並不滿意，他渴望的是「解開情感的纜繩／告別母愛的港口／要向人生索取／不向命運乞求」的積極姿態。而這與當時吳克強流傳很廣的紅衛兵詩歌代表作《放開我，媽媽！》〔註41〕的鼓動姿態實無二致：「再見了，媽媽！／我們的最高統帥毛主席，／命令我立即出發！」或許正是「子母辭別」的詩句，讓郭路生聯想起「慈母手中線，遊子身上衣」的典故，化入自己的離別詩《這是四點零八分的北京》中。精於詩藝的食指，在此展現了他的才華：與早期紅衛兵詩歌的粗鄙化取向不同，食指追求典雅化，尤其善於捕捉離別場面的細節，並能對這一細節和瞬間做充分地放大化處理與具體描寫，這樣的離別詩在當時實屬少見。

　　郭路生樸實、寬厚的性情傾向〔註42〕決定了他本質上極不情願脫離主流集體觀念，甚至心存幻想。他決不刻意追求個體獨立意識，即便面對命運的百般磨難，也迴避自我與他者的對抗，這種類似中國傳統士大夫的道德自律

〔註41〕1967 年 7 月 29 日發表在吉林《長春公社》報上，1968 年底收入《寫在火紅的戰旗上——紅衛兵詩選》一書。該書是當時產生廣泛影響的紅衛兵小報詩歌集，由首都大專院校紅代會《紅衛兵文藝》編輯部編選，北京人民教育出版社印刷廠 1968 年 12 月印製，印數達 3 萬冊。

〔註42〕食指 1948 年生於山東朝城，出身在正統的「革命幹部」家庭中。父親解放前曾在冀魯豫文聯工作，1953 年調入北京一機部。母親調入北京後任一機部附屬小學校長。她中國古典文學的良好修養對少年郭路生影響很大。從小接受共產主義教育，傾心於詩歌。1961 年考入北京第 56 中學，品學兼優，上初中時，已有兩箱子中外名著。1964 年初中升高中的考試失利，初次嘗到了人生的磨難。1964 年結識有共同文學追求的牟敦白。又與張朗朗為首的文學沙龍「太陽縱隊」有邊緣性接觸。1965 年 2 月開始《海洋三部曲》第一部《波浪與海洋》的寫作。1965 年夏天考入北京第 56 中高中部，學校籃球隊主力隊員。加入青年團。因為文學追求受到學校批評教育，令其退團。郭路生很難接受。「為人耿直、充滿激情，而且太人性化。」同時「有些固執，毫不隨波逐流」的性情傾向已經穩定。1966 年文革開始，學校停課。因說他寫的有浪漫主義情調的詩是資產階級的被批鬥。深深體驗了這場「觸及每個人靈魂的大革命」。父親在運動中被審查、揪鬥，母親將家中藏書全部銷毀。只留了一套《約翰·克利斯朵夫》。1966 年 10 月，18 歲參加紅衛兵全國大串聯。對祖國的廣闊疆域有了真切的瞭解。1967 年陷入派性鬥爭的混亂中。紅衛兵運動落潮。郭路生與紅衛兵各個派別都接觸。對於「家庭出生不好」的一批人，也抱有極大的同情。進入詩歌創作的第一個黃金階段。《魚群三部曲》寫於這一年冬天。1967 年夏結識「走資派、黑幫分子」詩人何其芳。見《詩探索金庫·食指卷》，林莽、劉福春編，北京：作家出版社，1998 年版。

與隱忍姿態，固然構成了對自我的抑制，但卻沒有完全消磨掉自我追求的意志。這就形成了他極具藝術張力的「不對抗式」迷惘受難詩，也使他獲得「平民詩人」〔註43〕和「伏在地上的第一人」〔註44〕的封號。

　　不主動追求個體獨立意識，並不意味著詩人在詩歌中不表達個體化情緒。對於個體化情緒的藝術化呈現恰恰是郭路生最為突出的藝術貢獻。詩人在私人化寫作的迷惘受難詩《命運》（1967）、《煙》（1968）與感傷含蓄的愛情詩《酒》（1968）、《還是乾脆忘掉她吧》（1968）中集中展現他注重「客觀對應物」意象經營的「抽象感覺具體化」手法。郭路生現代格律詩體的端雅形式，與早期紅衛兵詩歌的粗鄙化取向拉開了距離，而詩歌結構上先聲奪人、擲地有聲的開篇慣例，如「好的榮譽是永遠找不開的鈔票／壞的名聲是永遠掙不脫的枷鎖」（命運），又深刻地影響了北島詩歌的構型。

　　郭路生「命運漂泊詩」的「純潔、柔韌、自尊、高傲的人性立場」和「較為純正的藝術語言」「調整了一代人的情感」〔註45〕，為《今天》詩歌奠定了深厚的情感基層與典雅的藝術趣味。在北京先行代詩人與郭路生的共同努力下，明暗隱喻、受難情境、相信未來的精神旨趣、「客觀對應物」藝術手法逐漸累積，宣告了《今天》詩歌的正式生發，然而個體意義上的自我獨立意識終究未能從集體觀念中掙脫出來。

〔註43〕「平民詩人」的命名，出自廖亦武主編的《沉淪的聖殿》第二章總題「平民詩人郭路生」。在界定郭路生為「平民詩人」時，論者基於當下社會的「平民」觀，從四個方面概括：（一）郭路生詩歌強烈而健康的平民風格。與此相對，張朗朗等「太陽縱隊」詩人被視作「極其狹窄病態的青年貴族圈子」；（二）詩人的平民出身與貼近中國現實。與之相反，高幹、高知子弟作為特權階層佔據文化資本、享受特權，「他們在先知先覺的同時遠離中國現實」；（三）善於運用中國人熟悉的傳統詩歌形式；（四）詩人性格上的樸實無華、坦誠自然。見《沉淪的聖殿》，第53頁。前三個論據並不完全符合郭路生的實際情狀。郭路生詩歌選材上的日常生活化取向，也只是一種審美視角。他的詩歌，無論是典雅形式，還是精神氣質，都與文革「平民」趣味相去甚遠。詩人生活上的樸實敦厚性格，並不必然反映為藝術上的「平民」價值取向。脫離了「文革」複雜的文化等級結構與民粹思潮，單純以「平民」／「貴族」來界定詩人屬性，將會抹平文革社會真實的階層鴻溝，也無法解釋詩人郭世英的平民價值取向。

〔註44〕多多稱「郭路生是自朱湘自殺以來所有詩人中唯一瘋狂了的詩人，也是七十年代以來為新詩運動伏在地上的第一人」。見多多：《1970～1978的北京地下詩壇》，《持燈的使者》，第118頁。

〔註45〕陳超：《冰雪之路上巨大的獨輪車——食指詩歌論》，《中國先鋒詩歌論》，北京：人民文學出版社，2007年版，第144頁。

第三節　戲劇對抗詩與《今天》詩歌的生變

就在毛澤東發表「知識青年到農村去，接受貧下中農的再教育，很有必要」最新指示的兩天前，即 1968 年 12 月 20 日，郭路生離開北京，前赴山西杏花村插隊。在《相信未來》的誓言中，郭路生由老紅衛兵轉變為知青中的「扎根派」。他積極向主流詩壇的美學標準靠攏，寫出《南京長江大橋——寫給工人階級》等革命浪漫主義詩歌。1971 年 2 月郭路生在濟南入伍，然而一年後，他「由一個活躍、積極向上的青年突然變得沉默寡言」。1973 年 2 月，終因內心理想與現實的極大衝突，導致精神分裂，退伍治療。郭路生的遭遇宣告了隱忍姿態與自我抑制的「不對抗」受難詩，業已無法承受詩人沉重的生命體驗，隱忍的「命運漂泊詩」度過了它的盛年。

與郭路生在農村「扎根苦幹」、在部隊「一切方面都嚴格地要求自己」〔註46〕的生活狀態不同，1969 年 1 月姜世偉（芒克）、岳重（根子）、栗世征（多多）三位中學同學一起來到了水土豐美、寬鬆自由的白洋淀大淀頭插隊。芒克 1970 年初到山西和內蒙等地流浪數月後，年底在白洋淀開始寫詩。1971年夏天，根子在看到芒克的詩句「那暴風雪藍色的火焰……」後，於 1972 年春節前夕寫出《三月與末日》，這深深地刺激了多多。多多在 1972 年 6 月 19日送友人去北京站回家的路上，忽然得句：「窗戶像眼睛一樣張開了」，自此他開始動筆寫詩。1969 年 6 月底，宋海泉來到白洋淀寨南插隊落戶，方含在靠近白洋淀的河北徐水插隊。江河時常帶著北京沙龍中的優秀詩作，來到白洋淀寨南、北河莊，與林莽（張建中）探討，斷斷續續居住長達兩年。在白洋淀各村莊之間，詩人們互相「串莊」，形成一個詩歌群落，他們與北京沙龍之間存在密切地交往與互動。1969 年春，20 歲的北島被分配到北京第六建築公司，前往河北蔚縣開山放炮，當建築工人。那時似乎看不到希望，只好唱毛澤東詩詞，背賀敬之《雷鋒之歌》〔註47〕。1970 年初，江青點名批評食指的《相信未來》，社會空氣驟然嚴峻。此時在北京「沙龍」中彌漫著一種偷食「禁果」時的犯罪欣悅感。1970 年春，北島回北京時第一次聽到郭路生「別開生面」的詩歌，「為我的生活打開一扇意外的窗戶」〔註48〕。北島轉到北京房山工地，每兩周人休回家一次。「那時父母弟妹都在外地，我家成了聚會的

〔註46〕林莽整理：《食指生平斷代（1964～1979）》，《沉淪的聖殿》，第 106 頁。
〔註47〕北島：《師傅》，《午夜之門》，臺北：九歌出版社，2002 年版，第 205 頁。
〔註48〕北島：《斷章》，《七十年代》，第 21 頁。

中心。拉上厚重的粗布窗簾，三五好友，讀書、寫作、飲酒、聽音樂，當然還有愛情。那些出沒的女人，構成沙龍運轉的神秘動力。」1971 年夏，北島去湖北沙洋幹校探望父親，返京時在江輪上寫下《在揚子江上放歌》，表達詩人的志向：「把我的話語傳向四方吧，／──長風的使者！／我是那漆黑的午夜裏／一把黎明的火／我是那死樣的沉默中／一首永恆的歌！」〔註 49〕。1972 年北島通過「先鋒派的聯絡副官」劉禹結識了「先鋒派」的芒克〔註 50〕，爭論詩該怎麼寫，並成為好友。1973 年北島赴白洋淀探望芒克。此時的北京，在 1970 年後，出現了徐浩淵、史康成等一批文化沙龍以及現代主義詩歌創作。1973 年是沙龍的鼎盛時期，其間多多等人見到了 60 年代先行代文學青年牟敦白，還有畫家周漫遊、董沙貝等人。1970 年夏，嚴力隻身回北京，認識了在白洋淀插隊的計委大院的芒克。1973 年至 1974 年間，芒克經常與多多、馬佳、嚴力、彭剛、北島互相傳閱詩稿。1969 年冬天，顧城隨父親顧工下放到山東昌邑縣東冢公社，在火道村的河灘花林中與自然生靈進行著神秘的交談，營造童話王國。遠在福建的舒婷，1969 年來到閩西太拔公社插隊，也開始寫詩，詩作在知青中流傳。

　　1971 年林彪斃命溫都爾汗的「九‧一三」事件，無論對於公開文壇，還是地下詩人，都是一個重要轉折點。1971 年 12 月 16 日，《人民日報》發表了毛澤東對文藝未來的期待：「希望有更多好作品出世」。1972 年初，周恩來指出「極左思潮不肅清，破壞藝術質量的提高」。國務院陸續召開全國出版工作會議，文藝創作和出版事業發生了變化。「1970 年和 1971 年全國共出版詩集 12 部，而 1972 年一年就出版了詩集 62 部。」「從 1973 年到 1976 年，全國每年都大約有近 100 部詩集出版面世；一批在文革初被迫停刊的文藝刊物紛紛復刊。」〔註 51〕國家出版物詩歌作者首先扶持工人、農民和軍人，其次是大學

〔註 49〕 齊簡：《詩的往事》，《持燈的使者》，第 10 頁。
〔註 50〕 據北島回憶：當時他覺得芒克「完全是一個浪漫主義的、受普希金很大影響的詩人。我跟芒克見面以後互不服氣，吵了一架。但是芒克給我的震動的確是非常大」，致使北島結束了 1972 年前的慣性寫作，開始真正意義的自覺寫作。見劉洪彬整理「《北島訪談錄》，《持燈的使者》，第 326 頁。另據芒克回憶，劉禹和何伴伴、根子、陳凱歌、田壯壯等都是北影子弟。1972 年他看到芒克的詩歌，說「四中也有個寫詩的，你們應該認識」，於是就與北島結識。當時芒克讀到北島的唯一作品是《金色的小號》。見唐曉渡：《芒克訪談錄》，《持燈的使者》，第 338 頁。
〔註 51〕 王家平：《文化大革命時期詩歌研究》，第 176～177 頁。

的工農兵學員和插隊知青，再次是「五七」幹校勞動的幹部、知識分子和少數獲得寫作權力的專業詩人。雖然公共創作空間擴大了，但它們在精神實質上並無多大差異：「在『透明』的公共空間裏，詩歌作者們以唱『頌歌』與唱『戰歌』的兩種抒情姿態進行詩歌創作」〔註52〕，到文革後期，更開創出「三結合」、賽詩會等群體性寫作模式。就在這時，北島等善於思考的青年詩人陷入了巨大的精神危機中：「中國向何處去」？「我向何處去？」「一種被遺棄的感覺──我們突然成了時代的孤兒。就在那一刻，我聽見來自內心的叫喊：我不相信──」〔註53〕。

一、話語體系的反叛與「自我」的裂變

郭路生感傷的「命運漂泊詩」，終究未能真正地將「自我」解放出來。昔日的離別詩也隨「上山下鄉」運動化作了名副其實的青春放逐詩。此時，白洋淀的根子，尋找到「語言」作為突破點：以意象的語義置換與悖論語法來顛覆意識形態霸權話語體系，進而在話語對抗與反思中構造一個清醒冷漠、明暗交雜的自我。伴隨這一過程，「整一／自我」的同一性裂變為「自我／本己」的兩極對立與並存。

在文革政治話語的霸權下，春夏與秋冬、太陽與陰雨、東與西、紅與黑、海燕與豺狼等時空意象、色彩意象、動植物意象均在「以強勝弱」二元對立的思維邏輯下運作，它們蘊含著明確的意識形態內涵，擁有著固定的政治價值取向，形成了穩定的意象隱喻體系和套語寫作模式〔註54〕。根子的《無題》〔註55〕（1971）首先顛覆了主流色彩體系，以「雪不是白色的，它只是沒有顏色」完成了「去色彩」的工序。芒克詩句「那暴風雪藍色的火焰……」的變形手法顯然啟發了根子。但根子不滿這種色調的純淨，他在詩中以眾多無價值的醜陋、晦暗意象組合與悖論語法，如「鷹的糞角質匱乏／又過於莊重過於哀怨／已無需／再聚集成可用來鐫刻神龕的瀑布」、「或者有幾縷白夜的蠍尾謹慎洩漏的芳香也都／一簇一簇綻開長有晶亮複眼的毒蘑」、「無非是永不捲曲

〔註52〕王家平：《文化大革命時期詩歌研究》，第181頁。

〔註53〕北島：《斷章》，《七十年代》，第24頁。

〔註54〕王家平曾將象徵社會屬性的動物意象以禽鳥類、野獸類、家畜類、昆蟲類、爬行類、水生類進行統計分析，指出只有鷹、海燕、海鷗、大鵬四種禽類完全被用作正面意象。參見王家平《文化大革命時期詩歌研究》，第169頁。

〔註55〕多多手抄稿，鄂復明提供。

的不育的青蔥的高原／是霧的不衰的合金之菊」，來解構意象色彩的單一性與穩定性，恢復色彩明暗交駁互化的狀態。根子的「反純淨化」污濁詩學在《三月與末日》中繼續呈現。受難詩《三月與末日》（1971）是對主流時空意象隱喻模式的反叛。它借用主流詩歌中的正面意象，「反其意而用之」，直接以「三月是末日」、「春天」是「世襲的大地的妖冶的嫁娘」，將「春天」〔註56〕意象及其慣用的政治隱喻在道德上徹底污濁化：春天「狡黠而來」，帶著「血腥的假笑」和「娼妓的經期」。而「夏天」意象是「兇狠的」劊子手與「殘忍的姘夫」，它「薰灼」著「我」堅定如礁石的心靈，用暴雨「沖刷」、「燙死」「稚嫩的苔草，細膩的沙礫」，直至心靈變成「暗褐色」：「像一塊加熱又冷卻過／十九次的鋼，安詳、沉重／永遠不再閃爍」。「大地」意象隱喻著與「春天」一起私奔、軟弱蒼老的「祖國」，它曾是「我」忠誠的「摯友」，卻淪為「春天」的犧牲品甚至幫兇：「我的十九次的陪葬，也都已被／春天用大地的肋骨搭架成的篝火／燒成了升騰的煙」。如今，面對著祖國這艘「飄向火海的木船」，「我」醒悟了，不再去挽救它，而是「冷漠」地看著「春天」以虛假的「溫暖」「把船往夏天推去，我砍斷了／一直拴在船上的我的心」，讓心「冷靜地沉沒」，從而走向成熟和覺醒：「第一次清醒的三月來到了」，只要永遠保持這份清醒，「春天，將永遠烤不熟我的心——」。任憑大地和春天再次合謀，詩人也不再畏懼，而是帶著嘲諷旁觀著：「今天，三月，第二十個／春天放肆的口哨，剛忽東忽西地響起／我的腳，就已經感到，大地又在／固執地蠕動，他的河湖的眼睛／又混濁迷離，流淌著感激的淚／也猴急地搖曳」。

在《三月與末日》中，詩人並不反叛，只是清醒後的冷漠旁觀。這種懷疑虛假理想，追求真實的思路在受難詩《致生活》（1971）中通過狗的「大腦」溺死、狼的「眼睛」復明這一對比結構呈現出來。在這裡，「狗」和「狼」被視為正面意象，反叛了主流意象慣例。詩人此時終於從自我受難中學會爭辯，以六個排比句，否決了生活的欺騙：「如果你說／『我的風浪雖凶，卻並非沒有／盡頭。』／那麼，住口，／浮起你清晰的岸來」。詩歌從「以弱抗強的受難姿態」最終轉變成居高俯下的責告：「喂！生活，你記牢／我現在說的，以後／我不能再姑息你什麼」。詩人要求生活的真實，棄絕任何理想與抽象思考。因為「運用現有的詞彙和邏輯進行理性的思維，是不可能的。所以，達到

〔註56〕在當時的政治語境中，有影射「江青」之嫌。1970 年江青曾點明批評郭路生的詩歌。對江青的不滿，在高幹家庭出身的老紅衛兵群體中並不少見。

真理的最佳途徑不是大腦，而是眼睛」〔註 57〕。在「反純淨化」詩學下，詩人並不建構道德化自我，只是站在生存的底線上，將目光停駐在醜惡而具體的世界表象上：「眼睛是懶惰而貪婪的 / 它看到了遍地的農民綠色 / 的痰 / 不會想到人民的崇高 / 它看到了姑娘的污髒的 / 肚臍 / 不會想到愛情的偉大 / 它看到了白天的敵人 / 晚上互相雞姦 / 不會想到行為的純潔」。根子以具體而真實的生活表象否定一切抽象而虛幻的理想。這種過於絕對、偏狹的「唯物」態度在受難詩《白洋淀》（1972）〔註 58〕一詩中被反思，詩人以一位「垂死者」回憶的方式，抒寫了自己如同「小船」在革命「海洋」中粉身碎骨、心靈枯萎、污濁不堪的痛苦經歷：心靈「現在 / 也皺巴巴，裏滿了沙粒」，「連我自己 / 都不憐憫我自己 / 我受騙 / 是因為我愛好出賣」。「垂死者」開始想要「撿拾遺失的心」，進入「橘紅色的霧中」尋找童年純美的記憶。「垂死者」既要與「自我」過去的罪惡決裂：「無論是作為致命的負傷人 / 還是邪惡的復仇家 / 我都應該受到 / 死的審判」，又「非常不情願」與「自我」過去的純美記憶「訣別」。在這裡，「童年」作為一個純美、聖潔「本己」的身份已經出現，而青春則是一個「本己」被「異己」（「大海」意象）裹挾的複雜「自我」。「童年」與「青春」之間絕非簡單的二元對立，而是從「童年純潔」向「青春淪落」的「失樂園」過程。真正構成對立的是自我內部「本己」與「異己」的分裂。最終「本己」只有借助「自我」以死獻祭的宗教儀式，換回本己的聖潔：「我永遠看得見 / 橘紅色的霧」。詩歌在邏輯架構上整體歸依了浮士德式宗教模式：在「上帝」面前懺悔的「自我」，選擇與魔鬼撒旦一同沉淪地獄，終而達成自我聖化。微妙地是，詩歌中的「異己」力量「大海」並沒有成為反抗的對象，反而成為達成純美「本己」的路徑，甚至幫手。

　　根子的受難詩借鑒了郭路生《生命三部曲》、《魚群三部曲》設置戲劇角色、對話形式、受難與自我毀滅的詩歌結局，甚至「小船 / 大海」的意象慣例，但詩人通過一批晦暗意象與感官刺激性身體意象，以獰厲的情緒宣洩與冷漠的反思姿態，舒展自如的自由詩體及悖論語法，突破了主流話語意象體

〔註 57〕楊健：《中國知青文學史》，第 136 頁。

〔註 58〕上海作家陳村在七十年代初從一個朋友那兒抄來這首詩，非常激動。他聽說，「文革」後期在白洋淀有群紅衛兵，因為對「文革」有看法，集體自殺，他們的一個朋友事後上湖邊憑弔，寫下《白洋淀》。但陳村屢次向熟悉白洋淀的人打聽，都說湖畔從沒這等事。陳村：《〈白洋淀〉附記》，《新創作》，1985 年 3 ～4 月號。見廖亦武、陳勇：《林莽訪談錄》，《持燈的使者》，第 413 頁。

系與抒情模式，並將郭路生的「道德自我」推至「異己／本己」對立並存的「自我」觀。如果說郭路生的「自我」刻意迴避與他者的對抗，根子的「自我」則陷入了自身內部「異己／本己」對立與共融夾縫中。純淨的「本己」再掙扎終究還是「自我」的一部分，因此：「無論是作為致命的負傷人／還是邪惡的復仇家／我都應該受到／死的審判」（《白洋淀》）。1973 年，因社會傳抄根子的詩歌，詩人遭到警告而輟筆〔註59〕。

多多對於根子的《三月與末日》，不但「不解其文」，反而感到了侵犯。多多此時對詩歌的最高認識還停留在艾青階段，而「岳重的詩與我在此之前讀過的一切詩都不一樣」〔註60〕。年少氣盛、愛好哲學思辨的多多開始寫詩，他迴避像根子那樣在自我內部的「異己／本己」間尋求戲劇衝突，畢竟在這一領域，「岳重為詩霸，岳重寫了詩沒有人再可與之匹敵」〔註61〕。多多直接襲用根子《三月與末日》中冷漠、嘲諷、旁觀的「不潔自我」，將目光投向外在世界的蕪雜上，因此態度更平靜，表達更克制：「一個階級的血流盡了／一個階級的箭手仍在發射／那空漠的沒有靈感的天空／那陰魂縈繞的古舊的中國的夢」（《無題》，1974）。事實上，外在世界仍無法逃脫「異己／本己」對立並存的邏輯演化。1972 年多多在《蜜周・第一天》中寫道：「我，是不是太粗暴了？／『再野蠻些／好讓我意識到自己是女人！』」女性「本己」性別意識的迷失構成對於女性「自我」的嘲弄。多多顯然認同「去道德化」自我觀：「我們在爭論：世界上誰最混帳／第一名：詩人／第二名：女人／結果令人滿意」《蜜周・第七天》。在「道德與去道德」夾縫間的自我，是多多詩歌寫作的起點。詩人既堅定於「去道德化」的自由：「我寫青春淪落的詩／（寫不貞的詩）」，又時常將自我想像為道德化「貴族」：「我那失去驕傲／失去愛情的／（我那貴族的詩）」（《手藝——和瑪琳娜・茨維塔耶娃》）。

根子詩歌的悖論語法、感官刺激性身體意象與晦暗意象、反叛主流意象

〔註59〕根子，本名岳重，1951 年生於北京。父親為北京電影製片廠編劇，家中藏書4000 多冊。1973 年夏，「社會上傳抄的他的詩被送到了公安局。後經中國文學研究所鑒定無大害，才算了事。從此岳重擱筆」1973 年考入中央樂團，一直擔任男低音主唱。九十年代初赴美國演習聲樂，獲聲樂碩士學位之後定居美國。見多多：《1970～1978 的北京地下詩壇》，《持燈的使者》，第 121 頁。

〔註60〕多多：《1970～1978 的北京地下詩壇》，《持燈的使者》，第 118 頁。

〔註61〕在北京徐浩淵沙龍中，由徐浩淵宣布。「由此一九七二年下半年沙龍處於岳重光輝的籠罩之下。」見多多：《1970～1978 的北京地下詩壇》，《持燈的使者》，第 120 頁。

體系的語義置換與戲劇演出手法深深影響著多多。根子詩歌中的悖論語法多為詞語間的語義悖論，多多既沿用它，如「山在我們面前，野蠻而安詳」《蜜周・第二天》，同時創造性地將悖論置於道德情境中，製造道德情境的悖論，如「惡毒的兒子走出農舍」（《當人民從乾酪上站起》〔註62〕）、「不錯，我們是混帳的兒女／面對著沒有太陽升起的東方／我們做起了早操」（《蜜周・第七天》）、「這些將要長成皇后的少女／會為了愛情，到天涯海角／會跟隨壞人，永不變心」（《少女波爾卡》，1973）、「在我瘋狂地追逐過女人的那條街上／今天，戴著白手套的工人／正在鎮靜地噴射殺蟲劑」（《青春》，1973）、「你在黑夜中長睡，枕著我們的希望」（《致太陽》，1973）。此外，與根子詩歌相近，多多詩歌中存在顛覆主流意象體系的意象，如「歌聲，省略了革命的血腥／八月像一張殘忍的弓」（《當人民從乾酪上站起》）、「太陽像兒子一樣圓滿／我們坐在一起，由你孕育它」（《蜜周・第三天》）、「聽得見牙齒鬆動的君王那有力的鼾聲」（《無題》，1973）、「春風吹開姑娘的裙子／春風充滿危險的誘惑／如果被春天欺騙／那，該怎麼辦？／那也情願」（《青春》，1973），以及刺激性身體與晦暗意象，如「牲口被蒙上了野蠻的眼罩／屁股上掛著發黑的屍體像腫大的鼓」（《當人民從乾酪上站起》）、「一道閃著金光的流水／像月經來潮」（《蜜周・第三天》）、「那枚灰色的變質的月亮」（《無題》，1974）、「像火葬場上空／慢慢飄散的灰燼／它們，黑色的殯葬的天使」（《烏鴉》，1974）。

　　根子和多多「去聖潔化」的自我觀，既是對紅衛兵運動的反思，又是對當時城鄉知青對立的生活方式與價值觀的反應。1970 年從北京沙龍中傳出影響全國的王靖的長詩《決裂，前進》。詩歌反映了下鄉初期，知青中「扎根派」與「不相信派」的思想衝突。與「扎根派」農村知青「我們要高舉紅旗／永遠革命」的「紅！紅！紅！」姿態不同，城市「頹廢派」知青沉迷在時髦的沙龍生活中：「這開司米的圍巾／能幫我風流高昂」，「五寸褲腿的線條／表示我正當妙齡」，「鞋，你看！／它尖／它扁／它翹／它亮／又是十二萬分的『OK』／誰能模仿」。「頹廢派」崇尚及時行樂的「醜惡」哲學：「不管我現在的生活／或者進入苦悶的鐵窗／還是在罪惡中死去／我都將是醜惡的——／但卻是

〔註62〕 荷蘭學者柯雷認為原詩題《當人民從乾酪上站起》被誤印為《當人民從乾酪上站起》，收入 1985 年老木編《新詩潮選集》而流傳開來。柯雷 1993 年曾與唐曉渡交流，並達成一致。見 *Language Shattered: Contemporary Chinese Poetry and Duoduo*, Maghiel van Crevel, Research School CNWS, Leiden, The Netherlands, 1996, P. 124.

自由自在的／快樂無窮的／──一隻大蒼蠅！」〔註63〕「頹廢派」對於自我「大蒼蠅」的態度，與根子詩中「棄智絕聖」的「狼」、多多詩中「青春淪落」的「混帳兒女」有深層的精神關聯。然而，根子甘願帶著周身的痛楚與戰慄，以強大的反思力突進「異己／本己」的交雜自我中去剖析與埋葬，多多在「道德／去道德」的生存空間中冷漠呈現生活殘酷的真實。他們的這種自我觀念，用當時北京沙龍女詩人魯雙芹的精練表述，即「生活並不卑賤／然而對於過去，我們連一分鐘也不是聖潔的」（1972）〔註64〕。

二、意象色彩的革命與「自我」的反抗

「我用發綠的手指撥開蘆葦」。1972 年多多《蜜周・第三天》中突然出現了怪異的超現實色彩意象「發綠的手指」。同年，北島《你好，百花山》中出現「綠色的陽光在縫隙裏流竄」這一變色意象。1973 年前後芒克寫出長詩《綠色中的綠》〔註65〕。此前，1971 年夏天，芒克運用色彩變形手法寫出的詩句「那暴風雪藍色的火焰……」曾點燃根子，使他意識到色彩的超現實性：「雪不是白色的，它只是沒有顏色。」而遠在山東的顧城，並沒有感應到這裡發生的一切，但他在童幻夢曲裏，無意中也捕捉到意象形色的超現實關聯：「雪花是巨大的，是扇形的樹」〔註66〕（《早晨》，1972）。色彩變形手法的出現，預示著一場精神革命即將在形式突變之後應運而生。色彩變形手法，是詩人對隱喻社會重壓的晦暗意象與悖論語法的自然反叛，它以純真自然為依託，用以表現詩人在常態下無法表達的純美理想。

文革時期的流行色是「紅」與「綠」，尤其是紅色。紅袖章與綠軍裝是血統出身與身份地位的象徵：「鮮紅的臂章／草綠的軍裝／父兄的武裝帶／和高高挺起的滿懷熱血的胸膛」〔註67〕。《今天》詩人悄然掀起的這場色彩美學革命，與白洋淀的自然風貌、印象派現代繪畫薰染以及對主流意象體系的反叛

〔註63〕楊健：《中國知青文學史》，第 194 頁。

〔註64〕多多抄錄。見多多：《1970～1978 的北京地下詩壇》《持燈的使者》，第 123 頁。1972 年春天，根子的詩歌就在北京徐浩淵沙龍傳開，夏天，徐浩淵還特地把根子領到魯燕生、魯雙芹家。根子與魯雙芹在詩歌的體認上有所呼應。

〔註65〕已經散佚。但從題目以及芒克隨後的創作中，可以推斷出他對意象色彩的關注。見唐曉渡：《芒克訪談錄》，《持燈的使者》，第 337 頁。

〔註66〕由於是寫北方的冬天，此時的「樹」為落葉後僅剩枝幹的樹。詩人是從形體上與雪花做的聯想，而非色彩上的變形聯想。筆者注。

〔註67〕引自楊健《中國知青文學史》，第 99 頁。

都有關聯。在詩歌領域中，最直接的動因源自北京沙龍詩人依群的詩歌《巴黎公社》。在根子被介紹到徐浩淵沙龍之前，1971 年 1 月徐浩淵看到了依群的第一首詩《巴黎公社》，這是一首為紀念巴黎公社一百週年而寫的「未完成」之作〔註68〕。《巴黎公社》是對方含長篇政論詩《唱下去吧，無產階級的戰歌——紀念巴黎公社 100 週年》的回擊。方含在詩中採用「文革」視角，懷念紅衛兵運動，傳達返修防修的革命重任，這種陳詞濫調傳入沙龍後引發依群的不滿，他以色彩鮮明的意象演出手法，寫道：「奴隸的槍聲化作悲壯的音符／一個世紀落在棺蓋上／像紛紛落下的泥土／呵，巴黎，我的聖巴黎／你像血滴，像花瓣／貼在地球蘭色的額頭／／黎明死了／在血泊中留下早霞／你不是為了明天的麵包／而是為了常青的無花果樹／為了永存的愛情／向戴金冠的騎士／舉起孤獨的劍」〔註69〕。這首詩歌從意象經營與反抗意志兩個方面，啟發了當時的《今天》詩人。

　　根子和多多對於《巴黎公社》中的濃烈意象與擬人化戲劇手法有所借鑒，而真正將意象色彩和反抗姿態發揚光大，自覺掀起色彩革命與反抗革命的是芒克和北島。其中，前者偏重感官刺激性色彩的濃縮噴湧，後者善於色彩構圖法的冷酷經營。二人都善於運用表徵純美理想的色彩變形手法，對抗來自晦暗意象與悖論語法中的社會重壓。色彩革命從形式上激發了詩人自我獨立與反抗意識。《今天》的詩歌慣例由此生變：藝術上注重視聽意象經營，尤其是色彩構圖與明暗意象，精神上凸顯「以弱抗強」的反抗姿態與自我獨立意識。

　　芒克的性情取向，使詩人創造性地將受難者被放逐的命運擱置在他所熱愛的白洋淀生活中〔註70〕。這使他的放逐詩，在根子晦暗的意象話語上，增添了明麗色調。1973 年芒克在詩中既運用晦暗意象，如「像白雲一樣飄過去送葬的人群」、「那大片凋殘的花朵」（《凍土地》），感官刺激性意象，如「果子熟了，／這紅色的血！」（《秋天》）、「太陽升起來，／天空血淋林的／猶如一塊盾牌」（《天空》）、「黑夜，／總不願意把我放過。／它露著綠色的一隻眼睛」（《城市》），「去道德」意象，如「秋天，／你這充滿著情慾的日子」、「夜，在

〔註68〕徐浩淵：《詩樣年華》，《七十年代》，第 40 頁。

〔註69〕該詩開篇有三個版本，徐浩淵、多多、芒克。這裡選用最初版本，即徐浩淵版本，並參考《今天》第三期。見徐浩淵：《詩樣年華》，《七十年代》，第 40 頁。

〔註70〕從初寫於 1971 年的《葡萄園》、《致漁家兄弟》中，能夠看出詩人對白洋淀田園生活的熱愛。

瘋狂地和女人糾纏著」(《秋天》),擬人化戲劇手法:「啊,你這蹲在門口的黑夜——／我的寂寞」(《秋天》)、「風還在街上／像個迷路的孩子／東奔西撞」、「街／被折磨的／軟弱無力地躺著」、「這城市疼痛的東倒西歪,／在黑暗中顯得蒼白」(《城市》);同時又追求著柔麗的色彩意象:「黃昏,是姑娘們浴後的毛巾」,細緻白描的生活意象:「白房子的煙,／又細又長」(《白房子的煙》),以及純樸健康的人間溫情景象:「孩子們從陽光裏歸來,／給母親帶回愛」(《城市》)、「男人們／從陽光裏給女人帶回了溫暖」(《十月的獻詩·鐘聲》)。在這明暗對立的情緒夾縫中,「冷酷而又偉大的想像」是詩人觀照世界的詩性方式(《給詩》),「由醜及美」是觀照世界的路徑:「在多病的孩子睜大的眼睛中／去理解美!」(《給小平的十八歲》)。

借助這些背離主流話語體系的意象、手法與觀照路徑,詩人對「文革」年代發出了無望的詛咒與自嘲:「你的眼睛被遮住了。／黑暗是怎樣在你身上掠奪,／你好像全不知道。／但是,／這正義的聲音強烈地迴蕩著:／放開我!」,並對「人」的命運表示出極大同情:「太陽落了。／黑夜爬了上來／放肆地掠奪。／這田野將要毀滅,／人／將不知道往那兒去了」(《太陽落了》)。由於生存意義上「正義聲音」的灌注,芒克的「自我」從根子、多多的晦暗身份中走出,邁進明朗的道德自我構建中。以此為基點,整個主流意象體系背後階級化的「國家道德」隱喻秩序,經過根子、多多的對抗顛覆——意象所指的「明」被轉變為「暗」之後,重新被人性化「自我道德」秩序所抽換,校正到意象所指之「明」就是「明」、「暗」就是「暗」的邏輯秩序中:「太陽」不再是詛咒對象,在剝離了國家意象的政治隱喻後,它被重置到人性化正義、光明的象徵序列中;而「黑夜」,不再用來指代這批「文革」的叛逆者與青春的放逐者,反而用來隱喻曾經是「光明正大」的統治集團與國家權力。

借助詩中明暗隱喻的置換,「自我」被賦予合乎人道的明朗化、正義化身份。然而這種一廂情願地自我命名,能否得到社會的普遍認可,始終是懸而未決的命題。此後,《今天》詩人邁出了為確立「自我」身份正義性的反抗征程,直到1976年爆發的「四五運動」,才真正獲得社會的普遍認可。

芒克一面塑造「自我」青春、健康、溫情的田園勞動者形象,如《十月的獻詩》組詩中的《墾荒者》:「我是河流,／我是奶漿,／我要灌溉,／我要哺養。／我是鐵犁,／我是鐮刀,／我要耕種,／我要收割」,《雲》:「我愛你,／當你穿上那件白色的睡衣……」,《土地》:「我全部的情感／都被太陽曬

過」；一面又不平於青春的被棄：「在這裡 ／ 在有著繁殖和生息的地方，／ 我便被拋棄了」（《青春》），而塑造「自我」除舊立新、赤子般的改造者形象：「我始終暴露著。／ 只是把恥辱 ／ 用唾沫蓋住」、「啊，天空！／ 把你的疾病 ／ 從共和國的土地上掃除乾淨」（《天空》），「那冷酷而又偉大的想像 ／ 是你，改造著 ／ 人類生活之外的荒涼」（《給詩》）。

北島的正義化「自我」，並沒有經歷白洋淀詩人那種自我分裂以及芒克從晦暗身份的駁雜中艱難走出的歷程。北島最初喜歡賀敬之和郭小川詩中的「革命加聲音」，但「待革命衰退，只剩下聲音了」。1970 年春天，「郭路生的詩如輕撥琴弦，一下觸動了某根神經」〔註 71〕。北島的性情傾向〔註 72〕使他直接感應到郭路生詩歌的音樂形式和「迷惘」而「堅定」的精神。北島在最早的詩歌《吹起吧，那金色的小號》（1970）中，擺出青春衝刺的「號手」姿態：「讓我們從同一起跑線上一起奔跑」。從起點上，北島的「自我」就佔據著正義位置與「號手」身份。

正義化「自我」與「號手」宣告語態，在北島的《在揚子江上放歌》（1971）中表露無疑：「把我的話語傳向四方吧，／ ——長風的使者！／ 我是那漆黑的午夜裏 ／ 一把黎明的火 ／ 我是那死樣的沉默中 ／ 一首永恆的歌！」一個詩人的精神終點往往成為另一個詩人的起點。北島對郭路生的「誤讀」式接受，恰恰是從「解開情感的纜繩 ／ 告別母愛的港口 ／ 要向人生索取 ／ 不向命運乞求」和「我情願為野生的荊棘放聲高歌」這一積極情感的噴發階段切入的，對於郭路生此前隱忍、迷惘、挫折的生命體驗，北島僅視之為自我反抗的背景或者對象。一個詩人難以棄捨的情感體驗、揮之不去的惆悵記憶，在另一個詩人的手中，就是這麼輕易地放下了。歷史經驗與人的關聯就是這麼難解難分。然而，這種精神上的突破又與詩歌形式本身的演化有著直接關聯。郭路生的詩歌長於「受難」情境的經營與情緒的反覆熬煮，如《命運》中「我的一生是輾轉飄零的枯葉 ／ 我的未來是抽不出鋒芒的青稞」，愈是痛楚和茫然，愈能增強詩人的高潔品格：「我情願為野生的荊棘放聲高歌」。追求道德高潔、典雅的詩人，絕不會直接擺出憤然反抗的姿態，他們往往乞靈於未來歷史的客觀評判：「我

〔註 71〕北島：《斷章》，《七十年代》，第 21 頁。
〔註 72〕北島愛好朗誦，郭路生詩歌的現代格律形式適於朗誦。1969 年後的北島，一方面還繼續著「人應該這樣生，路應該這樣行——」的聲音，另一方面精神上卻看不到希望，處在這種夾縫中，與郭路生在紅衛兵運動晚期寫的《相信未來》、《在你出發的時候》、《命運》中的生命體驗吻合。見《失敗之書·朗誦記》。

堅信人們對於我們的脊骨／那無數次的探索、迷途、失敗和成功，／一定會給予熱情、客觀、公正的評定，／是的，我焦急地等待著他們的評定」（《相信未來》）。北島沒有等待，也不信任「他們的評定」，他承續著依群在《巴黎公社》中「向戴金冠的騎士／舉起孤獨的劍」的個體反抗姿態，以簡潔、對抗的明暗意象，將空洞的假想統統歸入反抗的範疇：「我是那漆黑的午夜裏／一把黎明的火」。

　　如果先行確定了一個毫無畏懼的正義自我，那麼一切黑暗與死亡便不足為懼，它們只不過是前進道路上必須戰勝的敵人，這同樣是紅衛兵詩歌的精神邏輯。紅衛兵運動既是一場「道德至上主義」運動，又是「唯美主義政治運動」。紅衛兵在「救世意識」驅使下展開的「聖戰」，在詩歌中同樣展現「受難與死亡」情境。然而，在他們慷慨激昂地「受難與死亡」背後，合理依據主要有三：（一）獻身「救世主」毛澤東。「紅心獻給毛主席，／誓死造反到底」；（二）集體受難。「我們的皮肉還嵌著敵人的子彈」、「千百名紅小兵的血管」；（三）前赴後繼。「關不盡，抓不絕，／老子死了兒子接！」〔註73〕1972 年，北島的《星》選擇在離別情境中注入前赴後繼的個體求索精神。這與紅衛兵離別詩的代表作《放開我，媽媽！》結構近似，但卻少了「到處都是我們的戰友，／暴徒的長矛算得了啥！」的群體革命樂觀態度。北島選擇了主流意象體系之外的「星」作為精神象徵，詩中溢滿離別的淒涼與前赴後繼的孤獨感。

　　北島輕而易舉地開啟了「以弱抗強」的個體對抗詩，然而自我的正義身份與對抗合理性並不為此時的社會所認可。與芒克在田園勞作生活中，借助詩中明暗隱喻的置換，賦予自我以生存合法性的路徑不同，1972 年北島選擇從童年成長的苦樂、自然明暗的對立以及對光明未來的堅信中，尋索生命本源的純潔性與行為的正義性。在這一過程中，白洋淀詩歌提供的色彩變形、晦暗意象、悖論語法，增強了北島詩歌中明暗對立的強度。由於北島先行確立了正義化自我，個體對抗的力量增強了，晦暗隱喻已不具有在根子詩歌中的壓倒性力量。例如在尋求「萬物應和」的自然詩《你好，百花山》中，一方面，運用悖論語法「開放，那是死亡的時間」與晦暗意象「一隻紅褐色的蒼鷹，／用鳥語翻譯這山中恐怖的謠傳」，構造壓抑力量；另一方面，運用意象的色彩變形：「綠色的陽光在縫隙裏流竄」，營造純美自然，從中汲取對抗力量：「我猛地喊了一聲：／『你好，百──花──山──』／『你好，孩──子──』／回音

─────────────

〔註73〕王家平：《清教唯美與救世聖戰》，《文化大革命時期詩歌研究》，第 90～100 頁。

來自遙遠的瀑澗。」在對抗詩《眼睛》中，一面是晦暗意象「星星點點泡沫般的眼睛」，一面是變形意象「在玻璃窗的影子裏，／另一雙眼睛幽然清晰」，詩人從「過去的天真和未來的希冀」中尋求合法的正義力量。這時北島詩歌中的「自我」不僅獲得了堅定性與主動性：「你開吧／勇敢地開放！……假如有一天她也不免凋殘／我只有一個簡單的希望／保持著初放時的安詳」（《五色花》）、「道路上的微光，／劃開了悲戚的沉淪，／如同冰上無聲的閃電，／歌唱著自由，／歌唱著崩塌的廢墟上／永恆的天空」（《我走向雨霧中》），而且詩人的獨立身份、拯救意識與獻身精神更加明確，如同「白雲」一樣：「白云是世界的公民」（《真的》），它「拒絕了山上雪女王的邀請，／只臥在通往天堂的臺階旁」，「為小艾草遮住赤裸裸的太陽」、為「兀鷹」洗淨「淌血的翅膀」、為「死去的秋天」哀悼、帶給「瘦小的孩子」以幻想。這個沒有階級區隔、人道的「白雲」，願意為正義而獻身，「縱使閃電把你放逐，化作清水一泓，／面對天空，你也要發出正義的迴響」（《雲啊，雲》）。

北島的詩歌在 1973 年告別純美而短暫的童年成長，迅速轉向殘酷的現實，「自我」正式面對強大壓力。這一轉變，與白洋淀之旅相關。1973 年春天，北島、史保嘉、宋海泉一同前往白洋淀邸莊和大澱頭看望趙京興、陶雒誦和芒克。北島不禁回憶起 1968 年底，當時來白洋淀做教育調查，正碰上白洋淀武鬥的場景，「在造反派威逼下，我們硬著頭皮參加武鬥死難者的追悼會」。白洋淀的經驗使北島情緒變得低沉下來：「脆弱的蘆葦在呼籲：／我們怎麼來制止／這場瘋狂的大屠殺？」（《冷酷的希望》）此時芒克詩中「死亡」與晦暗意象，同樣浮現在北島詩中：「風牽動棕黃的影子，／帶走了松林的絮語」、「烏雲奏起沉重的哀樂，／排好了送葬的行列。／太陽向深淵隕落，／牛頓死了！」、「夜／湛藍的網／星光的網結」、「紫黑色的波濤凝固了」、「烏鴉在盤旋，／沒有一點聲響」、「雷聲也喑啞了」、「黑暗／遮去了骯髒和罪惡，／也遮住了純潔的眼睛」。北島開始接續白洋淀詩人的生命體驗、藝術手法甚至「去道德化」自我觀，同時自覺探索色彩構圖法。白洋淀詩人追求色彩變幻感與感官刺激性，重情緒傳達而非形式構造，依群是注重色彩構圖的第一人：「你像血滴，像花瓣／貼在地球蘭色的額頭」（《巴黎公社》）。北島自覺運用色彩對比法構造立體空間：「在早霞粉紅色的廣告上，／閃動著一顆綠色的星」、「飄過這黑色的海洋，／飄向那晴朗的天空」（《冷酷的希望》）。在色彩運用手法上，從白洋淀詩人到依群、北島的技藝演變，如同西方印象派、表現派，分別走向野獸派

和立體派兩種不同脈路。

　　1973 年 3 月 15 日，伴隨著白洋淀之旅的激蕩，北島寫出了反抗詩《告訴你吧，世界》。詩首警句：「卑鄙是卑鄙者的護心鏡，高尚是高尚人的墓誌銘」既是對郭路生《命運》開篇「好的榮譽是永遠找不開的鈔票，壞的名聲是永遠掙不脫的枷鎖」的句法借鑒，又是對毛澤東的名言「卑賤者最聰明，高貴者最愚蠢」的改造〔註74〕。與郭路生隱忍的「掙不脫」姿態不同，北島「老木頭」的剛直性情使他直擊靶的：「在這瘋狂瘋狂的世界裏 ／──這就是聖經」，詩句充滿了嘲諷與憤恨。此時，芒克在白洋淀上正搖著船櫓，北島看著剛解凍不久的湖面，「風中略帶寒意」〔註75〕：「冰川紀過去了，／為什麼到處都是冰凌；／好望角已經發現／為什麼死海裏千帆相競。」「冰凌」、「海洋」、「船帆」這些政治隱喻意象讓人聯想起郭路生的《生命三部曲》和《魚群三部曲》，詩人反思著「紅衛兵運動」帶來的瘋狂世界與惡劣後果：「哼，告訴你吧，世界，／我──不──相──信！／也許你腳下有一千個挑戰者，／那就把我算作第一千零一名！」面對這瘋狂而陳舊的世界秩序，詩人以四個「不相信」表達「去偽求真」的意志：「我不相信天是藍的，／我不相信雷的回聲」，前兩個「不相信」是「去偽」；「我不相信夢是假的，／我不相信影子無形」，後兩個是「求真」。在這兩個「不相信」的背後，隱含著郭路生「相信未來」的現代衝動──夢是真的。詩歌結尾「我憎惡卑鄙，也不稀罕高尚」，看似與白洋淀詩人「去道德化」自我有直接的精神關聯，但它本質上仍是郭路生那條在死亡中懷抱未來的「魚」，是一個「相信未來」的「超道德」自我，它最終表達的是捍衛「沉靜」、反抗「瘋狂」的決心：「瘋狂既然不容沉靜，／我會說：我不想殺人，／請記住：但我有刀柄。」1973 年 12 月詩人在靜美的愛情詩《微笑·雪花·星星》中幽默地反問：「回答我，／星星永遠是星星嗎？」仍是「不相信──相信」邏輯的延伸。

　　這裡出現了兩種不同的現代性。一種是與社會工業化進程、政治理想指向、生活方式同步發展，縱使遭受百般挫折，流露反叛情緒，但精神深層依舊是「相信未來」的指向，這種馬雅可夫斯基「未來派」的現代性衝動已在郭世英、張朗朗北京先行代詩人中萌發，更可上訴至「五四」時期；一種則是與社會現代化方向背離，與「向前衝」的積極情緒相反，或獨屬低沉、或冷漠

〔註74〕　《毛澤東論教育革命》，北京：人民出版社，1967 年版，第 14 頁。
〔註75〕　北島：《斷章》，《七十年代》，第 26 頁。

旁觀，類似波德萊爾「頹廢派」和薩特「存在主義」的現代性，如根子、多多的詩歌。

北島詩中的「自我」，是從自然、童真、未來與明暗對立的形式中提升而來，在現代性快節奏的劇烈裹挾下，進入中國這一特殊類型的現代社會中，追求自由平等，同時富有理性節制與社會能動性的自我。這一現代性體驗摧枯拉朽，迅猛而劇烈：「告別了，／童年的夥伴和彩色的夢。／大地在飛奔……／讓後退的地平線／在呼嘯中崩潰吧。」當社會既定規範與道德秩序出現重大病症時，它雖也沾染「反道德」的陰沉情緒，但能夠決然自立，以超越的姿態，對世界的道德秩序進行反叛與批評，成為「超道德」自我。它立場鮮明地憎惡「卑鄙」，也不稀罕異化的「高尚」，從而反抗了「文革」顛倒的道德秩序。「超道德」自我與「去道德」自我的本質區別在於，前者設置了一個超越既定社會框架的理想世界作為依據，後者以自由的生存本能為目的，拒絕任何社會道德框架的限制。在姿態和結果上，前者積極介入社會生活，批判與對抗社會既定秩序，給予改造，有破有立；後者以旁觀者身份，冷漠嘲諷社會秩序的規約與壓制，尋找適合自己的位置，只破不立。二者本不是「道德」生活的常態，當社會道德失序且過於嚴格時，才以兩種極端方式呈現出來。這兩種不同的現代性與自我觀，將決定詩人在《今天》誕生時的現代化社會語境中占位的不同與差異。

第四節　日常生活詩與《今天》詩歌的生成

從「命運漂泊詩」到「戲劇對抗詩」，從紅衛兵運動到知識青年上山下鄉，急促有力的「革命」始終是詩歌創作的主旋律，而舒緩的愛情、友情、親情、童年、自然、城市皆成為革命的附屬元素甚至取締對象。但是，在革命生活起起落落的間隙，偶而閃現出狹小的自由地帶，使它們獲得輕微喘息的機會。當整個時代的革命激情開始降溫時，它們便以逃逸的方式迅速擴散，直到社會生活恢復常態，它們才公開地顯露出來。與此相一致，「自我」也從「非常態」回歸「常態」。

《今天》詩人的日常生活詩，是逃逸與反叛「革命話語、革命思維、革命情緒、革命題材、革命藝術表達方式」、從宏大敘事走向微觀敘事的最有效詩歌族群。然而，它們的意義往往被政治對抗詩的光環所遮蔽，被研究者

忽視〔註76〕。

日常生活詩包括愛情詩、親情詩、離別詩、童話詩、田園風景詩、城市詩等不同詩歌類型。在革命運動初期，革命求索詩以強勢力量向愛情詩、離別詩、風景詩中滲透。換言之，後者為革命詩提供了豐富的情境素材、藝術養分與詩性成分。例如，郭路生在 1965 年的愛情詩《書簡》（一）中呈現出為「革命」捨棄「愛情」的模式：「但我必須將一切憂鬱擯棄／因為自由之神需要我活下去／要不，誰來堅守我們的要塞／誰去奪取敵人的陣地」。當革命陷入低谷時，詩人往往轉向日常生活尋求精神的慰藉。這時愛情作為撫慰革命創傷的情感元素得到凸顯：「多希望你是溫暖的陽光，／能暖化我心中凍結的冰層」。1968 年，無論是紅衛兵運動，還是郭路生的個人情感生活都陷入了困境。詩人正與一個維族女孩相愛，「但又清楚地看到隔在他們中間的重重障礙」。這是一段不會有結果的戀情。此時，郭路生的「一些詩已落到江青手中，被認定是反對『文化大革命』的反動黑詩」〔註77〕。對於「革命」的失望與迷惘，使詩人把迷惘情緒與愛情結合在一起，在形式上逐漸掙脫革命話語與表達方式的控制，轉向更為私人的細微感覺，如《煙》中「而如今，這煙縷卻成了我心頭的愁緒／匯成了低沉的含雨未落的雲層」，進而寫出相對獨立而純粹的愛情詩，如《還是乾脆忘記她吧》、《難道愛神是──》。兩首愛情詩皆採用典雅的現代格律詩體，詩中的愛情被賦予苦澀與甘美、憂愁與素潔雙重特質，抒情主體陷於難以割捨的感傷中。然而很快，愛情詩便喪失自主性，愛情被重新收歸革命求索詩，成為否定的對象：「不！不！我是靠在／腐朽精神的白色屍骨上」（《黃昏》）。儘管郭路生的愛情詩與離別詩在主體上始終難以擺脫革命求索詩的控制，然而日常生活細節、私人化情緒、敘事結構卻為郭路生及隨後的《今天》詩人提供了獨特的觀照視角與表達方式。

〔註76〕 這種忽視，無疑也與研究者自身的現代性衝動與思維有關，進而決定了研究者的審美評判標準與等級秩序的設定。同時，日常生活詩本身一方面缺乏自主性，容易依附主流政治詩，另一方面內部包羅萬象，標準混亂，審美多元，這種無序狀態勢必讓研究者有意或無意忽視。在文革時期，能夠擺脫政治運動，相對自立的日常生活詩數量眾多，根據楊健《中國知青文學史》的描述，在北京、上海、成都、貴州等城市文學沙龍與白洋淀、內蒙古、廈門等組織管理鬆散的知情詩歌部落中，有大量日常生活化的舊體詩、打油詩、新體詩等。囿於《今天》的編選邏輯，本文不得不割捨其他，只選擇與《今天》的誕生有直接關聯的日常生活詩論述。

〔註77〕 何京頡：《心中的郭路生》，《沉淪的聖殿》，第 75 頁。

　　與郭路生難以割捨政治不同，1968 年後，徐浩淵、劉自立、依群等一批老紅衛兵擺脫政治利害的顧慮〔註 78〕，拒絕政治話語的侵入，轉向純藝術領域。在這種轉向中，日常生活詩逐漸獨立出來。由於他們將藝術作為精神家園來經營，這與沙龍生活中時尚娛樂、紳士風雅的輕鬆寫作拉開了距離，後者如馬嘉「只要 / 你學會 / 從姑娘的嘴唇上 / 索取諾言 / 你 / 便可以和愛情 / 走遍天下……」、「我的詩歌沒有旗幟 / 發出一道 / 比少女的胸脯 / 還要赤裸裸的 / 太陽光」、「除了酒 / 還是酒 / 二十歲以前 / 天天都過節日」，楊樺的「英國式的褲線和氣概 / 我是一位標緻的有香氣的男子 / 我的歌聲曾來自柵欄的後邊……」〔註 79〕。依群的愛情詩《給你》（1971.3.14）中，雖然保留郭路生式的政治隱喻意象：「即使小船上多了一副槳 / 大海卻沒有盡頭」，但情緒完全不再是「相信未來」，而是逃避到日常生活沒有明確指向的平淡狀態中：「不想開始 / 也不想結束 / 我們不考驗，不讚美 / 不期待，也不追求 / 避開風雨，也避開愛 / 想避開一切──如果能夠」。

　　女詩人徐浩淵〔註 80〕在與朋友的贈答中，塑造了一位願意為愛人、為所有「勤勞者」奉獻的女性形象，她以剛中懷柔的日常語調吐露說：「不，不是我不願意 / 做一條 / 為你歌唱的小溪」（《給我好立》）。而此時遠在福建插隊的女詩人舒婷，在與朋友的書信中，也孕育出一種關懷、鼓勵他者的對話語體：「啟程吧，親愛的姑娘，生命的航道自由寬廣……」。1971 年 5 月，舒婷在聆聽了一位學政治經濟的大學生朋友的大膽言談後，以柔婉的語調、細膩的生活景象追憶道：「誰說公路枯寂沒有風光，/ 只要你還記得那沙沙的足響」（《寄杭城》）。此時北京沙龍中的愛情詩，受印象派繪畫的影響，開始注重探索意象色彩構圖的唯美形式。1971 年 8 月 17 日譚小春的《在拖拉機印過的路上》：

〔註78〕徐浩淵當時對政治十分厭惡：「搞什麼政治？純粹是一點利害關係！」劉自立推崇王爾德「藝術史道德的標準」的唯美主義思想。這種性情取向的形成，與每個家的家庭教育與遭遇有直接關聯。見楊健：《中國知青文學史》，第 135 頁。

〔註79〕多多：《1970～1978 的北京地下詩壇》《持燈的使者》，第 122～124 頁。

〔註80〕徐浩淵的父親是當年蘇共莫斯科大學「二十八個半布爾什維克」之一的徐邁進。徐邁進在「文革」一開始即進入牛棚。徐浩淵是人大附中老紅衛兵，曾因《滿江紅》一詩，影射江青而被關押入獄數月。「文革」初，曾到陝北農村進行考察，寫了《陝北農村考察報告》。1968 年後，徐浩淵成為北京文藝沙龍中的重要人物，西方文化的積極介紹者，沙龍現代主義詩歌的促進人。「文革」後期，在河南醫學院當工農兵學院。後到美國從事生物學工作。見楊健：《最初的沙龍活動：紅衛兵集團向知青集團的歷史性過渡（續一）》，《中國青年研究》，1996 年第 3 期。

「鮮紅的頭巾／在拖拉機印過的路上飄／／……我的姑娘／越來越走近……／／深秋的天空凝固了／在拖拉機印過的路上」〔註81〕，這種印象重疊手法與芒克在白洋淀的日常勞作中寫出的「黃昏，是姑娘們浴後的毛巾」（《秋天》）、「太陽升起來，／天空血淋林的／猶如一塊盾牌」（《天空》）同屬一脈。

顧城一開始就為微觀世界中的純淨光色所吸引，他忘記了自己，融入了童話般的自然界中。從 1964 年的《松塔》開始，帶著安徒生的童話和法布爾的《昆蟲記》，他的眼前閃現著小草、彩蝶、貝殼、煙囪〔註82〕。顧城以童話與自然搭建的藝術世界迴避了政治話語的入侵，而面對現代社會，他同樣懷有「未來派」的現代性衝動。1969 年冬天的寒風中，顧城和家人乘坐「一輛軍用卡車在山東北部的鹼灘上歪來歪去；終於，駛進了一個黏土築成的村落」。從煙臺到蓬萊，在這次旅程的想像中，詩人記錄了他最初的現代性光電體驗：「時間的列車閃著奇妙的光亮，／滿載著三十億人類，／飛馳在晝夜的軌道上；／穿過季度的城鎮，／馳過節日的橋樑，／噴撒著雲霧的蒸汽，／燃燒著耀眼的陽光。／它穿過冰川世紀的雪原，／它曾馳過原始社會的泥漿，／它還要通過無數險阻，／但終要到達最美好的地方」。此後，顧城的詩歌便從「時間空間化」模糊的原始時間意識，步入了直線發展的現代時間的催逼中：「我用筆的木槳，／去追趕時間的急流，／儘管是那樣地用力，／還是被遠遠地拋在了後頭」。顧城對於這種快節奏的現代體驗深感困惑：「我那日記的小船，／為什麼比白雲還要緩慢？／因為它喜歡在遺忘的沙洲上停擱，／或是在冥想的漩渦中打轉。／我沒有任何辦法，／只好在航行的第四天靠岸」（《一月四日日記》）。詩人運用了主流詩歌慣用的「小船」的意象，卻無心追趕白雲，它選擇了「靠岸」，開始了無始無終、自然躍動的「生命」之旅：「童年的金色，／已經消失，／廣闊的世界，／變得更加清澈。／生命──／溶合在山泉中的一滴露水，／在崎嶇不平的道路上，／吐著快樂的泡沫，／唱著希望之歌……」（《起步》）。自由少年的邏輯就是這麼簡單，不想追就不追，追不上就靠岸，全然沒有郭路生的內心掙扎。那年是 1970 年，那年顧城 14 歲。1972 至 1973 年的北京，童話詩也在蔓延。除了北島，彭剛的「一見陽光／我的心就融化了／舒舒服服地／淌的遍地都是／呵！／爸爸／媽媽／我像個孩

〔註81〕楊東平：《城市季風：北京和上海的變遷與對峙》，第 271 頁。
〔註82〕顧城：《學詩筆記》，《青年詩人談詩》（教學參考資料），老木編，北京大學五四文學社，1985 年，第 31 頁。

子一樣／走著，走著／把我的一切都拋棄了⋯⋯」，也是從童年成長的苦樂中，尋索生命本源的純潔。

　　1974 年後，一種新型的日常生活詩出現了。這一年北島拿出了《日子》和《太陽城劄記》，芒克寫了《街》，1976 你多多寫了《詩人之死》、《同居》。這已經是上山下鄉運動的後期，知青返城人數逐年增加。1973 年 6 月 22 日，「文革」以來第一次全國知識青年上山下鄉會議在北京召開後，開始放寬回城政策，有的地方不鼓勵知青扎根農村，出現「全鍋端」現象。「扎根論」、「再教育論」、「平等論」不同觀念間的辯論一觸即發。1974 年初，全國展開「批林批孔」運動，1975 年底又開展「反擊右傾翻案風」。舒婷 1972 年因獨生子女被照顧回到廈門，「沒有安排工作，產生一種擱淺的感覺」〔註83〕，1973 年心甘情願到建築公司做臨時工，當過宣傳員、統計員、爐前工、講解員、泥水匠，1974 年沒有寫一首詩，1975 年在織布廠做染紗工和擋車工，1977 年調到燈泡廠當焊錫工，努力向平凡的勞作生活靠攏。1974 年顧城回到北京，讀大量的書、學習繪畫，做過油漆工、木匠、翻糖工、電影廣告繪畫工、商店營業員、借調編輯等許多臨時工作，開始與北京地下詩人接觸，思考人類命運問題。1974 年方含病退回京，寫有《謠曲》。1974 年林莽回到北京，在北京中學教書，從訂閱《摘譯（外國文藝）》中搜索外國文學信息，寫長詩《悼 1974》、《旅途》。在這時的公開詩壇上，「三結合」創作模式、賽詩會等群體性寫作行為鋪天蓋地，而地下文學卻從 1974 年秋起遭遇全國範圍的大清洗。1975 年 1 月 28 日午夜，北京地下文學作品的收藏家趙一凡和在京的十幾人同時被捕入獄。從他的住處公安局搜查出北島、芒克、依群、徐浩淵、方含等人的詩作。一時間風聲鶴唳，北島被建築工地監督勞動，偷偷轉移書信手稿，跟朋友告別，做好入獄準備。江河在受到廠裏審查後，停止了寫作，找到林莽要他把抄寫的詩歌統統燒掉。根子、多多也被審查，多多找到宋海泉，要走了自己的詩稿，文學沙龍活動轉入低潮。地下詩人對於政治當局的「批林批孔」運動絲毫沒有興趣，「但它時時在影響著你。所以當時我灰心喪氣。中國也就從一個陰影走向另一個陰影」。面對著政局的反覆無常，詩人們進入無事可幹的日常生活：「我在街上見到多多，我問他在幹什麼呢？他說他傻帽似的什麼也沒幹，天天跟小孩游泳。」〔註84〕

〔註83〕舒婷：《生活、書籍與詩》，《持燈的使者》，第 172 頁。
〔註84〕廖亦武、陳勇：《林莽訪談錄》，《持燈的使者》，第 420 頁。

　　生活方式與狀態的轉變,使新型的日常生活詩一方面拒絕主體思想的滲入,剔除深度隱喻模式,直錄日常生活中舉手投足的瞬間。它是對「戲劇對抗詩」的逃逸,是「自我」歇息的驛站:「思想,大概已經停止/已不再有力量,答謝輕浮的生命/呵,寂靜,那樣溫柔的寂靜/生命輕輕飛去,像一陣離別的小風⋯⋯」(多多《詩人之死》)。芒克在《街》(1974)上宣洩著無聊的情緒,與無序的生活一起戲謔。北島在如「網」的《生活》(1974.10)中,探索著「抽象」詩題與「具象」詩行的形式關係,度過「毫無顧忌」的《日子》;另一方面,則以冷靜抽象的哲學思考重新組織生活亂象,多多在《同居》中冷靜旁觀「生活」:「生活/就是那個停住勞動/看著他們走近的清道夫」。1975年白洋淀知青已所剩無幾,芒克繼續閒時寫詩,1976年1月返回北京。

　　這種無所訴求的日常生活詩不只是一個小小的插曲,它孕育著新的勃發。隨著文學界著名人士相繼返城,青年詩人拜訪名家,集會郊遊,深入讀書,多方面汲取藝術養分。1973年北島開始跟收音機學英語,向當時賦閒在家的鄰居馮亦代請教英語和翻譯問題。1974年艾青回北京治眼疾,北島與他交往,進而結識了牛漢,1975年冬又結交了蔡其矯〔註85〕。蔡其矯1971年底解放後,開始與福建省文學青年密切交往。1974年舒婷的老師黃碧沛寫信給蔡其矯推薦舒婷,隨信附上舒婷的《致大海》。1975年3月蔡其矯來廈門與舒婷見面。1975年6月,舒婷寫了愛情詩《船》。詩中以「擱淺的船」與「無垠的大海」兩個意象,表達愛情間的界限與阻隔。這種二元思維成為舒婷愛情詩的慣例。蔡其矯寫了《寄──》贈舒婷:「請把別人的悲傷蓋過自己的悲傷/痛苦上升為同情的淚」。「同情」使舒婷的詩從二元對立轉為自我付出:「如果你是樹/我就是土壤」(《贈》)。但是舒婷從來沒有忘記「自我」的位置,「鼓舞、扶持他人,同時自己也獲得支點和重心」。一次,蔡其矯和舒婷散步,「說起他又坎坷又豐富的一生,說他認識的女性那麼多,卻沒有一個能使他全心膜拜。有性情溫柔叫天下男人不覺願充當騎士但頭腦卻簡單到只差搬手指算情人總數的;有聰明努力,智商又高事業心又強的女人往往早上忘了梳頭,洗臉不洗脖子的,就是她又成績斐然又外貌出眾,但一張口,男人就得抱頭鼠竄,舌端之鋒利言詞之毒辣,足以使寸草不生」。舒婷感到女性的自尊受到了侵犯:「不錯。但是,從女性的目光看去,又有哪一個男人十全十美?花和

〔註85〕1976年初冬,北島又將蔡其矯介紹給牛漢,蔡其矯與牛漢成為至交。見牛漢:《螢火集》,中國華僑出版社,1994年版,第17頁。

蝶的關係是相悅，木和水的關係是互需，只有一棵樹才能感受到另一棵樹的
體驗，感受鳥們、陽光、春雨的給予。」〔註86〕舒婷夜不能寐，於 1977 年 3
月 27 日寫出表達男女愛人「彷彿永遠分離，／卻又終身相依」理想愛情名篇
《致橡樹》。蔡其矯將這首詩推薦給艾青，艾青稱賞地轉給北島看，北島開始
與舒婷的通信，附上自己的《一切》。舒婷讀到了北島的詩，「不啻受到一次八
級地震」。1977 年春夏之交，舒婷第一次到北京，10 月再次到北京與北島、艾
未未、蔡其矯郊遊。

在與北島詩歌的唱和中，北方青年詩人的精神堅守與藝術手法也滲入舒
婷的詩中。「四月的黃昏裏，／流曳著一組組綠色的旋律」中色彩構圖與視聽
覺的貫通：「四月的黃昏／好像一段失而復得的記憶」（《四月的黃昏》1977.5）
具象與抽象的同時並置、「青草壓倒的地方／遺落一枝映山紅」（《往事二三》
1978.5）摒棄自我，直呈物象與色彩對比、《思念》（1978.5）並置客觀的生活
場景、《這也是一切》（1977.5）的精神擔當和相信未來的堅定意志：「一切的現
在都孕育著未來，／未來的一切都生長於它的昨天。／希望，而且為它鬥爭，
／請把這一切放在你的肩上」，都主動與北京青年詩人遙相呼應，然而不變的
是，永遠的女性的「溫情」。

1974 至 1975 年，北島的《在帶血的冰河上》和《詛咒》預示著個體對抗
詩的重燃。1975 年，作為對先前詩歌探索的綜合檢閱，北島寫出第一首受難
長詩《結局或開始——獻給遇羅克》。1975 年 2 月，受到趙一凡被捕事件的牽
連，北島做好了入獄準備：「那年我二十六歲，頭一次知道恐懼的滋味：它無
所不在，淺則觸及肌膚——不寒而慄；深可進入骨髓——隱隱作痛。那是沒
有盡頭的黑暗隧道，只能硬著頭皮往前走。我甚至盼望著結局的到來，無論好
壞」〔註87〕。題目「結局或開始」，便隱含詩人對於過去經驗的總結與自我激
勵的寓意〔註88〕。這次恐懼的體驗與日常生活詩的探索，使詩人一改先行設

〔註86〕舒婷：《硬骨凌霄》，《舒婷詩文自選集》，桂林：灕江出版社，1997 年版，第
291 頁。舒婷事後反思《致橡樹》：「詩寫好之後，有人告訴我木棉根本不可能
和橡樹並立，一在北一在南。當時的我不以為然，我認為詩人有權利設計創造
他自己的世界。但這個批評也可以是一個不吉利的預兆，說明青年時代的理
想主義雖夠浪漫，卻不實際。」蔡其矯有關女性的另一種簡潔的表述為：「女
詩人漂亮的沒有才華，有文化的不漂亮，又有文化又有頭腦的不溫柔。」見
《舒婷：鼓浪嶼上的精神貴族》，《東莞時報》，2008 年 12 月 15 日。
〔註87〕北島：《斷章》，《七十年代》，第 29 頁。
〔註88〕「這首詩初稿於 1975 年。我的幾位好朋友曾和遇羅克並肩戰鬥過，其中兩位

置「超道德」無畏自我的慣例和憤怒語態,而立足於一個明暗同存的「凡人」
——在死亡面前,我會膽怯;在親情面前,我會依戀;一生中我曾撒謊,但卻
遵守兒時的諾言。當這些做「凡人」的基本權利被殘酷剝奪時,「沒有別的選
擇」,詩人選擇了「戰士」一般前赴後繼的反抗。詩歌以臨終遺言的平緩語態、
明暗對立的自然意象,融合尋夢詩、愛情詩、兒童詩、悼亡詩諸種情境,最終
歸於革命求索詩的結尾慣例:「凡人」昇華為正義的「戰士」與「號手」。

　　1976 年 4 月 4 日,天安門廣場上有人高聲朗讀一篇檄文,公開點名「江
青」。「我激動得發抖,不能自己。在蒼茫暮色中,我堅信,一個翻天覆地的變
化快要到來了。」第二天,朋友史康成決定獨自去天安門廣場靜坐,「他走後,
我深感內疚:為什麼不與他共赴國難?我承認自己內心的怯懦,為此羞慚」,
暗下決心「必須寫下更多的詩」〔註89〕。詩人從「天安門運動」中獲取了群體
性道德力量,將《告訴你吧,世界》修改為《回答》。北島的初戀在 1975 年結
束,1976 年後在與女畫家邵飛的交往中,詩人開始了正式的愛情詩寫作,如
《雨夜》。同時,1976 年 7 月 27 日下午,北島最鍾愛的妹妹珊珊在湖北襄樊
南障縣蠻河游泳救人時不幸罹難。純美的記憶、無止的傷痛與獻身的意志,化
作愛情詩《黃昏:丁家灘》、《一束》中的純潔恬靜、憂鬱鹹澀與堅定固執。1976
年 8 月上旬,北島劃破左手中指,用毛筆蘸著血,在全新精裝筆記本的扉頁
上,寫下「珊珊,我親愛的妹妹,我將追隨你那自由的靈魂……」。經過一年
的整理與積蓄,1978 年上半年,北島把自己的作品打印成一本詩集《陌生的
海灘》,扉頁上印著「獻給珊珊,獻給你自由的靈魂和偉大的獻身精神」。

　　1976 年 4 月 5 日的黃昏,顧城來到天安門廣場。「在歡呼聲中,我獻身的
熱望達到了頂點——我鼓掌,我喊,我要截斷滅火的水管,我要同人民一起焚
燒這最黑暗的時刻。廣播響了。我被一群結實的士兵,撞倒在地。當我觸到生
硬的地面時,我忽然懂得了我畢生的使命……」。顧城從此開始自覺介入社會
批判,自喻為《白晝的月亮》和《巨星》,以《遺囑》的獻身精神,創作童話
寓言詩《狐狸講演》、《大蚊和小孩》、《蟲蟹集》諷刺與批判欺騙、愚弄、出賣
靈魂等社會病症。1978 年詩人在《鐵面具》中以成熟的反抗姿態直接呼籲:

也身陷囹圄,達三年之久。這首詩記錄了在那悲憤的年代裏我們悲憤的抗議。」
見《上海文學》,1980 年第 12 期;北島提及的兩位朋友之一為張朗朗,他曾
在 1970 年後與遇羅克關在監獄同一死刑號中。見張朗朗:《寧靜的地平線》,
《七十年代》,第 109 頁。

〔註89〕北島:《斷章》,《七十年代》,第 31 頁。

打碎「四人幫」製造的精神枷鎖,「不必有半分惶恐,／一點餘悸！」1979 年初,顧城參加北京西城區文化館業餘詩歌小組,並在《詩刊》召開的建國後第一次全圖大型詩歌座談會「設立中國詩歌節」的呼籲書上簽名,隨後《無名的小花》在西城區文化館《蒲公英》小報第三期上部分發表,公劉發現後,為此提出「新的課題」。4 月顧城參加了《今天》的文學活動,寫下名篇《一代人》:「黑夜給了我黑色的眼睛,／我卻用它尋找光明」。

1976 年 1 月芒克返回北京前,燒毀六年間所寫的全部詩篇。10 月,芒克進入北京造紙一廠工作。1977 年後詩人寫了不少愛情詩,如組詩《心事》。1978 年在北島建議下,編印了第一本詩集《心事》。

1976 至 1978 年,青年詩人進入綜合運用詩歌技藝階段。通過對日常生活詩的開掘,愛情詩、童話詩、自然詩日益獨立出來,進而豐富滋養了戲劇對抗詩,形成了不同詩歌家族之間,彼此分享精神風貌與藝術手法,各自獨立又相互支撐的詩歌生態系統。其中,《今天》詩歌的精神指向與藝術慣例業已生成。隨著 20 世紀 70、80 年代之交,青年知識分子文化的湧現與國家思想解放運動的到來,它們隨著《今天》雜誌一起浮出了歷史地表。

小結　詩歌家族、自我建構與藝術演變

《今天》詩體的歷史生成,主體上經歷了命運漂泊詩、戲劇對抗詩與日常生活詩三大族群。在誘發詩歌家族發生歷史演變的諸多要素中,由詩人社會身份及生命體驗所帶來的自我觀念與藝術話語的演變居於核心位置。

1958 年至 1966 年間,在官方詩壇之外,隱匿著一群延續了知識分子個人主義趣味與自由傳統的青年詩人:在北京以張朗朗、郭世英等高幹、高知子弟為代表,他們無意與主流詩壇對抗,但欲求建構獨立自由的藝術世界,他們以童話世界、靜默語態與純淨柔和的風格規避主流詩歌家族的侵擾。拒絕政論話語對詩歌語言滲透的文學本位意識,較為自覺地潛伏在青年詩人的心中;在貴陽以黃翔等「黑五類」、平民知識分子子弟為代表,他們作為不得進入主流文化的社會零餘者,先天被剝奪了掙脫集體的欲望和能量,他們體味孤獨的熬煮,渴慕群體的呼應,但缺乏與他者力量的對抗,難以構建出堅實的「自我」意識。

真正充溢著強勁力量、堅定地將自我獨立出來的詩人,是曾經位於主流

內部卻自覺向外掙脫進而反叛的青年詩人。其自我個體意識的覺醒與建構，離不開藝術話語體系的自覺變更。1967 年後，位於主流中的青年詩人開始由內向外，萌生掙脫集體革命的個體意識。郭路生以命運漂泊詩中的受難、離別情境，相信未來的精神旨趣，明暗隱喻、戲劇對話、抽象感覺具體化的藝術手法，奠定了《今天》詩歌最初的藝術架構，確立起「不對抗」的道德自我意識與「掙脫／回歸」二難的情感內核。隨後根子與多多自覺開創並發展了「反純淨化」的污濁詩學，採取冷漠姿態、晦暗意象與悖論語法等美學策略，構建分裂的「不潔自我」，將郭路生的「道德自我」推至分裂的「不潔自我」，掙脫並顛覆了主流意識形態的道德秩序與話語體系。然而「不潔自我」將反抗意志過多內耗在「異己／本己」的對立並存中，無心建構理想世界與「超道德自我」。此時詩歌形式上的色彩革命激發了詩人的自我獨立和反抗意識：芒克在田園勞作中，借助明暗隱喻的置換，從根子與多多的晦暗身份中走出，建構明朗的道德自我，以此為基點，主流意象體系背後的「國家道德」隱喻秩序被人性化的「自我道德」秩序所置換；北島承續依群的個體反抗姿態，從白洋淀詩歌中汲取色彩變形、晦暗意象與悖論語法等藝術手法，以增強明暗對立的強度，最終從童年、自然、未來及明暗對立的形式中提升並確立了「超道德」自我。由此，「以弱抗強」的戲劇對抗詩促成《今天》詩歌的生變。《今天》的日常生活詩是「去道德」與「超道德」自我回歸「常態」時的藝術顯現。它是對革命話語的逃逸與反叛，由最初的依附日益走向獨立，豐富著命運漂泊詩與戲劇對抗詩的藝術表現力，並且引導《今天》的詩歌創作向日常生活與形式創新突進。

除了詩人社會身份及生命體驗的主導作用外，《今天》詩歌多元化自我觀的形成與詩體藝術的演變，很大程度上又直接受益於一批思想讀本與藝術讀本的深刻啟發，下一章中將就這一問題展開探討。

第三章 《今天》的精神啟蒙與藝術譜系

　　在中國文學發展的現代道路上，中外思想與藝術如何實現世界與本土的對接、轉化乃至融合，繞不開翻譯這座必經橋樑。作為當代文學經典的朦朧詩，其發生的源頭上如何從西方讀本的翻譯中按需擷取精神資源和藝術譜系，在很大程度上影響了當代中國新詩發展的內在形態。雖然朦朧詩最終被整合在「一體化」國家意識形態的規約下，然而其間的異端思想和藝術因子沉潛下來，啟發著新時期以來的中國文學思潮與運動。

　　從生命體驗的波蕩起伏到精神層面的整體顛覆，《今天》詩人既受惠於傳統書籍的閱讀與文化教養，更直接受到異端思想和藝術資源的啟發、刺激與鼓動。《今天》詩人為何接受了異端思想，各自形成怎樣的精神結構？中西藝術資源在哪些層面上參與了《今天》詩歌家族的建構？更進一步，在中國新詩發展道路上，中外思想與藝術如何實現世界與本土的對接、轉化與融合，通過揭示《今天》詩歌生成中對於精神資源和藝術譜系的不同選擇，可以為之提供案例。

第一節　思想啟蒙與文藝資源

　　從郭路生的「命運漂泊詩」到白洋淀、北京沙龍詩人的「戲劇對抗詩」，這種詩歌精神與生命體驗的劇變離不開一批「異端」思想讀物的啟蒙與文藝理論的支撐。1968 年隨著紅衛兵運動退潮，一批具有反思精神的紅衛兵開始通過讀書交流，試圖解開「文革」運動之謎。「在學校權威、家長權威、社會權

威相繼失落之後，他們開始了獨立的探索。其基本的發展邏輯，是首先在毛澤東著作中尋找答案，繼而讀馬克思、列寧的原著，再從黑格爾、康德以及其他的西方思想家，並由古典理論深入到二十世紀的現代理論」〔註1〕，最終形成了各種思想與理論派別的交錯與貫通。

北京與白洋淀的獨特的文化地域優勢和青年詩人高幹、高知的家庭出身，為這群處於精神斷乳、衝動反叛的青少年提供了交流、閱讀「異端」讀本的空間保障。在60年代和70年代的中國，出版界曾兩次較大規模地出版「內部」讀物：「第一次是在60年代初的中蘇論戰期間，我黨為了使各級幹部在『反修鬥爭』中擴大視野，由世界知識出版社、人民文學出版社、三聯書店等有計劃地出版了一批國際共運中各種思想潮流或稱『修正主義』思潮的和有助於瞭解蘇聯修正主義、西方資本主義的著述及文藝作品」。這批讀本在「文革」初的查抄中，流落到幹部子女及一般青年學生手中；「第二次是70年代初期，隨著毛澤東『三個世界』理論的提出，中蘇關係的緊張和中美關係的解凍，『四人幫』一夥也不得不鬆動了一下水洩不通的出版界，開始舉辦《摘譯》（1973～1976），介紹國外自然科學、社會科學思潮及文藝作品，又一次出版了不少『供參閱和批判』的蘇修理論和文藝作品，以及和中美關係有關的歷史傳記等」〔註2〕。幹部家庭擁有特別購買證能夠買到此類讀本〔註3〕。白洋淀由於距離北京較近，插隊知青的600人中300人來自北京，這樣北京沙龍中流傳的讀本也傳到了白洋淀。此處方圓幾十里的水蕩，阻隔了漁民與社會外部的聯繫，淀內各莊往來自如，物產豐富，生計無憂。公社忙於派性鬥爭，也無暇顧及知青的思想文化活動，因此白洋淀的政治環境相對寬鬆自由〔註4〕。這些有利的客觀條件保障了知識青年的深入閱讀與及時溝通，孕育著70年初的思想覺醒與詩歌變革。

據《全國內部發行圖書總目（1949～1986）》〔註5〕統計，在這群知青中傳閱的「異端」讀本主要來自國外，按圖書類別與出版時間排序如下：

〔註1〕 楊東平：《城市季風——北京和上海的變遷與對峙》，臺北：捷幼出版社，1996年版，第262頁。
〔註2〕 蕭蕭：《書的軌跡：一部精神閱讀史》，《沉淪的聖殿》，第5頁。
〔註3〕 楊樺的父親是總政文化部的幹部，有特別購買證。「文革」後期，楊樺把家裏的書拿出來讓大家讀。多多最早接觸的一批黃皮書就是從他家來的。見廖亦武、陳勇：《林莽訪談錄》，《持燈的使者》，第412頁。
〔註4〕 楊健：《中國知青文學史》，第238～239頁。
〔註5〕 中國版本圖書館編，中華書局，1988年。

1. 政治類

《斯大林時代》，【美】安娜‧路易斯‧斯特朗，石人譯，北京：世界知識出版社，1957 年 4 月。

《無政府主義批判（上下冊　社會主義思想史資料彙編）》，中國人民大學馬克思列寧主義基礎系編，北京人民大學出版社，1959 年 4 月。

《西行漫記》，【美】埃德加‧斯諾，王廣青等譯，北京：三聯書店，1960 年 2 月。

《沒有武器的世界——沒有戰爭的世界》（第一卷），尼‧謝‧赫魯曉夫，陳世民、張志強譯，世界知識出版社，1960 年 10 月。〔據蘇聯國家政治書籍出版局，1960 年 3 月版本譯出。〕

《新階級——對共產主義制度的分析》，【南斯拉夫】密洛凡‧德熱拉斯，陳逸譯，北京：世界知識出版社，1963 年 2 月。〔據美國弗雷德里克‧普雷格出版公司，1958 年第十次印刷本譯出。〕

《鐵托傳》《上、下》，【南】弗拉吉米爾‧傑吉耶爾，葉周、敏儀譯，北京：三聯書店，1963 年 4 月。〔據紐約西門和舒斯特公司一九五三年版譯出。〕

《赫魯曉夫主義》，【錫蘭】特加‧古納瓦達納，齊元思譯，北京：世界知識出版社，1963 年 11 月。〔據錫蘭科倫坡斯瓦迪希印刷所 1963 年 5 月版譯出。〕

《斯大林評傳》（上、下冊），【俄】列夫‧托洛茨基，齊干譯，北京：三聯書店資料室編印，1963 年 10 月。〔本書據查爾斯‧馬拉默思從俄文編譯的紐約——倫敦哈潑兄弟出版公司，1946 年英文版譯出。〕

《被背叛了的革命——蘇聯的現狀及其前途》，列夫‧托洛茨基，榮全如譯，北京：三聯書店資料室編印，1963 年 12 月。〔據美國紐約 Doubleday，Doran & Company Inc，1937 年英文本譯出。〕

《杜魯門回憶錄（第一卷　決定性的一年）（1945）》、《第二卷考驗和希望的年代》，【美】哈里‧杜魯門，李石譯，北京：世界知識出版社，1964 年 5 月、1965 年 1 月。〔據英國霍得與斯托頓公司，1956 年版譯出。〕

《南共聯盟綱領和思想鬥爭「尖銳化」》，【南】維利科·弗拉霍維奇，林南慶譯，北京：三聯書店，1964 年。

《普列漢諾夫機會主義文選（一九〇三～一九〇八）（上下）》，盧容譯，北京：三聯書店，1964 年 2 月、1965 年 7 月。

《法國大革命史》，馬迪厄，楊人楩譯注，北京：商務印書館，1964 年 7 月。

《第三帝國的興亡——納粹德國史》，【美】威廉·夏伊勒，董天爵、李家儒、陳傳昌等譯，世界知識出版社，1965 年 8 月。〔據紐約西蒙～舒斯特公司，1960 年英文版譯出。〕

《切·格瓦拉在玻利維亞的日記》，切·格瓦拉，北京：三聯書店，1971 年 12 月。

《尼克松其人其事》（節譯），復旦大學資本主義國家經濟研究所、上海市直屬機關「五·七」幹校六連編譯組譯，上海人民出版社，1972 年 2 月。

《選擇的必要——美國外交政策的前景》【美】亨利·基辛格，國際關係研究所編譯室譯，北京：商務印書館，1972 年 11 月。〔據紐約哈潑兄弟出版公司，1961 年版譯出。〕

2. 經濟政治學

《通向奴役的道路》，【奧地利】F·A·哈耶克，滕維藻、朱宗風譯，北京：商務印書館，1962 年 4 月。〔本書作者是資本主義世界的一個很有影響的資產階級思想家。本書是他 1944 年出版的一部理論著作。〕

3. 國外哲學

《存在主義簡史》，【法】讓·華爾，馬清槐譯，北京：商務印書館，1962 年 3 月。〔本書據美國 Philosophical Library，New York，1949 年版譯出。〕

《存在主義還是馬克思主義？》，【匈牙利】盧卡奇，韓潤棠等譯，北京：商務印書館，1962 年 6 月。

《存在主義哲學》（現代外國資產階級哲學資料選輯），中國科學院哲學研究所西方哲學史組編，北京：商務印書館，1963 年 6 月。

《人的哲學（馬克思主義與存在主義）》，【波蘭】Adam Schaff，

林波等譯，北京：三聯書店，1963 年 11 月。〔本書據波蘭書記和知識出版社，1962 年版譯出。〕

《青年黑格爾》（選譯），【匈牙利】盧卡奇，王玖興譯，北京：商務印書館，1963 年 12 月。〔本書原名全稱《青年黑格爾與資本主義社會問題》。依據 1954 年柏林建設出版社的版本。〕

《辯證理性批判》（第一卷：關於實踐的集合體的理論）（第一分冊　方法問題），【法】薩特爾，徐懋庸譯，北京：商務印書館，1963 年 12 月。

《人的遠景（存在主義，天主教思想，馬克思主義）》，【法】R·加羅蒂，徐懋庸、陸達成譯，北京：三聯書店，1965 年 8 月。〔本書據巴黎法國大學出版社，1959 年版譯出。〕

4. 道德哲學

《馬克思主義的人道主義》，【法】加羅蒂，劉若水、驚蟄譯，北京：三聯書店，1963 年 5 月。〔本書據蘇聯外國書籍出版社，1959 年俄文版轉譯。〕

《從文藝復興到十九世紀資產階級哲學家政治思想家有關人道主義人性論言論選輯》，周輔成編，北京：商務印書館，1966 年 2 月。

《作為哲學的人道主義》，【美】C·拉蒙特，北京：商務印書館，1963 年 7 月。〔根據原著 1950 年第三版譯出。〕

《人道主義、人性論研究資料》（第一至五輯），北京：商務印書館，1963 年 3 月～1965 年。

5. 文明史

《歷史研究》，【英】湯因比，曹末風譯，上海：上海人民出版社，1966 年 6 月。

6. 文藝理論與作品

《現代文藝理論譯叢》（第一輯～六輯），中國科學院文學研究所現代文藝理論譯叢編輯組編，北京：人民文學出版社，1961 年 3 月～1964 年。

《現代美英資產階級文藝理論論文選》（上、下），中國科學院文學研究所西方文學組編，北京：作家出版社，1962 年 7 月。

《從文藝復興到十九世紀資產階級文學家藝術家有關人道主義

人性言論選輯》，北京大學西語系資料組，北京：商務印書館，1971年11月。

《摘譯（外國文藝）》（共12期），《摘譯》編譯組編，上海人民出版社，1973年11月～1976年12月。

（1）蘇聯文學

《關於〈山外青山天外天〉》，【蘇】伊薩柯夫斯基等，北京：作家出版社，1961年。

《人道主義與現代文學》（上、下冊），現代文藝理論譯叢編輯部編，北京：作家出版社，1965年3月。現代文藝理論譯叢增刊。〔根據蘇聯科學世界文學研究所編輯的《人道主義與現代文學》一書譯出上集是「報告集」，下集是「發言集」。〕

《蘇聯文學與人道主義》，現代文藝理論編輯部編，北京：作家出版社，1963年8月。現代文藝理論譯叢增刊。

《蘇聯青年作家及其創作問題》，現代文藝理論編輯部編，北京：作家出版社，1963年11月。現代文藝理論譯叢增刊。

《蘇聯文學與黨性、時代精神及其他問題》，北京：作家出版社，1964年2月，現代文藝理論譯叢增刊。

《蘇聯一些批評家、作家論藝術革新與「自我表現」問題》，現代文藝理論譯叢編輯部編，北京：作家出版社，1964年3月。現代文藝理論譯叢增刊。

《作家的創作個性和文學的發展》，【蘇】米·赫拉普欽科，上海人民出版社編譯室，1977年8月。〔據蘇聯作家出版社，1972年第2版譯出。〕

a. 詩歌

《〈娘子谷〉及其他》（蘇聯青年詩人詩選），【蘇】葉夫杜申科等，蘇杭等譯，北京：作家出版社，1963年9月。〔這本詩集選編了蘇聯青年詩人葉夫杜申科、沃茲涅辛斯基、阿赫馬杜林娜三人的作品。〕

《焦爾金遊地府》，【蘇】特瓦爾朵夫斯基，丘琴等譯，北京：作家出版社，1964年2月。

《人》，【蘇】B·梅熱拉伊梯斯，孫瑋譯，北京：作家出版社，

1964 年 10 月。〔據蘇聯國家文學書籍出版社，1963 年版譯出。〕

　　b. 小說

　　《人、歲月、生活》（第一部），【蘇】愛倫堡，王金陵、馮南江譯，北京作家出版社，1962 年 12 月。《人、歲月、生活》（第二、三、四部），【蘇】愛倫堡，馮南江、秦順新譯，北京作家出版社，1963、1964 年 1 月。〔據蘇聯作家出版社，1961 年版譯出。〕

　　《生者與死者》，【蘇】康·西蒙諾夫，謝素臺等譯，北京：作家出版社，1962 年 12 月。

　　《解凍》（第一、二部），【蘇】愛倫堡，沉江、錢誠譯，北京：作家出版社，1963 年 1 月、11 月。

　　《伊凡·傑尼索維奇的一天》，【蘇】索爾仁尼津，斯人譯，北京：作家出版社，1963 年 2 月。〔據蘇聯《НOВЫЙ МИР》，1962 年第 11 期譯出。〕

　　《帶星星的火車票》，【蘇】瓦·阿克肖諾夫，王平譯，北京：作家出版社，1963 年 9 月。〔據《ЮНОСТВ》雜誌 1961 年 6、7 月號譯出。〕

　　《索爾仁尼津短篇小說集》，孫廣英譯，北京：作家出版社，1964 年 10 月。

　　《艾伊特瑪托夫小說集》，陳韶廉等譯，北京：作家出版社，1965 年 1 月。

　　《蘇聯青年作家小說集》（上、下冊），北京：作家出版社，1965 年 2 月。

　　《人世間》，【蘇】謝苗·巴巴耶夫斯基，上海新聞出版系統「五·七」幹校翻譯組譯，上海人民出版社，1972 年 5 月。〔據蘇聯《小說月報》，1969 年第 4、5 期譯出〕

　　《你到底要什麼？》【蘇】弗·阿·柯切托夫，上海新聞出版系統「五·七」幹校翻譯組譯，上海人民出版社，1972 年 10 月。

　　《多雪的冬天》，【蘇】伊凡·沙米亞金，上海新聞出版系統「五·七」幹校翻譯組譯，上海人民出版社，1972 年 12 月。〔據蘇聯《小說月報》，1971 年第 5～6 期譯出。〕

　　《白輪船（仿童話）》，【蘇】欽吉斯·艾特瑪託夫，雷延中譯，

上海人民出版社，1973 年 7 月。〔據蘇聯《新世界》雜誌 1970 年第1 期譯出。〕

《落角》，【蘇】弗·阿·柯切托夫，上海人民出版社編譯，上海人民出版社，1973 年 9 月。

《普隆恰托夫經理的故事》，【蘇】維·李巴托夫，上海外國語學院俄語系譯，上海人民出版社，1973 年 10 月。

《活著，可要記住》，【蘇】瓦·拉斯普京，1978 年 12 月～79年 6 月，中國社會科學出版社、上海譯文出版社、南京大學外文系歐美文化研究所三個版本。

（2）英國

《托·史·艾略特論文集》，【英】托·史·艾略特，周煦良等譯，上海文藝出版社，1962 年 1 月。〔據 Faber and Faber Ltd，London，1932 年版本譯出〕

《憤怒的回顧》，【英】奧斯本，黃雨石譯，北京：中國戲劇出版社，1962 年 1 月。〔據 Faber & Faber，London，1956 年版本譯出〕

《苦果——鐵幕後知識分子的起義》，【英】艾德蒙·斯蒂爾曼編，北京：作家出版社，1962 年 2 月。〔據倫敦泰晤士河哈德遜出版社，1959 年版譯出。書中收集了蘇聯和東歐一些國家的論文、詩歌和短篇小說。〕

《往上爬》，【英】約翰·勃萊恩，貝山譯，北京：作家出版社，1962 年 11 月。〔據 Penguin books Ltd，Harmondsworth，Middlesex，1959 年版譯出。〕

《等待戈多》【英】薩繆爾·貝克特，施咸榮譯，北京：中國戲劇出版社，1965 年 7 月。〔據 Faber and Faber Limited，London，1960年版本譯出。〕

（3）法國

《局外人》【法】亞爾培·加繆，孟安譯，上海文藝出版社，1961 年 12 月。

《椅子——一齣悲劇性的笑劇》【法】尤琴·約納斯戈，黃雨石譯，北京：中國戲劇出版社，1962 年 11 月。

《厭惡及其他》【法】讓—保爾·薩特，鄭永慧譯，上海：作家

出版社上海編輯所，1965 年 4 月。

　　《勒菲弗爾文藝論文選》【法】亨利・勒菲弗爾，現代文藝理論
譯叢編輯部編，北京：作家出版社，1965 年 8 月。現代文藝理論譯
叢增刊。

　　（4）美國

　　《在路上》（節譯本），【美】傑克・克茹亞克，石榮、文慧如譯，
北京：作家出版社，1962 年 12 月。

　　《卡薩布蘭卡》（電影文學劇本），【美】裘力斯・艾卜斯坦、菲
立普・艾卜斯坦・陳雄姜、劉良模譯，北京：中國電影出版社，1963
年 4 月。

　　《麥田裏的守望者》，【美】傑羅姆・大衛・塞林格，施咸榮譯，
北京：作家出版社，1963 年 9 月。

　　（5）奧地利

　　《審判及其他》，【奧】弗朗茲・卡夫卡，李文俊、曹庸譯，上
海：作家出版社上海編輯所，1966 年 1 月。

　　這些「異端」讀本，主體是 60、70 年代為了「反修防修」鬥爭的需要而
出版的供批判用的「內部發行」讀物，俗稱「灰皮書」、「黃皮書」，印數一般
在 2000 冊。其中「灰皮書」主要是「修正主義者」、「機會主義」和西方理論
家的政治著作，主要由人民出版社（以副牌三聯書店的名義），以及商務印書
館、世界知識出版社、上海人民出版社出版。「分甲、乙、丙三類，限定發行
範圍；甲類最嚴，表示『反動性』最大，如伯恩斯坦、考茨基、托洛茨基等人
的著作，購買和閱讀的對象都嚴格控制」。有些屬於「灰皮書」內容的書封皮
也採用過紅色、黃色或白色。在階級鬥爭激烈緊張的歲月，顏色也有階級性。
紅色代表革命，灰色或黑色等灰暗色調是「反動」。第一本「灰皮書」是 1961
年人民出版社用三聯書店的名義出版的《伯恩斯坦、考茨基著作選錄》。「灰皮
書」從 1961 年開始出版，1963 至 1964 年隨著中蘇大論戰的展開，進入高峰
期，出版數量最多。到 1966 年文化大革命開始後中斷，1971 年周總理主持召
開全國出版工作座談會後，出版工作逐漸恢復，「灰皮書」從 1972 年起又繼續
出版，到 1980 年先後出版了 200 多種。後來有些屬於「灰皮書」內容的書也
採用過黃色封面或白色封面；「黃皮書」為「反面教材」與「供批判用」的文
學類書籍。它的出版也基本分兩個階段。1962 至 1965 年間，為配合「反修批

修」的政治大背景，集中出版了一批「蘇修文學」，即當時蘇聯陸續新出版的一些作品，如描寫戰爭的殘酷、恐怖、悲慘的反戰小說和劇本，一些所謂人性論、資產階級人道主義的詩歌、小說、散文以及評論等。第二階段主要在1971至1978年間，但封面已由「黃皮」改為「白皮」「灰皮」「綠皮」等。「黃皮書」主要由人民文學出版社出版，同時以作家出版社和中國戲劇出版社的名義出版〔註6〕。國家高級幹部可持特殊證件去內部書店購買，並通過各種渠道流入民間。《今天》詩人對於這些思想讀本的閱讀，在時間範圍上，主要集中在1966年「文革」前出版的著作〔註7〕。此外「異端」讀本還包括解放前與「十七年」（1949～1966）間的出版的西方名著（含翻譯體詩歌）、30、40年代中國自由主義知識分子的著作、詩集以及1957年的右派言論等。

　　「文革」地下讀書活動可以追溯到60年代初。而由「公開」向「地下」轉變的沙龍組織形式在五十年代中期已公開出現。1956年隨著「百花齊放，百家爭鳴」〔註8〕方針的提出，文藝界自由探討、爭論的風氣漸趨形成。文藝沙龍這種營造自由、民主、平等風氣的活動場域也開始作為學院制度化機制得到復興〔註9〕。然而不幸的是，這種公開的文藝沙龍活動很快在1957年下半年全國「反右」鬥爭擴大化中被扣上了「反動」「反黨」「黑店」的帽子〔註10〕。

〔註 6〕　灰皮書、黃皮書具體的編選、翻譯、出版、閱讀情況，見張惠卿：《「灰皮書」
　　　　　的由來和發展》，《出版史料》，2007年第1期；張福生：《我瞭解的「黃皮書」
　　　　　出版始末》，孫繩武：《關於「內部書」：雜憶與隨感》，蕭蕭：《書的軌跡：一
　　　　　部精神閱讀史》，見《沉淪的聖殿》與沈展云：《灰皮書，黃皮書》，廣州：花
　　　　　城出版社，2007年版。
〔註 7〕　皮書出版史的研究近年來也引起學界關注。已出版專著有沈展云：《灰皮書，
　　　　　黃皮書》，廣州：花城出版社，2007年版。
〔註 8〕　「藝術上不同形式和風格可以自由發展，科學上不同的學派可以自由爭論。
　　　　　利用行政力量，強制推行一種風格，一種學派，禁止另一種風格，另一種學
　　　　　派，我們認為會有害於藝術和科學的發展。藝術和科學中的是非問題，應當通
　　　　　過藝術界科學界的自由討論去解決，通過藝術和科學的實踐去解決，而不應當
　　　　　採取簡單的方法去解決。」見毛澤東：《關於正確處理人民內部矛盾的問題》，
　　　　　北京：人民出版社，1957年版，第25頁。
〔註 9〕　1956年11月23日，中央美術學院民盟支部舉辦了一次文藝沙龍晚會，由此
　　　　　展開了關於法國十九世紀印象主義的爭論。截至1957年1月23日，由西洋
　　　　　美術史教學研究室就印象主義的評價問題又相繼組織了四次學術討論會。
〔註10〕　1957年7月8日，8月10日、14日，9月20日，《新湖南報》接連發表了四
　　　　　篇批判文章：方季的《反動的「文藝沙龍」內幕已經揭開，「新苗」編輯部若
　　　　　干問題開始暴露——省會文藝界反擊右派座談會獲得重要進展》、陳浴新的
　　　　　《我初步交代自己的罪行（揭露「文藝沙龍」的反黨活動）》、《共產黨的叛徒

50 年代末一些青年學生在家庭環境〔註11〕的影響下，不滿學校的正統教育，秘密地組織起來閱讀主流意識形態禁止的書籍，從事獨立的文學創作，甚至針砭時政。其中最著名的是北京的「X 詩社」和「太陽縱隊」兩個團體。「X 詩社」〔註12〕以郭世英、張鶴慈和孫經武為主。張鶴慈回憶說：「高中時開始看大量的西方古典和近現代作品，在家裏和一些大學圖書館還能找到一些內部讀物。我和郭世英用了郭沫若的內部購書證去買過許多內部書籍，尤其是新出的社會科學和文學方面的書。」〔註13〕郭世英當時閱讀了大量內部發行的西方政治、歷史和文學著作，對俄蘇文學很熟悉。1962 年郭世英進入北京大學哲學系後，適逢全國掀起運用「一分為二」解決各種生活矛盾的學習哲學熱潮，郭世英向哲學「禁區」進軍：「社會主義的基本矛盾是不是階級矛盾？大躍進是成功了還是失敗了？毛澤東思想能不能一分為二？什麼是權威？有沒有頂

肖雲端現了原形（「文藝沙龍」骨幹分子之一）》、林一的《把杜、康的支店打得落花流水——「文藝小沙龍」篡奪戲曲界領導的幻夢徹底毀滅，女掌櫃文憶萱等現出精怪原形》。1957 年 8 月 7 日《人民日報》發表胡堅的《反黨反社會主義的黑店——「文藝沙龍」》。

〔註11〕陳布文、海默之於「太陽縱隊」的精神引導，郭沫若、田漢、老舍、王力之於陳明遠的精神召引和藝術點撥。田漢對於民間疾苦的關懷、對於祖國前途的憂慮深深觸動了陳明遠，使他面對三年困難時期的社會現實調整了詩風：如1960 年秋《列車窗口》一詩中，在早期頗具浪漫派的個人靈動感覺捕捉的風格基礎上糅入了現實人生貧苦場景的描寫與困惑情緒。郭沫若謹慎地評寫到「這首詩在藝術上是成功的，但是感情過於沉重，難免引起不必要的誤解，甚至造成麻煩。因此，目前不宜傳示他人，更不宜公開發表。切記！」；而老舍以英美意象派早期代表詩人龐德模仿中國古典詩歌為例，提醒詩人既要學習西方現代詩歌，同時要注意借鑒古典詩詞表現技巧。見陳明遠：《劫後詩存——陳明遠詩選》，北京：世界知識出版社，1988 年版，第 43、342 頁。

〔註12〕「X 詩社」的命名，郭世英說「X」表示「未知數」、張鶴慈說「十字街頭」，孫經武說是「赫魯曉夫的第一個字母」。後來以赫魯曉夫名字俄文的第一個字母「X」，被定罪為「赫魯曉夫集團」。在當時中共「九評」公開信論戰的氣氛中，成員全數被捕。活動時間從 1962 年至 1963 年夏。見牟敦白：《X 詩社與郭世英之死》，《沉淪的聖殿》，第 25 頁與周國平：《關於 X 和張鶴慈的四首詩》，《新詩界》，北京：新世界出版社，2003 年版，第 534 頁。

〔註13〕《非正常死亡》，子西等編，北京：北京師範學院出版社，1986 年版，第 173 頁。另據張鶴慈兄長張飴慈回憶：當時他們能讀許多內部讀物，如《麥田裏的守望者》、《向上爬》之類的小說，《椅子》之類先鋒派劇本，哈耶克《通向奴役之路》、薩特、維斯根斯坦的著作，「他們接觸的面很廣，已不再嚮往蘇聯了。我相信，就他們的年齡來說，有些年齡並沒有看懂，但他們很認真地討論」。見《張飴慈致邵燕祥的信》，《新詩界》，李青松主編，北京：新世界出版社，2003 年版，第 526 頁。

峰？」質疑的都是當時頗為敏感的「大政方針」〔註14〕。另一方面，他對「特權階層」有深刻的看法，曾與牟敦白說：「俄國的貴族多了，有的人為了追求理想，追求個性解放（郭世英對強調『個性解放』這個詞先後不下數十次），追求社會的進步，拋棄財富、家庭、地位，甚至生命，有多少十二月黨人、民粹黨人是貴族，是公爵、伯爵、男爵。他們流放到西伯利亞，受鞭笞，做苦役，拋棄舞場、宮廷、情人、白窗簾和紅玫瑰，他們為了什麼？我不是讓你看了安德烈耶夫的《消失在暗淡的夜霧中》了嗎？想想那些人生活的目的是什麼？」〔註15〕在「太陽縱隊」核心人物張朗朗的家中，保存著「差不多全套的《論語》、《宇宙風》、《太白》、《小說日報》等30年代的文藝月刊」。1958年受到蘇聯未來派詩人馬雅可夫斯基和蘇聯電影《詩人》的影響後，他確立了「詩人必然是反叛的」，「自己是反對官僚和小市民的詩人」這一身份。他的父親有北京圖書館內部借閱證，買了許多「灰皮書」、「黃皮書」。張朗朗讀遍了當地的「內部圖書」，並拿「《憤怒的回頭》到學校，熱情推崇，從頭到尾讀給朋友們聽」。在「黃皮書」中，他們雖然也喜歡葉甫圖申科的《娘子谷及其他》、阿克蕭諾夫《帶星星的火車票》等，但最喜歡也最受震撼的是塞林格的《麥田守望者》和凱魯亞克的《在路上》：「當時狂熱到這樣程度，有人把《麥田裏的守望者》全書抄下」，「董沙貝可以大段大段背下《在路上》。那時居然覺得，他們的精神境界和我們最相近」〔註16〕。

1962年9月隨著「千萬不要忘記階級鬥爭」口號的提出，文藝界「修正主義」思想批判泛濫時，已趨成熟的詩人面對嚴峻的政治環境，在幻夢破滅的一瞬警醒過來。從1963年開始，文藝沙龍終止了有形的組織活動，到1966年北京的沙龍成員已經四處離散。在匆匆分手之際寫下「相信未來」的期許中，文藝沙龍等待著新的集結。此時，遠離京城、家庭背景亦很特殊的貴州、成都年輕詩人，他們對現實境遇的批判較早便有著自覺意識，而偏安一隅的地域環境使他們先行獲得了更為自由的精神空間〔註17〕。

〔註14〕《非正常死亡》，子西等編，北京：北京師範學院出版社，1986年版，第173頁。
〔註15〕牟敦白：《X詩歌與郭路生之死》，《沉淪的聖殿》，第24頁。
〔註16〕張朗朗：〈「太陽縱隊」傳說及其他〉，《沉淪的聖殿》，第38頁。
〔註17〕貴州、成都沙龍成員大多由「黑五類」與平民知識分子子弟構成。據黃翔自述，啞默「家是全省最大的資本家，保留有一座深宅大院，他家有一個沙龍，每週定期聚會，來的都是省城青年中出類拔萃的人物，有詩人、畫家、演員、音樂工作者，這個沙龍被我取名為『野鴨沙龍』。」黃翔的朋友、啞默的哥哥伍汶憲「在五十年代初期，就開始充滿自由主義精神的詩歌寫作，以宣洩意識

　　從相對封閉的精英小圈子到更為廣大的城鄉知青群，從抽象地追求個性解放、批評社會上層權貴與官僚主義，到歷經紅衛兵運動的退潮與「上山下鄉」的政治放逐，一批善於思考的新人，在「中國向何處去」的宏大追問下，首先明確地轉向政治、經濟、哲學的系統思考：「我們都相信當時盛行的一種看法，認為只有首先『從理論上』認清歷史的總體進程，才能在實踐上辨明『我們目前的形勢與任務』」〔註18〕。繼而一部分青年開始厭倦政治，自覺遁入純藝術世界，撫慰創傷，比拼詩藝。而《今天》詩人往往將政治、哲學的覺醒與藝術的反叛與探索銜接在一起。尤其在 1971 年「九‧一三」事件的激發下〔註19〕，《今天》詩人從悄然懷疑步入恍然大悟後的憤然反叛。

　　當時「內部出版」的哲學著作中，不乏英美分析哲學與實用哲學，如羅素、懷特、杜威的哲學著述〔註20〕，但這種缺乏政治革命色彩、學理化的著作並不如法國存在主義哲學那麼讓「反叛者」怦然心動：「我向他（多多）推薦羅素，三番五次，他根本讀不下去。他大捧薩特，我勉強讀了，但毫不喜歡」〔註21〕。這種古典趣味與現代趣味分野的現象同時並存在這批新人中。其中，反叛者們對皮書的選擇具有鮮明的政治傾向性。他們選擇的「異端」讀本，其作者幾乎全是「聞名中外的所謂國際共運中的『叛徒』或『修正主義作家』。他們曾都是狂熱的革命中人，但他們又幡然醒悟為『革命』的懷疑者與反對者，這一思想歷程和這一代正好相似。曾是革命的『同志』，他們的話語

形態專制下精神的壓抑和苦悶，詛咒黑暗，追求光明……」，啞默「受他哥哥影響執著於文學，六十年代就開始寫詩並自印民刊，在小圈子內流傳」。見美國《世界週刊》，1998 年 2 月 8 日。引自《先驅詩人‧啞默‧出版說明》，1999 年自印本。

〔註18〕　朱正琳：《讓思想衝破牢籠》，《七十年代》，第 164 頁。

〔註19〕　「九一三林彪事件，將絕大部分中國人幾十多年來建立起來的政治信仰徹底瓦解了，也就是說，那以後，人們在接受各種信息和分析信息時將不再有一個固定的解釋系統了。」見朱正琳：《讓思想衝破牢籠》，《七十年代》，第 187 頁。

〔註20〕　英國哲學家羅素有《心的分析》，李季譯，中華書局，1958 年版，北京：商務印書館，1963 年 9 月新 1 版，《社會改造的原理》，張師竹譯，上海人民出版社，1959 年 12 月版，《常識和核武器戰爭》，張師竹譯，北京：商務印書館，1961 年 6 月版，《西方哲學史（及其與從古代到現代的政治社會情況的聯繫）》（上卷），何兆武、李約瑟譯，北京：商務印書館，1963 年 9 月版；美國哲學家 M‧懷特編著的《分析的時代》，杜任之等譯，北京：商務印書館，1964 年 1 月版，J‧杜威的《自由與文化》與《經驗與自然》，傅統先譯，北京：商務印書館，1964 年 10 月、11 月版。

〔註21〕　周舵：《當年最好的朋友》，《沉淪的聖殿》，第 212 頁。

系統也具有更大的可接受性。其次，他們作品的抒發特點都在於揭露正義旗幟下的專制和陰暗的權力鬥爭，尤其是對斯大林大清洗內幕的揭露和對人性、人道的『解凍』的呼喚，更觸發了這些紅衛兵們的強烈共鳴」。「這一代人在其親身經歷中不僅深切地體會到所謂『革命』理論的虛偽性，更廣泛地目擊和承受了這一『革命』的黑暗性和殘酷性。因而，當他們閱讀這些『叛徒們』對『革命』的認識時，就不僅是『心有靈犀一點通』，而是驚世駭俗般的人生大啟大悟了。」〔註22〕

其實，一批知識青年借住對西方傳統經典與馬克思著作的深入思索〔註23〕，也在尋索著覺醒之路。1967 年 1 月 18 日，《中學文革報》以「家庭出身問題研究小組」的名義發表了遇羅克的《出身論》，尖銳指出「血統論」是封建陰封制度，高幹子弟是「一個新的特權階層」。雖然「出身論」同樣建立在「階級鬥爭」基礎上，老紅衛兵的自我反省也並不觸及靈魂〔註24〕，但是《出身論》第一次宣告了人的政治權利的平等。北島在 1975 年和 1979 年分別寫出《結局或開始》、《宣告》悼念遇羅克，足見其影響〔註25〕。1969 年夏天，北京四中學生趙京興的《哲學批判》在白洋淀知青中流傳，北島、芒克、多多與趙京興交往甚多：「趙京興在自己的哲學手稿裏，借馬克思的口重申了費爾巴哈的命題：神的本質就是人的本質。『宗教是人的無意識的自我意識』，『人關於神的知識就是關於自身的知識』」。白洋淀詩人宋海泉評價說：「在造神運動達到頂峰的時代，把宗教的世界歸結於它的世俗基礎，把神降低為人，實際上是把世俗的人提高到神的位置，把對塵世的人的關懷取代對宗教的神的崇拜。」〔註26〕馬克思有句振聾發聵的名言：「懷疑一切。」馬克思認為，懷疑一切的起點，是站在人為了發現真理而去懷疑。而毛澤東「不要迷信」的說法：「我們不要迷信馬克思，馬克思無非是比我們站的高一點，比我們站的高

〔註22〕蕭蕭：《書的軌跡：一部精神閱讀史》，《沉淪的聖殿》，第 11 頁。

〔註23〕這些著作為公開出版。如黑格爾哲學著作 7 本，分別是《小邏輯》（1954 年）、《歷史哲學》（1956 年）、《法哲學原理》（1962 年）、《精神現象學》（上卷 1962 年）、《哲學史講演錄》（共四卷，只出版三卷，年代不詳）。朱正琳說：「我們的理論閱讀大多是從馬列主義的經典著作開始的，讀著讀著就產生了讀《資本論》的雄心。但列寧說『不懂黑格爾的《邏輯學》就讀不懂馬克思的《資本論》』，我於是開始啃黑格爾。」見朱正琳：《讓思想衝破牢籠》，《七十年代》，第 164 頁。

〔註24〕楊健：《中國知青文學史》，第 118～119 頁。

〔註25〕遇羅克《出身論》的原文，曾被《今天》同人趙一凡保存。

〔註26〕宋海泉：《白洋淀瑣憶》，《持燈的使者》，第 161 頁。

一點沒關係，我們搭個梯子就能爬上去」，在登峰造極的瘋狂歲月裏「讓我茅塞頓開，我的理解是對任何人都不要迷信，包括對毛本人」〔註27〕。對於馬克思、毛澤東思想的重讀與篩選，匯入這批新人思想覺醒的長河中，甚至成為《今天》創刊與詩歌創作合法性的理論依據。在北島執筆的《今天》創刊號「致讀者」中，直接引用馬克思的話：

> 馬克思指出：「你們讚美大自然悅人心目的千變萬化和無窮無盡的豐富寶藏，你們並不要求玫瑰花和紫羅蘭散發出同樣的芳香，但你們為什麼卻要求世界上最豐富的東西——精神只能有一種存在形式呢？我是一個幽默家，可是法律卻命令我用嚴肅的筆調。我是一個激情的人，可是法律卻指定我用謙遜的風格。沒有色彩就是這種自由唯一許可的色彩。每一滴露水在太陽的照耀下都閃耀著無窮無盡的色彩。但是精神的太陽，無論它照耀著多少個體，無論它照耀著什麼事物，卻只准產生一種色彩，就是官方的色彩！精神的最主要的表現形式是歡樂、光明，但你們卻要使陰暗成為精神的唯一合法的表現形式；精神只准披著黑色的衣服，可是自然界卻沒有一枝黑色的花朵。〔註28〕

而對於《毛澤東選集》中「百花齊放、百家爭鳴」文藝思想的重讀，也為知青提供了迥異於 70 年代主流文壇的思路：「藝術上不同的形式和風格可以自由發展，科學上不同的學派可以自由爭論。利用行政力量，強制推行一種風格，一種學派，禁止另一種風格，另一種學派，我們認為會有害於藝術和科學的發展」。當時的知青徐冰讀後，「激動中混雜著覺悟與憤慨：毛主席把這種關係說得這麼清楚、這麼有道理，現在的美術工作者怎麼搞的嘛！」〔註29〕。

然而，真正帶給《今天》詩人政治覺醒與藝術震撼的，主要來自哈耶克的《通向奴役的道路》、德熱拉斯的《新階級》、安娜·路易斯·斯特朗的《斯大林時代》、油印本的赫魯曉夫在蘇共 20 大的秘密報告以及波德萊爾詩歌等：

一、哈耶克的整體顛覆：「通向奴役的道路」

> 毫無疑問：預言將有更多的自由的這種諾言成為社會主義宣傳的最有力工具之一；並且人們對社會主義會帶來自由的信念也是真

〔註27〕許成鋼：《探討，整肅與命運》，《七十年代》，第 412 頁。
〔註28〕北島：《致讀者》，《今天》創刊號。
〔註29〕徐冰：《愚昧作為一種養料》，《七十年代》，第 10 頁。

誠和純潔的。但是如果通向自由的道路的諾言在事實上竟成為通向
奴役制度的大道，悲劇豈不更加悲慘。無疑地，更多自由的諾言是
引誘越來越多的自由主義者走上社會主義道路的原因，是使他們受
蒙蔽而看不到社會主義和自由主義基本原則之間存在著的衝突的原
因。……大部分知識分子把社會主義崇奉為自由主義傳統的當然
繼承人，因此，難怪他們認為社會主義會導向自由主義的反面的意
見是不可思議的。〔註30〕

　　哈耶克認為，自發的資本主義經濟能夠保存「個人自由」，而「計劃經濟」
將導致「極權主義」和「個人獨裁」。法西斯主義和納粹主義的興起，是前一
時期社會主義趨勢的「必然結果」。社會主義成為了「對法國大革命的自由主
義的反動」。「民主主義從自由中尋求平等，而社會主義則從抑制和奴役中尋
求平等。」〔註31〕極權主義國家違背「法治」原則：

　　　　法律能夠使那種實質上是專橫的行為合法化。如果法律規定某
　　一機關或當局可以為所欲為，那麼，那個機關和當局所做的任何事

〔註30〕哈耶克：《通向奴役的道路》，滕維藻、朱宗風譯，北京：商務印書館，1962 年
　　　　版，第 29 頁。
〔註31〕哈耶克：《通向奴役的道路》，第 28～30 頁。

都是合法的——但它的行動肯定地不屬於法治的範圍。通過賦予政
府以無限制的權力，可以把最專橫的統治合法化；並且一個民主制
度就可以這樣建立起一種可以想像得到的最完全的專制政治來。

　　因此「法治就含有限制立法範圍的意思」，它「排除那種直接針對特定
的人或者使任何人為了這種差別待遇的目的而使用政府的強制權力的立法」
〔註32〕。1980 年 9 月《今天》被查封時，《今天》編輯部發表《致〈今天〉讀
者書》：「我們鄭重聲明：保留在任何時候恢復《今天》出版的權利，我們認為
中華人民共和國憲法第 45 條關於出版自由的條文賦予我們這一神聖的公民權
利。《今天》不存在非法的問題，而是有關出版自由的具體法令不完善。《今
天》不是有法不依，而是無法可依。」由此可見，《今天》編輯們對哈耶克「法
治」觀念的崇尚：

　　　　法治的意思就是指政府在一切行動中都受到事先規定並宣布的
　　規章的約束——這種規章使得一個人有可能十分肯定地預見到當局
　　在某一情況中會怎樣使用它的強制權力，和根據這種瞭解計劃它自
　　己的個人事務。

　　在社會道德上，哈耶克竭力為「個人主義」正名：「個人主義今天名氣不
好，這個名詞常常被人和利己主義、自私自利聯繫起來。但是我們所說的與社
會主義及一切其他形式的集體主義相對立的個人主義，是和這些東西沒有必
然的聯繫的」：

　　　　由基督教與古典哲學提供基本原則的個人主義，在文藝復興時
　　代第一次得到充分的發展，此後逐漸成長和發展成為我們所瞭解的
　　西方文明。這種個人主義的基本特點，就是把個人「當作」人來尊
　　重，也就是承認在他自己的範圍內，縱然這個範圍可能被限制得很
　　狹，他的觀念和愛好是至高無上的。

　　個人主義哲學「僅僅從一個無可爭辯的事實出發，即由於我們想像能力
的限制，我們的價值尺度所能包括的只是全社會需要的一部分，嚴格地說，由
於價值尺度只能存在於個人頭腦中，因此只能有局部的價值尺度……。個人主
義者由此得出結論說，在限定的範圍內，應當讓個人遵循他們自己的（而不是
別人的）價值和偏愛；並且在這個領域內，個人的目標體系應當高於一切，不
受他人任何命令的約束。就是這種承認個人作為其目標的最後判斷者，以及

〔註32〕哈耶克：《通向奴役的道路》，第 80～82 頁。

對個人行動應當儘量受他自己意志的支配的這種信念，形成了個人主義立場的本質。」「個人主義的美德：即寬容和尊重其他的個人和他們的意見，獨立精神，正直的性格和維護自己的意見而不為一個上級的意見所左右的那種意願，德國人也常常自覺到這一點，把它叫做『書生意氣』。」〔註33〕但是個人主義「將隨極權主義國家的興起而完全消失」〔註34〕。在集體主義者的眼中，「對一個社會的共同目標的追求，可以沒有限制地侵奪任何個人的任何權利和價值」〔註35〕。因此，國家與個人的關係淪為：當「社會」、「全體的利益」、「最大多數人的最大利益」成為國家行動壓倒一切的標準時，如果個人的權利成為阻礙，個人的權利必須去掉。針對70年代初王杰捨己為人行為，陝北插隊知青史鐵生在趙一凡家的沙龍中討論車爾尼雪夫斯基的「合理的利己主義」：儘管我捨己救人，但絕對不是完全沒有自己的考慮，是為了自己內心的安寧。「使別人快樂和幸福是為了自己的快樂和幸福」〔註36〕這也是一種利己主義，只不過被「為別人」的冠冕堂皇的名聲給遮蔽了。中國詩人從利己動機解讀集體主義，與哈耶克「對個人行動應當儘量受他自己意志的支配」的個人主義，出發點基本一致。

在宣傳與藝術的關係上，哈耶克指出宣傳淪為專制工具的社會病因及其目的：

> 在極權主義國家裏，使宣傳完全改變了性質和效用的，不是宣傳本身，也不是所使用的技術是極權主義所特有的，而是一切宣傳都為同一目標服務——把所有宣傳工具都協調起來朝著一個方向影響個人，並產生出特有的全體人民的思想「統一性」。這樣做的結果是：極權主義國家裏的宣傳的效果，不但在量的方面，而且在質的方面都和由獨立的與競爭的機構為不同的目標所作的宣傳的效果完全兩樣。……靈巧的宣傳家於是就有力量照自己的選擇來形成人心的趨向。而且，連最有理解力的和獨立的人民也不能完全逃脫這種影響，如果他們被長期地和其他一切新聞來源隔離開來的話。〔註37〕

〔註33〕哈耶克：《通向奴役的道路》，第143頁。
〔註34〕哈耶克：《通向奴役的道路》，第19頁。
〔註35〕哈耶克：《通向奴役的道路》，第144頁。
〔註36〕徐曉：《無題往事》，《持燈的使者》，第255頁。
〔註37〕哈耶克：《通向奴役的道路》，第147頁。

極權主義的宣傳,「對於一切道德都是有害的,因為它們破壞了一個一切道德的基礎,即對真理的認識和尊重〔註38〕。因此,凡是追求真理的「為科學而科學,為藝術而藝術」是「同樣為納粹黨徒、為我們的社會主義的知識分子和共產黨人所痛恨的。每一個活動都必須有一個自覺的社會目標來證明它是正當的。絕不能有自發的、沒有領導的活動,因為它會產生不能預測的和計劃未作規定的結果。它會產生某種新的、在計劃者的哲學裏未曾夢想到的東西。這個原則甚至伸展到遊嬉和娛樂上去。……我們必須像譴責『為藝術而藝術』那樣斷然譴責『為下棋而下棋』的那個公式」〔註39〕。70年代初徐浩淵沙龍中的劉自立認為:藝術有它自己的追求,超然於功利主義,如王爾德的「藝術宣言」中所說:「藝術是道德的標準」〔註40〕。70年代末《今天》秉持「為藝術而藝術」的立場,並且始終逆反為「人民性」而犧牲「個人性」的官方藝術標準。哈耶克關於「社會主義／自由主義、集體主義／個人主義、宣傳工具／藝術本位」的分析,成為支撐朦朧詩運動的有力思想資源之一。

二、共產主義運動與制度的反思:從「被背叛了的革命」到「新階級」

與哈耶克站在資產階級立場,以旁觀者的比較視角,簡潔有力地揭批社會主義的「極權」與「獨裁」不同,托洛茨基的《被背叛了的革命:蘇聯的現狀及其前途》與德熱拉斯的《新階級》雖不及哈耶克深邃與犀利,但他們從共產主義體制內部,結合蘇聯社會的具體問題,反思共產主義的歷史發展與現行體制。因此,無論是從身份經歷,還是從題材內容上,更容易為熟悉蘇聯革命的中國「反叛者」所接受。一位在白洋淀地區插隊的原北大「共產青年社」成員回憶道:「經歷了一個全面的壓迫和苦難,我們的精神陷入了一種困惑。而最終使我們衝破幾十年的教育灌輸給我們的思想模式,得益於兩本灰皮書的點

〔註38〕哈耶克:《通向奴役的道路》,第148頁。

〔註39〕哈耶克:《通向奴役的道路》,第155頁。

〔註40〕劉自立的父親是「中央反修小組」成員。劉自立在1966年參加「4‧3派」,和當時中宣部子弟成立了一個造反小組。運動開始後,父親被迫害致死。1968年劉自立反對「血統論」,寫大字報評論毛澤東的富農出身問題,而被逮捕入獄。在運動之初,劉認為「文革」是追求平等,消滅特權的一場運動,曾熱情地投入。對「文革」運動產生幻滅後,轉向藝術。而使他對「政治」的認識有了徹底改變,加速了他轉向藝術的書就是哈耶克的《通向奴役的道路》。見楊健:《最初的沙龍活動:紅衛兵集團向知青集團的歷史性過渡(續一)》,《中國青年研究》,1996年第3期。

撥，一本是托洛茨基的《被背叛了的革命》……托氏的書無疑是困惑之中出現的一縷明晰的光。那年冬天，我又找到了德熱拉斯的《新階級》。至此，有關政治和社會的認識，我們終於擺脫了夢魘般的桎梏和愚昧。」〔註41〕另一位讀者則直接點明：「給我震動比較大的是《新階級》中斯大林的黑幕和赫魯曉夫蘇共 20 大報告引起的經久不息的掌聲，還有『解凍』所帶來的影響……」。

《被背叛了的革命》寫於 1936 年，「托洛茨基在這裡盡量貶低蘇聯當時取得的成就，誇大蘇聯的缺點，而把一切罪過都推到斯大林和布爾什維克黨的身上，認為十月革命已經『被背叛了』，蘇聯的黨和國家已經蛻化，除非再經過一次『革命』便無法加以挽救——這就是托洛茨基這本書的主要內容」〔註42〕。托洛茨基指出「蘇維埃官僚」已經成為「蘇維埃社會中不折不扣的唯一享有特權和發號施令的階層」，它在「濫用權力的形式下享受他們的特權」〔註43〕。德熱拉斯在《新階級》中進一步發展了這一論斷：蘇聯「新階級」真正的直接創始人是斯大林。而黨就是這個「新階級」的核心：「新階級的核心和基礎是在黨和黨的領導階層以及國家的政治機構中創造出來的。一度曾經

〔註41〕蕭蕭：《書的軌跡：一部精神閱讀史》，《沉淪的聖殿》，第 11 頁。

〔註42〕列夫·托洛茨基：《被背叛了的革命》，柴金如譯，北京：生活·讀書·新知三聯書店，1963 年版。

〔註43〕列夫·托洛茨基：《被背叛了的革命》，第 182 頁。

是生氣勃勃、組織嚴密和充滿首創精神的黨正在消失，而逐漸轉變為這個新階級的傳統式的寡頭統治，所以它不可避免地要吸收那些一心希望加入新階級的人，壓制那些具有任何理想的人。」〔註44〕這個新階級是「從集體所有制這一特殊的所有權形式取得其權力、特權、意識形態和行使習慣的，他們以國家或社會的名義來行使並分配這種所有權」〔註45〕。作者最後指出當代共產主義是現代極權主義的一種類型，它靠權力、所有權和意識形態三種基本要素來控制人民〔註46〕。《新階級》的另一個特點在於，它考察了共產主義的思想基礎——馬克思哲學的起源與工業化的關係、馬克思學說被解讀過程中的差異，如革命的馬克思主義以及馬克思哲學自身的排他性。作者站在純正馬克思學說立場上，指出：「原來的馬克思主義差不多已不復存在。在西方，馬克思主義已告死亡，或正在死亡之中；在東方，則由於共產主義統治的建立，馬克思的辯證觀與唯物論只剩了形式主義與教條主義的渣滓，並且不過是用以鞏固權力，維護暴虐並侵害人類的良知」〔註47〕。

在藝術領域，德熱拉斯指出：「窒息藝術的基本方法有兩種：一是對於藝術的知識與理想主義方面的反對，一是阻止藝術形式的改革」。進而提出「藝術必定通過形式本身來表現新的觀念，縱使表現的方式是簡潔的」〔註48〕。這種試圖以形式本身的變革突破傳統觀念的形式主義詩學，無疑啟發了中國 70 年代初的白洋淀詩人們，使他們從語言形式的變革探索出衝破官方主流話語牢籠的路徑。

此外，《斯大林時代》、《赫魯曉夫主義》使這批知識青年：「如此明晰地看到當今現實舞臺上的那種明爭暗鬥、翻手為雲、覆手為雨、勝者為王、敗者為寇的嘲諷式的陰暗面。斯大林時代和『文化大革命』簡直像孿生兄弟一樣，一個人的突然失蹤，一個人的突然死亡，以及一個家庭未知的命運，都是和黨的要求、黨的事業這些永遠冠冕堂皇的辭令連在一起的。我開始考慮人的價值和人的政治以外的意義」。《第三帝國的興滅：納粹德國史》讓人猛然聯想到：「『文革』同法西斯運動興起時一樣是一條『人民如癡如醉的擁護』的『毀滅

〔註44〕密洛凡・德熱拉斯：《新階級》，陳逸譯，北京：世界知識出版社，1963 年版，第 35 頁。
〔註45〕密洛凡・德熱拉斯：《新階級》，第 40 頁。
〔註46〕密洛凡・德熱拉斯：《新階級》，第 153 頁。
〔註47〕密洛凡・德熱拉斯：《新階級》，第 8 頁。
〔註48〕密洛凡・德熱拉斯：《新階級》，第 125～126 頁。

之路』……真可謂：要讓一個民族滅亡，先叫它瘋狂」。而「《西行漫記》在無意中使人窺見『偉大領袖』的風流情史；《杜魯門回憶錄》使他們知道了朝鮮戰爭的另一種說法；《尼克松其人其事》、《選擇的必要》等許多的西方領導人的傳記與理論，第一次使紅衛兵們感到他們並不那麼面目猙獰，相反頗具事業心、靈活性和人情味」〔註49〕。以國外讀本為參照，閱讀正在「地下」流傳的「劉少奇在七千人大會上的報告」、「彭德懷的反黨意見書」，便會「有一種眼前突然一亮的感覺」。「彭德懷的反黨意見」讓體驗了幾年農村生活的知青，「覺得太是這麼回事兒了。而且覺得分量並不那麼重，是那麼的客觀那麼謹小慎微」。當這群反思者自覺地使思緒「延伸到『右派』——『右傾機會主義分子』——『黨內最大的走資派』——『國際共運中的修正主義頭目』等等的思想脈流裏去時；他們完全用毛澤東思想以外的思想自覺地重構他們駁雜的思想體系。這種自覺，正呈現出他們的從感性抵制向理性反抗過渡的精神軌跡」〔註50〕。

三、存在主義、人道主義與藝術資源

　　如果說政治思想的反叛是「破」，是擺脫「革命」價值體系的桎梏，那麼哲學與藝術世界的尋索便是「立」，是重建「人性」與「人道」的世界。此時參與「存在主義」與「馬克思主義」之爭，「用抽象的人性論代替階級分析，把馬克思主義篡改成為資產階級的人道主義」〔註51〕的思想讀本，主要有法共政治局文員加羅蒂的《人的遠景：存在主義，天主教思想，馬克思主義》、《馬克思主義的人道主義》，薩特的《辯證理性批判》、《存在主義是一種人道主義》〔註52〕，波蘭統一工人黨中央委員、波蘭科學院哲學研究所所長亞當·沙夫的《人的哲學：馬克思主義與存在主義》以及匈牙利盧卡奇的《存在主義還是馬克思主義？》。這些「生存哲學」的不同流派思考著共同的問題：「要人類給人的生存指出一個意義和一個價值，要人類去決定人的生存是不是值得繼續下去，或者應當使之中斷」〔註53〕，其核心是要什麼樣的「人道主義」：

〔註49〕 引自蕭蕭《書的軌跡：一部精神閱讀史》，《沉淪的聖殿》，第 11、12 頁。

〔註50〕 蕭蕭《書的軌跡：一部精神閱讀史》，《沉淪的聖殿》，第 14 頁。

〔註51〕 加羅蒂：《人的遠景》，徐懋庸、陸達成譯，北京：三聯書店，1965 年版，《出版者說明》，第 2 頁。

〔註52〕 《存在主義哲學》（現代外國資產階級哲學資料選輯），中國科學院哲學研究所西方哲學史組編，北京：商務印書館，1963 年版，第 333 頁。

〔註53〕 加羅蒂：《人的遠景》，徐懋庸、陸達成譯，北京：三聯書店，1965 年版，第 3 頁。

選擇從文藝復興到十九世紀資產階級的人道主義、存在主義的人道主義還是馬克思主義的人道主義？「人道主義」問題與文學藝術直接關聯，表現在藝術趣味上，存在著西方和俄國古典文學趣味與「荒誕派」、「頹廢派」等現代文學趣味的分野與交雜。

《今天》詩人步入思想與藝術的叢林，各自做出了不同的選擇。其中既有不尚讀理論書，在田園與流浪中體悟生活的芒克，也有偏好哲學理論，如存在主義思想的多多，還有熟讀《現代英美資產階級文藝理論文選》的江河，以及崇尚俄蘇人道主義的北島。

多多詩中的「去道德化」自我、旁觀生活的視角與無目的性深層結構，便是以「六經注我」的態度，對存在主義哲學的解讀，加繆小說《局外人》與薩特小說《厭惡》為這種解讀提供了具體的文學範例。《局外人》中的莫爾索「對自己有局外人的感覺。他總在觀察自己的活動，認為人是在一個毫無意義的世界裏盲目掙扎，人與人之間絕對不可能相互理解，人的內心世界和周圍世界之間有一道不可逾越的鴻溝，人是什麼也辦不到的。因此莫爾索的精神世界蒼白混亂，對一切既沒有明確的認識，也無所謂苦惱、怨恨、抗議，總之，是一個沒有感覺的冷血動物」〔註54〕；《厭惡》中的羅岡丁「從他自己的生活不再受一個目的的指導和吸引的時候起，從他自己的生命再也沒有意義的時候，羅岡丁就有了一個印象，彷彿自己像一件事物、一個對象那樣地存在著」，「既然他自己的生活已沒有目的，所以種種事物對他也不再是為達到一個目的的手段了，不再是自己計劃的支撐點，不再是工具或障礙物了；這些事物，和他自己一樣，毫無理由地擺在那裡」〔註55〕。對於經歷了紅衛兵運動、理想幻滅的詩人而言，這種無目的性與去工具化，是反叛革命意識形態最徹底的方式，也是最消極的方式，然而它卻捕捉到日常生活的客觀真實性。為了還原生活的原初面目，薩特用「目光」在「日常的現實生活中去探求我和別人的一種原始關係」，他選擇「閒遊者、看戲的人，到後來是『消費者』」來描寫「我們同別人的基本關係」〔註56〕。同樣，多多游移著目光探尋「流浪漢」（《藝術家（二）》）、「講下流的小故事」的人（《蜜周·第三天》）、清道夫（《同居》）。詩人並沒有隱藏自我，而是通過別人的目光來顯示自我的境遇：別人「是我和我

〔註54〕亞爾培·加繆：《局外人》，孟安譯，上海文藝出版社，1961 年版，《出版說明》。
〔註55〕加羅蒂：《人的遠景》，第 68 頁。
〔註56〕加羅蒂：《人的遠景》，第 114 頁。

自己之間不可缺少的中間人」,「這個看到了我的目光使我存在;我正是如它所看見我的那樣」〔註57〕。這就是多多《同居》結尾中設置那位「穿著藍色的工作服／還叼著一支煙斗,站在早晨」的「清道夫」的意義所在。「清道夫」的目光是「他們」和詩人都無法逃脫的普遍環境,而「清道夫」就是生活,清道夫是詩人。正如薩特描述的人與人的關係:「地獄,這就是別的人們……劊子手,我們之中的每一個人對別人都是劊子手」〔註58〕。

多多詩中懸置「道德」評判的自我觀是對存在主義人道主義的回應:海德格爾反對從形而上學出發解讀人道主義,將存在主義的人道主義定義為:「人的本質是為在的真理而有重要意義」。「在世」是人道的基本特點,「在世」中的「世」:「根本不是一個在者,也不是一個在者的範圍,而是在的敞開狀態。只要人是存在著的人的話,人就在而且就是人」。這種人道主義「是反對迄今為止的一切人道主義的」〔註59〕。薩特將之發展,批評「把人視為是一目的或高級價值的學說」的人道主義,認為「我們可根據某些人物的最高成就,來賦予人類以價值」的人道主義是荒謬的,奴性的。「存在主義,恰就是來替人免除這樣的評價的。存在主義者決不把人視為是一種最後目的。因為,人總是在造就之中」。存在主義的人道主義,在薩特眼中,就是「人經常超越自己」〔註60〕,而在馬克思主義者眼中,就是「絕望哲學」,是「反道德的道德學、反人道主義的人道主義」〔註61〕。

多多的詩並未像存在主義那樣完全懸置歷史,對生活徹底冷漠,相反,詩中大量刺激性歷史隱喻意象,流露出諷刺與憤懣情緒。這種刺激意象與諷刺、憤懣情緒,直接受到根子詩歌的影響,而根子又受「荒誕派」戲劇的激發,如法國尤琴・約納斯戈的《椅子──一齣悲劇性的笑劇》、英國薩繆爾・貝克特的《等待戈多》和英國「憤怒的青年」〔註62〕奧斯本的劇本《憤怒的回顧》、

〔註57〕 加羅蒂:《人的遠景》,第114頁。
〔註58〕 加羅蒂:《人的遠景》,第116頁。
〔註59〕 《存在主義哲學》(現代外國資產階級哲學資料選輯),中國科學院哲學研究所西方哲學史組編,北京:商務印書館,1963年版,第116、117頁。
〔註60〕 《存在主義哲學》(現代外國資產階級哲學資料選輯),第359頁。
〔註61〕 亞當・沙夫:《人的哲學(馬克思主義與存在主義),林波等譯,北京:三聯書店,1963年版,第21頁。
〔註62〕 《世界文學》,1959年第11期上,選選譯了英國「憤怒的青年」代表人物之一約翰・威恩(John Wain)的小說《「我決不能娶羅伯特!」》,二篇評論文章:冰心的《〈憤怒地回顧〉讀後感》、曹庸《英國的「憤怒的青年」》。

約翰・勃萊恩的小說《往上爬》。

　　荒誕派戲劇又稱「先鋒派」戲劇、「反戲劇的戲劇」。「先鋒派」劇作家把人說成「不過是在黑暗中蠢動的一種非個人的、既無目的也無意義的力量而已」，劇作家的任務不是向觀眾「傳達任何消息」，也不是提出「任何形式的救世之道」，只應該「以自己為見證人，在他的作品中反映出他自己以及別人的痛苦，或者——這當然是極偶然的情況——反映他自己以及別人的歡樂」。在藝術表現手法上，他們主張「戲劇是感情的極度誇張，脫離真實的誇張」。「應該使戲劇朝著畸形以及漫畫的方向迅速奔馳」，「讓戲劇把一切推向痛苦的極點」。在戲劇的功能問題上，他們堅守「戲劇的作用就是成為戲劇……如果戲劇成了戲劇以外的別的什麼東西（一次示威，說明一個思想，企圖進行煽動、教育或是再教育等等），那它未免是太渺小了」〔註63〕。英國「憤怒的青年」在手法上，「嬉笑怒罵多於義正辭嚴的批評，在思想上，只有消極的否定而很少或根本沒有積極的理想」。他們認為「過去是一片空虛，未來和過去一樣渺茫，但現在卻是真實的：『人永遠是活在現在』」。因此，「儘量追求此時此地的生活的『經驗』，在這種『經驗』中去感知自己的存在，這便是他們所認識的生活意義。其實，更確切地說，不過是不顧一切社會和道德的約制，儘量追求純肉慾的生活，儘量使人的生物本能得到滿足而已」。「他們對社會的反抗，純粹從個人主義、個人利益出發。他們反抗社會，很難說是為了伸張什麼正義，或是為了人民大眾的利益」〔註64〕。根子詩歌《三月與末日》、《致生活》、《白洋淀》均採用戲劇化誇張與漫畫手法、刺激性情色隱喻意象、冷漠嘲諷或憤懣情緒，便是綜合汲取「荒誕派」與「憤怒的青年」的語言風格，結合中國經驗再創造的結果。

　　芒克的寫作方式完全不同於根子、多多的深思熟慮式寫作，而更多受到美國「垮掉的一代」，如克茹亞克《在路上》、傑羅姆・大衛・塞林格《麥田裏的守望者》以及蘇聯作家瓦・阿克肖諾夫《帶星星的火車票》的影響。1972年初，芒克和畫家彭剛成立了「先鋒派」，沒做準備，即興南下武漢去流浪：「沒怎麼想，隨便翻牆進北京站趕火車就走了，身上只帶了兩塊多錢。心中充滿反叛的勁，對家庭，對社會。美國有本書叫《在路上》，我們也是走到路上再

〔註63〕尤琴・約納斯戈：《椅子——一齣悲劇性的笑劇》，黃雨石譯，北京：中國戲劇出版社，1962年版，第71～73頁。

〔註64〕奧斯本：《憤怒的回顧》，黃雨石譯，北京：中國戲劇出版社，1962年版，第143頁。

說」。在路上的芒克和彭剛飢寒交迫，賣棉襖外套，混火車，施「美男計」搭訕姑娘幫忙。這次在路上的經歷對二人有決定性影響：「我回來狂畫，猴子狂寫，感到自己受到了侵犯，也就是說，被刺激起來了」〔註65〕。芒克詩中自由自在的流浪狀態、亦莊亦諧的情趣，強調生命的野性、談吐的機智和行動的果斷，以及即興式自發寫作手法的運用，皆與「垮掉的一代」相似。保羅·古德曼在《荒誕的成長》中認為「垮掉的一代」青年不是單純地逃避現世，因為「不給青年一代成長餘地的社會現實就顯得『荒誕』而無意義……他們是在以實際行動對一個有組織的體制進行批判，而這種批判在某種意義上得到了所有人的支持」〔註66〕。芒克的詩以身體感官直接參與批判行動，與以旁觀玄思為特點的多多的詩拉開了距離。

舒婷的詩深受19世紀以「博愛」為核心的個人主義人道主義的影響。當時比「黃皮書」、「灰皮書」更廣泛流傳於這一代人中的文學著作，主要是「文革」前出版的數百種西方和俄國的古典文學作品，據統計，經常被提及的作家作品有：車爾尼雪夫斯基《怎麼辦？》、屠格涅夫《羅亭》、《貴族之家》、《前夜》、托爾斯泰《戰爭與和平》、狄更斯《雙城記》、羅曼·羅蘭《約翰·克里斯多夫》、司湯達《紅與黑》、雷馬克《凱旋門》、喬萬尼奧里《斯巴達克思》、雨果《九三年》〔註67〕。舒婷從60年代末就開始讀雨果、巴爾扎克、托爾斯泰、馬克·吐溫的著作，1969年去農村插隊時包中帶著《普希金詩鈔》，1973年回城後又讀《安諾德美學評論》，到1975年受蔡其矯的啟發，堅定了安慰、扶持別人的博愛思想。舒婷曾引用托爾斯泰的話，否定藝術是政治工具的觀點：「藝術家的目的不在於無可爭辯地解決問題，而在於通過無數的永不窮竭的一切生活現象使人熱愛生活」〔註68〕。由於「文革」期間，托爾斯泰人道主義思想被批評為「用抽象的『人性論』的觀點去看社會的人，抽出了他們的階級性，從而幻想通過人人的道德自我完善、普遍的愛來改造社會，建立一個消除了貧富不均現象的、和諧的大同世界」〔註69〕，在「文革」結束後相當長一

〔註65〕廖亦武、陳勇：《彭剛、芒克訪談錄》，《持燈的使者》，第351～355頁。

〔註66〕引自文楚安：「垮掉的一代」、凱魯亞克和〈在路上〉，《在路上·譯序》，桂林：灕江出版社，1998年版。

〔註67〕蕭蕭：《書的軌跡：一部精神閱讀史》，《沉淪的聖殿》，第14頁。

〔註68〕舒婷：《生活·書籍與詩》，《持燈的使者》，第175頁。

〔註69〕北京大學西語系資料組編：《從文藝復興到十九世紀資產階級文學家藝術家有關人道主義人性論言論選輯》（內部讀物），北京：商務印書館，1971年版，第590頁。

段時間，它依舊遭到革命人道主義的批判。舒婷《流水線》（1980.2）被批判的根由在於「它沒有煥發出改變現狀的激情」〔註70〕，缺乏符合歷史發展內在必然性的「自覺的目的性」〔註71〕，因此違背了馬克思主義人道主義的基本要求。托爾斯泰式人道主義認為，「人民由無數的個人組成，其中每一個個人也就是人民；在局部中包含著整體。托爾斯泰正是這樣地理解個人與人民之間的相互關係的」〔註72〕。舒婷堅守這一理念：「今天，人們迫切需要尊重、信任和溫暖。我願意盡可能地用詩來表現我對『人』的一種關切」〔註73〕。「是的，我們要對得起時代，要關心人民」，但不是抽象的「人民」，而是不同階層活生生的個體：「人民不也是我、你、他？」〔註74〕。

　　北島詩中的人道主義思想，在繼承19世紀個人主義人道主義基礎上，又向蘇聯反「個人迷信」、反「獨裁專制」、反「戰爭」、反人情「虛偽」、反「庸俗」的社會主義人道主義〔註75〕汲取養分。這與北島偏愛俄國尤其是蘇聯文學，如愛倫堡的《人·歲月·生活》和《解凍》、艾特瑪托夫的《白輪船》、葉甫圖申科的《娘子谷》、索爾仁尼琴的《伊凡·傑尼索維奇的一天》、拉甫列涅夫的《第四十一個》〔註76〕、梅熱拉伊梯斯的《人》、葉夫杜申科《娘子谷》等作品有關。在資產階級人道主義向社會主義人道主義的思想轉變中，車爾尼雪夫斯基和高爾基的思想啟迪作用尤為重要。「車爾尼雪夫斯基在他的『合理的利己主義』的理論中肯定體現局部與整體、個人與世界的關係的

〔註70〕舒婷：《生活·書籍與詩》，《持燈的使者》，第175頁。

〔註71〕加羅蒂：《人的遠景》，徐懋庸、陸達成譯，北京：三聯書店，1965年版，第385頁。

〔註72〕葉爾米洛夫：《論俄羅斯文學的人道主義傳統——個人因素與全體因素的主題》，《人道主義與現代文學》（上冊），現代文藝理論譯叢編輯部編，北京：作家出版社，1965年版，第159頁。

〔註73〕舒婷：《詩三首序》，《詩刊》，1980年10月號。

〔註74〕舒婷：《和讀者朋友說幾句話》，《飛天》，1981年第6期。

〔註75〕鄧小平提倡「宣傳和實行社會主義的人道主義」，認為「社會主義的人道主義同資產階級人道主義也有一定的批判繼承關係，但是社會主義人道主義在本質上不同於資產階級人道主義。資產階級人道主義作為唯心主義的世界觀和歷史觀，同馬克思主義的歷史唯物主義是根本對立的。」「社會主義人道主義的前身是革命人道主義，是由中國共產黨和毛澤東在領導中國革命的過程中提出的」。見《鄧小平文選》第三卷注釋本，倪翌鳳主編，中共中央黨校出版社，1994年版，第69頁。這是「社會主義人道主義」的中國式表述，《今天》詩人更多立足於蘇聯式社會主義人道主義的理解之上。

〔註76〕拉甫列涅夫：《第四十一》，曹靖華譯，北京：人民文學出版社，1958年版。

社會的利己主義」，盧那察爾斯基將這一觀念置入共產主義道德中。於是，個人為了偉大的共同目標、為了人類幸福而甘願英勇地自我犧牲成為真正「人性」的：「為了全體而自我犧牲對於人來說同時也是爭取個人的人的生活的可能性的鬥爭」〔註77〕。高爾基則將革命鬥爭、人民性與人道主義結合起來，既「對整個制度、對這個現實的全部基礎和在這個社會制度基礎上任何人性的可能」做出徹底的、革命的否定，同時「開始以新的、未來的、真正的人的現實這個標準來衡量人」〔註78〕。與存在主義人道主義不同，社會主義人道主義是在批判斯大林式個人迷信基礎上的革命的人道主義。「在社會主義人道主義中，心靈的人道主義和冷靜的理智分析能力結合在一起」〔註79〕，社會主義人道主義對一切民族都一視同仁，既有國際主義精神，又有真正的民族因素。「民族自豪感是由自己民族的歷史價值，是由於意識到它在世界各族人民命運中所起的進步的、生氣蓬勃的、革命的作用而產生的」〔註80〕，這種觀念在葉夫杜申科詩集《娘子谷》、梅熱拉伊梯斯詩集《人》中有形象展現〔註81〕。北島創作《告訴你吧，世界》（1973）時，如果說還堅守著個人主義人道主義的道德隱忍與克制：「我會說：我不想殺人，／請記住：但我有刀柄」，那麼到修改為《回答》（1976）時，則完全契合蘇聯社會主義人道主義立場：這裡有對過去世界的徹底否定，有對未來世界的無比堅信；有「讓所有苦水都注入我心中」的英勇獻身精神，有「讓人類重新選擇生存的峰頂」的「全人類」意識，也有「五千年的象形文字」的民族自豪感，「未來人們凝

〔註77〕 葉爾米洛夫：《論俄羅斯文學的人道主義傳統——個人因素與全體因素的主題》，《人道主義與現代文學》（上冊），現代文藝理論譯叢編輯部編，北京：作家出版社，1965年版，第164、165頁。

〔註78〕 葉爾米洛夫：《論俄羅斯文學的人道主義傳統——個人因素與全體因素的主題》，《人道主義與現代文學》（上冊），第170頁。

〔註79〕 洛米澤：《人道主義與國際團結》，《人道主義與現代文學》（上冊），現代文藝理論譯叢編輯部編，北京：作家出版社，1965年版，第85頁。

〔註80〕 洛米澤：《人道主義與國際團結》，《人道主義與現代文學》（上冊），第109頁。

〔註81〕 據蔡其矯回憶，後來北島接觸到一本蘇聯拉脫維亞詩人，獲得過1962年列寧文化獎金的作品，署名叫做《人》。「當時我們反對修正主義，有一個內部參考印了二十多本『黃皮小書』，裏面有三本詩，其中一本就是《人》。這本書從頭腦、心臟、眼睛、耳朵、嘴、四肢，直到把人體各部分都作了描寫，最後是寫共產黨人，是一本歌頌社會主義的人道主義的作品，他們的思想基礎就是這種社會主義的人道主義。見蔡其矯：《在桂林詩歌講座》，《詩的雙軌》，福州：海峽文藝出版社，2002年版，第63頁。

視的眼睛」的集體意識，簡言之，帶有了符合歷史發展內在必然性的「自覺的
目的性」。

　　凡是符合社會主義人道主義的《今天》詩歌，基本會被「文革」後的公開
詩壇優先考慮接納。而違背這一邏輯的詩歌，或者不被接受，如多多存在主義
人道主義的詩歌，或者遭遇意識形態批評。芒克曾感傷地認為，「今天文學研
究會」的自動消散，是某些詩人謀求經濟資本和社會占位的結果：「在人散之
前，心早就散了。許多人想方設法在官方刊物上發表作品，被吸收加入各級作
家協會，包括一些主要成員」〔註82〕，而《今天》編輯萬之 1989 年在與北島
一起會見捷克首部布拉格地下文學刊物《手槍》的編輯時，一直思考卻無法解
答的問題：「我們為什麼沒有捷克知識分子那樣的自信，沒有堅持到底，沒有
建立真正和官方文學對抗的地下文學？」〔註83〕。這些問題的癥結，歸根結底
不在於採用怎樣的藝術表達形式，而在於《今天》編選所遵循「自覺的歷史目
的性」與「文革」後整個中國歷史發展的必然性相吻合。《今天》詩人追求藝
術本體的審美目的性，主體上被規約在《今天》雜誌所追求的歷史目的性中。
在此意義上，《今天》的編選與詩歌型構，是對青年詩人「文革」地下詩歌第
一次自覺的歷史構建與審美規約。

第二節　中國詩歌傳統與翻譯體詩歌

　　在《今天》詩人「革命式求索、命運式感傷——自我分裂式質疑、嘲弄、
反叛或者逃逸——人道主義批判」三個生命體驗流程中，第一流程暗合浪漫主
義向象徵主義演化的情緒消長規律，這促發《今天》早期詩人從中西浪漫主義
及象徵主義詩歌中各取所需。以郭路生的革命「求索詩」、迷惘「命運詩」與
「愛情詩」為例，既接受「鮑照、曹植、李白、杜甫、白居易、辛棄疾、陸游、
蘇軾」〔註84〕等古代詩人的求索意志、隱忍情態與重「意象」直呈的審美視
境，更直接習用賀敬之、何其芳、聞一多〔註85〕等現代詩人的抒情姿態、表現

〔註82〕唐曉渡：《芒克訪談錄》，《持燈的使者》，第 347 頁。
〔註83〕萬之：《也憶老〈今天〉》，《持燈的使者》，第 319 頁。
〔註84〕食指、泉子：《食指：我更「相信未來」》，《西湖》，2006 年第 11 期。
〔註85〕《聞一多詩文選集》，北京：人民文學出版社，1954 年版。本選集以 1951 年
　　　　新文學選集編輯委員會編的《聞一多選集》為底本，並參照開明書店 1948 年
　　　　出版的《聞一多全集》作了增刪。在編輯時，除修改一處引文外，還補加了一
　　　　些簡要注釋。

手法與現代格律詩體，同時從國外詩人普希金〔註86〕、萊蒙托夫〔註87〕、裴多菲〔註88〕、馬雅可夫斯基〔註89〕、拜倫〔註90〕、繆塞〔註91〕、波德萊爾〔註92〕、

〔註86〕普希金：《上尉的女兒》，孫用譯，上海：文化生活出版社，1949 年版；《茨岡》，瞿秋白譯，北京：人民文學出版社，1953 年版；《普希金童話詩》，夢耐譯，上海：新文藝出版社，1954 年版；《波爾塔瓦》，查良錚譯，上海：平明出版社，1954 年版；《青銅騎士》，查良錚譯，上海：平明出版社，1954 年版；《高加索的俘虜》，查良錚譯，上海：平明出版社，1954 年版；《歐根‧奧涅金》，查良錚譯，上海：平明出版社，1954 年版；《加甫利頌》，查良錚譯，上海：平明出版社，1955 年版、上海：新文藝出版社，1958 年版；《普希金抒情詩集》，查良錚譯，上海：平明出版社，1955 年版；《普希金抒情詩集二集》，查良錚譯，上海：新文藝出版社，1957 年。本文以查良錚的譯本為研究參考資料。

〔註87〕《萊蒙托夫詩選》，余振譯，北京：時代出版社，平裝本 1951 年版；精裝本 1954 年版。

〔註88〕裴多菲：《勇敢的約翰》，孫用譯，北京：人民文學出版社，1953 年版；《裴多菲詩選》，孫用譯，北京：作家出版社，1954 年版；《裴多菲詩選》，孫用譯，北京：人民文學出版社，1954 年版，1958 年重印，1959 年「文學小叢書」版；《使徒》，興萬生譯，北京：人民文學出版社，1963 年版。以孫用譯本為參考資料。

〔註89〕馬雅可夫斯基：《列寧是我們的太陽》，之分譯，上海：海燕出版社，1949 年版；《瑪耶可夫斯基詩選》，萬湜思譯，上海：新文藝出版社，1954 年版；《列寧》，余振譯，北京：人民文學出版社，1953 年版；《好》，余振，北京：人民文學出版社，1955 年版；《一億五千萬》，余振譯，北京：人民文學出版社，1957 年版；《十月革命頌》，范霞、戴驄譯，上海：上海文藝 1958 年；《馬雅可夫斯基選集》（第一卷），李珍等譯，北京：人民文學出版社，1957 年版，（第二、三、四卷）1959 年版；《馬雅可夫斯基選集》（文學小叢書），戈寶權等譯，北京：人民文學出版社，1959 年版；《給青年》，未辰譯，北京：中國青年出版社，1959 年版。

〔註90〕拜倫：《拜倫抒情詩選》，梁真（查良錚）譯，上海：平明出版社，1955 年版與上海：新文藝出版社，1957 年版；《唐璜》，朱維基譯，上海：新文藝出版社，1956 年版；《恰爾德‧哈洛爾德遊記》，楊熙齡譯，上海：新文藝出版社，1956 年版；《拜倫詩選》之《哀希臘》、《滑鐵盧前夜》、《天上的公務》、《想當年我們倆分手》，卞之琳譯，《譯文》，1954 年六月號。

〔註91〕《繆塞詩選》，陳澇策等譯，北京：人民文學出版社，1960 年版。

〔註92〕波特萊爾：《惡之華掇英》，戴望舒譯，上海：懷正文化社，1947 年版。據筆者考察，該譯著對於《今天》詩人並無實際影響。1957 年 7 月號《譯文》為紀念《惡之花》出版一百週年，刊登了波特萊爾畫像、波特萊爾親自校訂的《惡之花》初版封面、陳敬容選譯的《惡之花》之《朦朧的黎明》、《薄暮》、《天鵝》、《窮人的死》、《秋》、《仇敵》、《不滅的火炬》九首、法國阿拉貢的評論文章《比冰和鐵更刺人心腸的快樂》以及蘇聯列維克的《波特萊爾和他的『惡之花』》。此時陳敬容的翻譯還有：阿爾及利亞詩人穆罕默德‧狄布的小說《禁地》，見《譯文》，1956 年 6 月號與詩歌《阿爾及利亞的詩》，見《譯文》，1956 年 11 月號；巴基斯坦詩人伊克巴爾的詩四首：《給旁遮普農民》、《花園

洛爾迦〔註93〕、艾略特〔註94〕等翻譯體詩歌〔註95〕中，汲取悲壯獻身的精神氣質、大膽的愛情表達方式、藝術構思的情境、細節意象乃至語言風格。

　　自第二流程開始，《今天》詩人情緒由迷惘、感傷走向冷峻、嘲弄與憤怒，與現代主義詩歌的內在體驗脈接。這一階段依群、根子、芒克、多多、北島、方含等詩人汲取了中西浪漫主義與現代主義藝術的養分。就中國詩歌資源而言，李煜的詞受到青睞，中西現代派的視覺色彩感、何其芳、拜倫等「戲劇化」〔註96〕聲音與擬生命化手法得到發掘。國外印象派、表現派繪畫與拜倫、波德萊爾、洛爾迦、艾呂雅〔註97〕、茨維塔耶娃〔註98〕、帕斯捷爾

的黎明》、《神和人》、《孤獨》，見《譯文》，1957 年 4 月號；美國詩人卡爾・桑德堡的《卡爾・桑德堡詩抄》，《譯文》，1958 年 5 月號。美國霍華德・法斯特關於美國文學和文學家狀況的《文藝雜談兩篇》（《沉默的抵制》、《批評家的任務》），見《譯文》，1956 年 4 月號。

〔註93〕　《洛爾伽詩鈔》，戴望舒譯，中國：作家出版社，1956 年版。另外，1955 年第 7 期《譯文》上刊發了洛爾伽像、戴望舒譯的洛爾伽《海水謠》、《海螺》、《三河小謠》、《村莊》、《西班牙憲警謠》、《安達路西亞水手的夜曲》，以及喬治・李森作、施蟄存翻譯的文章《洛爾伽活在人民的心裏》。

〔註94〕　艾略特的詩句，夾雜於當時的批評文章中，較完整的詩歌有《窗前晨景》、《普魯佛勞克的情歌》、《四個四重奏》、《空心人》。在詩歌風格上，由於過於玄奧抽象，難以被《今天》詩人深入接受。見袁可嘉：《托・史・艾略特——美英帝國主義的御用文閥》，《文學評論》，1960 年第 6 期與《略論美英「現代派」詩歌》，《文學評論》，1963 年第 3 期；王佐良：《艾略特何許人》，《文藝報》，1962 年第 2 期與《稻草人的黃昏——再談艾略特與英美現代派》，《文藝報》，1962 年第 12 期。

〔註95〕　1958 年在「經過一年來的整風運動，特別是教育大改革運動」，北京師範大學中文系外國文學教研組，以「三結合」的方法，編選了一套新的外國文學教學參考資料：「系統的整理一下國內現有的有關外國文學的論文和翻譯材料，以備教學上的參考使用」。全書共分四個部分：第一部分是古代——十八世紀歐美文學參考資料；第二部分包括十九世紀文學和十九世紀末、二十世紀初的文學；第三部分是歐美現代文學參考資料；第四部分是東方文學。這套首發 6000 冊的外國文學參考資料為中國詩人提供了有關西方詩歌史發展的系統認識。見《外國文學參考資料（十九世紀～二十世紀初部分）》（全二冊），北京師範大學中文系外國文學教研組編，北京：高等教育出版社，1958 年版。

〔註96〕　袁可嘉：《新詩戲劇化》，《論新詩現代化》，北京：三聯書店，1988 年版。

〔註97〕　《艾呂雅詩鈔》，羅大岡譯，北京：人民文學出版社，1954 年版。印刷 1 萬冊。

〔註98〕　茨維塔耶娃的詩句主要有：描寫自己未來葬儀的「莫斯科的街頭留在後面，我的馬車向前走去，你也在徘徊，在路上落後的不是你一個，第一個土塊將要敲響棺材蓋，那自私的孤獨的夢終歸有了解答……上帝啊，請你寬恕由於驕傲

納克〔註99〕、金斯堡〔註100〕受到垂青。

發展至第三流程，隨著詩人「堅實的內在同一性」的成型，他們從孤屬、動盪的內心衝撞中走出，冷靜地反思生活、熱切地關注社會、執著地展望未來，從而將現代主義詩歌的藝術感受、表達方式與堅實的社會批判整合在一起，這既與中西現實主義詩歌中的歷史使命感、革命反抗精神存在深層關聯，又與帶有理想主義與夢幻色彩中西詩歌，尤其是外國現代詩人巴爾蒙特〔註101〕、葉夫杜申科、沃茲涅先斯基、阿赫瑪杜琳娜〔註102〕、梅熱拉伊梯

而新近死亡的貴婦瑪琳娜吧……」；「啊，你是我那貴族的、我那沙皇的苦惱……」；《手藝》：「去給自己尋找那些沒能把神秘的奇事改正為數字的輕信的女友吧。我知道維納斯是手的作品，我是一個手藝人，我知道手藝。」；「哪一個民族有這樣可愛的女人：大膽而可敬，鍾情而又堅貞不屈，眼光遠大而可愛？」「他們有多少人，有多少人用雪白的和紅中透青的手吃喝，整整幾個王國都圍繞著你的嘴巴低聲地談情說愛，卑鄙啊！」；茨維塔耶娃常常自問，「詩和現實生活中的創造，哪一樣重要，並回答說：『除了形形色色的寄生蟲以外，所有的人都比我們（詩人們）重要』；馬雅可夫斯基死後，她寫道：「作為一個人而活，作為一個詩人而死……」；「注定負有特殊使命的猶太區。圍牆和壕溝。別期待憐憫。在這個最忠於基督教的圈子裏，詩人們都是猶太坯」等。見愛倫堡：《人、歲月、生活》（第二部），馮南江、秦順新譯，北京：作家出版社，1963 年版，第 20～30 頁。

〔註99〕 帕斯捷爾納克「善於以日常生活的瑣事為題材創作崇高的詩歌」。詩句有：「愛情的偉大上帝，細節的偉大上帝」、「認為你不是一個貞潔的少女，那可真是不該：你帶著一把椅子走了進來，從書架上取得了我的生命，還吹掉了上面的塵埃」；他的演說：「詩歌無須乎到天上去尋找，必須善於彎腰，詩歌在草地上」等。見愛倫堡：《人、歲月、生活》（第二部），馮南江、秦順新譯，北京：作家出版社，1963 年版，第 57～70 頁。

〔註100〕 金斯堡等美國「垮掉的一代」的詩句，散見於當時的批評文章中。但較少引用原詩，只描述「醜惡」、「腐朽」的生活方式與作品內容。「說些正經人聽來刺耳的肮髒話，賣弄些庸俗色情的噱頭，立刻引起某些一向喜歡感官刺激和低級趣味的紐約市民的注意。」金斯堡《嚎叫》：「是五十年代以恐怖、色情、兇殺為特點的美國青年生活的素描」。「《荒原》的基調是文明人的幻滅感」。「整個垮掉派所宗奉的教條，叫做：『毫無顧忌地寫我所想寫的。』「垮掉派果真把一切見不得人的淫穢場面統統搬上了詩頁。」見袁可嘉：《腐朽的「文明」，糜爛的「詩歌」——略談美國「垮掉派」、「放射派」詩歌》，《文藝報》，1963 年第 10 期。在客觀上，這些批評文章為中國當代詩人梳理出一條西方現代派詩歌演進的淵長歷史。

〔註101〕 巴爾蒙特的「我來到這個世上，為了看看太陽」。見愛倫堡：《人、歲月、生活》（第一部），北京：作家出版社，1962 年版，第 134 頁。

〔註102〕 葉夫杜申科、沃茲涅辛斯基、阿赫馬杜林娜：《《娘子谷》及其他》（蘇聯青年詩人詩選），蘇杭等譯，北京：作家出版社，1963 年版。

斯、聶魯達〔註 103〕、惠特曼、卡爾・桑德堡〔註 104〕、謝甫琴科〔註 105〕、狄蘭・托馬斯〔註 106〕、洛爾迦、白朗寧夫人〔註 107〕、帕斯的詩歌生息與共。代表詩人為北島、江河、舒婷、顧城等。此時，國內域外翻譯事業逐漸復興與繁榮，《摘譯》〔註 108〕、《外國文藝》〔註 109〕、《世界文學》〔註 110〕雜誌、《外

〔註 103〕　《聶魯達詩文集》，袁水拍譯，北京：人民文學出版社，1951 年版；《流亡者》，鄒綠芷譯，上海：中國圖書發行公司，1951 年版；《伐木者，醒來吧》，袁水拍譯，北京：人民文學出版社，1958 年版；《葡萄園和風》，鄒絳等譯，上海：上海文藝出版社，1959 年版；《英雄事業的讚歌》，王央樂譯，北京：作家出版社，1961 年版。蔡其矯在 1963 年曾翻譯聶魯達的長詩《馬楚・比楚高峰》、《讓那劈木做柵欄的醒來》和《流亡者》，1975 年後傳給舒婷、北島、江河、楊煉看過。修訂後收入《聶魯達詩選》，鄒絳、蔡其矯等譯，成都：四川人民出版社，1983 年版。其中長詩《馬楚・比楚高峰》在蔡其矯之前，並無譯本。本文摘引時皆採用蔡其矯譯本。

〔註 104〕　《世界文學》，1958 年第 5 期上刊出「卡爾・桑德堡詩鈔」。陳敬容翻譯了《工場的門》、《瑪格》、《悲痛的勝利》、《我是人民》：「我是人民——民眾——群眾——最大多數。……我是歷史的見證人」、《白色的嘴唇》、《過路人》。譯後記：「現代美國的詩人當中，除了《草葉集》的作者惠特曼之外，卡爾・桑德堡（Car Sandburg，1878～）是最富於人民性的了。」

〔註 105〕　《謝甫琴柯詩選》，戈寶權譯，《世界文學》，1961 年第 2 期。

〔註 106〕　狄蘭・托馬斯的《通過綠色導火索催開花朵的力量》：「二十五年前我頭一次聽到這首詩。那是在《今天》編輯部每月例行的作品討論會上，邁平把狄蘭介紹給大家，並讀了幾首自己的譯作，其中就包括這首詩。我記得眾人的反應是張著嘴，但幾乎什麼都沒說。我想首先被鎮住的是那無以倫比的節奏和音調，其次才是他那輝煌的意象。……我曾反覆說過，一首詩開篇至關重要，一錘定音，有如神助一般，可遇而不可求。」見北島：《狄蘭・托馬斯：通過綠色導火索催開花朵的力量》，《時間的玫瑰：北島隨筆》，北京：中國文史出版社，2005 年版，第 293 頁。

〔註 107〕　江河全文抄錄了白朗寧夫人的《十四行詩集》、梅熱拉依梯斯的《人》，甚至臨摹了書中的木刻插圖。此外，還把《現代資產階級文論選》帶到白洋淀。見宋海泉：《白洋淀瑣憶》，《持燈的使者》，第 148 頁。

〔註 108〕　《摘譯（外國文藝）》為內部資料，《摘譯》編譯組編，上海人民出版社，1973 年 11 月出版第 1 期，共出了 12 期，截止到 1976 年 12 月。其出版說明：「《摘譯》主要介紹蘇聯、美國、日本三國的文藝動態，不定期出版，供有關單位研究、批判時參考。」

〔註 109〕　《外國文藝》偏重於介紹外國現當代最新的文學，包括戲劇文學、電影文學，兼及音樂、美術作品和理論，介紹外國當代有代表性的文藝流派及其作家的代表作，反映外國文藝思潮和動態。1978 年 7 月出版第 1 期，《外國文藝》編輯部編，上海譯文出版社出版。

〔註 110〕　《世界文學》的前身名為《譯文》。1953 年 7 月該刊由中華全國文學工作者協會（中國作家協會前身）創辦。刊名沿用魯迅 20 世紀 30 年代創辦的《譯文》，新中國的第一任文化部長茅盾先生擔任主編。《譯文》此時刊發的翻譯

國現代文學作品選》，以及由香港、臺灣流入大陸的詩歌與翻譯詩集〔註111〕，

體詩歌，是《今天》詩人瞭解國外詩歌的重要資源。1959 年，刊物改名為《世界文學》，隨著「文革」爆發，1966 年出版第 1 期後停刊。此時刊物為月刊，此後改為雙月刊。1977 年《世界文學》以內部發行方式試刊了兩期，1978 年正式復刊發行。

〔註111〕 如葉維廉翻譯的《眾樹歌唱：歐洲、拉丁美洲現代詩選》，臺北：黎明文化事業公司，1976 年版。北島回憶說：「八十年代初，那時在圈子裏流傳著一本葉維廉編選的外國當代詩選《眾樹歌唱》，可讓我們開了眼界。其中帕斯的《街》特別引人注目」。見北島：《藍房子》，臺北：九歌出版社，1998 年版，第 82 頁。「上個世紀 80 年代初期，一本譯詩集在北京的楊煉、江河、多多等詩人那裡流傳，我有幸從楊煉那裡借到了它的複印件，這就是 1976 年在臺灣出版的詩人葉維廉的譯詩集《眾樹歌唱：歐洲、拉丁美洲現代詩選》。這本譯詩集讓我深受激動。很可能，這是繼戴望舒《洛爾迦詩鈔》之後最好、最吸引我們的一部譯詩集。楊煉自《諾日朗》所開始的創作，他詩歌語言中的很多東西，他和江河等人在那時的詩學意識，就明顯可以看出這本譯詩集的諸多影響。」見王家新《從〈眾樹歌唱〉看葉維廉的詩歌翻譯》，《新詩評論》，2008 年第 2 輯，北京大學出版社。筆者 2008 年向葉維廉求證，1979 年 9 月，北京作家蕭幹和在外文出版社擔任翻譯工作的詩人畢朔望、臺灣的高準、香港的戴天和李怡、新加坡的黃孟文，與居住美國的葉維廉、周策縱、許芥昱、聶華苓、於梨華、李歐梵等共同參加美國愛荷華大學國際寫作計劃舉辦的「中國周末」聚會，主題為「中國文學創作的前途」。會後，葉維廉將一些文學書籍從美國郵寄給北京的畢朔望，其中就有《眾樹歌唱》。這是 1979 年中美正式建立外交關係後，中美華人交流史上首次直接公開的文學交流活動。見《在愛荷華舉行的「中國文學創作的前途」討論會》，香港：《七十年代》，1979 年 10 月號。在此之前，中國大陸詩人往往從香港獲取文學「禁書」。如「文革」中，福建有一批文化人先後去了香港。早先他們是蔡其矯的學生、讀者，在剛剛有了鬆動之時，憑藉他們在香港特殊的環境和位置，紛紛向蔡其矯約稿。香港《海洋文藝》等報刊上，大量出現蔡其矯的詩歌。1972 年前蔡其矯的三個弟弟和一個妹妹已在香港定居。蔡其矯還與香港作家陶然、舒巷城交往，將香港、臺灣翻譯的境外詩人的部分詩作引入大陸。見王炳根：《少女萬歲：詩人蔡其矯》，福州：海峽文藝出版社，2004 年版，第 211 頁。「舒婷開始就受了何其芳的影響，後來我又認識了我一位香港的朋友，這位朋友常常抄詩給我。解放初期，香港有不少刊物翻譯蘇聯和東歐的詩，我把這些作品拿給舒婷看，所以她又受了蘇聯和西班牙現代詩的影響。」見蔡其矯：《在桂林詩歌講座》，《詩的雙軌》，第 61～62 頁。筆者 2008 年向陳仲義求證，他從地下室中找到《詩人談詩：當代美國詩論》，霍華德·奈莫洛夫編，陳祖文譯，香港：今日世界出版社，1975 年 8 月版、《當代美國女詩人詩選》，張錯編譯，臺北：阿爾泰出版社，1980 年版、《英美現代詩選》，餘光中譯，臺北：時報文化出版公司，1980 年版。舒婷說「由於它們那樣陌生我才花大氣力讀它們。有很長時間，它們積在我的胃裏硌得我難受萬分，根本還未融到血液裏。」筆者在翻閱對比後，認同舒婷的說法。見舒婷：《「洋食」——我與外國文學》，《凹凸手記》，南京：江蘇文藝出版社，1997 年版，第 164 頁。另據趙一凡

為《今天》詩人的創造提供了更為開闊的世界視野與詩藝資源。

一、《今天》詩歌的生發與「浪漫／象徵」傳統

　　《今天》詩人在 1965 至 1971 年歷經了「革命式求索」與「命運式感傷」兩種浪漫主義情態。以何其芳為代表的中國現代派詩歌為《今天》詩歌的生發提供了「抽象感知具象化」、「從聽覺出發，進入神秘夢幻世界」的現代手法與現代格律詩體，這促使早期《今天》詩歌從革命式浪漫走向感傷式象徵，開啟《今天》詩歌的豐盈感覺與「夢幻」風格。

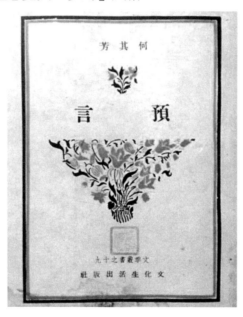

　　在以「集體革命」消滅「個體」身上「非革命性」因素的第一流程中，中國新詩革命浪漫主義傳統位居強勢。但早期《今天》詩人在詩歌藝術上，更多向戴望舒、何其芳、波德萊爾等為代表的象徵主義汲取養分，其中以何其芳的詩集《預言》傳播最廣，影響最為深刻〔註 112〕。自我抒情主體的召喚、感應

　　　　《來信摘編》第三冊中記載，南京大學歷史系英國留學生羅斌於 1979 年 4 月給《今天》編輯部郵寄了《中國現代抒情詩一百首》一書，璧華編，香港：天地圖書有限公司，1978 年版，該書精選了「五四」以來，包括一九四九年以後中國大陸、臺灣、香港詩人部分的優秀詩作。

〔註 112〕詩集《預言》1945 年由文化生活出版社出版，1957 年又由新文藝出版社重印，發行 1 萬 3 千冊。大多數朦朧詩人直接受過它的影響。食指於 1967 年夏天拜訪了被打成「走資派、黑幫分子」的何其芳，從此經常向何其芳請教詩歌問題。舒婷在 1969～1971 的三年「迷上了泰戈爾的散文詩和何其芳的

方式的飄忽、表現手法的細膩、抒情語態的靜默、溫煦與憂鬱，從根基上醞釀了朦朧詩風的生發。這種風格在食指詩歌中，主要由迷惘「命運詩」與「愛情詩」集中展現，並向革命「求索詩」滲透。

食指早期的革命求索詩《海洋三部曲》繼承著革命浪漫主義詩歌傳統。在詩體構造上，借鑒馬雅可夫斯基長詩，如《穿褲子的雲》的樂章組合形式，每樂章中又採用中國的現代格律詩體。第一樂章《波浪與海洋》的聯想方式與抒情自我源自賀敬之的《放聲歌唱》。但食指開始嘗試在命運詩中捕捉輕微的抽象感覺，採用擬人化、具象化手法給予呈現：「如今煙縷彷彿是我心中的愁緒，／匯成了低沉的含雨未落的雲層」。在這首詠物詩《煙》中，具體物象「煙縷」依次成為「未來的幻夢」、「心中的愁緒」、「告別的身影」等抽象感覺的「客觀對應物」〔註113〕，這種主客體間高度融合的手法與句式顯然深受何其芳的影響：「燃在靜寂中的白蠟燭／是從我胸間壓出的歎息。／這是送葬的時代」。客觀物象「白蠟燭」成為「壓出的歎息」、「送葬的時代」的「客觀對應物」。在這種隱喻結構中，主體情緒與客觀物象之間存在相似特性：如煙霧、幻夢、愁緒、身影皆因飄渺而難以觸摸，蠟燭、歎息、送葬又同樣蒼「白」無力。食指借助這種「抽象感知具象化」手法，在波德萊爾「我的青春只是一場陰暗的暴風雨」（《仇敵》）詩句的呼應中，寫出「好的榮譽是永遠找不開的鈔票，／壞的名聲是永遠掙不脫的枷鎖」、「明朗的目光是筆直走不完的路程」（《命運》）、「當灰爐的餘煙歎息著貧困的悲哀」（《相信未來》）、「我的心驟然一陣疼痛，一定是，／媽媽綴扣子的針線穿透了心胸」（《這是四點零八分的北京》）等優秀詩句。

除了「抽象感知具象化」手法外，戴望舒〔註114〕、何其芳等現代派詩人從細微感覺，尤其從幽微的聽覺出發，編織夢境的手法對《今天》詩人的早期創作影響尤甚。正如「《雨巷》是從視覺，從姑娘丁香一樣的顏色展開想像，而《預言》是從聽覺，從命運女神的足音展開想像」〔註115〕，何其芳尤愛以微微顫動的細碎聲響撩動讀者的心弦：「呵，你夜的歎息似的漸近的足音，／

《預言》」。參見何京頡：《心中的郭路生》、舒婷：《生活、書籍與詩》，《沉淪的聖殿》，烏魯木齊：新疆青少年出版社，1999年版。

〔註113〕 艾略特：《哈姆雷特》，《艾略特詩學文集》，王恩衷編譯，北京：國際文化出版公司，1989年版，第13頁。

〔註114〕 《戴望舒詩選》，北京：人民文學出版社，1957年版。

〔註115〕 藍棣之：《何其芳：傾聽飄忽的心靈語言》，見《詩探索》，1994年第1輯，北京：首都師範大學出版社。

我聽得清不是林葉和夜風私語／麇鹿馳過苔徑的細碎的蹄聲！」、「你將怯怯地不敢放下第二步，／當你聽見了第一步空寥的回聲」（《預言》）。在《今天》詩人的早期創作中，這些細微的聲響一直顫動著：北島的詩中迴響著「那風兒吹動草葉的喧響」（《五色花》）、「草葉，在啜泣中沉醉，飲的只是單調的回聲」（《我走向雨霧中》），方含聆聽著「那由遠而近的清脆的足音／一下下叩擊著我的心房」（《足音》），舒婷撫慰著「誰說公路枯寂沒有風光／只要你還記得那沙沙的足響」，觸發顧城創作的起因也是「在自然中間聽到一種秘密的聲音，這種聲音在我的生命裏變成了詩」〔註116〕：「那是什麼，遠遠的……／是雪水流過窗前低低的足音／……我在夢中聽不清……」（《那是什麼，遠遠的……》）。其次，現代派詩人對視覺形象的關注也啟發了早期《今天》詩人。從何其芳「但是誰的一角輕揚的裙衣，我鬱鬱的夢魂日夜縈繫」、「我可憐的心」（《秋天（一）》）到北島「心呵，何處是家，何處是你的屋頂？」、「我走向雨霧中，風掀起一角衣襟」（《我走向雨霧中》），不難看出視覺細節意象演化的痕跡。但現代派詩歌的「通感手法」，如何其芳「你的聲音柔美如天使雪白之手臂」（《圓月夜》）並未被早期《今天》詩人普遍運用。直至《今天》詩歌的成型期，通感手法的運用才真正自覺。如舒婷的「四月的黃昏裏／流曳著一組組綠色的旋律」（《四月的黃昏》），顧城在1979年初看了戴望舒翻譯的《洛爾迦詩鈔》和「波德萊爾的理論我才知道，這是通感的作用」〔註117〕。

「一九四九年以後一批重要的詩人與作家被迫停筆，改行搞翻譯，從而創造了一種游離於官方話語以外的獨特文體，即『翻譯文體』，六十年代末地下文學的誕生正是以這種文體為基礎的。我們早期的作品有著深刻的痕跡，這又是我們後來竭力擺脫的。」〔註118〕

中國現代詩人對於西方詩歌的選擇與吸收，偏好兩種趣味：（一）崇尚政治關懷的中國詩人，慣於接受「嚴肅」、「莊重」的詩歌情態，摒棄西方詩歌中「輕鬆自由」、「戲謔怪誕」情態以及宗教成分；（二）在詩歌語言上，中國詩歌重含蓄、語言暗示性強，西方詩歌說明成分多、邏輯說理性強。因此，優秀的中國詩人崇尚純淨濃縮的詩歌語言，而摒棄繁複直白的詩歌語言。

食指對於匈牙利詩人裴多菲的詩歌借鑒，即隱含上述原則。孫用翻譯的

〔註116〕　張穗子：《無目的的我──顧城訪談錄》，見《顧城詩全編》，上海三聯書店，
　　　　　1995年版。
〔註117〕　顧城：《關於詩的現代技巧》，見《顧城詩全編》，上海三聯書店，1995年版。
〔註118〕　查建英：《八十年代──訪談錄》，北京：三聯書店，2006年版，第74頁。

《裴多菲詩選》（1954），語言乾淨簡潔，為食指的愛情詩與命運詩提供了寫作範例。「酒」是兩位詩人愛情詩中的通用意象。裴多菲的《酒徒》中有：「一杯消滅了憂愁，／我的生命就欣欣向榮；／一杯消滅了憂愁，／我笑罵你，不幸的運命！」「酒的熱情爆發了，／我嘲弄你，狠心的人世！」「是這酒使我遺忘，／遺忘你，負心的姑娘！／／如果到了我的末日，／我就投向死亡的苦酒：／再喝一口——然後我笑著，／倒在你冰冷的胸上，墳頭！」，在政治抒情詩《愛國者之歌》中有「縱使我的眼淚把瓶裏的美酒／變成了苦汁，／我還是把這一瓶酒都喝了／喝完最後的一滴！」；再看食指的《酒》：「火紅的酒漿彷彿是熱血釀成」、「我依然還要幹了這杯／喝盡你那一片癡情」，語言避免繁瑣直白的說明，更為濃縮。《還是乾脆忘掉她吧》：「眼淚幻想啊終將竭盡／繆斯也將眠於荒墳／是等愛人拋棄我呢，／還是我先拋棄愛人／／還是乾脆忘掉她吧，／乞丐尋不到人世的溫存／我清楚地看到未來／漂泊才是命運的女神」。與裴多菲嬉笑怒罵、詼諧機智的自由表達不同，食指繼承了中國詩人隱忍的姿態，只接受裴多菲執著不悔的忠心與深情，詩歌表達極其克制、不乾脆。同時，在詩體形式上，食指的愛情詩《難道愛神是……》，全詩 4 節、每節 4 行、首句句法重複，其他詩句是首句的順勢展開，這種格律詩體參照了裴多菲的《我的愛情並不是……》。而從食指選擇反問句式「難道……」，裴多菲選擇「並不是，卻是」的肯定句式中，可以見出前者含蓄優柔的審美訴求，後者堅定果斷的精神氣質。

　　食指命運詩中的流浪者身份、漂泊情境與執著意志，與裴多菲詩歌近似。裴多菲《寄自遠方》以離家求索為情境背景：「在美麗的希望的星光下，／未來正如仙女的花園；／可是，一踏進了嘈雜的人生，／我們才知道這是錯誤的意見。／／我曾經見過光明的未來，／我心頭的苦痛，我不願說！／我盡在廣漠的世間流浪，／我盡在荊棘的路上奔波」，表現命運漂泊的艱辛與詩人的堅忍精神，進而在《啊，人應當像人……》中與命運抗爭：「啊，人應當像人，／不要成為傀儡，／盡受反覆無常的／命運的支配。／命運是只膽小的狗；／勇敢的人，反抗它」。它們激發著隱忍的郭路生發出：「我的一生是輾轉飄零的枯葉／我的未來是抽不出鋒芒的青稞，／如果命運真的是這樣的話，／我願為野生的荊棘放聲高歌」（《命運》）、「要向人生索取／不向命運祈求」（《在你出發的時候》）的曠達高昂之聲。

　　可以說，食指傾心神往的是裴多菲《我願意是急流》中「革命道路上愛人常伴」的人生主題。然而由於家庭阻隔，食指的愛情被迫割捨，從而宣告了「革命加愛情」理想模式在食指詩歌中的破產。食指在《黃昏》中以驚恐的聲音批判自己滑向了「墮落」的艾略特們〔註119〕：「不是躺在愛人的胸旁／也不是睡在朋友的手掌／不！不！我是靠在／腐朽精神的白色屍骨上」。此時，裴多菲《自由，愛情》中的「為了自由，我又將愛情犧牲」的求索意志成為食指「相信未來」的精神指向。食指《相信未來》的隱忍與憧憬姿態，並非空穴來風，普希金的《假如生活欺騙了你》是其最直接的來源：「假如生活欺騙了你，／不要憂鬱，也不要憤慨！／不順心的時候暫且容忍：／相信吧，快樂的日子就會到來。／／我們的心永遠向前憧憬，／儘管活在陰沉的現在：／一切都是暫時的，轉瞬即逝，／而那逝去的將變為可愛」。食指顯然不滿於普希金直白的說教，而傾心於從日常生活場景中提煉細節意象。《相信未來》的「當蜘蛛網無情地查封了我的爐臺」，其中施難意象「蜘蛛網」的構造，受到波德萊爾《憂鬱病》的啟發：「當雨水撒潑下無數的線條，／仿傚著大監獄的鐵欄的形狀，／一群啞默的骯髒的蜘蛛／走來在我們的頭腦裏結網」。食指的才能

〔註119〕抒寫「恐怖」、「死亡」、「白骨」、「情慾」被當時的中國文藝界視為艾略特與英美現代派腐朽精神的標誌。如格蘭姆·格林：「月光中路旁的屋子白如人骨，寂靜無人的街道像一具伸開兩手的屍骸」，艾略特的《不朽的低語》：「他懂得骨髓裏的痛苦，／屍骸裏的寒戰／任何肉體的接觸都不能／消退人骨的高燒」。見王佐良：《稻草人的黃昏——再談艾略特與英美現代派》，《文藝報》，1962年第12期。

在於，將波德萊爾「在我們頭腦裏結網」的內在感覺與「監禁」情境，轉向符合中國日常生活場景的實體物象「爐臺」，通過「查封」一詞的精練銜接，製造「監禁」情境。

二、《今天》詩歌的生變與「戲劇化」傳統

1971 至 1974 年，《今天》詩人在質疑、嘲弄、反叛或者逃逸的生命狀態中向艾呂雅、辛笛的現代派詩歌借鑒了視覺意象的色彩感、畫面感，在何其芳、艾青、「九葉派」〔註120〕和拜倫的詩作中汲取戲劇化聲音與手法。其中，何其芳的戲劇「獨白」模式、拜倫誇張的戲劇化語勢、中西詩歌中的「擬生命化」手法誘發了《今天》詩歌結構的生變，進而衍生出戲劇「對抗」詩。同時極為嚴苛的政治監察語境，致使《今天》詩人取法戴望舒、何其芳及外國現代派作品疏離現實的心靈化與抽象化，從而使《今天》詩的戲劇場景心靈化、隱喻化，朦朧化。

羅大岡翻譯的《艾呂雅詩鈔》與辛笛《手掌集》〔註121〕在營造視覺的色彩感、畫面感、明晰性與戲劇化手法上啟發了這一階段的《今天》詩人。1973年芒克突然被法國現代詩人艾呂雅點亮了，從此大地上躍動著詩人永不止息的勞作身影。芒克沒有選擇根子和多多神態冷漠、語氣誇張的詩路，他悉心經營自己平凡而自由的果園、街道和城市，在艾呂雅的引領下走入溫暖祥和、生命與勞動、自由與正義的世界。

「艾呂雅專心在日常的語言中，來找尋、提煉他的詩的語言，也就是他所謂『純潔』的語言。正如討厭油頭粉面、豔妝濃抹的『美人』一樣，艾呂雅曾經聲明他最不喜歡『詩化』的詩。《惡之花》的作者波特萊曾經宣稱詩裏邊打動讀者的因素在於『奇特』，艾呂雅偏說他欣賞於波特萊的地方，倒是他的平

〔註120〕鄭敏、穆旦等 40 年代出版的詩集，在文革期間曾為部分知識青年傳閱。見鄭敏：《詩歌與哲學是近鄰》，北京：北京大學出版社，1999 年，第 454 頁與孫志鳴：《詩田裏的一位辛勤耕耘者》，《一個民族已經起來》，南京：江蘇人民出版社，1987 年版，第 187 頁。此外，聞一多編選的《現代詩鈔》收入了穆旦《詩八首》等詩歌 11 首。見《聞一多全集·詩選與校箋》，北京：古籍出版社，1956 年版。

〔註121〕星群出版社，1948 年出版。在辛笛「銷聲匿跡的歲月裏，海外有人默默愛著他的詩。在港臺各地，《手掌集》的手抄本一再被轉抄、流傳」。50 年代中後期，葉維廉在香港找到《手掌集》，「又抄又讀，有了某種潛移默化的作用」。見王辛笛：《嬛媛偶拾》，上海：上海教育出版社，1998 年版。

凡的方面。艾呂雅認為應當在生活的平凡的一面去挖掘真正的詩；在平凡中發現不平凡，通過平凡表現偉大。」〔註122〕艾呂雅的平凡視角與《暢所欲言》的方式：「什麼都說：山岩，大路，鋪路石，／街道和行人，田野和那些牧童，／嫩毛似的春天，黃鏽的冬天，／組成一個果子的寒冷和溫熱……」，符合芒克《在路上》的自由自在性格。艾呂雅《和平詠》中的「所有幸福的婦女和她們的男人，／重新見了面——男人正從太陽裏回來，／所以帶來這麼多的溫暖」、「勞動吧！／我十個手指的勞動和腦力的勞動，／這是我的生活，我們日常的希望，／我們愛的食糧。勞動吧！」、「很久以來，我有一張無用的面孔，／可是現在呢，／我有了一張可以使人愛的面孔，／幸福的面孔」，《和平的面目》中的「對於正義和自由的愛／產生了一顆奇妙的果子。／這果子決不會變質，／因為它具有幸福的味道」，皆被芒克創造性地融入白洋淀田園生活的謳歌中：「男人們／從陽光裏給女人帶回了溫暖」（《十月的獻詩·鐘聲》）、「把我放進每一處勞動的人群，／我去做人們勤勞的手」（《大地的農夫》，1978.10）、「我有這樣一副面孔，／一面是歡快的笑，／一面是盡情的哭」（《自畫像》）、「果子熟了，／這紅色的血！／我的果園／染紅了同一塊天空的夜晚」（《秋天》）。芒克因為田園遭遇掠奪：「太陽落了。／黑夜爬了上來／放肆地掠奪。／這田野將要毀滅，／人／將不知道往哪兒去了」、「你的眼睛被遮住了。／黑暗是怎樣在你身上掠奪」、「放開我！」（《太陽落了》）而奮起抗爭的情境與艾呂雅的《最後一夜》呼應著：「這個小小的，兇狠的世界／把刀鋒指向無罪的人，／從他的嘴裏搶走了麵包，／把他的房子一把火燒掉，／掠奪他的衣衫和鞋子，／掠奪他的時間和子女」，「該當讓群眾來埋葬／他的血淋淋的身體和漆黑的天。／該當讓群眾瞭解／那些殺人犯的弱點」。迫於「文革」嚴格的政治監察，芒克迴避像艾呂雅那樣直接從社會生活中取材，而借助田園景象的隱喻運作宣洩抗爭意緒。艾呂雅「街」的意象：「灰色的街——有病的臂膀上一條灰色的脈管」、「我們一定連根拔起這條無用的街道，／把它擲到統治者們的神廟裏，／讓它在那兒神志不清地死亡」（《今天》）；「城市」意象：「複雜的，一點沒有遮掩的城市」、「還有人的顏色，還有土地和肉體，鮮血和精液」的「城市」（《一九四四年四月，巴黎一息尚存》）、「誰想到溫順的母貓吞噬了它的小貓」《誰信有這樣的罪行》）啟發芒克去關注城市繁雜的日常生活，創造出明暗交雜的東方《城市》與《街》組詩：「這城市疼痛的東倒西

〔註122〕《艾呂雅詩鈔》，羅大岡譯，北京：人民文學出版社，1954 年版，第 21 頁。

歪，／在黑暗中顯得蒼白」、「／街／被折磨的／軟弱無力地躺著。／／那流著唾液的大黑貓／飢餓地哭叫」。

艾呂雅詩歌中超現實的色彩變形與擬生命化手法讓芒克著了迷。艾呂雅的「一朵受傷的玫瑰變成了藍色」（《從裏面》）、「可是我們的女人也變成了藍色」（《今天》）、「血淋淋的身體和漆黑的天」（《最後一夜》）、「如果我告訴你太陽照在樹林裏／活像一個橫陳在床上的肚子」（《詩應當以實踐的真理作為目的》），在芒克詩中被創造成「那暴風雪藍色的火焰」，「黃昏，是姑娘們浴後的毛巾」、「夜，在瘋狂地和女人糾纏著」（《秋天》），「太陽升起來，把這天空／染成了血淋淋的盾牌」（《天空·一》）。1978 年當芒克命名《今天》雜誌時，在他頭腦中或許閃現過艾呂雅的詩歌《今天》。

辛笛的「風帆吻著暗色的水／有如黑蝶與白蝶」（《航》）與林莽「白色的浪花／開在深綠色的／水面」（《心靈的花》）、依群「你像血滴，像花瓣，／貼在地球藍色的額頭」（《巴黎公社》）、北島「在早霞粉紅色的廣告上／閃動綠色的光」（《冷酷的希望·五》）一致強調視覺色彩的鮮明對照，這種色彩對照的思維，既是人類本能直觀感應的結果，也因印象派繪畫對色彩、光線的注重而被強化，更是對「文革」詩歌色彩對立體系的重構。如同辛笛在《秋天的下午》中給予視覺與觸覺細緻的白描：「陽光如一幅幅裂帛／玻璃上映著寒白遠江／那纖纖的／昆蟲的手　昆蟲的腳／又該黏起了多少寒冷」，顧城在《蟬聲》

（1971）中將聽覺視覺化並細緻白描：「你像尖微的唱針，／在遲緩麻木的記憶上，／劃出細紋」，北島在《我走向雨霧中》（1972）呈現視覺色彩感與線條感：「褪色了，烏雲，／白濛濛，雨星。／蘭色的格線，／斜斜地抽打著灰色的樹林」。

　　這一時期，何其芳、艾青〔註123〕、「九葉派」詩人及拜倫的「戲劇化」聲音與手法從根本上誘發了《今天》詩歌結構的生變。《今天》詩人對「詩歌戲劇化」的自覺接受，一方面源於詩人「自我」分裂的生命體驗，另一方面則是對「文革」口號詩與迷惘「命運」詩的反撥。

　　艾略特將詩中的聲音細分為獨語、宣敘和戲劇性對談〔註124〕。中國詩歌重抒情的傳統，傾向將相對客觀的「戲劇性談話」交織入主觀的「獨語」或「宣敘」中。何其芳詩集《預言》中的「你—我」戲劇「獨白」模式，不僅影響了「九葉派」而且深刻地影響著《今天》詩人的「說話」方式。「九葉派」詩人陳敬容在《給我的敵人——我自己》中虛設「主／僕」關係的兩個「自我」、穆旦在《葬歌》〔註125〕中設置「舊我／新我」來展開戲劇性獨白。在《今天》詩歌生發期，詩人借用何其芳朋友式的談話方式：「不！朋友，還是遠遠地離開」（食指《再也掀不起波浪的海》）。但在「非友即敵」的「文革」年代，何其芳的獨白模式會衍生出「你—我」對抗的談話方式：「算了吧！酒桌旁的醉漢／生活的道路從來就不平坦」（食指《給朋友們》）。在《今天》詩歌生發期，「你—我」多以朋友間心靈交談為主，但在生變期，受拜倫詩歌與「憤怒的青年」戲劇的影響，「你—我」間更多交織著怨恨情態，對抗色彩加強：「哼，告訴你吧，世界，／我——不——相——信」／也許你腳下有一千個挑戰者，／那就把我算作第一千零一名！」（北島《告訴你吧，世界》）。隨著對抗性的加強，虛構人物「你」逐漸擺脫「我」的掌控，開始成為獨立發言與行動的戲劇角色，從而出現了真正意義上的戲劇對談的聲音：「你說的都是真的？／真的。／從什麼時候開始這麼想？／從開始／你真的不愛了？／真的。所以可以結婚了」（多多《蜜周》）。到了成型期，在回歸「你—我」朋友間心靈交談時仍保留著對抗語態：「不，這些都還不夠！／我必須是你近旁的一株木棉，／作為樹的形象和你站在一起」（舒婷《致橡樹》）。

〔註123〕《艾青詩選》，北京：人民文學出版社，1955年版，印發1萬9千冊。
〔註124〕艾略特：《詩的三種聲音》，《艾略特詩學文集》，王恩衷編，國際文化出版公司，1989年版，第294頁。
〔註125〕穆旦的《葬歌》曾在《詩刊》1957年第2期上公開發表。

　　但是《今天》詩人與「九葉派」詩人在戲劇化談話姿態上存在著重要差異：《今天》詩人更急於直接地傾出他們的絕望與反叛情緒，強調戲劇角色間劇烈的對抗。對於《今天》詩歌而言，戲劇化已成為詩歌結構的內部架構，成為整體（創作動力、抒情語態、情節發展、聯想方式等）的「生命戲劇化」。比較言之，「九葉派」詩人更傾向向內發聲，陳敬容、穆旦的談話姿態多少是帶有點戲謔意味的自我「和談」與「協商」，「戲劇化」成為一種智性指導下思考生活與自我的方式，理性較強，對抗性較弱，偏重於「思想戲劇化」。

　　《今天》詩人對於中國新詩戲劇化手法的借鑒更多要從詠物詩或寫景詩中見出。對於詠物詩、寫景詩而言，要獲得戲劇性演出的動態效果，首先須採用擬生命化手法，塑造戲劇行動的角色。聞一多在《死水》開篇曾設定了「一溝絕望的死水」這一擬生命化意象。如若說這一擬人手法較為隱蔽，那麼像艾青的「風，／像一個太悲哀了的老婦」（《雪落在中國的土地上》）、辛笛的「夜來了，使著貓的步子」（《門外》）、杜運燮的「物價已是抗戰的紅人」（《追物價的人》）則明顯運用了擬生命化手法。這種聯想方式與表現手法深刻影響了《今天》詩的結構方式〔註126〕。食指將「寒風」擬人化，敘寫它的遭遇：「有一次我試著闖入人家，／卻被一把推出門外」（《寒風》），顧城將「太陽」擬人

<hr>

〔註126〕中國青年出版社，1957 年出版了由臧克家編選的《中國新詩選 1919～1949》，其中選錄了聞一多的《死水》、《靜夜》、《發現》、徐志摩《大帥》、臧克家《老馬》等具有戲劇化情境的詩歌。

化：「太陽是我的縴夫／它拉著我，／用強光的繩索」（《生命幻想曲》），而芒克的「太陽」已然蒼老：「你又一次地驚醒，／你已滿頭花白」（《給太陽》）。《今天》詩人的詠物詩或寫景詩絕非真正意義上的詠「物」或寫「景」，他們承續著戴望舒與何其芳疏離現實的心靈化與抽象化，將戲劇場景心靈化、隱喻化。《今天》詩人設置的戲劇場景相當模糊和抽象，自然景物與生存環境處在心理變形作用下，很難識別社會生活的實指性。但從這些「物」中可以清晰地聽到「人」的聲音。他們或者以旁觀者冷酷、憤怒的語態寫道：「黎明死了／在血泊中留下早霞」（依群《巴黎公社》），或者以既同情又嘲諷的口吻講述荒誕的《城市》景象：「這城市疼痛得東倒西歪，／在黑夜中顯得蒼白」（芒克），亦或同時設置兩個以上或同謀或對抗的角色，對「他者」進行質疑與嘲弄的同時，反觀「本己」的境遇，如根子《三月與末日》。

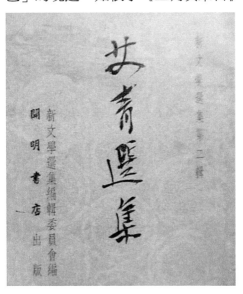

　　根子的《三月與末日》與艾略特《荒原》的「四月是末日」並無直接關聯。只因為「三月末日」的感受，就將二者牽強附會地聯繫在一起，論據不足。事實上，此時翻譯體詩歌中，如裴多菲的《九月末日》、艾呂雅的《不久》「世上所有的春天，要算這一個最醜」皆有類似表述。問題的關鍵在於，《三月與末日》中傲然嘲諷的姿態、誇張有力的語勢、情色的身體意象並非巧從天降。同在白洋淀插隊的詩人宋海泉的感覺較為準確：「有幾分高舉反叛旗幟，以其犀利的冷漠傲視世人的拜倫的影子，有幾分波德萊爾的影子」〔註127〕。70 年代

〔註127〕宋海泉：《白洋淀瑣憶》，《持燈的使者》，第 157 頁。

初，在經歷了紅衛兵落潮後的北京徐浩淵沙龍裏，彌漫著一種「高處不勝寒」的孤苦感覺。「王好立說：我們當時的思想狀態，是處在現實打擊下的理想幻滅，不知該怎麼辦？王好立曾將法共領袖加羅蒂的一段話抄給依群，這段話說：卡夫卡的『這部作品，表現了人類的有道路而無目的，有目的而無道路的憂慮』」。依群則借某德國作家的話說：「在死亡面前，我仍有憤怒！」面對這樣的處境，王好立說：「這不是普希金式的痛苦，而是拜倫式的痛苦。拜倫黑色的冰冷的絕望的浪漫主義是普希金也不能理解的。」〔註128〕隨後沙龍成員對尤涅斯庫的荒誕派、薩特的存在主義戲劇等現代派藝術產生了濃厚興趣，根子就在這樣的背景下介入徐浩淵沙龍，將拜倫與薩特奇妙地銜接起來。拜倫的《我沒有愛過這個世界》：「我沒有愛過這世界，它也沒有愛惜我；」「不能把我看作他們一夥；我站在他們之中／卻不屬於他們；」「但是，儘管彼此敵視，讓我們大大方方／分手吧；」是根子《三月與末日》的主導架構與情緒的最終落腳點。而這種傲然旁觀的姿態，又與薩特的《厭惡》相關聯。拜倫的《給弗萊太太的忠告》中誇張有力的「忠告」語勢，大量排比的質問句式，化入根子澎湃湧動的詩句中：「既然／大地是由於遼闊才這樣薄弱，既然他／是因為蒼老才如此放浪形骸／既然他毫不吝惜／每次私奔後的絞刑，既然／他從不奮力鍛造一個，大地應有的／樸素壯麗的靈魂／既然他浩蕩的血早就沉澱／既然他，沒有智慧／沒有驕傲／更沒有一顆／莊嚴的心」。這種誇張有力的語勢無疑還糅入了「憤怒的青年」獰厲的戲劇對白的聲音。而身體情慾意象的頻繁出現，離不開波德萊爾「沉重的腸子流在大腿上」、「警衛團和廚房裏的淫蕩」以及英美現代派，尤其是「憤怒的青年」與「垮掉的一代」的激發。根子沒有繼承拜倫「以自己一人承擔全世的苦難」、「號召人英勇地反抗壓迫和專制」的精神，而選擇了「拜倫式的英雄認為只有無政府主義的個人自由和不妥協的孤傲才是他的出路」〔註129〕的孤傲立場。詩人在離「革命」一步之遙的地方止步，與薩特存在主義冷漠旁觀的視角銜接起來。

多多創作伊始，延續著根子的誇張語勢、晦暗意象、悖論語法與戲劇結構，但卻隱蔽「自我」，懸置「判斷」，以存在主義旁觀視角，察視生活。多多的戲劇化誇張，既源自晦暗意象與悖論語法營造的緊張氛圍上，如「花仍在虛

〔註128〕楊健：《最初的沙龍活動：紅衛兵集團向知青集團的歷史性過渡（續一）》，《中國青年研究》，1996年第3期。

〔註129〕《拜倫抒情詩選》，梁真（查良錚）譯，上海：新文藝出版社，1957年版，第7～8頁。

假地開放／兇惡的樹仍在不停地搖曳／不停地墜落它們不幸的兒女」（《夏》），
但更多是建立在叛逆中國日常道德的震驚效果上。這種戲劇化誇張在多多的
「社會政治詩」與「愛情詩」中皆有體現。多多對於女性的觀念，既接受蘇聯
女詩人卡扎柯娃塑造的「粗暴狂熱」的欲望女性：「愛我吧，堅定地，／像綠
林強盜那樣，／捉住我，俘虜我，／將我綁架！／／愛我吧，毫無畏懼地／粗
暴地，兇狠地，／冷淡地抓住我吧，／像搖一支槳那樣搖我」以及葉甫賽也娃
的「我要結婚，我要馬上結婚」、「我是一條強壯的魚，但你的手更強壯，／你
抓住我，這就是我的願望」〔註130〕，多多將之帶入1972年中國白洋淀的《蜜
周・第一天》中，轉化為男女二人的對談：「你的眼睛在白天散光／像服過藥
一樣／我，是不是太粗暴了？／『再野蠻些／好讓我意識到自己是女人！』／
走出樹林的時候／我們已經成為情人了」，從而獲得了以扭曲人性對抗禁慾
「文革」的反叛意味；同時又接受蘇聯女詩人茨維塔耶娃「孤傲高貴」的女
性：「哪一個民族有這樣可愛的女人：大膽而可敬，鍾情而又堅貞不屈，眼光
遠大而可愛？」她化作了多多詩中素雅含蓄的《女人》（1973）：「披著露水，
站在早晨／她守望著葡萄園／像貴婦人一樣檢閱花草」。茨維塔耶娃變成了多
多的懺悔女神。茨維塔耶娃常常自問「詩和現實生活中的創造，哪一樣重要，
並回答說：『除了形形色色的寄生蟲以外，所有的人都比我們（詩人們）重
要」，多多就在《蜜周・第七天》裏下結論：「我們在爭論：世界上誰最混帳／
第一名：詩人／第二名：女人／結果令人滿意／不錯，我們是混帳的兒女」；
茨維塔耶娃說：「注定負有特殊使命的猶太區。圍牆和壕溝。別期待憐憫。在
這個最忠於基督教的圈子裏，詩人們都是猶太坏」〔註131〕，多多就嚴肅地告
訴宋海泉自己有「猶太血統」〔註132〕。這一身份的確認，為自我「贖罪」找
到了合理解釋。1973年多多一邊冷靜察視欲望女性的命運：「會跟隨壞人，永
不變心」的《少女波爾卡》、被「春天」欺騙也「哭著親他」的《誘惑》，一邊
又向高貴的茨維塔耶娃傾吐：「我寫青春淪落的詩／（寫不貞的詩）」（《手藝
──和瑪琳娜・茨維塔耶娃》）。從這時開始，多多將書本中俄羅斯詩人茨維塔
耶娃、巴爾蒙特、布洛克、葉賽寧、帕斯捷爾納克、瑪格麗特等人物故事，轉

〔註130〕黎之：《「垮掉的一代，何止美國有！」》，《文藝報》，1963年第9期。
〔註131〕愛倫堡：《人、歲月、生活》（第二部），馮南江、秦順新譯，北京：作家出版
　　　　社，1963年版，第20～30頁。
〔註132〕多多說從母系方面傳來的猶太血統。「我外祖家是世居開封的猶太人。」見宋
　　　　海泉：《白洋淀瑣憶》，《持燈的使者》，第155頁。

化為典故和空域背景，穿插在詩歌創作中，如 1974 年的長詩《日瓦格醫生》
〔註 133〕、《瑪格麗和我的旅行》。多多的長詩仍迴蕩著根子長詩的誇張、熱
烈、略帶諷刺的餘音，但異國歷史典故的交織運用，使詩歌整體上顯出非中國
情調。詩人借助異國經驗反襯中國人的心緒，這種構思方式與「土地」意識深
受艾青《蘆笛》、《我愛這片土地》〔註 134〕等詩歌的啟發：「呵，高貴的馬格麗
／無知的瑪格麗／和我一起，到中國的鄉下去／到和平的貧寒的鄉下去／去
看看那些／誠實的古老的人民／那些麻木的不幸的農民／……我願你永遠記
得／那幅痛苦的畫面／那塊無辜的土地」。這種異國背景與中國心緒交雜的詩
作還有《鐘為誰鳴》〔註 135〕。對於國外的研究者，這種詩有兩種解讀方式：
「運用文本以外的中國歷史知識去解釋，而對於那些毫無中國歷史知識背景
的讀者，這種高度的政治詩也能夠接受」〔註 136〕。多多詩歌的日常生活視角
與生活意象，與艾青詩歌也存在著關聯，如多多《同居》中的旁觀者：「清道
夫／他穿著藍色的工作服／還叼著一支煙斗，站在早晨——」與艾青《致太
陽》中讚美的「打掃著馬路的／穿著紅色背心的清道夫」，二者彷彿跨越時空
相互對視著。

〔註 133〕 荷蘭學者柯雷在 1994 年與北島、1995 年與王家新交流時，二人提到在 20 世
紀 60 年代，中國社科院外國文學研究所「內部發行」了有關蘇聯和外國對於
帕斯捷爾納克贏得 1958 年諾貝爾文學獎反應的《外國文學參考資料》，其中
包括了小說的梗概。有關作者和作品介紹，有 200 頁，以供批評。見 *Language
Shattered: Contemporary Chinese Poetry and Duoduo*, Maghiel van Crevel,
Research School CNWS, Leiden, The Netherlands, 1996, P. 130。筆者未曾見到。
但《世界文學》1959 年第 1 期上發表了臧克家的《癲疾‧寶貝——諾貝爾獎
金為什麼要送給帕斯捷爾納克？》和劉寧：《市儈、叛徒日瓦戈醫生和他的
「創造者」帕斯捷爾納克》兩篇評論文章。

〔註 134〕 《艾青選集》，北京：開明出版社，1951 年版。《蘆笛》一詩中有：「由瑪格
麗特震顫的褪了脂粉的唇邊／吐出的菫色的故事。」多多對根子的詩歌不滿，
是由於參照了艾青的詩歌。多多的《北方的土地》、《致太陽》等詩歌意象與
情感類型與艾青詩歌存在關聯。《北方的土地》手稿照片，見《沉淪的聖殿》，
第 202 頁。

〔註 135〕 海明威的作品，《永別了，武器》，上海：新文藝出版社，1957 年版；《老人
與海》，上海：新文藝出版社，1957 年版。《譯文》，1956 年第 12 期，刊發了
海觀翻譯的《老人與海》。柯雷 1994 年與唐曉渡交流時得知，1972 年當多多
寫詩時，《喪鐘為誰而鳴》存在兩個漢譯本：《喪鐘為誰而鳴》和《鐘為誰鳴》。
見 *Language Shattered: Contemporary Chinese Poetry and Duoduo*, Maghiel van
Crevel, Research School CNWS, Leiden, The Netherlands, 1996, P.134.

〔註 136〕 *Language Shattered: Contemporary Chinese Poetry and Duoduo*, Maghiel van
Crevel, Research School CNWS, Leiden, The Netherlands, 1996, P. 135.

三、《今天》詩歌的成型與「現實／理想」傳統

　　《今天》詩歌在 1975 年漸入成型期。從 1976 年「四五」天安門運動爆發、10 月「四人幫」被捕、「文革」結束，到 1978 年思想解放與民間民主運動逐漸興起，《今天》詩人們感應著變革年代的風起雲湧、新舊更迭與明暗交織，積極向中西現實主義詩歌，如艾青、沃茲涅辛斯基、聶魯達、葉夫杜申科汲取厚重的歷史感、愛國精神與國際人道主義，同時又向張揚理想的中西詩歌，如中國 50、60 年代的革命浪漫主義、梅熱拉伊梯斯大寫的「人」、巴爾蒙特的「太陽」、洛爾迦的「童心」、白朗寧夫人的「愛情」，尋求力量、自由、愛與創造性，進而建構起《今天》詩人自我「堅實的內在同一性」。在藝術上，《今天》詩人綜合運用詩歌演化過程中累積的視覺意象構圖法、抽象感知具象化、場景象徵化、結構戲劇化諸種藝術技巧，並從更為開闊的當代國際詩歌中獲取精神與藝術的雙重滋養。

　　視覺意象的動態感、色彩畫面感、線條立體感此時得到強化。北島修改後的《回答》（1976）：「在鍍金的天空上，飄滿了死者彎曲的倒影」、顧城的《感覺》（1980）：「天是灰色的／路是灰色的／……／／在一片死灰之中／走過兩個孩子／一個鮮紅／一個淡綠」皆運用色彩明暗對比的構圖手法。顧城的《弧線》（1980）：「海浪因退縮／而聳起的背脊」利用意象的戲劇化動作營構視覺「弧線」。

　　《今天》成型期的詩中交織有兩種不同類型的聲音：一種是繼承了何其芳、洛爾迦、白朗寧夫人詩中靜默、清麗、溫婉的聲音，對抗色彩相對較弱，如這一時期的愛情詩、夢境詩、童心詩。其中，戴望舒翻譯的《洛爾迦詩鈔》深深影響著「文革」中眾多的地下詩人，如牛漢〔註137〕、舒婷〔註138〕、顧

〔註137〕「五十年代初，我有一本戴望舒譯的《洛爾迦詩鈔》，經歷了幾次劫難，奇蹟般沒有被毀滅。1971 年，我把這本輕薄的小書帶到咸寧幹校，我經常翻閱它。它的節奏是那麼美，我佩服譯者的才能。我寫詩集《溫泉》的那紀念，幾乎天天讀洛爾迦，四十年代我崇尚詩的散文美，節奏迂緩，情感很不凝練，是洛爾迦的精練的詩使我懂得了感情必須結晶與昇華。一九七六年秋，在沉默中憤然寫詩的北島借走了這本詩鈔。他同我一樣欣賞洛爾迦，我能看得出來，北島早期的詩裏有著洛爾迦的飄逸與明麗的情調。」見牛漢：《探求夢境的歷程——我與外國文學》，《散生漫筆》，太原：北嶽文藝出版社，1999 年版，第 52 頁。

〔註138〕在「文革」期間，舒婷從甄老師的藏書中借閱到戴望舒翻譯《惡之華掇英》和《洛爾伽詩鈔》。見舒婷：《春蠶未死絲已盡》，《梅在那山》，南京：江蘇文藝出版社，1997 年版，第 200 頁。

城〔註139〕、方含、北島等。北島曾這樣評價當時的翻譯體詩歌：「最欣賞的還是戴望舒，他譯的《洛爾迦詩鈔》讓人叫絕，無人望其項背。在我看來，洛爾迦的翻譯展現了他的創造性才能。戴望舒譯的《洛爾迦詩鈔》無疑是中國詩歌史上的一個大事，特別是對二十世紀六十年代末七十年代初的地下文學有著不可估量的影響。由他和其他翻譯家所創造的『翻譯文體』成為一種流離於官方話語以外的邊緣化文體，最後成為地下文學的載體，並由此為漢語文學拓展了一個新的向度。在這個意義上，戴望舒對現代漢語所做的貢獻，都是不過分的」〔註140〕。

　　戴望舒翻譯的《洛爾伽詩鈔》，從70年代初以來，就為北島、方含、顧城等的「夢幻詩」、「愛情詩」、「童心詩」樹立了寫作典範。從洛爾迦詩歌「純美」的聲音中，顧城發現了充滿童趣與純真的「安達露西亞」小馬（《樹呀樹》）、轉著風車的村莊、月亮和少女。「他的謠曲寫得非常勸人，他寫啞孩子在露水中尋找他的聲音，寫得純美之極。我喜歡洛爾迦，因為他的純粹」〔註141〕；北島驚喜於洛爾迦超現實的奇思妙想：「我不是要它來說話，／我要把它做個指環，／讓我的緘默／戴在他纖小的指頭上」（《啞孩子》），將它化入愛情詩《黃昏：丁家灘》中：「用指頭去穿透／從天邊滾來煙捲般的月亮。／那是一枚訂婚的金戒指／姑娘黃金般緘默的嘴唇」；芒克著迷於洛爾迦的色彩世界：「綠啊，我多麼愛你這綠色。／綠的風，綠的樹枝」（《夢遊人謠》〔註142〕），寫出長詩《綠色中的綠》；方含陶醉在洛爾迦舒緩謠曲與純潔夢幻中。方含的「從北京到紅色的吐魯番」（《在路上》）中迴蕩著洛爾迦的謠曲「從喀提思到直布羅陀」（《安達路西亞水手的夜曲》），方含的愛情夢幻《謠曲》：「姑娘，如果你去山裏／請找到我的馬兒」、「姑娘，如果你去海邊／請找到我的船兒」，其構思得於洛爾迦的「船在海上，／馬在山中。／影子裏住她的腰，／她在露臺上做夢」（《夢遊人謠》）；梁小斌以兒童口吻反覆吐露的苦

〔註139〕顧城最喜歡的詩人是洛爾迦和惠特曼。「洛爾迦的詩，我們家也有，放在書櫃的最下層，我把它抽出來時，看見封面上畫著個死硬的大拳頭，我想也沒想就把它塞回去，那個大拳頭實在太沒趣了。」十多年後，即1979年初，顧城才被洛爾迦的「純粹」所吸引。見王偉明：《顧城訪談錄》，《沉淪的聖殿》，第473頁。

〔註140〕覃里雯：《游蕩的一代：北島專訪》，《生活》雜誌，2005年12月。

〔註141〕王偉明：《顧城訪談錄》，《沉淪的聖殿》，第473頁。

〔註142〕北島在中篇小說《波動》中，將洛爾迦的《夢遊人謠》作為肖凌與白華共同欣賞的夢幻詩，大段引用。見艾珊：《波動》，《今天》第四期，第47頁。

澀《心聲》〔註143〕：「從浩蕩的大海那裡，／滾來了蔚藍色的波濤，／這是所有孩子的呼吸：／媽媽，我要讀書」，在現實關懷與兒童的委屈語調上，與洛爾迦苦澀的《海水謠》呼應著：「不安的少女，你賣的什麼，／要把你的乳房聳起？／／──先生，我賣的是／大海的水」。

　　此外，北島的愛情詩《雨夜》（1976）：「路燈拉長的身影／連接著每個路口，連接著每個夢／用網捕捉著我們的歡樂之謎」，與波德萊爾怪誕的愛情詩句：「我們在路上偷來暗藏的快樂，把它用力壓擠得像隻乾了的橙子……」，差異的背後共同隱藏著一種偷食禁果的神秘快感。《走吧》，在詩體上，每節3行，首句重複，共4節與艾青《冬天的池沼》一致；舒婷「四月的黃昏／好像一段失而復得的記憶」（《四月的黃昏》，1977）中有艾略特詩歌的句法特徵：夜深人靜、連綿不絕的街道「如令人厭煩的居心不良的辯論」。《致橡樹》的「根，緊握在地下，／葉，相融在雲裏。／每一陣風過，／我們都互相致意」，想像方式與艾青《樹》契合：「一棵樹　一棵樹／彼此孤離地兀立著／風與空氣／告訴著他們的距離／／但是在泥土的覆蓋下／他們的根伸長著／在看不見的深處／他們把根鬚糾纏在一起」。顧城《遠和近》中「我覺得／你看我時很遠，／你看雲時很近」抽象玄思的視角，與美國詩人康瑞·靄根的《奇

────────────────

〔註143〕《安徽文學》，1979年第10期上，首次發表了梁小斌的三首詩歌。

蹟》〔註144〕匯通：「黃昏的微光是寬廣的，近處的東西看起來很遠，／遠處的東西反而很近。／在藍色的西方掛著一顆黃色的星」。

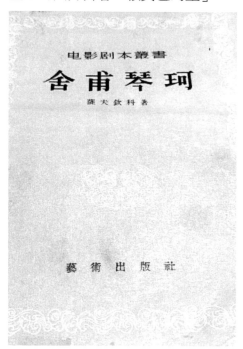

　　另一種則繼承了艾青、杭約赫、牛漢與謝甫琴科等「沉重、悲壯而堅毅的聲音」，對抗色彩加強。北島《結局或開始》（1975）中：「我，站在這裡／代替另一個被殺害的人／為了每當太陽升起／讓沉重的影子像道路／穿過整個國土」迴蕩著謝甫琴科《遺囑》〔註145〕中深沉悠長的聲音：「當我死了以後

〔註144〕《現代美國詩歌》，袁水拍譯，上海：晨光出版公司，1949 年版。張朗朗曾提到自己在 60 年代末買到《美國現代詩選》，應該為此本。見張朗朗：《「太陽縱隊」傳說及其他》，《沉淪的聖殿》，第 38 頁。

〔註145〕謝甫琴科：《遺囑》，戈寶權譯，《世界文學》，1961 年第 2 期。同期刊發《我的歌呀，我的歌！》、《哦，人們！可憐的人們！》，戈寶權譯；《上帝，不要讓別人……》、《郵差又沒有從烏克蘭帶來……》，孫瑋譯；《公子哥兒呵，如果你們能夠知道……》，鐵弦譯；《險惡的日子重新來到》，蔡汀譯。《譯文》1954 年 3 月號刊發張鐵弦翻譯的烏克蘭人民詩人謝甫琴科的《無題》（「說真話，那對我全是一樣」）、《文藝女神》、《寫給妹妹》、《我走在涅瓦河上》四首。烏克蘭基輔電影製片廠在 1951 年攝製的《塔拉斯·謝甫琴科》傳記片被製成華語對白在我國各地放映。薩夫欽科寫的電影劇本也被翻譯成中文《舍甫琴珂》，北京：藝術出版社，1956 年版。1961 年上海文藝出版社出版他的散文集《音樂家》和《藝術家》。1961 年謝甫琴科逝世 100 週年時，各大報紙、《世界文學》、《詩刊》編印了特輯，《文學評論》發表專文。

／把我在墳墓裏深深地埋葬，／在那遼闊的草原中間，／在我那親愛的烏克蘭故鄉，／好讓我看得見一望無邊的田野，／滾滾的德聶伯河，還有那些峭壁懸崖；／好讓我聽得見奔騰的河水，／日日夜夜地喧嘯流蕩。／當河水把敵人的污血／從烏克蘭沖向蔚藍的海洋⋯⋯／只有那時候，我才會離開／祖國的田野和山崗──／⋯⋯把我埋葬以後，大家要一致奮起，／把奴役的鎖鏈粉碎得精光，／並且用敵人的污血／來澆灌自由的花朵。」比較來看，謝甫琴科為了表達「土地」之愛與反抗意緒，敘說了很多，而在北島手下，只將「太陽升起」與「沉重影子」明暗對照、化抽象的「影子」為具體延展的「道路」，就使得整個場景運動起來，意象濃縮而意旨隱蔽，溢滿愛恨交加的濃厚感情。這首詩歌綜合了《今天》詩人前期探索中的經典場景：「逗留在貧困的煙頭上／一隻隻疲倦的手中／升起低沉的烏雲」一句中留有食指《煙》的印記；「以太陽的名義／黑暗在公開地掠奪」回應著芒克和艾呂雅的詩句；「烏鴉，這夜的碎片，紛紛揚揚」，晦暗的聯想方式與路易士的《烏鴉》：「烏鴉來了，／唱黑色之歌；／投我的悲哀在地上／碎如落葉」或者多多的《烏鴉》（1974）：「像火葬場上空／慢慢飄散的灰燼／它們，黑色的殯葬的天使／在死亡降臨人間的時候／好像一群逃離黃昏的／音樂標點⋯⋯／／目送它們的／是一個啞默的／劇場一樣的天空／好像無數沈寂的往事／在悲觀的沉浸中／繼續消極地感歎⋯⋯」在戲劇化手法上何其相似，然而與多多的悲哀與消沉不同，北島以碎片與紛揚這一精練、動態的濃烈圖景，暗示戰士的反抗與黑暗時代的終結。艾青很賞識北島的「社會責任感與義憤」，但歷經世事滄桑的艾青，認為「詩還是要含蓄一些，比如這樣的詩句：『我憎惡卑鄙，也不稀罕高尚，瘋狂既然不容沉靜，我會說：我不想殺人，請記住：我握有刀柄』。艾青告訴北島，這樣的詩句火氣大了點，他會影響詩的質地」〔註146〕。1976 年北島聽取了艾青的建議，將《告訴你吧，世界》最後一節刪改為頗具社會主義人道主義的明朗結局。除此之外，增加了戲劇化的一節：「我來到這個世界上，／只帶著紙、繩索和身影，／為了在審判之前，／宣讀那被判決了的聲音」。這一場景讓人聯想到杭約赫的「我們光身來到世上，帶來的只有哭聲」（《哭聲》）和「來到這世上，只帶來了顆心和眼睛」（《擷星草》），以及巴爾蒙特「我來到這個世上，為了看看太陽」的詩句。

〔註146〕王炳根：《少女萬歲：詩人蔡其矯》，福州：海峽文藝出版社，2004 年版，第238 頁。

告訴你吧，世界
卑鄙是卑鄙者的護心鏡，
高尚是高尚者的墓誌銘。
在這瘋狂瘋狂的世界裡，
——這就是聖經。

冰川紀過去了，
為什麼到處都是冰凌？
好望角已經發現，
為什麼死海裡千帆相競？

哼，告訴你吧，世界，
我——不——相——信！
也許你腳下有一千個挑戰者，
那就把我算作第一千零一名！

我不相信天是藍的，
我不相信雷的回聲。
我不相信夢是假的，
我不相信影子無形。

我憎惡卑鄙，也不稀罕高尚，
瘋狂既然不容沉靜，
我會說，我不想殺人，
請記住，但我有刀柄。

1973 年 3 月 15 日

出自《被放逐的詩神》，食指等著，李潤霞編選，武漢出版社，2006 年。

　　毫無疑問，《今天》詩人汲取現實主義詩歌的革命批判精神，但卻不習用現實主義手法。他們在藝術表達上力避現實生活的實指性與號召的直接性，而在心理變形作用下將生存場景隱喻化、心靈化。正如嚴力所說：「當時我們既想用現代一些的手法但又下意識或有意識地擔心因文字而被定罪，所以寫的時候有時會多拐幾個彎，但那股被壓制的憂愁氣氛在詩裏從頭貫穿至尾。現代手法或稱對西方現代詩的模仿，反過來讓我們對放進的情感有種慰藉，

就好像這種形式才是適合靈魂躺進去休息的軀殼。」〔註147〕

　　在現實主義沉鬱、悲壯的聲音中，植入「戰士」一般獻身理想的激越音色，面對時代、面對世界、面對民族，發出深沉的呼喊，從而建構出剛毅的戲劇化聲音。這種剛毅的聲音之所以出現，既與「郭小川、賀敬之、馬雅可夫斯基的革命詩歌」、「毛澤東的古典詩詞」〔註148〕、「朗誦詩」〔註149〕傳統存在潛在的歷史呼應，又承續著《今天》詩歌生變期戲劇化的誇張語勢，更直接受到國外現當代革命詩歌的激發。沃茲涅辛斯基的《戈雅》〔註150〕：「我是戈雅！敵人飛落在光禿禿的田地上／啄破我的眼窩。／我是痛苦。／我是戰爭的聲音。／一些城市燒焦的木頭／在四一年的雪地上／我是飢餓。／我是那／身子像鐘一般掛在空曠的廣場上／被敲打的、被弔死的女人的喉嚨……／我是戈雅！／呵，復仇！／我使不速之客的灰燼／像射擊似的向西方捲曲，／並在那作為紀念的天上／像釘釘子一般／釘上了／結實的星星。／我是戈雅。」《戈雅》以身體受難的堅毅姿態啟發著這一階段的「受難反抗詩」。蔡其矯如此評價舒婷〔註151〕的《祖國呵，我親愛的祖國》（1979）：「舒婷這首詩，在句法上借鑒了蘇聯詩人沃茲涅先斯基《戈雅》的圓周句式：『我是戈雅！……我是痛苦。我是戰爭的聲音。……我是飢餓！……我是……被弔死的女人的喉嚨。……我是戈雅。』沃茲涅先斯基寫的是我和戰爭的關係，用圓周句式強化對戰爭的悲傷和憤怒。舒婷寫的是我和祖國的關係，也用了這種句式，增加痛苦和摯愛的深度，但又有創造性的發展。圓周句式大都出現在抒發強烈情緒的作品中，悲傷痛苦的情調最宜用它來渲染。」「重複是詩歌創作常用的一種

〔註147〕嚴力：《我也與白洋淀沾點邊》，《沉淪的聖殿》，第279頁。
〔註148〕北島提到自己詩歌的兩個傳統資源，賀敬之革命詩歌與毛澤東詩詞。見田志凌：《北島專訪：青春和高壓給予他們可貴的能量》，《南方都市報》，2008年6月1日。
〔註149〕《朗誦詩選》，詩刊社編選，北京：作家出版社，1965年版。1962年底開始，隨著文藝界反修運動的開展，黨的頌歌中配合政治運動的口號開始出現，歌頌與批判形成對立。
〔註150〕葉夫杜申科等：《〈娘子谷〉及其他》，蘇杭等譯，北京：作家出版社，1963年版，第83頁。
〔註151〕1975年3月蔡其矯與舒婷在廈門會面後，此後在通信中，「蔡其矯不僅給舒婷寄去惠特曼、聶魯達，告訴她應該多讀古典詩詞，並且將他用於自我訓練用的翻譯也寄給她。這是的蔡其矯已經與香港的一些朋友取得了聯繫，他們常常為他寄來一些香港詩人或者香港、臺灣翻譯的境外詩人的詩作，蔡其矯得到後，總是認真抄錄一份寄給舒婷。」見王炳根：《少女萬歲：詩人蔡其矯》，福州：海峽文藝出版社，2004年版，第242頁。

藝術手法，而圓周句式則是重複同類型的句子或詞語的一種修辭方法，即把十分完整的語言單位的幾個部分，按圓周進行連續排列，組成在意義和音調兩方面和諧統一的整體。它可分為雙成份、三成份、四成份和多成份。這首詩用的便是多成份。」「詩一開始就進入高潮，這是舒婷的一貫手法。第一節頭兩個副句式平衡句，寓有音響和色彩的描繪。三、四句則縮短，不描繪；五句卻伸長，行短意緊，強度超過前面四個副句，於是主詞（祖國）出現。」〔註152〕芒克的《我是詩人》（1978）：「我是詩人，我是帶血的紙片。就讓它在人們的手中傳閱吧，讓心和心緊緊相連。」同樣借用這種重複句式，並與日本詩人田間宏的《紙片》〔註153〕呼應：「我們的紙片！我們等待著的傳單啊！／通過一些親密的手和手指，潛入這個城市的心臟去吧！」「燃燒著的人們的手，／將你傳遞；使你這張滴滿了眼淚的紙片爆炸開來！」

江河既接受了《戈雅》的身體受難姿態和重複句式，在《沒有寫完的詩》之《受難》中集中運用：「我是母親，／……我是老樹，我是枯乾的手指／我是臉上痙攣的皺紋／……我是姊妹、我是女兒和妻子／我的頭髮是一片海／

〔註152〕　蔡其矯：《賞析〈祖國呵，我親愛的祖國〉》，《蔡其矯詩歌迴廊——詩的雙軌》，
　　　　　　福州：海峽文藝出版社，2002年版，第148、149頁。
〔註153〕　《世界文學》，1958年第6期，騰雲譯。

我是父親，我是丈夫，我是兒子……／我是船舶／我是被砍伐的森林」。與此
同時，一方面鎔鑄入梅熱拉伊梯斯詩集《人》〔註154〕健壯有力的身體想像和
「雙腳踏住地球，／手托著太陽」的「大我」形象。在《人》中，「腦子的蘊
藏，腦子的地層，／像礦藏那樣地深。／我把它們像煤一樣掘出」這一奔放有
力的想像被江河轉化為「頭顱深處／一層層烏黑的煤慢慢形成」（《從這裡開
始》）沉鬱的受難意象，在《祖國啊，祖國》中，江河以民族之子的偉力：「把
長城莊嚴地放上北方的山巒／像晃動著幾千年沉重的鎖鏈／像高舉起剛剛死
去的兒子」，將中華民族的悲壯歷史有力地呈現出來。北島對於梅熱拉伊梯斯
的接受〔註155〕，偏重於承擔意識，在《回答》修改中增加的一節：「如果海洋
注定要決堤，就讓所有苦水都注入我心中；如果陸地注定要上升，／就讓人類
重新選擇生存的峰頂」，迴蕩著梅熱拉伊梯斯《心》的回聲：「無辜的人們的血
／淹沒了我的心。／陣亡的人們的血／注滿了我的心。／所有／流出來的／人
血／都流進我的靜脈／注入我的胸膛。／……我甘願接受任何的死亡，／只要
在未來的時代裏能響起／未來幸福的歌曲，像一陣回聲」。

　　另一方面，借鑒聶魯達大地《流亡者》的視角、敘事情境與長詩形式：
「我走過許多城市，森林，農莊，港口，／從這一個人的門口出來，／走到另
一個人的屋裏，和這一個人握手，／又和另一個人，再一個人握手」，江河創
造出《紀念碑》組詩，如《遺囑》：「我莊嚴地走下去／走過每一座城市／每一
片村鎮和田野／敲響每一扇防禦性的門／向每一個張望的窗口送過微笑」。汲
取聶魯達《馬楚‧比楚高峰》〔註156〕的人類歷史溯源意識：「當黏土顏色的手

〔註154〕梅熱拉伊梯斯：《人》，孫瑋譯，北京：作家出版社，1964 年版。江河曾全文
　　　　抄錄詩集《人》。見宋海泉：《白洋淀瑣憶》，《持燈的使者》，第 148 頁。
〔註155〕北島有梅熱拉伊梯斯《人》這本詩集。蔡其矯提到北島「接觸到一本蘇聯拉
　　　　脫維亞詩人，獲得過 1962 年列寧文化獎金的作品，署名叫做《人》。」「當時
　　　　我們反對修正主義，有一個內部參考印了二十多本『黃皮小書』，裏面有三本
　　　　詩，其中一本就是《人》。這本書從頭腦、心臟、眼睛、耳朵、嘴、四肢、直
　　　　到把人體各部分都作了描寫，最後是寫共產黨人，是一本歌頌社會主義的人
　　　　道主義的作品，他們的思想基礎就是這種社會主義的人道主義」。見蔡其矯：
　　　　《在桂林詩歌講座談詩歌創作》，《詩的雙軌》，福州：海峽文藝出版社，2002
　　　　年版，第 63 頁。
〔註156〕蔡其矯把 1963 年翻譯聶魯達代表作《馬楚‧比楚高峰》的手稿，給北島看。
　　　　建國初期，聶魯達詩歌曾在中國詩界一度流行，但主要是那些受馬雅可夫斯
　　　　基影響的政治抒情詩。而聶魯達的代表作《馬丘‧比丘高處》，在當時的中國
　　　　卻不為人知。這首大詩將惠特曼的浪漫主義詩風與西方超現實主義手法相結
　　　　合，表現了南美洲印加文化的輝煌歷史，在世界詩壇影響極大。北島讀完蔡

／徹底轉變成黏土，當小小的眼睛緊閉，／……當所有的人進入自己的墓穴，／那裡還有一個精緻的建築高聳在／人類黎明時期的遺址上／承載著沉默的最高的器皿」，與中華民族歷史傳說鎔鑄在一起，江河創造出向民族原初開掘的《從這裡開始》：「我攫著一塊塊黏土，揉著、捏著／彷彿炊煙似的霧靄抱著我的孩子／撫摸著像孩子的頭一樣圓滿的罐子」。而江河「英雄的時代過去了，卻沒有史詩」的史詩觀，回應著馬雅可夫斯基「英雄詩的時代過去了，卻沒有英雄詩，沒有敘事詩，也沒有史詩」（《好》）的聲響。在詩歌理論上，江河「有關傳統和創新的關係，源於Ｔ・Ｓ・艾略特的新古典主義；通過古代神話發掘民族心理積澱的嘗試──《太陽和它的反光》，是受神話儀式學派理論的啟發；他後期的一些語言實驗，新的語境或語言空間的重構，則在意象派的詩歌理論指導下進行的」〔註157〕。

人

梅熱拉伊梯斯 著

孫瑋 譯

（供內部參考）

比較而言，楊煉從《馬楚・比楚高峰》與詩集《人》中汲取的是人類創造的想像、瑰麗多彩的詩歌意象與超現實變形手法。引發楊煉創造《顏色》的「我把自己當作調色板／揉和著愛情和黎明／永無休止地旋轉」，與梅熱拉伊

其矯的譯稿，非常喜歡；後來又拿給江河和楊煉傳抄。楊煉和江河後來創作的表現中國歷史和文化的長詩，可以看出《馬丘・比丘高處》的影響。見邱景華：《蔡其矯與朦朧詩》，《詩探索》，2005年第1輯。

〔註157〕宋海泉：《白洋淀瑣憶》，《持燈的使者》，第149頁。

梯斯謳歌《人》的創造性想像如出一轍:「我的雙手創造和雕成的一切,／像一個五光十色的旋轉木馬,／圍繞著我轉動」。其中,《顏色・藍》的風格近於聶魯達,詩人超現實變形想像方式「我把昂起的頭顱伸向星星」與聶魯達「我把我的額頭投入深沉的波浪」呼應;而《土地・顏色・綠》取法梅熱拉伊梯斯《手》中的瑰麗意象與自由精神,如《手》:「它飛著,展開了綠色的翅膀」,「讓鳥兒坐在我的手上,／在我的手中躲避烈日與冰雹」,化作楊煉的《綠》:「我有溫暖的愛,鳥兒坐在手上／茂密的樹葉把它們遮掩」。

在《今天》詩歌生變期,詩人慣於採用冷漠、獰厲的低沉語調,而在成型期則加入沉鬱、堅毅的莊重音質,果決、激越的戰上音強,從而變得冷峻、剛毅、富有光澤。顧城受這種聲音的感召,寫出《一代人》。而當設置「對抗角色」的手法和戲劇化語態滲透入愛情詩中,舒婷在《致橡樹》中發出「對抗」的莊重聲音:「不,這些都還不夠!我必須是你近旁的一株木棉,作為樹的形象和你站在一起」。

中西詩歌的比較研究時常為人詬病,這與研究者在比較方法上簡單輕率,注重形式異同比較而缺乏深入詩歌深層肌理的才能有關。但更為重要的原因在於,「創造性」觀念作為現代詩歌的主導評價標準已深入人心。它導致一些詩人在「影響的焦慮」下,為爭取詩歌史的合法占位,避諱談及自己對於其他詩人詩作的借鑒與化用。這無疑違背詩人的坦誠性情,也給文學史研究增添了更多的主觀臆斷。而一些偏狹的民族主義批評家,從本土意識和中國經驗出發,對中國詩人借鑒外國詩歌藝術能否準確表達中國經驗、能否為中國讀者喜聞樂見諸種問題顧慮重重甚至追加責難。這種不成熟的詩歌「外來／本土」評判心態,同樣隱含在對朦朧詩的批評中。實質上,這種評判心態背後隱藏的深層問題,是對現代漢語具有生成詩性空間能力的極不自信。誘發對於現代漢語詩性生成能力信心不足的原因,既來自古典詩詞精純文言藝術與傳統趣味的壓力、又與現代漢語作為實用工具的歷史認識與普遍推廣有關,更主要是受近現代中國屢受重創的民族心理走向偏狹根本關聯:交織著自卑的虛無主義與自傲的原教旨民族主義。

從上述優秀的現代漢語翻譯體詩歌與《今天》詩人對中西詩歌的成功借鑒與化用中,可以明示,對於優秀的詩人,語言從來不是一個死氣沉沉的被動工具,在詩人充滿個性體驗的表達中,現代漢語將有選擇地吸納世界各國詩性語言的表達方式,進行自我調節、自我淨化、自我生成、自我修繕與突破,現代

漢語構建著不斷開放、不斷吸納、不斷自律的詩性空間，豐富了現代中國人多元的精神感知與審美趣味。

第三節 《今天》詩歌的修改與現代美術

《今天》詩歌在生成的過程中，經過了不斷地修改。詩人修改詩歌的現象，在詩歌史中普遍存在。然而，限於詩人的私密意願與原始史料的散佚，這種修改現象被視為詩人個體改詞換句、理所當然的選擇，因此被詩歌史研究擱置。然而，在詩歌修改的諸多原因中，必然隱含著深層的美學與歷史因由。透過這種詩歌修改的考察，可以更為精微地看到詩人面對新的美學與歷史處境，在調整與選擇中，創新詩藝與美學視境的精彩瞬間。在中國這個有著悠久「推敲」鍊字傳統的國度一字之差，足以開啟全新的詩路。

《今天》詩歌的修改方式，既有詩人之間在互相傳抄詩歌時，根據審美趣味的差異，對自己或他人詩歌進行再創造〔註158〕；又有通過《今天》作品討論會〔註159〕品頭論足的形式，使詩人做出修改，或者直接由編輯幫助修改；也有像詩人多多、北島那樣，在不同生命階段，「對自己的詩改了又改，精雕細琢。很多作品發表時同我當年看到的已大不相同」〔註160〕。《今天》詩歌修

〔註158〕 如郭路生的《相信未來》、依群的《巴黎公社》在傳抄中出現了詞語修改後的不同版本。

〔註159〕 「那時候凡是有人寫了作品，都可以拿到討論會上朗誦，……朗誦完之後再有其他人評頭論足、說長道短，大約每次討論會上大都以探討詩歌為主，而且詩人都在探索著各自的發展方向。北島和顧城在意象上著力挖掘，江河和楊煉逐步向史詩發展，田曉青趨於頹廢沒落，他的詩很容易讓人聯想到卡夫卡夢魘一般的世界。」見鄭先：《為完成的篇章》，《持燈的使者》，第104頁。

〔註160〕 宋海泉：《白洋淀瑣憶》，《持燈的使者》，第154頁。以北島1972年創作的《五色花》為例，原稿為：「我要把月亮撕成碎片／鋪成通往白矮星的棧道／掘回重土培在她的腳旁。／我要用北斗的勺把／舀乾太平洋的海水／輕輕澆在她藍色的溫床。／我要收集太陽的無數金絲／編成抗寒的暖繩／纏在她那嫩綠的枝杆上。／向著藍色的未來／向著金色的陽光／向著永恆而無限的空間／你開吧／勇敢地開放！……假如有一天她也不免凋殘／我只有一個簡單的希望／保持著初放時的安詳。」見齊簡《詩的往事》，《持燈的使者》，第13頁。為了剔除文革初期理想主義衝動與「自我」的宣言語態，到《今天》創刊前的自印詩集《陌生的海灘》時，已自覺重寫為：「在深淵的邊緣上，／你守護我每一個孤獨的夢，／──那風兒吹動草葉的喧響。／／太陽在遠方白白地燃燒，／你在水窪旁，投進自己的影子，／微波蕩蕩，沉澱了昨日的時光。／／假如有一天你也不免凋殘，／我只有個簡單的希望：／保持著初放時的安詳。」其中，「我」退後，放棄控制，「你」獲得平等的自立性。見《陌

改的動機，既有為了獲得歷史合法性，更好地在公共空間傳播，也有為了更新審美意識，追求美學的新奇與震驚效果。而促發這種美學變革的根本動因，是詩人力求恰如其當地表達自己獨特生命體驗的需要。

　　音樂〔註161〕、繪畫、攝影諸種跨媒介藝術充實著《今天》詩人的藝術生活。中國新詩與現代美術的姻緣，從魯迅、聞一多、艾青，延續到《今天》詩人的藝術生活中。魯迅喜愛的德國版畫藝術家凱綏・珂勒惠支〔註162〕以其反映民眾的疾苦與革命性，被「星星畫會」成員王克平奉為精神旗幟：「畢加索是我們的先驅，柯勒惠支是我們的旗幟！」〔註163〕。「星星畫會」的黃銳、馬德升、曲磊磊、艾未未、阿城等都曾參與《今天》的配圖工作，《今天》也以實際行動積極聲援「星星美展」，《今天》第六期上刊發了《〈星星美展〉前言》、《〈星星〉美展部分作者談藝術》、韭民的文章《二十小時的〈星星〉美展》。1980 年 8 月 20 日，《今天》詩人以詩配畫形式參與第二屆「星星美展」在中

生的海灘》（油印），1978 年 9 月 3 日前自印。此外，北島在《今天》雜誌上
發表《你好，百花山》後，在收入「《今天》叢書之二」個人詩集《陌生的海
灘》時，刪除了第六節，取消了「夢境」結構和稚嫩、傷感的童聲，重寫第
一節和最後一節。全詩如下：隨著飄忽的琴聲，／你在手中的雪花微微震顫。
／當陣陣迷霧退去時，／顯出旋律般起伏的峰巒。／深深的呼吸在山谷轟鳴，
／雪中的腳印被流雲溢滿，／我採集無數不肯報名的野花，／彷彿拾貝在銀
白色的海灘。／／順著原始森林的小路，／綠色的陽光在縫隙裏流竄。／一隻
紅褐色的蒼鷹落在古松上，／用鳥語翻譯這山中恐怖的謠傳。／／我猛地喊了
一聲：／「你好，百─花─山─」／「你好，孩─子─」／回音響自遙遠的
瀑澗。／／這回音多麼真切啊，／甜蜜的憂傷覆蓋著心田。／我喃喃低語，／
手中的雪花飄進深淵。見《陌生的海灘》（油印），1980 年 4 月《今天》叢書
之二。這兩個版本都進入了公共空間的傳播。

〔註161〕芒克、彭剛、北島等在 1974 年通過短波收音機中收聽搖滾樂，彭剛和陳加明
即興跳著「像蛇一樣盤纏擺動，令人叫絕」的現代舞。見北島：《彭剛》，《持
燈的使者》，第 129 頁。除了流行樂，他們還聽不同風格的古典音樂，但不欣
賞甜俗的施特勞斯圓舞曲之類，而聽如莫扎特、貝多芬、勃拉姆斯《自新大
陸》、柴可夫斯基《悲愴》、《第一鋼琴交響曲》、《第五交響曲》、德彪西印象
主義的《大海》等音樂曲目。見楊健：《最初的沙龍活動：紅衛兵集團向知青
集團的歷史性過渡（續一）》，《中國青年研究》，1996 年第 3 期。

〔註162〕《凱綏・柯勒惠支版畫選集》，魯迅編，上海出版公司，1956 年版。《出版說
明》中聲明：「我們現在把魯迅先生在 1935 年編的『凱綏・柯勒惠支版畫選
集』重印出版，內容完全保持原有的面貌。德國著名女畫家柯勒惠支的版畫
是魯迅先生首先介紹到中國來的，她富有革命性的作品對我們人民美術事業
的發展曾有著極大的影響。在紀念魯迅 20 週年的時候，首先重印他編的這
本畫集和讀者見面，是非常有意義的。」

〔註163〕《〈星星〉美展部分作者談藝術》，《今天》第六期。

國美術館三樓的展出。「要在《今天》雜誌和『星星』美展之間找到交匯點並不難，因為詩畫同出一源，詩歌和繪畫在中國歷來就是難以拆分的一對，從這方面我們仍能感受到某種很強烈的傳統意味，儘管作家藝術家都在反抗傳統，然而在這一點上他們卻又是傳統的。」〔註164〕

　　對於《今天》這一代詩人，選擇美術、音樂、詩歌起初並非單純為了藝術的愛好與陶冶，也是鑒於藝術的實用性，希望藉此改變生存處境，立身謀業。從1971年開始，知青「開始了逃離農村的『運動』：有門路的參軍，有些藝術才能的考團，根正苗紅的上學或招工，其餘的只有無可奈何地等待」〔註165〕。多多〔註166〕、根子、北島練習聲樂，希望可以進入中央樂團。1973年根子考入中央樂團後，放棄了詩歌創作。而當顧城返回北京，「在詩與繪畫之間，我遲疑了一個春天。後來夏天來了，我選擇了繪畫，選擇它的一個重要因素，是繪畫比較實用」〔註167〕。

　　惟有當繪畫和詩歌的創作自覺地拋棄實用裝飾與工具功能，而向審美目標提升時，藝術家才能專注於媒介本身的探索與經營，以實現自我的超越與拯

〔註164〕鄭先：《未完成的篇章》，《持燈的使者》，第109頁。
〔註165〕宋海泉：《白洋淀瑣憶》，《持燈的使者》，第156頁。
〔註166〕多多「始終沒扔下練嗓子這工夫。除了醉心於現代派詩歌，他還醉心於意大利男高音的美聲技法，動不動就是『呵，我的太陽，那就是你，那就是你……』」。見甘鐵生：《春季白洋淀》，《沉淪的聖殿》，第270頁。
〔註167〕顧城：《剪接的自傳（上）》，《青年詩人談詩》，老木編，北京大學五四文學社，1985年，第49頁。

救。而當整個時代逼使一群年輕人別無選擇、不約而同地走上這條共同的探索
之路時，一個獨立的藝術場域被構建出來。在這裡，藝術本身成為評判的唯一
標準。20 世紀 70 年代初的北京與白洋淀，印象派、表現主義、立體派繪畫和
現代派詩歌構建出獨立的藝術場域。其中，現代派繪畫對於《今天》詩歌的影
響不容低估。

一、從《巴黎公社》到《回答》：印象主義與表現主義繪畫

　　1971 年 1 月《巴黎公社》的寫作，便是一種自覺剔除詩歌工具功能的開
始。這首詩歌的寫作，顯然不是為了發表，而是為了反叛方含長篇政論詩《唱
下去吧，無產階級的戰歌──紀念巴黎公社 100 週年》傳達反修防修革命重任
的實用工具性。政論詩的陳詞濫調傳入北京沙龍後，立刻引發依群的不滿。原
本不善於為歷史大事件抒發豪情的詩人依群，僅寫了簡短的開篇便罷筆。以
「未完成」的挑戰姿態，宣告了詩歌審美性的決然自立。

　　依群懸置詩歌實用功能的策略，是吸引讀者關注詩歌語言自身的視聽組
合效果與演出場景。根據徐浩淵提供的原作〔註 168〕：

> 奴隸的槍聲化作悲壯的音符
>
> 一個世紀落在棺蓋上
>
> 像紛紛落下的泥土
>
> 呵，巴黎，我的聖巴黎
>
> 你像血滴，像花瓣
>
> 貼在地球蘭色的額頭
>
> 黎明死了
>
> 在血泊中留下早霞
>
> 你不是為了明天的麵包
>
> 而是為了常青的無花果樹
>
> 為了永存的愛情
>
> 向戴金冠的騎士
>
> 舉起孤獨的劍

　　詩行主體由簡短有力的雙音節動詞或名詞構成，「化作」、「落在」、「落

〔註 168〕該詩開篇有三個版本，徐浩淵、多多、芒克。這裡選用最初版本，即徐浩淵版
　　　　本，並參考《今天》第三期。見徐浩淵：《詩樣年華》，《七十年代》，第 40 頁。

下」、「貼在」構成句式對稱，適於朗讀。在修辭手法上，首先化聽覺為視覺的
戲劇演出，進而以宇宙俯瞰視角，將鮮豔的色彩意象誇張地拼貼起來：「你像
血滴，像花瓣／貼在地球蘭色的額頭」。梵高曾這樣解說油畫《夜晚咖啡館》
的用色原理：「我通過紅色與綠色盡力表達了人類的強烈激情」〔註169〕，依群
選擇了畢加索藍色時期的憂鬱主調，讓激情的紅色向憂鬱之藍滲透，散溢出
悲壯之情。

芒克收藏的《巴黎公社》，沾染上白洋淀詩人根子的獰厲風格，首句被修
改為「奴隸的槍聲嵌進仇恨的子彈」，而後在《今天》「詩歌專刊」上發表。對
此，徐浩淵頗為不滿，認為這種「仇恨」情緒有違依群的性情。然而芒克的修
改，卻為聲音尋找了一個質地堅硬、動作迅疾的銳利外殼，使《巴黎公社》的
反抗情緒更加堅定，節奏也因此急促緊張。

1976 年 4 月北島將《告訴你吧，世界》（1973 年）〔註170〕修改為《回
答》。其中第一節修改如下：

《告訴你吧，世界》	《回答》
卑鄙是卑鄙者的護心鏡〔註171〕，	卑鄙是卑鄙者的通行證，
高尚是高尚人的墓誌銘。	高尚是高尚者的墓誌銘。
在這瘋狂瘋狂的世界裏，	看吧，在那鍍金的天空中，
——這就是聖經。	飄滿了死者彎曲的倒影。

「看吧，在那鍍金的天空中，／飄滿了死者彎曲的倒影」是《回答》全詩
最震撼人心的視覺景觀。與依群的俯瞰視角不同，北島採用仰望視角。二者
在色彩構圖方式上極其相似：動詞「貼在」與「飄滿」將兩個色彩反差極大、
意義正反對立的意象，交疊成前景浸入後景的立體結構。不同在於，依群的動
作果決有力，一錘定音；北島的動作顫動扭曲，永無安寧。依群看重印象疊加
的視覺效果，北島還要賦予視覺景觀以隱喻，從而表達惶恐不安的感覺。其

〔註169〕 *VAN GOGH*, text by ROBERT GOLDWATER, published by HARRY N. ABBAMS, INC, New York, 1953.

〔註170〕 齊簡收藏的原稿。見齊簡：《詩的往事》，《持燈的使者》，第 14 頁。

〔註171〕 「護心鏡」意象，出自魯迅《這樣的戰士》。一些頭上「繡出各樣好名稱：慈善家，學者，文士，長者，青年，雅人，君子……」頭下有各樣外套，繡出各式好花樣：學問，道德，國粹，民意，邏輯，公義，東方文明……」的人，他們謊稱他們的公正之心「在胸膛的中央，和別的偏心的人類兩樣。他們都在胸前放著護心鏡，就為自己也深信心在胸膛中央的事作證」。這樣的戰士不被迷惑，「他舉起了投槍。他微笑，偏側一擲，卻正中了他們的心窩」。

中，「鍍金」一詞，隱含詩人對於「天空」的猶疑情緒。

　　《今天》詩歌的色彩構圖法深受印象主義與表現主義繪畫的啟發。1971年夏天，林莽來白洋淀寨南寫生。在這幅雷諾阿風格的風景畫中，林莽「畫出一個全新的色彩世界：青紫色的蘆葦，赭石色的大路，紫紅色的天空。細碎的筆觸發一道憂鬱的歎息。從這幅畫中，我似乎一下明白了色彩原來是一個獨立的世界，一個可以由畫家創造的世界」〔註172〕。彭剛〔註173〕作為芒克、多多和北島的朋友，是70年代初中國現代派繪畫的先鋒。他只討論純藝術，拒絕涉及政治問題〔註174〕。1971年彭剛畫「印象派，色彩用的非常瘋狂」〔註175〕。以印象派眼光打量「文革」火紅一片的社會環境，反過來刺激起畫家與詩人敏感的視覺神經。這讓北島十分震驚：「此人不是天才，就是瘋子。他的畫中，能看到那次旅行的印記：表情冷漠的乘客、陽光下燃燒的田野和東倒西歪的房屋」，其中有梵高〔註176〕的影子。在北京圈子裏〔註177〕，彭剛以「詭譎多變的畫風，和官方控制的藝術潮流完全背道而馳。有一回，他也試著參加官方的畫展。那是幅典型的表現主義作品。畫的是個菜市場的女售貨員，凶陋醜惡，一手提刀，一手拎著只淌血的禿雞。池子裏堆滿了宰好的雞鴨魚肉」〔註178〕，之後彭剛又畫超現實主義，終覺無法與人溝通，加上政治壓力，告別了藝術。此時的北京城中，徐浩淵結識了工藝美院和中央美院畫家的子弟們，如董沙貝〔註179〕、李庚〔註180〕等，「在這些繪畫大師的家裏，我第一次看

〔註172〕　宋海泉：《白洋淀瑣憶》，《持燈的使者》，第146頁。

〔註173〕　彭剛的父親是位工程師，死於迫害。得知父親死訊的當天，彭剛寫道：我要有顆原子彈，一定和這個世界同歸於盡。十六歲時，彭剛吞下半瓶安眠藥，再用刀子把大腿劃開。冷靜描述死亡的感覺。北島：《彭剛》，《持燈的使者》，第128頁。

〔註174〕　廖亦武、陳勇：《彭剛、芒克訪談錄》，《持燈的使者》，第358頁。

〔註175〕　廖亦武、陳勇：《彭剛、芒克訪談錄》，《持燈的使者》，第355頁。

〔註176〕　彭剛較早已讀過梵高的評傳《渴望生活》。見廖亦武、陳勇：《馬佳訪談錄》，《持燈的使者》，第388頁。

〔註177〕　在北京圈子裏的畫冊，主要為俄國繪畫，如俄國巡迴畫派的作品和印象派繪畫。彭剛的一幅畫掛在北島家中，北島的弟弟鄭先描述「一團團雲彩從湖對面飄來，可是火車頭在哪裏呢？這幅畫我似曾相識，再仔細一看，原來彭剛利用了俄羅斯風景畫家利維坦的一幅畫，在原作基礎上來了個再創造」。見鄭先：《未完成的篇章》，《持燈的使者》，第106頁。

〔註178〕　北島：《彭剛》，《持燈的使者》，第130頁。

〔註179〕　父親為著名畫家董希文，曾畫《開國大典》。

〔註180〕　父親為著名畫家李可染。

到他們從歐洲帶回的精美畫冊。倫伯朗、高更、梵高、莫奈、畢卡索的油畫」，1972 年夏天，徐浩淵把「根子一夥朋友領到魯燕生魯雙芹家，譚曉春、魯燕生等人正忙著畫畫。那年冬天，在譚曉春自新路的家裏，我們開了一個小小的畫展」〔註 181〕。而在「文革」前，兩本印象派書籍業已出版〔註 182〕。

北島在艾未未〔註 183〕家將馬奈、德加、梵高三本國外印象派畫冊〔註 184〕借走，仔細標注上密密麻麻的翻譯〔註 185〕。其中，梵高運用色彩的手法和表現自我的觀念啟發了北島。在對梵高油畫《椅子》的說明中，評論者高德·沃特指出：「是什麼賦予了這幅畫以表現的力量？難道是梵高關注光線效果的自

〔註 181〕 徐浩淵：《詩樣年華》，《七十年代》，第 45 頁。

〔註 182〕 《印象派的繪畫》，林風眠編，上海：上海人民美術出版社，1958 年版；《印象畫派史》，約翰·雷華德，北京：人民美術出版社，1959 年內部發行。1957 年中國關於印象派的大討論是受蘇聯美術界關於重新評價印象派的藝術價值而引發。本來這是一場學術爭鳴的討論。但那時正值「反右」鬥爭時期，定調為「印象派是資產階級腐朽藝術」，將堅持印象派現實主義觀點的美術家打入「另冊」，以後人們談「印」色變，不敢觸摸。兩年後，北京人民美術出版社出版了約翰·雷華德《印象畫派史》，出版者名義上是藉以提供研究資料為名，實質是給予兩年前爭鳴者提供一個公共平臺，隱喻了那場討論。二十世紀七、八十年代之交出版介紹印象派的書籍有楊藹琪：《談印象派繪畫》，北京：人民美術出版社，1979 年版；《外國美術資料譯編》（二集），人民美術出版社編輯室編，北京：人民美術出版社，1979 年版；吳甲豐：《印象派的再認識》，北京：三聯書店，1980 年版；《歐洲現代畫派畫論選》，瓦爾特·赫斯編著，宗白華譯，北京：人民美術出版社，1980 年版。

〔註 183〕 艾未未，1957 年 8 月生於北京。著名詩人艾青之子。1958 年全家被下放至新疆。1973 年返回北京。高中畢業後，1976 年開始畫畫。當時家住北京西城豐盛胡同。1978 年至 1981 年在北京電影學院學習，被派往北京電影中心工作。參加了 1979 年和 1980 年星星美展，1981 年赴美國學習。見《艾未未：最具「星星」精神的人》，《追尋 80 年代》，第 123 頁與《星星十年》，香港：漢雅軒 1989 年版，第 56 頁。

〔註 184〕 「上世紀 70 年末翻譯家楊憲益送給艾未未幾本畫冊，其中三本一本是德加，一本是凡高，一本是馬奈，是小本的，當時北京還沒有，製作非常精美。看來那些畫冊是讓艾未未印象深刻的。艾未未在 1979 年參加第一屆星星畫展時的作品就是幾幅受到凡高風格影響的風景畫。」見房聖易：《艾未未是怎樣煉成的》，《當代藝術》，2007 年 11 月號。據筆者在美國大學圖書館查閱，符合描述的為「POCKET LIBRARY OF GREAT ART」叢書中的三本，均由 HARRY N. ABBAMS, INC, New York. 出版：*MANET*, text by S. LANE FAISON, JR, 1954; *DEGAS*, text by DANIEL CATTON RICH, 1953; *VAN GOGH*, text by ROBERT GOLDWATER, 1953。

〔註 185〕 《艾未未：最具「星星」精神的人》，《追尋 80 年代》，第 123 頁與霍少霞：《星星藝術家：中國當代藝術的先鋒（1979～2000）》，第 157 頁。

覺意識使然？部分如此，因為他將一把未塗漆的椅子畫成黃色，目的是要加強它與紅色的對比，獲得色彩整體的和諧。」在《向日葵》中又說：「在受到表現主義、巴黎和南方的影響後，問題改變了。這裡不再是光亮疊加在黑暗上，而是光亮疊加在光亮上。……不是冷暖色的交替，而是主要由黃色，配以綠光的襯托」。北島利用前景與後景冷熱色差構圖的意識得益於此，同時借助色彩反差表現自我的觀念也與梵高呼應。在《老農》的說明中，梵高寫道：「我相當任意地使用色彩，不是要去複製我眼前具體看到的東西，而是要更強烈地表現我自己。我想起這個老農，我不得不畫，他因喜悅而彷彿置身於南方豐收的火爐中，因此強烈的橘紅色背景，像紅色的熱鐵一樣生動，而在陰暗處是發光的暗黃色。」〔註186〕北島仰視天空的視角、天空「鍍金」的黃色光澤、「死者」彎曲而有爆發力的「倒影」線條，與梵高表現主義油畫《松柏樹之路》、《星空》、《橄欖園》中仰視夜空的視角、黃色旋轉的星空、扭曲燃燒的線條異曲同工。

　　在此，不得不提及艾青以詩歌語言處理印象派色彩感的努力，從而與《今天》詩歌相比較。艾青《向太陽》第二小節運用印象派的點彩手法，畫下「舉

〔註186〕VAN GOGH, text by ROBERT GOLDWATER, published by HARRY N. ABBAMS, INC, New York, 1953.

著白袖子的手的警察」、「挑著滿蘿綠色的菜販」、「穿著紅背心的清道夫」、「棕色皮膚的年輕的主婦」這些單一純色的意象，色階的變化與融合比較柔和；《大堰河——我的保姆》中：「大堰河，今天，你的乳兒是在獄裏／寫一首呈給你的讚美詩／呈給你黃土下紫色的靈魂」，儘管「黃土」與「紫色」皆有幽微的光澤，但兩種顏色同屬暗淡色調，色差不大；艾青的構圖方式在《他死在第二次》中呈現出來：血「依然一滴一滴地／淋滴在祖國的冬季的路上」，「萬人的腳步／擦去了他的血滴所留下的紫紅的斑跡」，運用了類似莫奈《日出》的色彩沁染手法，與依群《巴黎公社》的俯視視角相似，但是色彩不如依群、北島鮮明有光澤，節奏也舒緩低沉，缺乏悲壯與激情。如果說艾青取法於前期印象派，那麼《今天》詩人更偏愛後期印象派與表現主義繪畫。

二、「讀畫詩」《風景畫》：《今天》雜誌的開篇詩作

　　Ekphrasis（「讀畫詩」〔註 187〕）原意是「說出來」，亦即「賦予沉默藝術品聲音及語言的特質」。Ekphrasis 描繪的對象可以是一件藝術品，一件物品，甚至是包括相片、地圖、電影畫面、舞臺背景等視覺符號。依 W. J. T. Mitchell 所言，狹義的 Ekphrasis 是「以文字修辭描寫一件藝術品」，廣義而言，可視為「一切試圖將人、地、物呈現於心眼之前的描述」。

　　中國在「文革」結束後的第二年，即 1977 年，迎來了一次轟動全國的高水準的畫展「十九世紀法國農村風景畫」，隨後在 1978 年，又舉辦了日本著名風景畫家東山魁夷畫展。1978 年 5 月 30 日，蔡其矯與艾青在北京同看東山魁夷畫展後，倆人寫同題「讀畫詩」《東山魁夷風景畫》。蔡其矯 6 月寫成後，寄給正在籌辦《今天》雜誌的北島與香港的《新晚報》。《新晚報》於 11 月 4 日在彥火的介紹文章《速寫抒情詩人蔡其矯》中，首先以《風景畫》為名發表，12 月 23 日《今天》雜誌創刊號以《風景畫》為開篇詩作發表，1980 年 11 月

〔註 187〕 對 Ekphrasis 進行定義與研究的著作有 *Ekphrasis: The Illusion of the Natural Sign*, Krieger, Murray, Baltimore and London: The John Hopkins University Press, 1992, *Picture Theory: Essays on Verbal and Visual Representation*, Mitchell, W. J. T., Chicago and London: The University of Chicago Press, 1994；臺灣方面，劉紀蕙《故宮博物院 VS 超現實拼貼：臺灣現代讀畫詩中兩種文化認同之建構模式》一文，將 ekphrasis 翻譯作「讀畫詩」，吳心怡有借助 Mitchell 的 ekphrasis 理論分析未來主義的專著《「文字畫」抑或「視覺詩」：談意大利未來主義中文字與視覺圖像之間的流動關係》。http://www.srcs.nctu.edu.tw/joyceliu/Interart/Futurism.htm。

蔡其矯個人詩集《祈求》〔註188〕出版時，《風景畫》被收入。按發表的時間順
序將三個文本並置如下：

　　　　　積雪融冰中間一條小溪
　　　　　響動著生命活潑的歡歌
　　　　　綠滿原野圍護著筆直大路
　　　　　在憂傷和光明的連結中沉吟
　　　　　受夜氣重裹的飽情圓月
　　　　　以銷魂的聲音向高樹繁枝訴說
　　　　　靜靜山林深處傾瀉的瀑布
　　　　　不斷傳來悠遠空濛的回聲
　　　　　無論是夏天斜雨和冬天飛雪
　　　　　都四向播送著波蕩的旋律
　　　　　即使是幽暗寂靜的赤裸林木
　　　　　也隱約有不絕如縷的細語
　　　　　從紛紜萬有中單取純真
　　　　　自然的色彩和音響凝為一體
　　　　　能高度概括與感染深谷波沫
　　　　　是人對生活深邃的愛情。

　　　　　積雪融冰中一條小溪
　　　　　響動著生命活潑的歡歌
　　　　　綠滿原野圍護著筆直大路
　　　　　在憂傷和光明的連結中沉吟
　　　　　孤寂靜懸的冬日斜陽
　　　　　以喃喃唇音向高樹繁枝訴說
　　　　　靜靜山林深處傾瀉的瀑布
　　　　　不斷傳來悠遠空濛的回聲
　　　　　無論是夏天斜雨或冬天飛雪
　　　　　都四向播送著波蕩的旋律
　　　　　即使是幽暗寂靜的赤裸林木

〔註188〕蔡其矯：《祈求》，南京：江蘇人民出版社，1980 年版。